大结局

语笑阑珊 · 著

山海

高中

广东旅游出版社
GUANGDONG TRAVEL & TOURISM PRESS

中国 · 广州

CONTENTS

目录

以前看不清是什么的，包裹在云和柠檬糖霜里，不敢剥离，只能在外围一点一点轻蹭酸甜滋味，带着青春悸动的欢喜。而今晚的月色很好啊，照得整座城市都要融化了，才会一时冲动地想要得到答案，结果掌心握住的不是利刃，不是寒冰，藏在云层里的，是另一颗坚定又温暖的心。

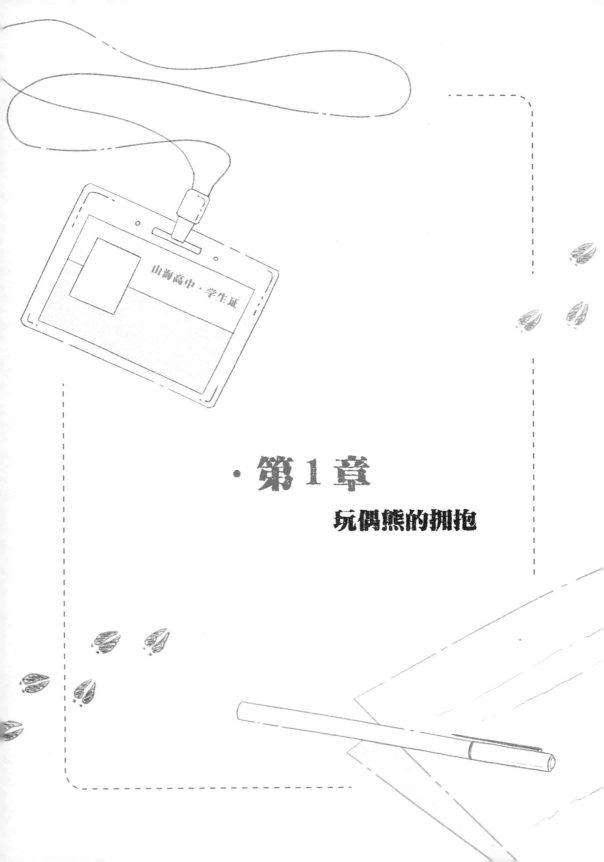

山海高中·学生证

·第1章

玩偶熊的拥抱

农历腊月二十九，宁城下了入冬以来最大的一场雪。《午间新闻》正好在播天气预报，季星凌做完数学题后出来看了一眼，顺手给林竞发消息，问他冷不冷。

几分钟后，对方回过来一张图。

可达：我刚刚堆了一个你。

那是一个很胖的雪人，超大，围了条红围巾，看起来威风凛凛，分外喜庆，前面还龙飞凤舞地写着"季星凌"三个字。

季星凌对着屏幕笑了一阵，又问：为什么只有我一个，你呢？

过了一阵，微信收到一张新的照片，林竞趴在雪人上，伸长手臂搂着用胡萝卜做鼻子的低配版你星哥。

可达：季星凌，我想找你玩了。

小林老师向来直球，不管面对面还是分隔两地，想法都说得坦坦荡荡。唯一的区别就是，面对面时的可能会说得和"季星凌，我想吃饭"一样没表情，远不如分隔两地时这么……活泼可爱肚皮软，经常会冒出一个谜之表情。

于是季星凌就被可爱到了，恨不能立刻"砰"去宁城。他本来想把这张照片设成手机屏保，又觉得这种行为过于少女，不是很酷，所以最后只换成了两人的聊天背景图。

可达：你在干什么？
星哥：看了会儿书，下午和于一身约了几个同学，一起去球馆。
可达：哪家球馆？

季星凌靠在沙发上，继续回复他：“就是我们常去的那家。”

聊天内容有点无聊，但越无聊越可爱，一点点废话也能说好一会儿。胡媚媚端着饼干过来，盯着儿子身后晃来晃去的麒麟尾巴看了一会儿，再度狐疑：“你最近为什么这么荡漾，真的没有谈恋爱吗？”

大少爷很淡定：“我和谁谈？”

“你们班罗琳思。”胡媚媚比较肤浅，在随机撒网的前提下，只能捞个最漂亮的小姑娘举例子。

季星凌嗤笑道：“你去问舅舅就知道了，她和我可没关系。”

听说章露雯前段时间招惹到了一群西街混混，其中一个大概就是林竞在人工湖边看到的那只混沌，因为他们并没有使用任何妖力，所以妖管委也没出面——这事得归人类派出所管。至于后来是怎么处理的，季星凌就不清楚了，只知道章露雯的确消停了不少，好像还给罗琳思道了个歉。

胡媚媚当然不会无聊到去打听一个小姑娘的闲事，和自己儿子没关系就行。等亲妈走后，季星凌稍微收敛了一点，收起尾巴继续聊微信。

可达：那你看书，我回家了。

星哥：下午干吗？

可达：过年固定项目，各种走亲访友。

刘叔叔一家也从锦城回来了，两家人约好今天一起吃饭。刘栩依旧顶着一头红毛，白皙的脸颊两侧落着几颗很浅的小雀斑，笑起来像卡通片男主，和将近一米九的身高不太搭。

吃饭的地点在一家素菜馆，成年人过年大鱼大肉吃太多，就想来点养生清淡的，但未成年人不喜欢，林竞和刘栩都只敷衍地吃了几口，就开始凑在一起玩手机。两人的成绩很好，打游戏也很理直气壮，林竞脱口而出：“怎么你们都有这游戏，上次我看季星凌玩，他段位超高的。”

刘栩“嗯”了一句：“你要一起吗？我带你上分。”

“我不怎么玩游戏。”林竞说，“费眼睛。”

“对，你得好好保护眼睛。”商薇听到之后，也在一旁说，“别跟你爸似的，稍微有点视疲劳，就一惊一乍的，怀疑自己看到了妖怪。”

林竞：“……”

为什么要把这件事放到饭桌上说？

卢雨果然诧异地问："什么看到妖怪？"

"就前段时间，在锦城给同学过生日。"商薇一边倒果汁一边说，"晚上在湖边看到了一团雾，非觉得是怪兽，那段时间父子两个一打电话就研究这个，还煞有介事的，给我气得够呛。"

卢雨笑着说："小竞从小就爱看书，想象力丰富一点不是坏事呀，正好林医生还愿意陪他天马行空地聊，大刘对儿子就没有这种耐心。"

林守墨一边呵呵笑着敷衍，一边看了眼林竞，没关系，他们都没见过，可是爸爸相信！

他原本以为自己当年是真的喝醉了，或者累昏了头，所以会看见各种奇诡事件，但现在既然儿子拥有了同款经历，是不是能说明林家人有些不一样——天眼也好，写轮眼也好，反正不管什么眼，总得有一个才能解释这一切，才合理！

林竞和林医生遥远地碰了一下杯：我懂。

"中二"父子。

宁城天黑得早，一顿饭没吃完，窗外已经亮起了漂亮的灯。星星点点缀在树的枯枝间，像一颗又一颗暖融融的灯笼果，眯起眼睛时，整个世界都会飘浮在模糊的光影里。院子里有别的食客在放焰火，笑笑嚷嚷的，很热闹，林竞和刘栩正好也不是很想面对接下来"爹意盎然"的素馅包子和养生汤，干脆各自找了个借口开溜，找服务员买了一把小时候玩过的烟花棒，混在小朋友堆里找童年。

而千里之外的锦城，于一舟在球馆里找了半天，才从按摩椅里把大爷一样的季星凌叫醒："差不多就可以了，起来吃饭。"

大少爷眼皮懒懒一掀："什么叫差不多就可以了？"

"你的同桌思念仪式差不多就可以了。"

"……"

季星凌勾勾手指。

于一舟鄙视："你以为我会自己贴上来找打吗？"

"那你解释一下，什么叫我的同桌思念仪式。"

于一舟没有解释，只说了一句："上次林竞睡的不是这张按摩椅，是后面那张。"

季星凌："……"

于一舟做了个拉链封嘴的手势："现在你能起来吃饭了吗？"

季星凌琢磨了一下："我有这么明显？"

"目前还不明显，"于一舟把外套丢过去，转身往外走，"但如果你再对着这张按摩椅含情脉脉百转千回，就很难说了。"

"闭嘴！"

季星凌丢过去一件外套，两人一路打出球馆，其他几个男生见惯不怪，都笑着追上去。锦城的冬天没有北方那么冷，一件短袖加厚羽绒服就能走夜路，路两旁的火锅店全部生意兴隆，建成仿古风格，风吹得两串大红灯笼轻曳，整条街年味十足。

而过年总是需要团圆一点的。

季星凌习惯性摸出手机，刚想给小林老师发条消息，于一舟却刚好转过头和李陌远说话，于是他不知道哪根筋没搭对，又迅速地、面无表情地把手机给装回去了。

你星哥并没有含情脉脉，更不会百转千回，虽然同桌不在是有点不习惯。

用余光瞥见的于一舟："？"

你想干吗就干吗呗，为什么要刻意躲开我，难道我是老牛吗？

锦城主城区是禁燃焰火的，所以林竞特意发来一段小视频，名为共享童年，其实没什么意思，就是最常见的那种金色小瀑布，还有一群小孩子在"啊啊"拍着手尖叫，但季星凌坐进火锅店后，第一件事还是插上耳机从头看到尾，并且用非常自家人的口吻叮嘱了一句："早点回去，你们那儿太冷了。"

侯跃涛突然在对面大声说了一句："你能不能别光顾着腻腻歪歪，先把菜点了！"

季星凌没有一点点防备，手机差点掉地上，震惊地想有没有搞错，为什么自己躺个按摩椅能被发现，现在回个消息也能被发现。这帮孙子到底是什么"列文虎克"，现在灭口还来不来得及？

然后就听李陌远很没有底气地辩了一句："没，什么腻腻歪歪，我看朋友圈呢。"

"咯。"季星凌迅速调整了一下表情，恢复成漫不经心冷漠脸，原来和我没关系。

李陌远接过 iPad 象征性点了两个菜，又替自己找补一句："林竞那边雪可够大的，他快裹成包子了。"

作用类似于"你们看，我真的在看朋友圈，我都知道林竞那边雪大"。

季星凌听得纳闷，不是，等会儿，什么照片？

"给我看看。"于一舟可能是为了补偿刚才自己一回头，惊得大少爷连微信都不聊了，于是主动要过李陌远的手机，装模作样地问，"这谁的朋友圈？"

"刘栩，高三理科大佬。"李陌远一边嗑瓜子一边解释，"上次晨跑时遇到，就互加了好友，他和林竞是老乡吧？今晚两个人好像在一起吃饭。"

照片里的林竞站在一片光影虚幻的灯树下，手里捧着一把星光棒，笑得露出两颗小虎牙。

季星凌心情复杂，那个红毛是怎么回事，为什么要拍小林老师？拍完还要发朋友圈，还要加个 Emoji（表情符号）的心，有毛病吧。

"照片给我。"于一舟把手机还给李陌远，"我干妈挺喜欢林竞的，发给她骗个红包。"

李陌远不疑有他，很快就发了过来，当然了，这张照片的最终归宿必须不是干妈，而是干妈的亲儿子。

季星凌保存好照片后，在微信聊天框里删删减减，从"你是不是和刘栩在一起吃饭"，到"你在干吗"，再到"回家了吗"，最后干脆全部清空，换了个小人扛巨心攻击的表情包，就比 Emoji 那破心要大很多，豪华很多！

林竞秒回。

可达：我刚刚和刘叔叔一家人吃完饭，现在准备回家了，洗完澡我们打个电话好不好？

可达：我想听你的声音。

可达：季星凌，我超想找你玩的。

可达：超想！

星哥：……

星哥：你知不知道你现在看起来很心虚？

可达：因为李陌远说你看到了刘栩的朋友圈。

可达：[哭泣]

季星凌对这个捧碗盛泪的 Q 版表情包没什么抵抗力，看到就会想起小林老师，再大的火都熄了——况且本来也不大。

林竞捧着手机，也窝在车后座傻乐，回家之后匆匆冲了个澡，就钻进充满甜柚香气的被窝里打电话："你现在回家了吗？"

"没呢，他们又要唱 K，我在包房阳台上。"季星凌趴着栏杆，"锦城今天不太冷。"

"你有没有生气？"

"有一点。"

"但我们只是一起吃了顿饭，而且他的朋友圈有九张图。"

"两张都有你。"

林竞疑惑地回忆了一下，没吧，好像就一张啊。他又点开朋友圈看了看，好不容易才找到了所谓的"第二张"，刘栩当时可能觉得那盘魔芋做的素红烧肉挺好看，站起来拍照时带了一点林竞的衣袖。

季星凌问："你怎么不说话了？"

林竞回答："被你可爱得说不出话。"

季星凌头发被风吹得凌乱，眼底映出整座城市的灯火，明明笑了，还要一本正经地教育："以后不许随便让别人拍照，知不知道！"

"嗯。"林竞换了个姿势，"我前两天去商场，也买了你用的沐浴露。"

"柚子那个？我妈随便买的。"季星凌说，"一般般吧，我喜欢你的那种。"

"那我到锦城就换回去。"

林竞躺在被子里，声音软绵绵的。

季星凌一直在安安静静听他说话，说宁城的大雪，说隔壁的邻居，说今天吃了什么、做了什么，一点一点的、细碎的，拼凑在一起，就是鲜活完整的画面。他的小林老师端着茶杯，坐在落地窗前，一边看书一边看风景，直到氤氲的雾在玻璃上凝出水汽。

"我想你了。"他打断他。

林竞顿了顿，声音里带上鼻息："我也想你。"

十六七岁的年纪，跟每天朝夕相处同进同出的朋友第一次分隔两地，想念像肆意生长的蔷薇藤蔓，轻而易举就能缠满整颗心，带着细细的刺，开出热烈的花。

挂断电话后，季星凌靠在柱子上，脑子里乱哄哄的，只剩下一句话。

我要去宁城。

哪怕不能出现在他面前。

哪怕只能远远地看一看他。

他跑回包厢，把葛浩拎到旁边："明天帮我个忙。"

忘忧草小弟一如既往"金牌"，根本不问理由，豪爽威猛地说："没问题，打谁？"

季星凌拍了把他的脑袋："不是打架，是打掩护。"

"打掩护那就更没问题了。"葛浩乐，"星哥你说，要我做什么？保证完成任务。"

葛浩目前对季星凌比较盲目崇拜，还以为这次要轰轰烈烈干一票大的，结果只接到一个任务——待在卧室哪儿也别去。

"……"

季星凌吩咐："如果有人问起来，就说我在你家打游戏。"

"好。"葛浩点头，"星哥你要去哪儿？"

"北边。"季星凌含糊地答了一句，"找个人。"

他并不知道林竞的详细地址，所以第二天一大早，就没话找话地发了条消息，问对方今天有什么计划。

"没什么计划，我还没起床呢。"林竞回的是一段语音，带着没睡醒的慵懒困倦，

"等会儿去大伯家，长辈们都在，晚上一起出去吃年夜饭。"

季星凌刚打出半行字，小林老师就又发来一条——

可达：吃完午饭要带一群弟弟妹妹去锦贸商场买玩具，好让家长可以安心打麻将。

可达：你呢？

星哥：一票亲戚都要来我家，浣溪别墅这边，等开学我们再搬回去。

他顺手查了查地图，在宁城只有一家锦贸商场，正好省去处心积虑问地址环节。于是在中午吃饭的时候，季星凌尽量漫不经心地提了一句："妈，下午我们几个同学出去逛一圈，可能三个多小时。"

"什么逛一圈，又要去哪儿打游戏吧？"胡媚媚不满，"大年三十的，你乱跑什么，好好在家待着。"

"不是六点才吃饭吗？我肯定准时回家。"季星凌举手保证，又问："爸，行不行？"

季明朗向来溺爱儿子，爽快点头："这有什么不行的，记得六点之前回来。"

胡媚媚："……"

这是什么毫无原则的糟糕老公？

葛浩第一次配合麒麟你星哥出任务，虽然这任务基本等同于无，但还是非常激动，接到电话老早就站在巷子口迎接："星哥你放心，虽然我家人多，但我的房门可以反锁！"

"行，我五点前回来。"季星凌和他一起穿过前院，旁边的老广场上也正好敲响下午两点的钟。

三个小时的时间，对麒麟来说往返宁城不成问题。葛浩站在书桌旁，毕恭毕敬地目送那团黑色电光"砰"出窗户，心想，大年三十都要伪装出门，一定是为了什么了不得的大事。

星哥就是猛！

裹满电光的黑雾，在云层中破出一道壮阔波澜。

一往无前，满腔炽热。

他知道自己并不能做什么，但依旧固执地想去那座飘满雪的城市，一千公里也好，或者更远都无所谓，只要能看一眼他，看一眼就好。

宁城整片天都暗了，一场新的风雪隐隐欲来。

正好，这样就没有什么人，或者没有什么妖，能注意到天穹间那个突然出现的黑色旋涡，小小的，转瞬即逝。

林竞和小阿姨领着五个弟弟妹妹，像赶鸭子一样把他们带到七楼儿童区。那里有一个乐高乐园，基本等同于小型幼儿园，专门负责寄存吵闹的小朋友，可以让辛苦的大人坐下缓一口气。

辛苦的未成年小林老师也能缓一口气，他已经帮忙买了一路的饮料和气球，到处跑来跑去，累得腿都软了。

裤兜里手机振动，是季星凌发的消息。

星哥：你在哪儿？

可达：就我早上跟你说的那个商场，带着亲戚的孩子在七楼拼乐高。

星哥：嗯。

季星凌为了不暴露，来之前还特意换了身衣服，扣一顶棒球帽又戴了个大口罩，形象介乎当红小明星和银行大窃贼之间，反正都是低头后亲妈也认不出，坐电梯时，引得不少小姑娘都侧眼偷偷瞄。

北方户外太冷，所以室内暖气烧得很足，林竞一进门就热得脱了外套，现在正在口干舌燥地排队买冷饮。

季星凌走出电梯，一眼就看到了他。

虽然商场里人很多，买冰激凌的人更多，但还是一眼就看到了他。穿着白色的帽衫，高高瘦瘦的，点完单后就站在取货口玩手机，而季星凌也收到了一条新消息。

林竞拍过来一张店招，说："这家草莓奶昔很好喝，我不爱喝甜的也觉得好喝，下次请你。"

星哥：为什么要下次，我现在就要。

林竞低着头笑："那怎么办？不然你来宁城。"

季星凌手指在屏幕上滑动，"我就在宁城"。一个字一个字打出来，又一个字一个字删除。明明这么大一个小林老师就在面前，却不能出现给他一个惊喜，谁能忍？反正你星哥不能！

他热血上脑，差点就冲了出去，想着骗一骗，就说是连夜坐飞机来的，应该没关系吧……但好像又有些冲动过头。而且从宁城到锦城的航班过年期间有调整，只剩下了明早八点的一趟，也没办法编出合理的理由。

不行的，不可以这样。季星凌还在犹豫地打完字又消除，林竞已经端起奶昔回到了乐高区。

保安第三次从这由头到脚捂严实的可疑黑衣人面前"偶然路过"，终于忍不住开口："小伙子，你不热吗？"

季星凌没注意："啊？"

"你热不热？"

"……"大少爷的第一反应是，北方人民都这么热情友好主动攀谈的吗？走在路上还有陌生人关心你热不热？再一看保安警惕的眼神，哦。

季星凌拉下一点口罩，瓮声瓮气地说："我不热，我流感。"

保安赶紧后退一步，大过年的，你流感为什么要跑出来祸害别人？

季星凌懒得理他，又往儿童区看了一眼。林竞可能是累了，见家长区已经没有位置，就跟小阿姨说了一声，自己到不远处的扶梯旁找了个长椅休息。

可达：我们这儿的商场好热。

季星凌坐在隔壁咖啡馆里，刚好能透过窗户看到他，我知道宁城的商场很热，我也快被热死了，偏偏点饮料时没细看，还弄了杯滚烫的热可可，简直又热又腻。但还要很羡慕地回复：是吗？北方的暖气就是牛！

每次收到新消息，林竞都要乐一下，就有些傻傻的。季星凌趴在桌上，也远远地看着他笑，咖啡馆正在放一首英文歌，轻松欢快，大少爷虽然不是很能听懂歌词，但听着就非常让人开心。时间和音乐一起悄悄流淌着，热可可的滋味，浸透了少年一整颗心。

临近五点的时候，商场开始播放温馨提示，说除夕会提早闭店，只营业到下午六点。林竞把空饮料杯丢进垃圾桶，看起来像是要回家了，咖啡馆里的大少爷矫情地忧伤了一下，埋单后想着自己差不多也该回锦城过年了，余光却瞥见几个卖场促销人员正在排队往回走，穿着笨重的玩偶服，一摇一晃，很喜感。

季星凌："……"

一个念头闪过脑海，他几乎是想都没想，就跑出去拦住其中一个："哥们儿，能帮我个忙吗？"

那只大熊费力地把头套摘下来，不是哥们儿，是姐们儿。

但没关系，北方人都是很热情的。

她问："帮什么？"

十几分钟后，本来应该下班的玩偶熊，又出现在了卖场里，手里抓着一堆传单，跑来跑去，敬业又卖力。

林竞带着弟弟妹妹们坐扶梯下楼，被吵得头昏，满心只想快点去停车场。结果三楼偏偏还冒出来一只活泼的玩偶熊，正在蹦蹦跳跳和顾客逐一互动，小朋友都是喜欢凑热闹的，于是他们开开心心地跑下最后几级电梯，全部举着手要抱抱。

林竞："……"

玩偶熊很有耐心，和小朋友握完手后，又跑到林竞面前，冲他大大地张开胳膊。

忐忑的，欢喜的，眼睛里闪着光。

你看，我到你面前了哦，想提前给你一个新年的拥抱。

林竞："不了，谢谢。"

季星凌："？"

玩偶熊蹲在地上闹脾气，又要赖地冲他伸出一只手。

围观的顾客都在笑，林竞也被逗乐了，把他拉了起来："对不起。"

玩偶熊再度张开手。

这次林竞没有拒绝，轻轻和他抱了抱。

"新年快乐。"

在分开的一瞬间，林竞微微侧过头——也不知道是出于什么目的，可能是好奇吧，总之就很认真地透过头套上的网纱缝隙，往里瞄了一眼。

季星凌没留意，冷不丁和他来了个对视，差点惊得后退一步。

林竞也一愣，其实头套里是很黑的，他并没有看得很清楚，但总觉得……

季星凌单手抓住头套，敷衍地向顾客挥手再见后，就慌张地跑上了扶梯。林竞脑子有些蒙，直到被小阿姨拉着下了两层楼，还在想刚才的玩偶熊，他觉得自己大概是疯了，但……世界上是有妖怪的，不是吗？

"哎，小竞，你去哪儿？"小阿姨诧异地问。

"等我五分钟！"林竞步履像风一样，他一把拉住保安："叔叔，请问刚刚那只玩偶熊呢？"

保安刚从别的楼层巡场回来，不知道他具体在说哪个，就笼统地往楼上指了指："他们快下班了吧，应该都在七楼的员工休息室。"

这时候商场已经在播放闭店音乐了，所有顾客都在下楼，只有心怦怦狂跳的少年，抱着那么一点点又奇幻又疯狂的念头，拼命大步往楼上冲。

七楼更衣室里，季星凌把玩偶服还给之前的姐姐："谢谢您。"

"没事，抱到你想见的人了吗？"

"嗯。"

姐姐笑着把东西收拾好："那我也下工了，祝你新年快乐。"

她是外包公司的员工，得负责把所有东西都搬回车上，在抱着大头套和同事一起下楼时，刚好看到一个十六七岁的男生正向这边跑来，气端吁吁而又满脸焦急，像是在找什么人，却在瞥见自己怀里的道具服时，猛然停下了脚步。

姐姐稍微有些诧异地想，原来……是男生吗？

林竞站在原地，呆呆地看着工作人员挤进了升降直梯。

他没有凑上去问，只是有些茫然和失落，思绪也是乱的，低头无意识地摆弄了两下手机，就有保安上来催促："小伙子，我们要闭店了。"

"哦，对不起。"林竞回神，"我马上就走。"

大年三十，商场对安全问题总会格外上心些，所以就算面前的男生看起来不像小偷扒手，保安还是尽职尽责按下电梯，亲自送他去了负三楼停车场。

季星凌独自靠在员工休息室的走廊，一直看着那部直梯的顶端显示屏，看着数字从"7"变成"1"，最后停在"-3"。

他轻轻松了口气。

为了避免商场查监控时发现异常，季星凌没有用原身直接离开，而是在确定林竞已经坐上车后，才反扣着帽子，戴上口罩，匆忙走出了商场。

锦城，城北老宅。

葛浩正紧张地盯着闹钟，已经五点零一分了，星哥为什么还没回来，不是说好的五点吗？

五点零二分了！

五点零三分了！

五点零三分五十秒！

不行，我要想办法营救星哥！

忘忧草猛然站起来，还没想明白要从哪个方面着手"营"起，窗外就砰地出现一团电光黑雾。

"星哥！"

季星凌重重坐到床上，额发被汗浸得半湿，心里还有些残存的慌乱。

葛浩小心翼翼地观察了他一分钟："星哥，你是去对抗恶兽了吗？"

季星凌没心情解释，也不知道该怎么解释，于是随口应了一声："嗯。"

葛浩兴奋地一拍桌子："我就知道！"

我星哥，牛！

手机嗡嗡振动起来，季星凌被惊了一跳，葛浩赶紧在他背上抚了两把，又拧开一瓶价格高达十八块钱的高级果汁，尽可能让大哥享受荣耀英雄待遇。

电话是胡媚媚打来的，催促他快点回家。

"知道了。"季星凌把手机装回裤兜，草草洗了把脸，在离开之前又丢给葛浩一枚妖怪币："谢了。"

"星哥你不用给我钱的！"

"酬劳。"

酬劳？

葛浩握着那枚金闪闪的妖怪币，内心比较激动。

原来是来自妖管委的工资吗？

那我也算是参与过大任务的妖了！

季星凌在六点前顺利赶回了浣溪别墅，客厅里一大群亲戚，他规规矩矩打完招呼后，就回房换衣服加躲清闲。林竞刚好发来一条消息，没提下午的事，只是拍了张年夜饭的空桌子的照片。

可达：我好饿，这家店为什么连个冷盘都要好久才上？！
星哥：我家也还没开饭呢，一屋子的亲戚，闹得慌。

两人和平时一样，聊着各种琐碎的事情，像什么都没有发生过。

又或者是……林竞有那么短短一瞬间，其实模糊地猜到过什么，却因为想法实在太疯狂，连自己都不敢往下继续，所以只能假装什么都没有发生过。

他用指尖戳戳手机屏幕上的人，轻轻笑出声。

季星凌，除夕快乐。

电视里的春节晚会一如既往地喜庆又无聊，不过反正大家也就听个响，节目内容是什么都无所谓。季星凌窝在单人沙发里，刷到好玩的微博段子就发给小林老师，整个人比较荡漾。其中一条消息还不小心发错了，发到了于一舟手机上，于大少爷正在家好好打着游戏呢，手机突然就蹦出一条消息，点开一看，硕大一个粉红冒泡少女心表情包。

于。：？
于。：你真是不害臊。
星哥：！

季星凌手忙脚乱秒速撤回，想了想依旧不放心，于是干脆打了通电话过去："你有没有截图？"

于一舟的心情也很一言难尽："我又没有暗恋你，为什么还要专门截个图？"

"……"

"……"

场面一度非常尴尬。

另一头，林竞装模作样地帮商薇包了几个饺子，然后就找借口溜回卧室，给季星凌打电话，开头几个一直提示占线，最后一个才被接起来。

"是于一舟。"季星凌主动交代，"我们打了两把游戏。"

"我刚在包饺子。"林竞问，"你们家要不要守岁？"

"要吧，就象征性守过十二点，吃点东西什么的。"季星凌看了眼墙上的挂钟。其实妖怪过年和人类差不多，无非就是吃吃喝喝走亲访友，没什么特殊环节。年兽一族也早就不再到处吓人了，他们每天准时上班打卡，和普通的妖怪或者人类并没什么两样。

季星凌又问："你在敲键盘吗？"

林竞的动作稍微停了一下，心虚地回答："嗯，查个资料。"

搜索网页停留在"红色眼睛的妖怪"上，几分钟前鬼使神差敲进去的。今天下午在锦贸商场的那只玩偶熊，虽然林竞回家后已经在心里默念十几次"不可能的，那绝对不可能是长着红色眼睛的季星凌"，但还是不死心地想要查一查，结果当然一无所获，只有一些七拼八凑的小网站引流文章，根本读不通。

林竞看两眼就没了兴趣，自我反思可能是被亲戚家的小孩吵蒙了，竟然会冒出这种鬼扯的想法，于是把笔记本电脑丢在一边，继续和季星凌聊天，从十一点聊到凌晨，互相说完第一句"新年快乐"，才恋恋不舍地挂了电话。

窗外一直在下很大很大的雪。

林竞穿着短袖T恤，趴在床上困意全无，生平第一次，竟然还有点羡慕锦城九中——听说他们大年初八就开始上课了，宁三也是，初九开学，为什么山海就是要固执地过完正月十五？我不需要放假！

小林老师发出无声呐喊，把脑袋整个埋进被子里。

我！要！回！去！学！习！

商薇站在门口，疑惑地问："儿子？"

林竞迅速坐直："妈。"

"你没事吧？"

"有事。"林竞指了指电脑，"李陌远发给我一套数学试卷，第一道题就不会做，所以内心崩溃。"

商薇被逗得直乐："下楼来吃饺子，明天再继续做题。"

林竞答应一声，站在桌边犹豫片刻，还是关闭了"红色眼睛的妖怪"页面。

其实连季星凌本人都不知道，在那个对视的瞬间，自己曾经出现过短暂的兽化——未成年小妖怪的灵力不稳定，在极度紧张时，就容易发生一些奇怪的事情，这也是广大妖怪家长要千方百计帮幼崽提高控制灵力水平的主要原因。

新年第一天，大麒麟照旧叼着崽，去天上雷电滚滚地"砰"了一圈。小麒麟对此其实是没意见的，反正从小这么玩到大，但问题就出在，他中途居然在一团厚厚的云层里，看到了正亲昵而又纯洁地靠在一起晒太阳的角端和腓腓，于是油然而生一股"为什么连李陌远都可以光明正大和班长出双入对，而他却只能被亲爹架在背上像憨憨一样飞来飞去"的悲凉感，整只麟都很蔫，耷拉着尾巴和四只蹄，一句话都懒得说。

腓腓远远地看着："麒麟是不是生病了呀？"

角端紧张地道："不知道，不重要的，我们换个地方。"

非常没有堂兄弟的美好情谊。

……

山海每年高考前一百天，都会出个倒计时牌，季星凌觉得要是小林老师再不回来，自己也要去弄个倒计时了。他觉得自己已经等了一百年，一看手机日历，才大年初八。

初九。

初十。

正月十五的元宵，大少爷吃得格外香甜有滋味，连胡媚媚都蒙圈了："你不是不爱吃红豆吗？我还在让阿姨给你煮芝麻的。"

"我吃啊。"季星凌三下五除二，连汤底都喝得干干净净，红豆好吃，红豆没毛病！

吃完之后。

"妈，我们明天几点搬家？"

"有什么可搬家的，不就带个行李箱去江岸书苑？"胡媚媚递给他一杯灵果榨的汁，"或者后天再搬也行，你们是大后天才报到吧？明晚爸爸还要带你去鹊山医院打疫苗，从家里出发方便一点。"

是大后天报到没错，但小林老师明早的航班回锦城！要不是怕被亲妈看出端倪，你星哥当场就想摇尾巴，嘚瑟得想上天！

没事，后天再搬家也没关系，只要能去机场接回小林老师，1302 一样是快乐天堂，至于鹊山医院那边，晚上早点回家就行。

结果没过多久，林竞就发来一个号啕大哭的表情包。

可达：刘栩哥和我一起，一个航班。
可达：我也是刚知道，他不用提前回校。
可达：刘叔叔初七回的锦城，他要来机场接我们。
可达：季星凌你为什么不理我？
可达：季星凌你是不是生气了？
可达：[哭泣] × 100

季星凌被对话框弹得眼花缭乱，刚准备回复"我没生气，是你打字太快了，那我在江岸书苑等你"，转念一想，这种难得的机会，当然要趁机矫情一下，谋求一点福利，不矫情不是中华麟！

星哥：怎么又是他？
星哥：我帮你改签航班。

冷冷的，超酷。

可达：你真的这么在意吗？
星哥：嗯。

对面安静了一阵，半天没回复。

季星凌纳闷地想，不是吧，这就生气了，我好像也没说什么啊，算了，大丈夫能屈能伸，让我来酝酿一下要怎么道歉。

结果下一秒。

可达：我已经改签了，晚上九点半到锦城，只剩这个航班还有位置。
季星凌：？

那我岂不是要多等十几个小时？

我是不是有病？

改回去！

可达：你别生气了。

说完还截了张图，证明自己确实改签了，并没有和刘栩搭同一个航班。

你星哥不生气，但你星哥快崩溃了，还很欲哭无泪。

现在要怎么办，打电话告诉小林老师，我其实是开玩笑的，我并没有很介意？

好像也没有好到哪里去。

思考再三，季星凌硬着头皮——

星哥：你怎么这么快就改了，晚上锦城真的超冷，不然再改回去吧。

可达：没关系的，而且我这机票只能改一次。

可达：我好像在 T2 航站楼降落，出来后去哪里找你？我们能不能自己打车，别让冯叔接了？出租车里要自由一点。

季星凌："……"

"妈。"他站在卧室门口，"鹊山医院预约的疫苗可不可以改期？"

胡媚媚慈祥地和他对视，意思是"你说呢"。

季星凌：OK，先别骂，我开玩笑的，我懂。

小妖怪的疫苗和小朋友的疫苗一样重要，而且对接种时间有更严格的要求，不能随意变动。

所以——

星哥：明晚我可能不能来机场接你了，我爸要带我去医院看一个亲戚。

在发出这句话的时候，季星凌基本上是抱着"风萧萧兮易水寒"的悲壮心情，觉得自己可能会被小林老师当场拉黑。

可达：嗯，那我自己回家，后天你再来江岸书苑？

季星凌一愣，捧着手机仔细研究了半天，这句话好像并没有冷嘲热讽，也没有生气，更没有什么送命陷阱，于是小心翼翼打了通电话过去："你没生气吧？"

林竟乐了："怎么会，你不是有事吗？"

"但我让你改签了机票，又不能来接你。"

"我改签的时候又没问你时间。"林竟抱着靠垫，"反正也不是什么大事，就是我们要后天才能见面了。"

一提这件事，季星凌就很想脱口而出：我帮你重新买票，你明早回来好不好？

但最后还是忍住了，一来太事儿，二来显得傻，你星哥已经是个成熟……比较成熟的麒麟了，不能一直这么傻。

林竟说："那我挂电话了，行李还没收拾完呢。"

季星凌又确认了一遍："你真的没有生气？"

可能是因为太久没见面，小林老师表现出了前所未有的超绝耐心："我真的没有生气，我就是很想你。"

"……我也想你。"我下次再也不矫情了，谁矫情谁有病！季星凌靠在墙上，头疼又郁闷，"早点睡，我后天早一点来江岸书苑找你。"

林竟笑："嗯。"

打完电话后，林竟先给刘栩发了条消息，说了一下自己机票改签的事情。

没过几分钟，商薇就来敲门："你改到了明晚九点多的飞机？"

"嗯。"林竟一愣，"刘栩哥这么快就告诉你了？"

"我刚好在和卢阿姨打电话，你怎么改到这么晚？一个人回家不安全的。"

"出机场就打车，没什么不安全的。"林竟合上旅行箱，"明天还有点事找徐光遥他们，就顺手改了。"

商薇头疼："为什么不提前和我说一声？小栩是特意为你挪的时间，还想着路上能相互照顾。"

"我不知道啊。"林竟纳闷，"我还以为刘栩哥是碰巧和我一起飞，不过我们就坐个飞机，又不是坐火箭，也没什么好特意照顾的，你帮我和卢阿姨道个歉吧。"

商薇替他把床上的衣服叠好，叮嘱："这学期妈妈爸爸也不在锦城，只能托刘叔叔一家继续照顾你，小栩脾气好，人又好，你平时有空就多约他出来，一起吃个饭聊聊天，别老是待在家里学习。"

"刘栩哥都高三了，哪有空和我一起吃饭聊天，妈你想什么呢？"林竟想都不想就拒绝，"而且我没有一天到晚只知道学习，我经常出去玩的。"

"和小星一起？"

"嗯。"

冷静你林哥，不心虚，很稳当。

商薇试探："不如妈妈问问小栩，看他能不能再把机票和你改到一块？"

林竞由衷表示："我要是个女生，就该怀疑你对刘栩哥居心不良了。"

商薇随口接了句："那我还真挺放心的。"

林竞："？"

算了，你还是去客厅看电视吧。

商薇又争取了一下，见儿子死活不愿意和刘栩坐一班飞机，只好作罢。回到客厅后，林医生正拿着遥控器换台："小竞已经快成年了，你怎么连他单独坐飞机都不放心？"

"和坐飞机没关系，我这不是想让他和小栩把关系处好一点，两个人多出去玩玩吗！"商薇说着说着又一怒，"省得他一天到晚趴在书桌前，和你当年一样，都学出神神道道的幻觉了！"

林医生："……"

为什么又扯到了我头上？我这就闭嘴。

幸好，第二天宁城的天气很好，晚上雪也停了，并没有发生"航班取消导致一对小同桌又要推迟一天见面"这种悲惨的事。

胡媚媚很早就安排了司机老冯去机场接林竞，季星凌对这一点还是比较满意的，打电话给小林老师："我觉得我妈特喜欢你，哎，阿姨是不是也挺喜欢我的？"

"嗯。"林竞自觉隐瞒了亲妈对刘栩的热烈喜爱，免得某人又叽叽歪歪，"我要起飞了，你什么时候去医院？"

"九点左右吧，还在等我爸回来。"季星凌站在窗边，"晕机的话就吃片药，我等你落地。"

一句叮嘱，成功让小林老师疯狂想回锦城的心情更上一层楼。洁癖是不会用飞机毯的，他依旧裹着那条凤凰火的毯子，侧头看着舷窗外不停闪烁的跑道灯，突然就觉得……妖怪其实挺好的，真挺好的，他们一定不用坐飞机，不用等机场调度管制，不用经历漫长的分离，嗖的一下就能出现在喜欢的人怀里。

毕竟电视里都这么演。

飞机轰鸣着穿透了云层。

晚上八点多，大麒麟也叼起自己的崽，"砰"去了鹊山医院。打疫苗是一件很麻烦的事，因为总会有那么一些晕针或者怕疼的小妖怪，还在排队就开始哇哇大哭，吵得大家都很焦虑。偏偏护士们还都很温柔，一定要安抚好后才会进行下一步，整个过程就被拖得无限长。大麒麟看了眼面无表情的儿子，问："你还好吗？"

小麒麟高傲冷漠地"嗯"了一声，在周围的空气里放出蓝色电光，刺刺啦啦那种。

我还好，但他们要是再哭下去，可能会不太好。

麻秆护士蛇衔草一直在密切关注这边的动态，立刻过来劝阻："麒麟先生，请您照顾好自己的崽。"

大麒麟单蹄揽着儿子，非常大大咧咧地问："我的崽怎么了？他很乖啊。"

蛇衔草被噎了一下，他沉默地指着周围噼里啪啦的、其他小妖怪只要接触到就很有可能会被轰成黑脸的电流——你管这叫很乖？

大麒麟依旧莫名其妙，这么多又吵又闹又撒泼又咬人的妖怪你不去管，为什么要来找我们的麻烦？我的崽放点电怎么了，电空气也不行吗？你们难道还要管麒麟释放雷电？

蛇衔草："……"

蛇衔草认输："算了，我给你们换个特殊号吧。"

其他的妖怪家长对此并没有意见。

因为大家都不想莫名其妙变成爆炸头。

获得官方插队待遇的麒麟崽趴在诊疗台上，看着又粗又长的针头，比较震惊。

但表面上还是很冷静、很高傲，咬着牙挨完了一针。

护士阿姨温柔地帮他按着棉签："疼吗？"

小麒麟臭着脸回答："不疼。"

护士阿姨闻言吃惊，把大麒麟叫到旁边委婉地问："你的崽是不是痛觉有点问题？"

大麒麟倒是很懂，压低声音回答："他痛觉没问题，就是爱面子，你没听到吗？声音都在抖。"

护士阿姨："……"

强行不疼的麒麟崽疼得头晕眼花，被大麒麟叼回了浣溪别墅。

胡媚媚迎上来，把儿子抱回怀里："怎么睡着了？"

"会睡十几个小时。"季明朗用手指拨了拨儿子软绵绵的小前蹄，笑着说，"没关系，打完疫苗的正常反应。"

卧室里只留了一盏小地灯，胡媚媚替儿子盖好鹅绒被，又细心地关了手机。

未成年小妖怪，总是需要家长更多的照顾和关怀。

商薇给儿子打了通电话："坐上车了吗？"

"刚刚出机场，胡阿姨让司机来接我了。"林竞拖着箱子，"现在就回江岸书苑。"

姜芬芳也是今天开始上班，她一早就在家熬好了清淡好喝的汤，把房间都收拾得清爽利落。林竞回到熟悉的小卧室，第一件事就是致电季星凌，结果依旧提示关机。

但没关系，小林老师是很会变通的。

林哥向来猛，直接把电话打给了季星凌的亲妈。

"阿姨，我已经回家了，谢谢您安排冯叔来接我。"他懂事又有礼貌地说，"我爸妈还给您和季叔叔带了礼物，结果我刚刚打季星凌的手机，他好像关机了。"

"不用这么客气。"胡媚媚笑笑，"小星感冒不舒服，现在已经睡了，我们明晚回江岸书苑。"

"嗯，那我就不打扰了。"林竞关心，"季星凌感冒很严重吗？"

"没什么事，已经吃了退烧药。"胡媚媚说，"等他明早睡醒之后，会打给你的。"

林竞挂了电话，皱眉想了想，季星凌最近感冒的频率好像有点高，按理来说他那么爱运动，身体素质应该很好才对，但又一转念——身体再好也架不住某人从不好好穿衣服，大冬天套个运动服到处耍帅乱晃荡。

于是他打开购物网站，在线激情下单一套保暖衣。

你星哥在梦里可能觉察到了什么，立马睡得更加"只愿长梦不复醒"，直到第二天早上十点才被胡媚媚一巴掌拍回现实："吃饭。"

他惊魂未定地坐起来，先掀开被子看了一眼，确定没被强行套上大红秋裤，才稍微松了口气。

"睡傻了？"胡媚媚试了试他额头的温度，"洗漱完先给小竞回个电话，他昨晚找你。"

季星凌看了眼时间，震惊："我怎么睡了这么久？"

"疫苗反应。"

为什么护士打针之前不告诉我副作用是昏迷？！

季星凌一边匆匆忙忙刷牙，一边按开手机，果然有许多条林竞的消息，从飞机降落锦城开始，最后一条是一个小时前发的，说要去学校一趟，让他好好休息。

季星凌直接打了过去："我刚刚睡醒，你去学校了？"

"嗯，早上王老师给我发了条消息。"林竞问，"你感冒怎么样？"

"好了。"季星凌擦干脸，"不是明天才报到吗，老王怎么今天叫你去学校？"

"帮他搬办公室，旧办公楼要检修水电。"林竞回答，"我们这学期也要回学苑楼了。"

季星凌愣了愣，在东山楼待得太习惯，他已经快忘了搬教室这件事。

学苑楼是大教室。

大教室没有同桌。

四舍五入，你星哥接下来一年多岂不是都要和小林老师相隔一整条走廊？

这是什么晴天霹雳？

而且还有更晴天霹雳的。

上学期的期末成绩表应该已经出来了吧？

意识到这一点之后，季星凌话头一顿，把"不然我也来学校帮你"完美卡断，只问了一句："你一个人在学校？"

"没，李陌远、祁连他们都在。"

OK，全部是好学生。

回想起自己惨不忍睹的数学和英语，季星凌揉了揉鼻子："那你什么时候快弄完了，告诉我一声，我来接你。"

"不用，你在生病呢。"林竞叮嘱，"先好好休息，我等会儿再打给你。"

听着对面传来的嘟嘟声，你星哥油然而生一股沧桑感。

我的小林老师嫌弃我了！

他一定已经看到了我 50 分的数学成绩单！

李陌远拿着成绩表，哭丧着脸："我们这一届的高考不会是钱老师出题吧？"

"爹，你考了 128 分还不满足？"祁连受到打击，"全年级文科班，也就林哥能和你一战了，你看我，我差点没及格。"

林竞精准发问："为什么你叫他爹，叫我哥？"

李陌远："噗。"

祁连："这是重点吗？你们为什么不快点安慰一下 90 多分的我？"

你 90 多分有什么好安慰的，偷着乐去吧。林竞劈手夺过成绩单，我 38 分的同桌才需要安慰！

年级第一依然是你林哥，总分 660，比李陌远多 3 分，比季星凌多 300。

这个对比就很惨烈了。

王宏余拿着新座位表进来，让李陌远等会儿贴到教室里。因为林竞前桌、那个请了病假的倒霉蛋迟迟不归，所以这一列集体往前挪了一位，四舍五入，两人差不多也能算同桌，除了上课不能偷偷说话，下课不能听同一个 MP3，不能随时随地往对方桌斗里塞个东西，不能看同一本练习册，不能用同一个水杯……不是，怎么感觉学习乐趣被剥夺了大半？

祁连观察了一下他："林哥，你考了全年级第一，为什么也和李总一样满脸哀怨？"

林竞正色回答："这不数学还没满分吗？"

祁连："……"

其他人："……"

请你出去。

几个人忙忙碌碌，一直到下午三点才弄完。王宏余说要请几个学生吃饭，林竞借口家里有事独自开溜，坐在车里发消息："你到江岸书苑了吗？"

星哥：你弄完了？我来接你。

可达：我已经打上车了，十分钟到家。

季星凌等了半天，也没等到可爱表情包，只能蔫蔫地回复一个"嗯"字。

没有考到 500 分是没有妖权的，虽然他已经刻苦背完了一轮 3500，但单词这种东西，是个人、是个妖都会边背边忘，没有谁能一遍全记住，所以好像也还没达到林竞的要求。

学习好难。

他单手搭在额前，一个人躺在 1301 的长沙发上，寂寞如雪，"野云万里无城郭，雨雪纷纷连大漠"的那种塞北隆冬寒凉雪。

你看，你星哥还背诗了，他其实真的很努力。

但高中考试这种东西，并不能靠一两个月的努力就从 300 到 500，在绝大多数时间里，成绩还是很公平的。

他叹了口气，连灯都懒得开，四仰八叉继续发呆，直到门铃嗡嗡响起。

季星凌如梦初醒，猛然从沙发上蹦起来："稍等一下！"

他慌乱地冲进浴室，对着镜子整理了两下头发。

成绩已经破破烂烂了，至少脸要帅得惊天动地！

林竞在门口等了大概三分钟，才有人来开门，他刚疑惑地问了一句："你在干什——"

人就已经被猛然拽进了 1301！

林竞猝不及防，手里捏的 A4 打印纸啪的一下拍到了大少爷脸上！

季星凌鼻子又高又挺，这一下就有点狠，泪眼婆娑地缓了半天。

"你没事吧？"林竞被吓了一跳，"我刚刚没注意。"

"没事，没关系。"季星凌都疼蒙了，"你拿的什么东西？"

林竞回答，成绩单。

"……"

久别重逢的美好气氛立刻就没有了。

林竞检查了一下对方的鼻子："还好，没歪。"

季星凌哭笑不得："歪了你负责吗？"

"歪不歪我都负责。"林竞揉了揉，"要不要冰一下？"

季星凌要赖："不冰，要安慰。"

"别闹了。"林竞乐了，"你这次考了360。"

季星凌表情一僵："嗯。"

"但你年级排名提升了。"

季星凌吃惊："真的假的？数学大家都烂我知道，可英语我完全没好好答啊，这也能升排名？"

"没。"林竞语调含混，"不算英语。"

季星凌没反应过来："怎么还有不算英语的排名？这是什么人道主义温馨新排法？"

"我排的，不行吗？"

"……行，你能不能不要突然这么凶？吓我一大跳。"

但小林老师觉得自己很有道理，因为季星凌在考英语的时候生病了，当然不算正常发挥，在排名的时候把非正常发挥剔除掉，难道不是常规操作吗？

他还特意用王宏余的电脑拉了张没有英语成绩的排名，仔细确认了一下，自己的同桌排名确实上升了。

所以是可以获得一个奖励的，合情合理。

季星凌感慨，小林老师为了能鼓励我，真是"处心积虑"。

就很上头，就超嘚瑟。

阳光从窗外洒进来，照着两个帅气的少年。

他们看着彼此，有点傻地笑出声。

十六七岁的，纯真的，傻兮兮的。

1301的沙发很大，林竞坐得歪歪扭扭，享受着这个安静午后，整个人放松又惬意，像是一头扑进了玩偶店的绵软大熊里。

大熊。

林竞想起锦贸商场的事，于是微微侧过头："我过年逛街的时候，遇到了一只发传单的玩偶熊。"

季星凌原本正在捏他的后颈玩，听到之后，手稍微一顿："嗯，然后呢？"

"我以为那是你。"

"怎么可能？"

"可他真的很像你，季星凌，那真的不是你吗？"

"……不是。"

"我自己也觉得不可能，但是你怎么这么冷静，难道不应该借机嘲讽我？比如说异想天开，想你想出幻觉之类。"

"你不要把我想得这么嘴毒好不好？"季星凌歪头，"而且明明只有你才喜欢一天到晚开嘲讽大招，我属于单方面接受暴击。"

林竞想了一下，确实如此，于是说："哦。"

他继续哑哑地、懒懒地说："不是你就不是你。"

或者再夸张一点，是你也没关系。

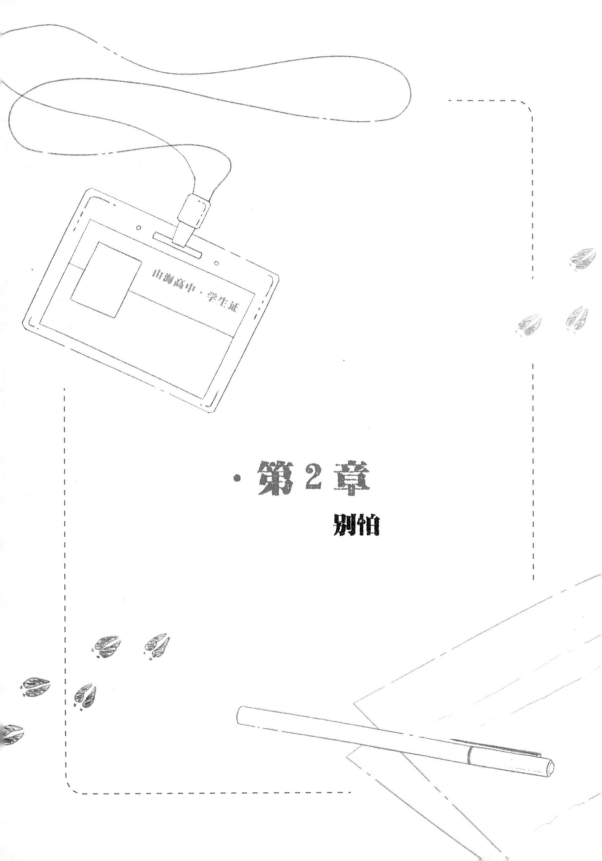

山海高中·学生证

·第2章

别怕

好说话又懒洋洋的小林老师保鲜期比较短，仅限放假回来当天。第二天早上，季星凌去 1302 找他一起去报到，原本想继续贫一下的，结果遭遇灵魂暴击："3500 背完了吗？"

"嗯，差不多吧。"

"Trial（试验）什么意思？"

"……"

冷冷的单词在脸上胡乱地拍，季星凌试图申辩一下，我真的背了，但也真的忘了，trial 是什么来着，尾巴？训练？好像都不太像。而就在他纠结来纠结去的时候，林竞已经换好衣服，又从地上拎起来一个购物袋："给你的。"

"给我的？"季星凌下意识地接住，"你还给我准备了新年礼物？"

"不是新年礼物，昨天刚买的。"林竞坐在桌子上，命令，"现在就拆。"

不愧是小林老师，送礼物都送得这么霸道强势不容拒绝，正好星哥也完全不想拒绝，他喜滋滋地拿出包装盒一看——加绒加厚自发热保暖内衣。

"……"

林竞提议："姜阿姨已经洗过烘干了，这是重新装进去的，你现在就可以穿。"

季星凌虚伪地拒绝："不了吧。"我觉得可以在这个基础上再推迟八十年。

"不行，今天外面巨冷，你就穿这么点不能出门，感冒才刚好。"林竞口气强硬，"我用压岁钱买的！"

你为什么不省下珍贵的压岁钱买一点别的东西？季星凌一言难尽，揭盒盖揭得宛若电影 0.1 倍速播放，嘴里还在不停地叽歪胡扯："我真的不冷，我感冒是热感冒，热感冒你知不知道？就是……为什么是大红色？"我昨晚只是随便一梦，有没有必要今天就走进现实？

林竞也被这抹刺眼亮色震了一下，心想不是吧，掏出手机一问客服，对方态度倒是良好，说可能仓库发错了，可以包邮退换再送优惠券，洗过也没关系。

这时又一股妖风刮过窗外，嗖嗖的。

林竞当机立断："谢谢，我们不换了。"

季星凌心花怒放："所以我能不穿了？"

"为什么不穿？"林竞拍板，"反正你套在衣服里面，又没人会发现。"

"但我有心理压力。"季星凌双手捧起红秋裤，表情愁苦，"而且怎么没人知道，你不是人吗？我不穿。"

林竞不假思索："但我觉得你穿大红秋裤的样子特别帅。"

"……你自己觉得这句话合理？"

"合理。"林哥向来擅长让一切不合理变得合理，他面不改色地说，"季星凌，你穿保暖秋衣超帅、超可爱的。"

季星凌被雷疯了，他丢下大红秋裤就想跑路，结果被林竞抓着衣领揪了回来，霸道林竞挺强势的。两人身高差不多，季星凌虽然是很威风的妖怪，但也不可能真妖到小林老师头上，所以最后还是被半胁迫地压在地毯上，满脸崩溃地认输："你能不能不要一上来就脱我的裤子？大家有话好好说。"

林竞："……"

林竞迅速收回手，淡定地解释了一下："不是，我只是想帮你穿秋裤。"一时上头，没有细想。

季星凌撑着坐起来，看了眼他通红的耳朵，也不知道是该痞兮兮凑上去欺负一下，还是先悲恸一番大红秋裤。其实1301的衣柜里也有不少厚毛衣之类，毕竟自家亲妈闲得没事就购物，但不一样，这辣眼睛的破玩意是小林老师用压岁钱买的，意义不一样。

最后大少爷还是决定勇猛穿秋裤，咬牙讲条件："那我不穿秋衣行不行？"太红了，你知道吧，外套可能挡不住，一转身露出袖口一片红，颜面何存！

林竞正在反思自己为什么刚才居然上手就脱别人裤子，是不是脑子出了毛病，所以比较心虚，弱声弱气地一指："嗯，那你去穿。"

季星凌拎着购物袋去了洗手间，他都不忍心看镜子里的自己，全程闭着眼睛匆匆套好，神似社会新闻里去超市偷秋裤的贼，出来后问："我穿好了，你要不要检查一下？"

林竞好不容易才缓回去的耳根又一热，强行装作没听到，冷冷地站起来："走吧。"

季星凌的性格是这样的，虽然他被迫套上了秋裤，现在正浑身不自在，但看到小林老师一脸崩溃还要强装无事发生，又觉得非常好玩，于是一颗瞎撩的心蠢蠢欲动，从车上下来之后，就没有一刻消停过。

"好暖和！

"哎，你别说，穿习惯好像也没那么别扭。

"就是下次能不能换个颜色？

"不过你买的，什么颜色我都喜欢。

"不如我也给你买一红的。"

林竞实在忍无可忍："季星凌，你要是再废话一句，我就告诉所有人你穿了一条大红秋裤！"

"……"

OK，OK，你星哥也不是不能闭嘴。

高二（一）班的教室里闹哄哄的，所有人都在忙着搬书换位置。于一舟把头发剪短了些，看着更加清爽利落，林竞也跟着一票女生多瞄了两眼。大少爷立刻不满地提出抗议："喂，我这还辛辛苦苦帮你搬东西呢，不准看别人。"

林竞把书从季星凌手里接过来："你瞎说什么，我就是觉得他额头上贴的那个创可贴很喜感。"

"觉得喜感也不行，你顶多可以看一下……"季星凌在班里环视一周，试图用颜值来筛选一个安全范围，小林老师很有耐心地等了半天，最后等来一句，"算了，你谁都不准看！"

林竞："？"

葛浩凑上来问："不准看什么？"

"不准看你，这是什么破外套，辣眼睛。"季星凌单手挟制住小弟，丝毫不顾自己正穿着大红秋裤，张嘴就 Diss（嘲讽）了一番对方的红外套。

葛浩乐："这不过年余韵未消，红的喜庆嘛，而且林哥也围着红围巾，你为什么不嘲讽他？！"

公然挑拨大哥和大……另一个大哥的关系，就很牛。然后意料之中被季星凌压在桌上虐待了一番，两人打打闹闹出了教室，差点一头撞到王宏余。

老王赶紧把杯子换到另一只手里："小心点。"

"王老师。"林竞及时出现在教室门口，转移了一下王宏余的注意力。季星凌和葛浩趁机溜下楼去买水，想着老王可能差不多忘了刚才的事，才从后门溜回来。

今天主要是报到加搬教室，大家心情还是很轻松愉快的。侯跃涛原本想组个局，结果却遭到绝大多数人的拒绝，过年都吃撑了玩疯了，也没心情再去唱 K 烧烤，连于一舟也打着哈欠表示要回家睡觉，于是他又转头问："星哥，你和林哥呢？"

"我们也有事。"季星凌很满意他这个一拖二的问法，打发走副班长后，随手发了条消息——

　　星哥：下午没安排吧？我带你出去吃饭。

　　林竞差不多秒回："虽然我很想和你一起出去吃吃喝喝，但是快开学了，你是不是应该收收心？"
　　他还顺便发了张图，虽然糊得妈都不认识，但也能一眼看出是贴在教室后的排名表。
　　没考到500，没资格提要求。
　　况且这次连400都没有。

　　星哥：哦。

　　林竞扭头看了眼季星凌，觉得他软绵绵的、没什么杀伤力的样子，真是超绝可爱。
　　但还是不能吃喝玩乐，学习要紧。
　　这次季星凌又掉回300分大军，虽然是因为数学太难，考英语时又生病，但说到底还是因为基础不稳。林竞已经在假期帮他整理好了全套的复习大纲，只要能顺着过一遍，平时考试保持在450左右应该不成问题。
　　大少爷毛病向来多。放学回家的路上，他在听小林老师仔细说完之后，第一反应就是："为什么是450，之前的要求不是500分吗？为什么要对我降低标准？"
　　林竞没吭气，可能是被这角度清奇的切入点给噎住了。季星凌也在这寂静中开始心虚，一琢磨，自觉认错："我懂，450是因为我基础太差。"
　　林竞哭笑不得，他用手肘撞了对方一下："那初考题目如果不是变态难的话，你能不能到450？"
　　"……"初考一般在开学第三周，季星凌想了想，自己好歹也算刻苦学习了一个寒假，要是题目不难还挂在300，未免太有损智商，于是满口保证，"能！"
　　林竞踢了踢脚下的小石子："嗯。"
　　季星凌趁机提要求："那我要是能考450，你陪我去看场电影？"
　　"好。"
　　小林老师在这方面向来好说话，只要成绩达标，别的都没问题。
　　季星凌还没来得及美滋滋甩尾巴，就又听到一句："那如果你考不到呢？"
　　大少爷非常正直地表示："我听你的。"
　　林竞看着他一脸吊儿郎当的模样，冷静地回答："这学期开始每个月都会考试，要是你一直吊车尾，我们就不能一起去北京了。"

季星凌没有一点点防备："不！"

"为什么不？你连 450 都考不到。"

"这和考试分数没关系，你明明只喜欢好看的！"

"我现在改了，人不能太肤浅，我现在喜欢既好看又学习好的，我明天就拿着年级排名表筛一下，看能找到多少合格人员来当我的新同桌。"

季星凌气死了，这时两人刚好走到一条背街，冬日里没什么人。他反手拽着林竞拽到巷子里，向前压在墙上，另一只手重重撑在他耳侧，语气有些烦躁："你以后能不能不要在这件事上开玩笑！"

"能。"

林竞答得又快又轻，但太不假思索的事情，总是没什么可信度。可季星凌也挑不出毛病，总不能说"你仔细想一下再回答"。

他又不耐烦地舔了舔最后那颗冒尖的小牙，就像一拳打在棉花上，手不疼，心里硌硬。

林竞倒是很自觉："我是不是认错认得太快了？"

季星凌："……"

"但你不是不喜欢吗？"林竞解释，"你都明确表示不喜欢了，我为什么还要再说，就像回锦城的航班，我不是一样改得很快？"只要和原则无关，能让对方更开心一点，那么配合迁就一点也无所谓。

林竞又强调了一句："但你还是需要好好学习的。"

季星凌被气笑了，嗯，气也消了，他看着一脸无辜的小林老师，心尖像被猫挠了一爪，冒出一点血珠，又刺又痒实在难受，于是捧住他的脸颊，恶狠狠地说："考不到 450，我吃了试卷行不行！"

林竞点头："成交。"

季星凌又帮他整了整衣领，才带着他一起往外走。结果出了巷子就见于一舟抱着胳膊靠在墙上，低头滑着手机。

"……"

林竞迅速站直。

于一舟没取下耳机，只沉默地伸手指了指后面，一大拨穿着山海校服的人，正在说说笑笑往这边走。

我不得给你们看着点？

季星凌也异常尴尬，不过他尴尬的点和小林老师不太一样——季星凌恶狠狠发誓要考 450 这件事，传出去也不知道该归在惊悚类还是搞笑类，但都一样丢人就对了。于是他伸手揽住于一舟，硬装出一脸无所谓："我还是把你杀了灭口吧。"

"哦，用你的 450 杀我？"

"滚滚滚！"

林竞从便利店买了几瓶冰水出来，两人已经不知道跑去了哪里，正好林竞现在也窘得要死，于是他给季星凌发完消息后，就自己拦了辆出租车先回家了，实力诠释什么叫尴尬来时各自飞。

季星凌把手机装回裤兜："中午要不要来我家吃饭？"

"困。"于一舟摇头，"我家司机就在前面，先走了。"

他懒洋洋地扯高衣领，遮住了一片漂亮的鳞。

成绩单需要家长签字，胡媚媚并没有对儿子的 300 多分表示不满，毕竟生长期摆在那儿。倒是季大少爷自己，难得产生了那么一丝丝愧疚，主动解释："我们上学期数学试卷真的挺难的，那个，你看我语文和综合是不是还可以？"

胡媚媚扫了一眼，确实还可以，但对着这种破烂成绩单一脸喜悦总不合适，就只说了一句："下回数学和英语可要好好考。"

"嗯，我等下就去隔壁学习。"季星凌把成绩单收好，又对着镜子拨弄了两下头发，"妈，你说我要不要去剪个头发？"

胡媚媚瞪了他一眼："过年前催了五六次你都不去，现在想起来了，还没出正月，不准去剪头发！"

季星凌想了半天才反应过来，好像有一个什么"正月不剃头"的谚语，于是强调："我觉得我的头发和舅舅应该没什么关系。"

"那也不准去，过两天还要一起聚会，你这不存心给他添堵吗？"胡媚媚站起来，"行了，来吃饭。"

鉴于舅舅对麒麟一族的印象已经够差了，季星凌觉得，行吧，下个月再剪也行。

但他在下午去 1302 复习的时候，还是问了一句："你真觉得于一舟那个发型好看？"

林竞正在做数学呢，被他这么一打扰，脑子暂时没反应过来，纳闷地问："于一舟是什么发型，他不就剪短了一点？"

"嗯，就是剪短了一点，可是你看了好几遍。"

林竞对他这谜之计较也是服，不得不认真解释："我说了，我没有看他，我在看那个创可贴。"

"创可贴有什么好看的？"

"那于一舟的新发型有什么好看的？"

"我怎么知道，不是你在看吗？"

林竞："？"

季星凌一乐，这才说："逗你玩的。"

林竞无语，拍过来一支笔："好好做你的数学！"

季星凌应了一句，倒也没再瞎捣乱，毕竟他也不想表演吃试卷，450还是要考到的。阳光似乎格外眷顾这间小卧室，西斜后也要固执地拖一条尾巴，直到最后一刻才缓慢隐没。时光静静流淌着，空气里飘满热可可的香气，季星凌心里一动，又想起了之前在宁城的那个午后，想起咖啡馆的玻璃窗，想起那件笨重的玩偶服，嘴角也跟着扬起来。

林竞忍不住问："你为什么要含情脉脉地盯着数学题？"

季星凌自恋地回答："因为我觉得我真是浪漫爆了。"

小林老师拖过他的试卷一检查："实不相瞒，现在可能是你对数学单方面浪漫，而数学不想搭理你。"

"我没有对数学浪漫。"季星凌活动了一下手腕，"你怎么又在看英语，也要去参加那个什么创新英语大赛？我看好多人好像都在准备。"

"不去，我高一就拿了国一。"

"……"

季星凌不是很明白"国一"是不是"国家一等奖"的简称，但夸"厉害"就完事儿了。为了显得自己不是太不学无术，又补充一句："是高考能加分吗？"

"没什么用。"林竞说，"我想上的学校和专业，都不认可这个竞赛加分，参赛纯粹是为了给学校多拿几个奖。"

季星凌没话讲了，伸手揉揉他的头："你怎么这么厉害啊！"

"你能安安静静做一下午题，也超厉害的。"林竞笑，用一根手指帮他揉了揉太阳穴，"累不累？"

"不累。"季星凌顺势耍赖，"我觉得我都可以不去学校了，等着你给我讲题就行。"

"行啊。"林竞掌心向上，"学费先给我。"

季星凌低头，迅速伸手击掌。

小林老师："……"

大少爷一脸正直，我交学费！

林竞觉得这样不行，要是一直纵容，3500猴年马月才能背完。

所以他说："下不为例，不然 450 涨到 460。"

季星凌顿时心塞："黑社会高利贷也没有你这种涨法。"

"国家规定年利率超过 36% 才算高利贷，450 涨到 460 基本可以算是政府帮扶贫困妇女的无息贷款了。"林竞犀利地命令，"快点学习！"

"需要帮扶的贫困妇女"你星哥无话可辩驳，只好继续看书。

林竞一边做题，一边面不改色，轻轻握住了左手。

软软的，轻轻的，嘴唇好像有点干燥。

过了一会儿，他又忍不住侧头，很认真地观察了一下。

季星凌随口问："怎么了？"

"你嘴有些干。"

季星凌立刻上道地表示："没事，我多喝热水。"

林竞抿嘴一乐，自行打开手机，下单了一根润唇膏，特意挑了白管朴素的，免得某人又叽叽歪歪半个小时不肯用。

同城闪送很快，三十分钟必达。林竞取回快递后，拆开包装自己先闻了闻："好像有点薄荷的味道，你试试。"

季星凌果然抗拒："太娘了。"

林竞对此早有防备："你嘴巴沟沟壑壑干裂飙血就很 Man（男子汉）、很猛、很硬汉？"

季星凌："……"

什么魔鬼措辞！

润唇膏是那种挤出来后涂抹的类型，季星凌随便拿手抹了两下，就算完成任务。林竞坐在他旁边欲言又止。为什么会有人连这玩意都涂不好，糊一大片真的不难受？最后强迫症实在没忍住，捏住他的下巴硬把脑袋转过来，用手指重新蹭了一遍："好了。"

季星凌还保持着刚才的姿势，好端端的长江大桥轮渡距离算到一半，突然就被拉住涂了半天嘴，脑子不是很灵光，只说了一句："这个东西还挺凉。"

"嗯，薄荷的。"林竞抽了张纸巾，想把手指上剩下的擦干净，结果季星凌这时候反应过来了，一把握住他的手腕："不行，不许浪费！"

林竞猜出他的想法，本能地想躲，唇间却已经触到了一点冰凉——是自己的指尖，被他握着，很仔细地涂了一遍，比刚刚要认真一万倍的那种涂。

两人的距离很近，空气里散开很淡的薄荷味道。季星凌涂完之后，亮晶晶的眼底有一点笑，又痞又坏又率真。

林竞把手抽回来："季星凌，你要是再这样，我就要逼你一起考北大了。"

这句话说得面无表情，偏偏季星凌又很吃这一套，于是吃完晚饭又跑回1302，继续狂刷试卷，晚上十二点多才被赶回去睡觉。

他梦里还在背单词。

初考前两天，山海高中又出了一件不大不小的事。

这天中午放学，季星凌和林竞照旧去副校长办公室搞快乐小饭桌，结果推门就见站了满屋子老师，顿时惊呆："……报告。"

这场面太吓人了！

"没事，进来吧。"唐耀勋站起来，"我们也要去会议室。"

两人毕恭毕敬站在茶几旁，目送这群山海大佬鱼贯地离开办公室，牛卫东最后一个走，他回头看了一眼，可能觉得这两个男生又高又帅，尤其季星凌，不务正业的样子，一看就靠不住，于是警告了一句："你们马上就要高三了，还是要把心思放在学习上，等到了大学，有大把的时间可以谈恋爱。"

季星凌："？"

林竞："？"

牛卫东说完就走，林竞疑惑而又吃惊地问："什么意思？"

"问问。"季星凌给葛浩发了条消息，果然没过多久就收到回复，说现在全校都传开了，高三竞赛班有个物理大神，自己拿到了保送名额之后，和理科班一个女生谈恋爱，好像人品比较差，过程不清楚，结局就是女生的成绩一落千丈，从年级二十掉到五百开外，好像今早还有家长来学校闹。

林竞："……"

季星凌趁机Diss红毛："你看，我就说要离搞竞赛的远一点。"

林竞帮他把饭菜热好，懒得搭理。

葛浩的八卦小喇叭当得很尽职尽责，差不多是实时播报。两人一顿饭还没吃完，事件就已经从"竞赛班大佬和理科班学姐的早恋"发展成了"学姐的匿名空间被人挖了出来"，再演变成对唐耀勋的质疑和批评。

林竞没听太懂："这和唐校长有什么关系？"

季星凌把手机递给他。

学姐的日记很凌乱，除了谈恋爱，更多的还是繁忙的学业，中间提到了唐校长，大致就是说自从他来之后，压力更大了，需要吃药才能勉强跟上进度，快崩溃抑郁了之类。刚好被记者拿来做文章，说唐耀勋不管两所学校之间的差异，为了升学率，一味拿九中的模式往山海头上套，才会出现这种局面。

"唐校长来了之后，除了晚自习和手机，其余好像也还好吧。"林竞问，"你觉得压力大不大？"

季星凌如实回答："我的压力主要来自你，和副校长没关系。"

"……"

网上闹得沸沸扬扬，中间可能也有别的学校和唐耀勋的对手来搅浑水，直到山海的开学初考都结束了，各种流言和抨击才算稍微压下去一些。

初考最后一门是英语，林竞提前半小时交了卷，在梧桐楼下等——对，季星凌因为期末没发挥好，所以这次又回到了梧桐楼。大少爷踩着铃声最后一个出来，伸手："答案给我。"

"这么积极主动？"林竞从裤兜里摸出一张纸，"是考得好还是不好？"

"我第一段听力居然全听懂了。"季星凌一边对答案一边说，"我都蒙了，导致第二段听力开头没反应过来，错过了几句话。"

林竞："……你这是什么万年破落户受不了一夜暴发的没出息表现？"

"真的全对。"季星凌把两张纸都给他，"你看。"

"嗯，你全对。"林竞笑，"那要什么奖励，我请你吃干锅牛蛙好不好？"从刚转来山海就说要吃的，迟迟没能兑现。

季星凌的饮食这学期已经稍微自由了一点，但也仅限胡媚媚筛选过的餐厅，不知名店主开的路边店肯定不行。所以他折中提出："我不吃牛蛙，我要吃顿好的。"

"行。"林竞看了一遍他的答案，九十分非常有戏，"吃两顿好的也没问题，哪家？"

季星凌发了条消息给亲妈，说晚上要出去吃饭，不要太贵的。

胡媚媚很快回复："那就去周阿姨新开的店，好像是个西餐，她那么小气，一定不会舍得在食材里加灵果。"

季星凌问："西餐吃吗？有家离学校挺近的。"

"你定就好。"林竞晃晃手机，"但不要和我抢埋单，说好我请你。"

"我绝对不抢！"季星凌单手揽过他的肩膀，有人"包养"美滋滋。

胡媚媚只发过来了一个地址和店名，叫什么Cooking，在远洋中心顶楼。门脸很小，两人根据门牌号找了半天才找到，接待小姐已经被打过了招呼，一听就热情地说位置已经预留好了，还分给两人一人一条围裙。

季星凌觉得好像哪里不对，于是瞟了眼林竞。

林竞也正在纳闷，为什么会有还没入座就先发围裙的西餐厅，但他看季星凌好像挺淡定的，又觉得难道是自己没见过世面，就没多问。

两人就这么被领进了一个大教室。

对的，教室。

Cooking 教室。

这是一个厨艺培训班。

也不能说是"班"，就是家庭主妇或者小白领周末闲得没事干，所以来学两道菜，权当消遣的地方，和前几年流行的插花班啊，陶艺班啊，差不多一个性质，生意还不错。

但两个还穿着校服的高中生出现在这里，就很令人诧异了。

就在季星凌打算拉着小林老师当场闪人，离开这谜之乌龙时，周阿姨出现了，她和胡媚媚差不多是同一款，都是又媚又美又一脸不好惹，热情地说："小星刚考完试，就和同学来给妈妈做蛋糕呀。"

"……"

两人这才注意到，讲台上 PPT 的主题是什么即将到来的三八妇女节为妈妈亲手做一块蛋糕之类，粉不啦唧的，挺温馨温情。

走是不能走了，季星凌都能脑补出自己"在亲妈的朋友面前给亲妈丢人，公然拒绝为她做蛋糕"会招来什么样的惨烈后果。

于是他小声问林竞："你饿吗？不然我们先弄完这个？"

"我不饿。"林竞声音比他更小，"但是我不会。"

不会就硬着头皮上呗，反正有老师。季星凌还记得他在于一舟生日时的"自残"经历，洗手的时候就叮嘱："你不准碰刀，也不准碰烫的东西，记住了没？"

"声音小一点！"

林竞第一次来这种场合，完全不知道什么是什么，原本想指望一下季星凌的，但眼看老师在讲台上说"把蛋清和蛋黄小心分离"，大少爷还在下面握着两个鸡蛋吊儿郎当地盘，跟首都大爷盘核桃似的，誓要把蛋清、蛋黄给盘均匀了，内心也比较绝望："算了，你还是在旁边站着吧。"

蛋糕是戚风，听老师讲是基础中的基础，林竞觉得靠自己的智商，怎么也能鼓捣出一个。季星凌刚开始还试图帮忙，结果上手就把油倒进了好不容易才打发的蛋清液，小林老师当场气成河豚。

大少爷讪讪地退到一边，消停了。

他等得无聊，于是先给胡媚媚发了条消息，质疑了一下亲妈，问她是不是故意骗他们来这里当苦力做蛋糕的，还拍了张林竞打蛋白的照片过去。胡媚媚正在美容院里，看到后连面膜都笑皱了，一边道歉一边重新选了家店，结果换来儿子一句："嚇，等着，我们一定给你做个最大、最豪华的！"

胡媚媚正咯咯笑呢，看到这句话后又眼眶一热，半天没想好怎么回复。

大少爷浑然不觉自己戳中了慈母心，还在无所事事到处晃，晃累了就回到林竞身边蹲着，嘴里不停抱怨："为什么这里没有椅子，难道厨师就不需要坐一下？"

林竞基本无视这大号复读机，把蛋糕送进烤箱后，就又开始学挤奶油花，往后退时，脚下踩了个软绵绵的玩意也没在意，以为是纸团或者抹布之类。

季星凌毫无防备，猛然一下疼得脸色惨白！

他震惊地将目光下移，看着小林老师脚下踩着的东西，整"麟"蒙了。

我的尾巴！

疼顾不上了，骨折没骨折也顾不上了，什么时候冒出来的更顾不上了，季星凌抬头看了眼教室中间明亮的白炽灯，右手使劲一攥。

空气中，那些蓝紫色的细小电光骤然膨胀。

灯罩发出砰的一声闷响，整层楼都变得漆黑。

"啊！"教室里一片惊呼，老师赶紧安抚，说可能是空气开关跳闸，让大家先站在原地不要动。季星凌趁机收回尾巴站起来，用手机打光把小林老师拽到身边："没事。"

林竞手里还端着一盆打发奶油，料理台上太乱，所以刚刚停电时也没放回去，怕撞翻东西。现在他扭头看了一眼季星凌，手却一松，一整盆奶油都当啷扣到了地上。

"你慢一点。"季星凌吓一跳，扭头到处找抹布。林竞已经拿过桌上一盒抽纸，蹲在地上狂擦，钢盆被捡起来后，就只剩下黏糊糊的打发液体，并没有抹布，那自己刚刚踩到的……还有，他猛然拉住季星凌的衣袖："蹲下！"

"怎么了？我正要去前面拿纸，看你弄得鞋上都是，等会儿去楼下重新买一双。"

"我的鞋没事，擦擦就好了。"狭小的空间里，林竞看着他，胸口微微起伏着，明明已经很紧张了，却还要尽量让自己语调听起来正常，"季星凌，那个，你眼睛好像有点红。"

"……"

这时电工已经修好了电路，教室里骤然亮起。

季星凌猛然闭上眼。

眼前是漆黑的，透出一片暗红，他慌乱地想，除了眼睛红，还有呢？

教室里有许多人，季星凌不知道自己兽化到了什么程度，注意力也始终集中不起来，所有嘈杂的声音都被无限放大，指尖也有些发颤。

林竞掌心迅速遮过来，挡在了少年的眼前："别怕。"

他声音很轻，然后下一刻，整个人都凑近，把季星凌抱进了怀里："就一点点，你先别紧张，你睁开给我看一下，然后我们回家。"

季星凌僵着没吭声。

"不然我带你去洗手间，我不看，好不好？"

季星凌喉结滚动，然后咬牙睁开了眼睛，依然低着头。

林竞很小心地凑过来，透过额前凌乱的碎发和他对视，然后明显松了口气："没事了。"

怕对方不相信，他还调出了手机相机："喏。"

季星凌犹豫着看了一眼，没事，真的没事。

除了有些神情慌乱，并没有什么异常。

教室里一片狼藉，蛋糕是没法再做了，老师还在给大家道歉，说一些补偿的事。林竞和季星凌拎起书包，偷偷从后门溜了。

初春的风寒凉，迎面一吹才发觉，两人都是满身的汗。

出租车师傅很沉默。

少年们也沉默。

季星凌的沉默情有可原，林竞的沉默更情有可原——他先是被对方血红的双瞳惊了一瞬，当初那些异想天开的疯狂猜测再度爆涌上心头，还没来得及捋顺，就又想起来一定不能让别人看见，于是本能地帮对方捂住眼睛，拼命安慰，尽管自己也快吓蒙了。

直到现在也是蒙的。

江岸书苑附近最近在检修地铁，有一段路很堵，所以师傅在路口就把他们放了下来，估计得走五分钟。

路灯照着整条街，小摊贩已经都出来了，麻辣烫、蛋烘糕、糖炒栗子，热气腾腾的，香喷喷的。还有个小摊名叫"妖怪炒面"，老板也不知道是真妖怪，还是借鉴了《名侦探柯南》的外星人炒面，此时正戴着一个毛茸茸的面具冒充狐狸精，生意大排长龙。

季星凌看了眼林竞："你怎么不说话？"

"我以为你想让我闭嘴。"

季星凌抬手，习惯性地想揉他的脑袋，却又在半空犹豫了一下。

林竞问："还要我给你发一张摸头邀请函吗？"

还是那个熟悉的小林老师，毒舌又可爱，好像并没有因为刚才的事情而改变。

季星凌在他头上轻轻揉了揉，带着鼻音说："今晚早点睡。"

"嗯。"

接下来又是一路无话，直到电梯稳稳停在十三楼。

林竞掏出钥匙，回头看了眼正在往 1301 走的季星凌，脑子一热："等等！"

"……"

两人去了楼梯间，为了躲监控摄像头，好像要偷偷摸摸做什么大事似的。

但并没有，连林竞自己也不知道为什么要让对方等一下，只是觉得有话没说完，可又实在无从说起，所以最后只碰碰他的眼睛："别怕。"

季星凌嗓音沙哑："这话是不是应该我来说？"

"嗯。"林竞看着他，忐忑又认真，"你不用说，我也不怕。"

胡媚媚已经做完了美容，正在沙发上看杂志，见儿子空着手回来，一脸"我就知道你们两个从没进过厨房的大少爷做不出蛋糕，肯定是瞎鼓捣浪费了一堆材料"的亲妈式嘲讽表情。

结果季星凌把书包丢在一旁，软绵绵地坐在沙发上，脑袋往后一抵，半天没说话。

"怎么无精打采的？"胡媚媚拍拍他的脸，"和小竞吵架了？"

"没。"

"那是又没考好？"

"和考试没关系，考得还行。"季星凌揉了一把鼻子，"妈，我今天好像被林竞看到了。"

胡媚媚猛然坐直，瞪大眼睛看着他："被看到是什么意思？"

然后还没等儿子回答，她就转头冲书房叫："老公！老公！你快出来！"

季星凌：……妈，你声音稍微小一点。

季明朗正在办公，还以为胡媚媚是叫自己去吃儿子亲手做的蛋糕，心想，要不要这么激动，然后自己也非常激动地趿拉起拖鞋跑出去，结果茶几上空荡荡的，并没有蛋糕，只有沙发上蔫不唧的儿子和紧张过度的太太，于是吃惊地问："怎么了？"

季星凌老实供认："我今天又没控制好灵力。"

隔壁1302，林竞向姜芬芳打了声招呼，就躲进了自己的卧室。

没吃晚饭，他却一点也不觉得饿，满脑子都是在烹饪教室里发生的事情。手机打出来的光很白很亮，照进那双赤红的血瞳里，刺目得，让整个世界都产生了一瞬间的不真实感。

想起两人当初在书店里关于"有没有妖怪"的对话，以及除夕逛街时，那只出现在自己面前，固执地想要一个拥抱的玩偶熊，林竞侧头靠在飘窗上，心跳得快蹦出来。

"你相信这个世界上有妖怪吗？"

我相信吗？

相信吧。

奇诡而又异想天开的念头，是狂风里的烈焰与火，漫天漫地卷来时，再多的所谓理智也只能被焚毁，只留下脉搏跳动的声音。毕竟那双漂亮的红色眼睛，还有季星凌在灯亮后的一系列反应，惊慌失措的，像是被人撞破了了不得的秘密。

林竞把头埋进两膝之间，指甲在掌心掐出月牙的形状。

他不怕，真的不怕，就是有些慌张过头。在 Cooking 教室里的镇定，以及后续的一系列反应，全凭一颗想保护对方的心。而现在真的冷静下来，额上才冒出薄薄一层汗，毕竟这件事实在太超出他的认知范围，和父母讲的故事不一样，和模糊的猜测也不一样，而是清晰地摆在面前的事实——在这个世界上，大概真的有妖怪。

而且是个学习不怎么好的妖怪。

林竞摸过手机，先调出微信又关闭，又打开，看着熟悉的置顶头像，不知道应该是自己先发消息，还是等对方主动来找。

挂钟的分针走了一圈又一圈。

地暖把房间烧得很热，林竞依旧穿着厚厚的冬装，连外套都忘了脱，直到被闷出一身汗才放下手机，心神不宁地去浴室冲了个澡。

1301 的客厅里，季星凌已经连人形都懒得维持了，麒麟崽趴在季明朗腿上，耷拉着眼睛和四只蹄，神似门卫养的大橘李招财，一句话也不想说。

季明朗和胡媚媚对视了一眼，其实比起被林竞看到妖瞳这件事，他们明显更关心另一个问题——虽然未成年小妖怪灵力不稳是通病，但也不应该这么频繁地露出马脚，尤其是在连饮食都已经被严格控制的前提下，实在想不出有什么理由能让他不受控地冒出尾巴。

见爸妈都不说话，麒麟崽伸出一只蹄，有气无力地戳了戳亲妈。

"没事，别怕。"胡媚媚知道他的想法，"小竞那边，我们想个办法瞒过去。"

还要继续瞒着吗？

小麒麟想起黑暗中的那个拥抱和"别怕"，热血上脑，爬起来变回人形："我不想瞒了。"

胡媚媚："？"

季明朗："？"

季星凌心虚地解释："林竞那么聪明，又听林叔叔讲过那么多妖怪的故事。"

更重要的是，在被对方那么勇敢地保护过之后，他一点都不想回报一个谎言，哪怕这谎言是精心编造过的，漂亮完美得可以冒充真相。

反正，是妖怪也没关系，不是吗？

胡媚媚当然不赞成，虽然她也很喜欢隔壁小孩，但这不是一件小事。

季星凌又把目光投向季明朗。

他其实没抱什么希望，毕竟身为妖管委负责人，不管怎么想好像都应该更小心谨慎有原则。没想到季明朗居然犹豫了片刻，没有立刻拒绝。

胡媚媚诧异："老公，你在想什么？"

"我前两天收到了宁城的回函。"季明朗说，"他们已经开始着手调查为什么林医生会频频看见妖怪，目前虽然还没有明确结果，但其中有一只破镜，是当年林医生的师兄，他在接受询问时言辞闪烁，好像要隐瞒什么。"

季星凌一愣："你为什么要调查林叔叔，他是妖怪吗？"

"资料上不是，但二十年前管理还很混乱，远不如现在完善，不管是人类还是妖怪，大规模南北流动是常事。"所以从理论上来说，的确存在漏记的可能性。

季明朗继续说："而且小竞看到妖怪的频率也过高。"

季星凌："……"

频率过高是什么意思，难道小林老师也有可能是妖怪？或者至少和妖怪有一点关系？

季明朗看着儿子骤然亮起来的眼睛，及时提醒："现在还没有任何证据。"

"那我能坦白吗？"季星凌问。

季明朗摇头："不能。"

"……"

季明朗拍拍他的肩膀："我和妈妈都很喜欢小竞，但没有哪个人类能坦然接受世界上有妖怪，这不仅是为你考虑，也是为他考虑。"

话是这么说没错，但小林老师不一样。

季星凌其实很想再努力争取一下，但胡媚媚已经在和季明朗商量，要怎么把这件事隐瞒过去。于是他没再说话，只是回卧室给林竞打了个电话。

还没等"嘟"声响起，电话已经被接通。

林竞把手里的毛巾丢到洗漱台上，坐在床边揉着膝盖，刚刚接电话时跑得太急，在桌边磕了一下。

他干吞了一下口水："你、你怎么样了？"

季星凌压低声音："我没事，就是我妈等会儿可能会去你家，就……看一下你有没有被我传染红眼病。"

林竞："……"

季星凌不知道自己要怎么解释，只闷闷强调了一句："我没病。"

对面像是笑了一声："那你今晚不过来学习了？"

"我明早再来找你好不好？"

"好。"林竞又问，"那我们睡前还能再打个电话吗？"

"能！"陪你打整整一个晚上都能！

客厅门响了一声，应该是胡媚媚已经去了1302。季星凌挂了电话后，内心比较焦虑，在沙发上换了七八个姿势也不舒服，掌心的手机被攥出了一层汗，好不容易等到一条消息，还是罗琳思发来的，问他关于游戏充值礼包的事。

这也太糟心了。季星凌无语凝噎，随便给她截了几个图解释，不过根据罗琳思的反应来看，这人之前可能完全没打过游戏，什么都搞不懂，最后两人干脆直接打电话，扯了半个小时她才恍然大悟："哦，原来是这样。"

季星凌基本快被吵晕了："就你这理解水平还打什么游戏？"

"谁说我要打了，我就充个值。"

季星凌纳闷："那你哪来十万个为什么？"

罗琳思不假思索："再见。"

季星凌："……"

但十万个为什么也不是全无好处，至少时间是消磨过去了。这边客厅门刚响，林竞的电话就已经打了过来："阿姨说你被传染了红眼病，还说要给你请一个月的假。"

季星凌："？"

怎么还有请假这个环节？我不想请假，我要和小林老师一起搞学习！

"你就听阿姨的吧。"林竞说，"我每天晚上回来给你补习。"

"……嗯。"那请假好像也不是不能接受。

过了几分钟，胡媚媚也来跟儿子说了请假的事，季明朗会先带他去做个全身检查，再在家观察一个月。

季星凌正直地发问："那我落下的学习要怎么办？"

胡媚媚一时间不是很能适应这个积极向上的儿子，质疑："你是不是又在故意作妖？"

季星凌："……是不是亲生的？"

胡媚媚积极反思，象征性安慰："好了好了，是亲生的，妈妈给你找网络家教，不会耽误你学习的。"

谁要网络家教啊！季星凌说："不能让林竞来给我补习吗？"

"小竞自己的学习也紧张，而且他已经听说你得了红眼病，这是会传染的。"胡媚媚耐心说，"而且按照爸爸的意思，这个月里你最好不要接触任何外人，鹊山医院会定时派医生来监测你的灵力波动。"

季星凌没有吭气，因为他已经在考虑翻窗去见小林老师的可能性了！

结果季明朗不愧是麒麟你亲爹，他居然在窗外布下了一层浮动的阻隔屏障！

虽然本意是为了防止有外来妖怪，或者什么莫名其妙的灵气钻进儿子的卧室，但对大少爷来说，效果是一样的，反正都"砰"不出去，只能老老实实蹲在1301长蘑菇。

胡媚媚走之后，季星凌趴在沙发上反复酝酿半天，才打电话把这件事告诉了林竞，没提什么灵力监测，毕竟现在连妖怪的身份都还在半遮半掩，就只告诉他，自己这一个月哪里都不能去，谁也不能见。

林竞问："真的没关系吗？"

季星凌看着天花板："没关系，但我以为你会生气。"

林竞顿了顿："没，我不生气。"

他说："季星凌，我担心死你了。"

和什么身份没关系，哪怕真的是妖怪不小心暴露，或者是可能性微乎其微的人类红眼病，都一样担心。

他觉得自己目前的震惊和怀疑人生，可能会持续很长一段时间，但没关系，彻底冷静下来以后，应该是可以慢慢消化掉所有事的——担心除外，见不到季星凌，担心就只会越攒越多。

他仰起头，声音不平稳："那你好好在家休息一个月。"

季星凌试探："你在哭吗？"

"我没有。"

"……"

没有个头！季星凌也要担心死了！

他从沙发上站起来："我没事，我真的没事，你别怕，也不用担心我。"

林竞听出他语调里的焦虑，生怕这人脑子一热，做出"不顾父母反对硬要冲来1302"，或者更诡异鲁莽的事情，于是赶紧补了一句："嗯，我不担心，我真的没哭，你不要随便脑补好不好？"

季星凌推开阳台的门，从这里可以看到1302凸出来的侧窗，窄窄的，很小一溜。如果林竞蹲在飘窗上，应该可以勉强看见对方。

但这画面也太惨了！季星凌脑袋发晕，盯着那片蓝色窗帘没说话。然后下一秒，就见林竞拉开了窗帘，正在努力往这边看。

"……"

"……"

冷不丁的对视，谜之尴尬又谜之感人，反正大家心情都很复杂。

沉默了一会儿，季星凌先发问："我们为什么不视频？"

"不行。"林竞说，"你得让我缓缓。"

"缓什么，所以你还是哭了吗？"

"你闭嘴吧。"

林竞挪了个靠垫过来，盘腿坐在飘窗上，看着隔壁阳台上的季星凌。

"外面好像在吹风，冷不冷？"

"不冷。"季星凌靠在栏杆上，被风一吹，卧室里那些烦闷和焦虑不安的情绪反而退去不少，大脑也慢慢冷静下来。他看着对面的林竞，犹豫了一下，还是没有立刻说出妖怪的事。

幸好，林竞并没有追问。两人就像之前许多次的心照不宣一样，这次也心照不宣地维护起了这个惊天动地的秘密，给对方一点时间，再给自己一点时间。

城市的灯火太亮了，星星就显得格外暗淡。

但少年的眼底是闪烁的，他们还有点傻，长长的电话打完后，一个被风吹得手冰凉，另一个靠在窗户上，缓了半天被压到麻木的腿。

和之前预想的不同，这个晚上，两人谁都没失眠，胡媚媚和季明朗倒是一整晚没睡好。第二天一大早就轻轻推开儿子的门，试图安慰灵力和情绪可能都不怎么稳定的小崽，结果就见大少爷正趴在床上，睡得没心没肺，一脸香甜。

周一早上，林竞又坐了校车。一群女生在后面叽叽喳喳半天，最后可能是派了个代表过来："林竞，你怎么不和季星凌一起上学了？"

小林老师："……"

实不相瞒，你这个问题问得我居然完全不知道该怎么回答。

女生笑嘻嘻地解释："别误会啊，我们就是想一次性看两个帅哥。"

林竞乐："他最近有事，可能要请几天假。"

等女生走后，林可达同学继续发消息："快起床学习！"

季星凌叼着吐司片，懒洋洋回复："早就起了，我单词都背完了。"

可达：嗯，我等会儿去学校帮你看成绩。

鉴于季星凌每一场考完都说不错，林竞觉得可能还真挺不错的，450 应该没什么问题，结果一进教室就见李陌远在发试卷，把两张一起递过来："给，你和季星凌的。"

这次数学不难，小林老师满分在意料之中，但另一张 102 分的试卷就很意外了，你星哥不仅及格，居然还上了三位数！

于一舟也很不解，说好大家一起烂的，为什么有人和好学生当了同桌，成绩就一路狂飙不停歇，于是嘴欠地问："哎，老师没改错吧？"

林竞检查了一遍："你说得挺准，真改错了。"

于一舟欣慰："我就说嘛，哪道？"

林竞很猛，他直接抄起试卷跑到李建生的办公室，把改错少加的那5分给季星凌要了回来，官方理由是这样的，虽然这次初考不是大考，5分也不多，但季星凌现在正在成绩上升期，小小的1分一样是巨大的鼓励。李建生听得连连点头，不仅把卷面分数从102改成了107，还亲自去教务处，在系统里隆重地加上了"小小的又巨大的"5分！

于粥粥："……讲道理，这操作和我想的不太一样。"

又过了一会儿，王宏余让韦雪把成绩单拿回了教室。

这下所有分数都出来了。

全班同学激动地一拥而上，林竞也跑了上去。李陌远牙都疼了："你怎么又比我高两分？啊，你真的好烦。"

"没事，你再接再厉。"林竞敷衍地鼓励，继续在人群外伸长脖子。

李陌远既沮丧又莫名其妙："我都说了你还是第一，挤什么呢？"

韦雪："他在帮季星凌找分数吧？"

林竞："……"

雪姐你真是慧眼如炬。

韦雪看不过眼，直接把手机递给他："你别挤了，我这有整张排名表。"

林竞道谢之后，习惯性拉到最末，居然没找到大少爷的名字。

咦？！

季星凌这次排在班级中游偏下，可能是为了一雪上学期的期末之耻，总分居然高达482。

482是什么概念？

四舍五入一下，就是奥运赛场上五十米跑出五秒一，就是物理学家验证了弦理论，就是医学界完成人体冷冻复苏，就是满分，就是冠军，就是750！

季星凌看着手机，也蒙圈了，但他蒙圈的点和小林老师的有所区别。

我为什么没有多考18分？！

山海高中·学生证

·第3章

季星凌，你会发光吗

王宏余也把季星凌的成绩单发给了家长，附带一段真情实感的夸奖评语。语文老师表扬起学生，措辞向来丰富，胡媚媚收到之后心花怒放，她捧着手机站在卧室门口，看着人模狗样的、正在伏案苦读的儿子，那个心软，那个高兴，那个欣慰，当场表示："这回妈妈就当你考了500，之前欠的妖怪币一笔勾销。"

季星凌也挺高兴，不用背债谁都高兴，但他的高兴同时还伴随着一丝丝惆怅，惆怅为什么小林老师不像亲妈这么好说话，482也能四舍五入一下当500。单词3500背背忘忘，总分又差18分，现在还要被禁足，这究竟是人性的泯灭还是道德的沦丧？生活不易，星哥叹气。

胡媚媚继续说："重明叔叔已经帮你找好了家教，具体上课的时间——"

"不用。"季星凌晃晃手机，"林竟说他帮我整理落下的笔记，每晚都会送过来，这儿还有一大堆他之前给的复习资料，已经快忙不过来了。"

胡媚媚："……"

这是什么让家长省心的隔壁小孩？！

她已经不知道要怎么表示感谢了，干脆打电话给弟弟，让他从青丘弄了一些纯天然无污染的蔬菜瓜果，又扛过去半扇新鲜的羔羊肉，还有牛奶啊坚果什么的，七七八八堆满了半个厨房。连远在宁城的林医生和商医生，也因为儿子成功的业余补课事业，而获得了一批茶叶、燕窝、干海参，用红绸缎捆着，跟电视剧里的聘礼似的，喜气洋洋。

高二（一）班，各科课代表也不知道哪里来的谜之默契，季星凌的试卷一律绕过一舟，全部交给林竟。白小雨在发试卷的时候还感慨了一句："季星凌这次作文未免写得太整齐了吧，以前都是通篇狗爬，我还以为看错名字了。"

旁边立刻有男生唯恐天下不乱地来了句："妹妹，你怎么会知道星哥以前的作文是整齐还是潦草？"

白小雨："……"

她恼羞成怒地拍了对方一巴掌："少来了，谁是你妹妹！"

她一边说，一边心虚地看了眼林竞，可能是怕他会把这件事告诉季星凌。不过幸好，年级第一不像别的男生那么讨厌，并没有调侃自己的意思，而是一直在看手里的试卷。

这次作文的题目是《珍惜时光》，林竞扫了一遍大少爷的答卷，在收尾部分发现了熟悉的《赠刘景文》，"一年好景君须记，最是橙黄橘绿时"，硬是给凹进去了，还凹得很合适，很自然，很合老师心意！他闷笑了半天，微信发过去一个表情包以资鼓励，撩得大少爷荡漾起来，立刻又连背三首诗。

下午四点多，季星凌在家学得无聊，趴在床上想给小林老师发一条消息，却又怕打扰他学习，犹犹豫豫删删打打，林竞盯着提示框上一直存在的"对方正在输入"，焦虑地等待五分钟都没收到消息，只好主动询问："你是在写三千字大作文吗？"

星哥：不是，我就想给你发个表情，又怕打扰你学习。
可达：你想多了，我学习的时候，没人能打扰。

季星凌十八倍滤镜闪闪发光：果然是我的小林老师，就是这么酷！但嘴上还要痞兮兮嘚瑟一下："连我也不能打扰吗？如果你学习的时候，我非要凑过来呢？"

林竞："……"

这时预备铃已经响了，有不少同学都在往座位上走，他面不改色地把手机丢回桌斗，抓过一支笔就开始算题。这回轮到大少爷迟迟等不到新消息，他一琢磨，还以为小林老师要身体力行证明一下什么叫"学习的时候没人能打扰"呢，于是讨厌兮兮地给他发过去许多表情包，见依旧没有回信，又孜孜不倦按出十几秒的语音，外带一个红脸小人。

鉴于季星凌平时和"害羞"两个字没有一毛钱的关系，林竞盯着这个可疑的小红脸，越盯越觉得猥琐，自然而然就对上面的语音产生些许怀疑，觉得难道是什么少儿不宜的，才不听。

然后就点了语音转文字。

没转成功。

蓬勃旺盛的好奇心和求知欲驱动着小林老师，他脑子一发热，直接把手机从桌斗里拿了出来。

此时，教室外正好有一名教导主任路过。

"……"

事情的结局显而易见。小林老师失去了手机，高二（一）班也失去了5分。虽然牛卫东看在年级第一的面子上，没有让他写检讨，但林竞已经足够郁闷了，生平第一次因为这种理由进教导处，是真的丢人。

而江岸书苑里，季星凌还纳闷呢，为什么真不理我了，好像并没有说什么啊。他意兴阑珊地从床上爬起来，看了没两页书，手机就收到一条新消息。

于。：刚才是你在给林竞发消息吧？
于。：他被老牛逮到了，手机也惨遭没收。

季星凌：？

星哥：然后呢？
于。：没有然后，老牛网开一面没让写检讨，但扣了班分。
于。：林竞从教导处回来后，已经趴在桌子上哭了差不多十分钟吧。
星哥：……你接着编。

于一舟给他随手录了个小视频，林竞确实一动不动地趴在桌上，不过哭不哭的，后排也看不到。

季星凌就跟着崩溃了，不过你星哥崩溃之中理智尚存，在好友里重新挑了个靠谱一点的人证实："林竞的手机被没收了？"

李总：嗯，他撞到了老牛枪口上。

季星凌头疼，又问："那他情绪怎么样？"
李陌远回复："郁闷呗，去了趟教导处，回来就趴在桌上，好像在看英语。"

星哥：你先帮我给他道个歉。
李总：哦，刚和他聊天的人是你啊？等着。

一分钟后发来新的一条——

李总：林竞说没关系，让你好好学习。

季星凌还想问什么，但隔着李陌远到底不方便，于一舟又很嘴贱，他只好暂时作罢，看着手机屏幕上小林老师毛茸茸的后脑勺，就是后悔，非常后悔。

韦雪转头安慰林竞："没事，不就扣 5 分吗？你随便参加个什么校内活动就能挣回来了。不然过阵子的校庆表演，你也参与一下？"

林竞有气无力："看你长得这么貌美如花，怎么能学人趁火打劫呢？"

这都"貌美如花"夸上了，你雪姐只好放弃打劫，并且给这位嘴甜会说话的倒霉帅哥指出明路："信息处的老师最近测试图书馆新系统，在招募学生志愿者，好像就一周的时间吧，每天过去一趟，也算校内活动，能把扣的分再加回来。"

林竞坐起来："在哪儿报名？"

比起帮校工扫落叶、清理水池、食堂收盘子之类的"校内活动"，测试新系统简直就是神仙项目，许多连累班级扣分的倒霉蛋都在抢名额，但架不住小林老师又高又帅，学习好，年级第一走到哪里都厉害，刚一冒头就被"钦点"进了办公室。

填完一系列表格，又领回测试说明后，林竞双手插着衣兜晃悠回教室，心想自己已经把扣的分挣回来了，是不是就能免除班主任的一顿唠叨。结果他刚进教室就见王宏余和牛卫东双双站在讲台上，看起来像是要进行一番男子双人教育，顿时脑袋一蒙，拔腿就想跑。

"拿回去吧。"王宏余把手机递过来。

林竞："？"

班上其他同学："？"

虽然我们都知道年级第一有优待，但也不用优待得这么明目张胆吧？哪怕私下还给他呢，居然还要带着教导主任来，这隆重得快赶上颁奖仪式了！

啊，令人心痛。

"都别吵了。"王宏余敲敲讲桌，"刚刚季星凌的家长已经亲自来学校解释，说林竞上课掏手机是为了帮季星凌拍笔记，所以老师们经过商量，决定特殊情况特殊对待。"

手机失而复得，林竞也老实了，直到晚上吃饭才开机。他原本以为季星凌会开启狂轰滥炸模式，谁知却只有一条消息，宽面条泪 Q 版小人跪在搓衣板上，抱了一块写着"对不起"的牌子，就很萌、很可爱。

"噗。"

季星凌第十八次问亲妈："老师真的已经把手机还给林竞了？"

胡媚媚快被他吵出毛病了："不然你亲自给王老师打个电话？"

季星凌："……"

那小林老师为什么不回我？

他连吃饭都没什么胃口，匆匆扒拉两口就回到卧室，打算酝酿一篇声情并茂的催泪小短文。

林竞直接把电话打了过来。

"我错了！"大少爷态度非常好，二话不说就道歉。

林竞问："是你让阿姨来学校的？"

"嗯，我说我乱发消息害你被没收手机，我妈就帮忙要回来了，不过她警告我下不为例。"季星凌小心翼翼，"你不生气了吧？"

"我不生气，我也不应该预备铃响后还在看手机。"林竞惦记着，"你之前发我的语音是什么？"

"什么语音？"季星凌说完才反应过来，"哦，没什么，我就瞎哼唧了几句，你那阵不是没理我吗？"

林竞："……"怪不得文字转换不过来，敢情你那段是真无病呻吟？

季星凌不解："你把我们的聊天记录删了？"

林竞如实回答："在把手机交给牛主任之前，我把微信卸载了。"

毕竟就算手机有密码，就算老师不会翻学生的手机，留着满微信的聊天记录交上去也是恐怖故事。

林哥绝不允许这种事情发生！

季星凌无话可说，只剩一个大写的"服"，林竞不去当特工真是国家一大损失，这是什么稳、准、狠的速度和手腕！

"先不说了。"林竞喝完最后一口汤，"我还得去信息楼。"

"你去信息楼干吗？"

"为了不让老王唠叨因手机扣分，我下午报了个测试系统的活。"林竞说，"现在虽然不用扣分了，但既然报名表都交了，还是去吧。"

"做什么测试员，累不累啊？"大少爷不乐意了，"吃完饭就回教室。"

"坐在机房有什么累的？你好好学习。"林竞在挂电话前又补充一句，"以后上课时间，我们不要发消息了，你有不会的题目先攒起来，晚上我回复你。"

季星凌下午才连累小林老师被没收手机，还要莫名其妙去做什么测试员，目前比较没有人权，更没底气讨价还价，但他还是哼了一句："只有做题才能发消息。"

林竞笑："那我去忙了。"

"嗯。"季星凌靠在阳台上，"我等你放学。"

哪怕不能见面，只要能看到 1302 小卧室里橙黄的灯亮起来，他也会莫名其妙地觉得更安心一点。

要是再多关一个月，季星凌觉得自己差不多就能混成文学大家了，张口……课外读本怎么描述来着？

你是呼吸，是床头，是陪伴星星的夜晚。
你是纱幕，是雾，是映入梦中的灯盏。

是真的酸。
——这句不是北岛写的。
酸溜溜的、见不到小林老师的你星哥，只好继续背单词，背 3500，背得恨不能自己也变成 3500。
信息楼里，林竞看着身边熟悉的红毛，惊讶："刘栩哥？"
"怎么，你也来优化系统？"
"我计算机顶多会考及格水准。"林竞拉开椅子，"我是来用苦力交换班分的。"
刘栩乐了："没看出来，你还能有闯祸的时候。"
林竞没细说手机的事，只问了他几个测试问题。刘栩之前就在计算机组，后来虽然被物理竞赛班挖走，但底子还在，现在也经常会来信息楼帮忙。他站在后面，弯腰一只手给林竞调系统，另一只手还在回复消息，看起来"日理万机"的样子。
林竞不太好意思打扰他："你忙的话，我可以自己弄。"
"没什么事。"刘栩说，"就许装在抱怨。"
这名字有点熟悉，林竞想了想："竞赛班的早恋大神？"
"什么早恋大神，他是我好哥们儿。"刘栩哭笑不得，"你都听说什么了？"
"各种八卦。"桃色的、惊悚的、纯情的，贴吧差不多能故事接龙了。
刘栩拖了把椅子坐在他旁边："这事有点复杂，许装那边先不提，我们现在觉得谭琢的父母好像是被谁在后面推着，故意要把事情搞大。"
林竞第一反应就是："不会是为了针对唐校长吧？"
"不好说。"刘栩提醒，"不过这事和你也没关系，就记住一件事，早恋了千万别被抓。"
林竞义正词严："我没早恋。"
还是学习要紧。

谭琢就是前阵子传得沸沸扬扬的"早恋事件"女主角，原本在高三理科排名前列，自从和竞赛班的许装谈恋爱后，成绩就一落千丈那位。她已经办了休学，正在家养病，好像是得了抑郁症。

而唐耀勋会广受质疑，会被一众网友攻击"不顾九中和山海的差异，导致学生压力过大"，导火索也是谭琢那本充满负面情绪的网络日记。所以林竞才会一听到"有人在背后煽动谭琢父母"，第一反应就是在针对唐耀勋。

刘栩在看完一圈系统后，又拖着椅子坐回林竞身边："周末要不要来我家吃饭？"

"不用，叔叔阿姨都挺忙的。"林竞还在想副校长的事，毕竟这么长时间，光蹭小饭桌也蹭出了一点感情，"那许裴和谭琢真的谈恋爱了吗，他们到底是怎么回事？"

刘栩："……"

刘栩："你年纪轻轻的，怎么这么八卦？"

林竞冷静地说："嗯，我就是这么八卦。"

所以快点。

刘栩不是当事人，对两人的具体经过更不了解，只能如实告诉他："许裴这方面确实不是什么优秀榜样，不过没想到这次会闹这么大。"

林竞重点跑偏："他怎么做到的？"

刘栩丢给他一瓶水："你要是想，你也能做到。"

林竞："……"我不想！

"但远没网上那么夸张。听许裴的意思，他们就一起去看过几场电影，后来觉得没意思想分开，谁知道刚提出来女生就崩溃了。"

谭琢的父母刚开始还想闹保送的事，但许裴确实只是感情方面不好，除此之外没犯过其他错，所以投往高校的举报信似乎并没什么用。反倒是唐耀勋，在事件后期，存在感比男主还要强出几百倍。

刘栩继续说："不过，唐副校长那么牛，肯定能把这件事处理好。"

"嗯。"林竞把测试表填完，"那我先回教室了。"

这活儿是真轻松，压根儿不用费力气，也不用花很多时间。距离晚自习还有将近二十分钟，林竞看了眼微信，大少爷倒是很遵守承诺地没有再瞎撩，他也就没打扰对方，自己去便利店买了瓶热果汁，揣在裤兜里，边暖手边散步。

天气还是很冷的，但树木已经发出了细嫩绿色的芽。不远处就是小礼堂，想起在那场乌龙的俄罗斯文学论坛后，两人曾经在墙角的草丛中瞥见一抹冬日萤火，林竞不自觉地就走了过去，想再验证一下季星凌当时说过的话——

"说不定是妖怪哦。"

可今天既没有雨，又没有雾，所以那些蔓金苔正隐没在普通的早熟禾和四季青里，并没有发光，只靠人类的眼睛是无法分辨的，妖怪的也不能。只有粉粉白白的小野花，开得又疯又烂漫，像是再有一场春雨，它们就会更加放肆地连成雪。

林竞掏出手机，给这片不是妖怪的迷你花田拍了张照。

镜头"咔嚓"的刹那，身旁的大树却微微抖了抖，然后慷慨送给他一片银色叶子。

真的是银色，就像金属一样，脉络清晰。

林竞惊讶地抬起头。

天幕在墨蓝里带着绯色的云，而那些本应该嫩绿的叶子，在一瞬间却像是镀满了银白月光，大树蓬勃伸展开每一根枝，于风间飒飒抖落了一片发光的星尘。

奇幻到不像话，美到不像话。

也短到不像话。

等林竞回过神时，一切都已经恢复原样，手里的银色树叶也消失了。

晚自习的铃声从远处传来。

"林哥！"几个别班男生正在从小操场往教学楼跑，看到他后顺便叫了一嗓子，"快迟到了。"

"……哦。"林竞胡乱回答一句，他继续仰头看着面前的大树，摩挲过那粗糙的枝干，紧张又兴奋，掌心滚烫，如同触摸到了一个全新的世界。

大树又抖一抖冠叶，似乎在催促他回教室。

四周没有人，操场上一片寂静，林竞在离开前，悄悄抱了抱这棵会发光的树。

他等不及下晚自习，在网球场上就给季星凌打电话："我找到了一棵会发光的大树。"

正在刻苦背单词的某人："？"

"就在我们上次路过的小花园，礼堂附近那个。"林竞靠在网球架上，胸口微微起伏着，仔细描述了满天的星星和光，最后问，"是你让它发光的吗？"

季星凌："……"

实不相瞒，这事和我没关系。

他甚至有些冒火。为什么我一不在，就立刻冒出来一棵会发光的树？为什么要给我的小林老师发光，你是电灯泡吗？到底有什么不良企图？

林竞继续问："我明天还能不能去看那棵树？"

季星凌清清嗓子："不行，我得先查一查。"

查一查？林竞疑惑："所以不是你让它发光的？"

季星凌被问得没话讲。你要是想看树发光，我也不是不让它发，但前提是我得搞清楚那棵树的年龄、籍贯、性别，不然万一是个坏蛋妖怪呢，太英俊潇洒正直伟岸的妖怪也不 OK，你星哥毛病很多的。

"好吧好吧，那我不去了。"见对方迟迟不说话，林竞主动退让，"你继续看书，我回去上晚自习。"

季星凌含混地"嗯"一声，又说："等我回来之后，再陪你去看那棵大树。"

"好。"林竞没挂电话，他忐忑一下，到底还是没忍住，"季星凌，你会不会发光？"

"……"

"你不愿意说的话——"

"我不会！"

"嗯，你不会就不会，那个，我只是随便问问。"

"你喜欢会发光的吗？"

"我为什么要喜欢发光的？我又不是蛾子。"

季星凌靠在按摩椅上，嘴角一抿："那如果我会发光呢？"

林竞揉了揉发红的耳垂："萤火虫那种？"

季星凌笑容僵在脸上，这是什么糟糕的回答，你不是想象力很丰富吗？为什么不能把我想象得帅气威风一点？萤火虫是什么鬼，我才不是萤火虫。他严肃强调："没有，我超猛的！"

电话另一头的人在闷笑："嗯，你超猛的。"

大少爷被笑郁闷了。你这是什么敷衍语气？他差点就脱口而出，麒麟你知不知道，守护整座城的那种！但最后忍住了，这种事情怎么可以在电话里说，当然得当面讲才是真的猛！

挂了电话后，他先向舅舅汇报了一下有树胡乱发光的事，然后又变回原身，站在衣帽间里看了半天镜子。

胡媚媚路过时很奇怪："你发什么呆呢？"

麒麟崽扭头问："妈，你觉得我猛不猛？"

胡媚媚脸上表情僵了瞬间，她单手拎起儿子的后颈皮："你猛炸天。"

四蹄悬空麒麟崽："……"

我什么时候才能长大？

未成年没妖权。

为了防止那棵会发光的破树又去乱撩小林老师，季星凌在一个小时后又给舅舅打了个电话，问他事件进度。

结果胡烈严正警告："那是山海的镇守灵木，按照辈分，差不多是你爷爷的爷爷的爷爷，以后不要乱说话。"

季星凌："……"

哦，原来是超级大妖怪。

他继续问:"那他为什么要向林竞疯狂开花?"

镇守灵木,难道不该很酷很冷很威严吗?随随便便轻浮抖粉像什么样子?

"这我就不知道了,可能是喜欢你那小邻居。"

季星凌又确认了一下:"那棵树真的已经很老很老了,对吧?"

"对!"

"对就对,为什么要突然吼出来?"

"因为你们麒麟——"

在下一轮 Diss 展开之前,季星凌迅速把手机丢回床上,让舅舅独自一狐去滔滔不绝。山海有大妖怪镇守保护,这一点他之前也猜到过,毕竟未成年妖都是很脆弱的,但没想到居然会是一棵不起眼的树,他之前还一直以为是校门口那两尊大石雕。

挣扎了一会儿,季星凌还是给林竞打了个电话,关于那棵会发光的树,他要是喜欢,可以经常去看。

林竞已经下了晚自习,正在校车上,他悄声问:"你和他沟通过了吗?"

不愧是小林老师,每一个问题都能精准让你星哥哑口无言。我没有沟通,我不是很敢去和镇守大妖怪沟通,连我爸都要看在年龄的面子上,对他毕恭毕敬,你懂不懂?

所以季星凌敷衍带过:"没,你不是挺喜欢那棵树的吗?"

"我没有喜欢那棵树。"林竞觉悟很高,立刻否认。

季星凌哭笑不得:"不,这个你可以喜欢一下,我不会吃醋的。"

林竞问:"真的?"

"那棵树已经很老很老了,一般是不会发光的。"鉴于小林老师接受度良好,季星凌决定循序渐进地告诉他更多事情,"他大概真的很喜欢你。"

"那等下个月你回来之后,我们一起去看他。"

"好。"

林竞不想挂电话,他靠着车窗,小声说:"你再陪我说十分钟吧,什么都行。"

"你是想听妖怪的事情吗?"

"如果你想讲的话。"

"什么如果我想讲,明明就是你拐弯抹角地想听。"

"那你到底讲不讲?"

"讲!"

你星哥就是这么有原则。

他先抨击了一下那部亲舅舅出品的糟心电视剧,让小林老师以后不准看。

林竞骤然坐起来,期待地问:"所以你是……吗?"

这个省略号就很灵性了。季星凌沉默片刻："你这算不算钓鱼执法？"

林竞又缩回毯子里，继续看着窗外路灯，虚伪表示："没有没有，我周围还有其他同学，这不是怕暴露你吗！"

他又小声而矜持地表示："季星凌，我超喜欢九尾狐的。"

季星凌警觉："不，你不能喜欢！"

林竞失望地一撇嘴，哦，看来你不是。

但还是必须哄一下，于是他说："行，那我从现在开始不喜欢九尾狐了。"

季星凌赶紧纠正："倒也不是这个意思。"

林竞稍微一噎："你毛病好多，那我到底要不要喜欢？"

季星凌有气无力："算了，你还是喜欢吧。"

不然我以后可能就再也没有零花钱了。

林竞笑："嗯，你接着说，除九尾狐之外，我还能喜欢什么？"

小林老师的意图简直明晃晃摆在桌上，季星凌觉得不行，再聊下去可能就要暴露，要是自己的麒麟身份是瞎聊时不小心暴露出去的，那未免太不酷了，不符合你星哥对"裹挟雷电从天而降"的场景预设，于是他说："那你先告诉我，除九尾狐之外，你还喜欢什么？"

这回轮到小林老师哑口无言。

成功反钓鱼，大少爷就很美滋滋，我成长了，我已经是个成熟的麟了！

结果林竞说："我喜欢龙。"

季星凌脱口而出："你不准喜欢！"

那条应龙讨厌死了！

"那我喜欢青龙、朱雀、玄武、白虎、穷奇、混沌、梼杌、饕餮——"

"放下你手里的那本《妖怪大全》！"

"为什么要在这里喊停，所以你是饕餮吗？"

"我不是。"

季星凌彻底没脾气，哼一句："就不能等我一个月吗？"

"能。"林竞最后一个下校车，"我回小区了，所以一个月后，你会告诉我吗？"

他说完觉得好像不合适，有点心急，于是又补充一句："不是也没关系，你可以慢慢准备。"

"没。"季星凌站在窗前，"我不用准备。"

要是不用隔离，我现在就能告诉你。

我真的超猛！

比应龙猛多了！

所以你不准喜欢他。

盘在云间的银白应龙无辜被念，打着哈欠一翻身，落下来一片细细雨丝。

飘飘晃晃的，在小区水池里溅起涟漪。

正在石子路上遛狗的春神句芒见状，随手撒下一片种子，让花朵不动声色地盛开，就好像是被雨水催生一样。

实力诠释政府口号——

城市是我家，建设靠大家。

妖怪也是很努力的。

图书馆新系统测试的最后一天，林竞在信息楼见到了传说中的许裴。他正在和刘栩聊着什么，看起来就是个普通学生，实在和传闻中的浪荡形象对应不起来。

果然，人不可貌相。林竞把测试表填好交给刘栩："哥，那我先走了。"

"今天周五，你不用上自习吧？"刘栩看了眼时间，"我们打算去吃点东西，一起？"

因为有许裴在，林竞怀抱着对他的一点好奇——毕竟小林同学还是很八卦的，欣然答应。

三个人去了老孙的烧烤店，就是曾经被林竞当成鸵鸟的那个橐蜚老板。自从被妖管委罚过一次款之后，老板就老实多了，至少不会再在上班时间疯狂酗酒。许裴对这里很熟，点完菜后又去隔壁便利店拎来一提啤酒："喝吗？"

"别，他回去还得看书。"刘栩把啤酒从林竞面前拿走，重新要了扎鲜榨的苹果雪梨汁。

周五店里生意很好，林竞没话找话："我以为这家店的包厢只有十人以上才能坐。"

"按理来说是这样，但多给老板点服务费就行。"许裴拉开啤酒，"外面人来人往的，闹心。"

这倒是实话，刘栩一头红毛，林竞在山海知名度更高，再加上一个最近深陷漩涡的许裴，估计吃顿烧烤的时间，至少也能收获四面八方几百道好奇目光。

老板很快就烤好了一部分，林竞对烧烤其实没什么兴趣，纯粹是奔着八卦来的，所以一直在听两人聊天。许裴倒也没把他当外人，或者说压根儿就懒得遮掩，喝了几瓶酒直接跟刘栩抱怨为了把这次事情压下来，家里费了不少力气。

听这口气，估计又是个虽然学习好但是不省事的纨绔公子哥。小林老师淡定插话："不过现在好像大家都在说唐校长和学习压力的事，没怎么提过别的了。"

"刚开始我也纳闷。"许裴说，"后来一查，好像有人在背后故意往唐校长身上引，是一家叫乐天派的营销公司。"

"营销什么？"

"其实就是专门搅浑水的那种，给自己起个好听的名字。"刘栩解释，"根据发帖人的 IP（地址）摸出来的，但目的是什么就不知道了。"

"那唐校长知道吗？"

许裴点头："当然，否则学校得以为是我家干的，冤死了。"

乐天派在业内差不多也是臭名昭著了，只要追过星就必然听过这家的大名。林竟虽然不追星，但随手在网上搜了搜，也能了解个大概，他把截图发给了季星凌。

可达：我刚听说好像是这家营销公司在搅和唐校长的事，你听叔叔说过吗？

季星凌回得很快，他不仅听过，晚上还刚和父母在饭桌上讨论过。

星哥：嗯，背后是家建筑公司，鑫力建筑。

可达：为什么会是建筑公司？我还以为反派会出现在教育界。

季星凌直接把电话打了过来："你放学了吧？"

"在学校附近吃点东西，还没回家。"林竟走出包厢，"我听过鑫力建筑，但他们为什么会和唐校长扯上关系？"

"东山楼要重建，鑫力想拿下这个活儿。"季星凌说，"招标这事归唐叔叔管，前期谈崩了，所以对方故意找事。那女生她爸在鑫力上班，估计是被收买了吧，刚好借着这茬发难。"

鑫力是省内排名前几的建筑集团，东山楼一栋三层小楼，看起来也不像惊天动地的大项目，竟然能让对方这么费尽心机。林竟没想通："应该不至于吧？会不会还有别的矛盾？"

"周末我爸要和唐叔叔吃饭，有什么情报我再汇报给你。"季星凌问，"你今天去看那棵树了吗？"

"去了，不过白天操场上人很多，它没有再发光。"林竟说，"我坐在旁边看了一会儿书。"

"怎么坐那儿看书？这么冷。"

"不冷。"

也不知道是因为心理作用，还是那位大树爷爷真的慈祥和蔼，会在寒风中悄悄用温暖拥抱少年，真的一点都不冷，林竞甚至舒服得犯了会儿困。

"小竞。"刘栩在包厢里叫他，"你点的烤生蚝上了。"

季星凌警觉："为什么你又和红毛在一起？"

小林老师惊呆了："为什么离得这么远，烧烤店里还这么吵，你都能听出来？"

季星凌："……"

林竞试探："你是顺风耳吗？"

"闭嘴吧，那是什么奇怪的妖怪，一点都不猛！"

你星哥真是对猛有着谜之追求。

林竞抿嘴："嗯嗯，确实不猛。我就是放学遇到刘栩哥，还有事件的男主角，叫许裴的，所以一起聊了会儿，纯粹为了八卦，吃完饭就回家。"

"想知道唐叔叔的事，你来问我啊，跑去和别人吃什么饭？"季星凌转了转手里的笔，"几点回来？我让司机来接你。"

林竞："你可不可以不要学电视剧里的人说话？"

季星凌莫名其妙："电视剧里的人是怎么说话的？"

"就是……"小林老师反思了一下，没有吗？那可能是自己的错，小时候不该看那么多偶像剧，以至于一听到"我让司机来接你"就想起坐在宽大办公桌后的黑西装男主。

"怎么又不吭气了，就是什么？"

"就是，你超帅的，一说话就让我想起电视剧男主角。"

"我觉得你这个'就是'有点敷衍。"

"为什么会觉得敷衍？我超真诚的，你难道在质疑自己的帅气吗？"

"……我没有，我从来就没有对自己的帅气产生过质疑，你赢了。"

小林老师，一个虽然没有感情，但很会强词夺理，并且非常理直气壮的夸夸机。

周末晚上，季星凌敲敲书房门："爸，你忙不忙？"

"不算忙。"季明朗放下文件，"怎么了？"

"我想问一下唐叔叔的事，你们今天不是一起去吃饭了吗？"季星凌拖过椅子，"鑫力建筑那事怎么样了，还是不肯平息事端，非要拿到东山楼的重建项目不可？"

季明朗点头："是。"

对方完全就是无赖作风，刚开始时还能走正规流程坐下来谈，后来见频频被唐耀勋拒绝，项目就要落到别人手里，干脆彻底撕破了脸，连威胁也是明晃晃的，说哪怕这次的事情能压下去，山海还有几千个学生，难保不会有人再出事，只要同样的谣言多起几次，就算教育局不想动他，学生家长也不会答应。

鑫力建筑的老总叫魏力，季星凌对这人有点印象，尖嘴猴腮的，反正长得不怎么像正面角色。

季明朗继续说："你唐叔叔不会允许鑫力进学校的，他们这次的表现实在太奇怪了。"

奇怪得远远超出了人类的范畴，那就只能往妖怪方面靠。而山海里有一大群未成年小妖怪，稍微不注意，就可能会受到伤害。

重明已经按照规定，把这件事上报给了妖怪调查处，目前还没出结果。

季星凌强调："这件事有新进展的话，要第一时间告诉我。"

季明朗笑笑："好。"

他又把儿子叫到身边："这两天灵力怎么样？我看鹊山医院发来的报告，好像没什么异常。"

"我本来就没什么异常。"季星凌说，"可能就是成长期，所以高高低低的不太稳定，那我回去继续学习了。"

"都十一点了，早点睡。"季明朗叮嘱一句。季星凌满口答应，结果一个小时后，成年麒麟处理完工作往卧室走时，就见自己的崽还在做题，嘴里念念有词的，相当刻苦认真。

老父亲又想落泪。

他站在门口，仔细回忆了五分钟，崽确实是在搬来江岸书苑后，才开始对学习感兴趣的。

难道的确是白泽的功劳？

好学生光环真的这么有用？

按理来说是不能的，但……季明朗难得对自己产生些许困惑，趿拉着拖鞋回了卧室。

是不是得抽空找个妖怪研究机构研究一下？

而隔壁，真·季星凌学习唯一指定动力·金牌补习者·小林老师，还在查询各种奇奇怪怪的《妖怪大全》，古今中外，专门挑最猛的记下来。顺便也查了查会发光的树，这个倒真不少，只要是棵神树，十有八九就会发光，没什么参考价值。

一个月才刚过去一半，就这么度日如年。林竞趴在床上长吁短叹，给季星凌发消息："我今天又去看那棵树了，因为天很黑，周围也没有人，所以我蹲下的时候，它用根须摸了摸我的手。

"还抖落了两三朵花，大红大紫层层叠叠，很符合老人家的审美。"

虽然也是转瞬即逝，但留下的惊喜是绵长的。林竞握住细细的树枝，粗粝中又带着一点温度，草叶清香弥漫，还有嫩黄色的蝴蝶，也是风一吹就散成了沙。

季星凌听得酸死了，就算是了不起的镇守大妖怪，就算已经是爷爷的爷爷的爷爷，也不能随随便便摸我的小林老师。

"他怎么可以说抖花就抖花，难道不怕被别人发现吗？"

"好像只有我一个人能看见。"

季星凌就更酸了。

林竟闻一闻自己的衣袖，觉得那一丝香气似乎还残存着。为了回报这份礼物，他在第二天揣了一块好吃的蛋黄酥，等到下晚自习后，偷偷拆开放在了树下。

一条根须从泥土下钻出来，瞬间卷走了点心。

看起来还是个动作敏捷的妖怪爷爷。

老人家是不能吃太多甜食和点心的，会消化不良，每天一块差不多。于是从蛋黄酥到绿豆饼，再到蝴蝶酥、千层糕、山楂饼，林竟每天都会带点心过去，看着大树吃完再走。最后一天异想天开，他换成了歌剧院蛋糕，结果拆开包装后，半天没有根须爬出来。

咦，不喜欢国外的口味吗？林竟用手拍了拍树根："那我拿走了，明天再送新的来。"

大树悄默无声，只有风吹着叶沙沙。

林竟端起盘子想离开，转身却差点撞进一个人怀里："啊！"

"小心！"对方赶紧扶住他，另一只手拿着笤帚和簸箕，是这一带的清洁工。

林竟看着翻扣在地上的蛋糕："对不起。"

"没事，我就是干这个的。"清洁工松开手，"这大冷天的，怎么来这儿吃蛋糕？"

"太甜了，想找个垃圾桶扔。"林竟还塞着耳机，正好能掩饰一下刚才的自言自语，他匆匆离开学校，主动给季星凌打电话供认："我刚刚和大树聊天，好像被清洁工看到了。"

季星凌坐起来，震惊："你们已经发展到能聊天了？"

林竟纠正："没，是我单方面说了一句话，说我明天再去看他。"

季星凌："……"

林竟把事情大概说了一遍，忐忑："应该没什么事吧？"

"下不为例。"

"嗯。"

"以后也别再送吃的了。"

"那棵树会不会生气？我明天能去解释一下吗？"

"我找人帮你解释吧。"

"好。"

于是金牌小弟忘忧草就又接到了一项新任务。

当天晚上，一片又嫩又圆乎的叶子从泥土里钻出来，拍了拍旁边的大树，非常"社会"地打招呼："喂，哥们儿！"

正在打瞌睡的镇守大妖怪："？"

忘忧草把麒麟大哥交代的事情说完之后，就潇洒地走了，回家洗完澡才想起来问："星哥，那棵树是什么妖啊？怎么一直不说话？"

"不清楚。"季星凌一边看作文范文，一边漫不经心地回答，"只知道他是山海的镇守大妖，辈分很高。"

葛浩："……"

五分钟后，小弟还沉浸在惊恐里，哆哆嗦嗦地血泪控诉着："星哥你怎么可以这样，你为什么不告诉我他这么牛？我还啪啪拍了他七八下。"

季星凌："我要是告诉你，你还敢去吗？"

葛浩："我不敢。"

"所以我没有告诉你。"

"……"

"你说完不也好好的吗，慌什么？"季星凌选择性忽略了自己也不是很敢和镇守大妖说话这件事，反正你星哥就一定要酷，"都是植物，他说不定还能和你扯上一点亲戚关系，行，挂了。"

"你哪天回来上课？"

"大后天。"季星凌打了个哈欠。

葛浩纳闷："大后天，大后天不是开始月考吗？星哥你都有病了，为什么不干脆多请两天假？"

季星凌懒洋洋地回一句："你才有病。"

请什么假？你星哥超健康的，他盼这场考试已经盼很久了，知不知道？

周日晚上，鹊山医院的护士还要再为季星凌检查一次灵力，所以两人要到九点之后才能见面。

比起之前的一个月，这最后几个小时才是度秒如年。林竞原本想用午睡消磨时光，结果越躺越精神，和天花板无语对视十五分钟后，他决定出去剪个头发，以清爽帅气的姿态，比较隆重地迎接一下季星凌。

常去的理发店就在学校附近，干净亮堂不推销，Tony 老师活好话还少，深得洁癖喜欢。美发师一边剪头发，一边瞄了眼他的手机："等会儿要给同学过生日？"

"什么生日？"

"哦，我看你在查蛋糕。"

"闲得无聊就看一眼。"林竞继续滑屏幕，"想找找有没有什么不太甜的。"

可以等到季星凌回学校之后，两人一起去送给那位妖怪爷爷。学校不远处有一家叫 SENSE 的网红面包屋，号称有全锦城最好吃的歌剧院蛋糕和提拉米苏，不过林竞本身对甜食不感冒，因此只陪着李陌远去给韦雪买过几次，今天他打算在剪完头发后，去店里实地问一问有没有什么不甜的、适合老人家的点心。

SENSE 的员工是个长着酒窝的小姑娘，一见他就笑着打招呼："帅哥，你又来买歌剧院蛋糕吗？"

"今天想要个不太甜的。"林竞指着柜台，"这是什么？"

"南瓜葡萄卷，用了黑麦和麦芽，是不甜的，要试试吗？"

"嗯，谢谢。"林竞又点了杯红茶，扫码付款的时候，门外正好进来一位老爷爷。

他穿着一件墨绿色的毛领皮夹克，头发灰白，戴一副金框眼镜，像文质彬彬的老学究。

"我要这个。"他指着歌剧院蛋糕，"两块。"

"好的，这个稍微有点甜哦，爷爷要配个苦一点的茶吗？"

"要咖啡。"

最后他点了一杯店里新出的咖啡特调，名字很摇滚叛逆，叫 Dirty[①]。

相比来说，喝着养生红茶，吃着低糖黑麦的小林老师，才更像八十岁退休大爷。

周末下午，店里生意很好。所以当老爷爷坐在对面位置时，林竞并没有多意外，还主动把餐盘挪了挪，给他腾出更多地方。

歌剧院蛋糕是店里最贵的蛋糕，盘子和造型也很符合"最贵"。但味道嘛……林竞一边玩手机，一边多事地抬头瞥了瞥，根据老人家吃完之后一言难尽的表情来看，可能是真的不怎么样。

"来，孩子，另一块送给你。"

正在偷窥的林竞没有一点点防备："……"

但鉴于对方是上了年纪的慈祥老人，他还是很有礼貌地表示："谢谢爷爷，我不吃这个，有点甜。"

---

① 脏脏咖啡。因为从视觉上看，整杯咖啡表面被浓厚的油脂盖住，显得有点脏，故名 Dirty。

对面的镇守神树，对，他就是那棵老树，心情也比较复杂。你自己都不吃，为什么要拿来送我，还以为是什么前所未有的珍馐美味，眼巴巴惦记好几天，结果是什么破玩意！再喝一口 Dirty，更不高兴了，把前几天那株憨憨一样的小鬼草拿来泡水，可能都比这个味道好。

正在家埋头狂背书的葛浩："？"

妈，我后背有点凉。

林竞基本看明白了，这可能是个传统大爷想要洋气一下，结果惨遭滑铁卢的故事。

于是他推荐："其实这里的茶还可以，南瓜卷也好吃。"

镇守神树摆摆手，老人家稍微有点牙疼，也没胃口再吃点心了，就问他："你是从哪里来的？"

"我吗？宁城，北方。"

北方啊，那还真是远。镇守神树站起来，拍拍他的肩膀："你父母确实辛苦了。"

这是什么自来熟的尬聊问法，林竞愣了愣："您认识我父母？"

镇守神树摇摇头，又在桌上叩叩手指，从袖口落下一片漂亮的叶子。

林竞瞬间反应过来，他脑袋轰鸣一声，惊喜而又激动地抬起头，半天说不出话。

"下次要小心一点，"镇守神树压低声音，笑着叮嘱，"别再让别人发现。"

"嗯……好，我知道。"林竞站起来，难得语无伦次一回，"我月考完之后，就和季星凌一起去看您。"

"季星凌？"镇守神树回忆了一下，恍然大悟地说，"哦，是那只横冲直撞的麒麟崽子。"

惊天秘密没有一点前兆就被戳破，而大少爷毫不知情，还在家预设着裹挟雷电的酷炫出场方式。林竞则是整个人都惊呆了，心里隆隆巨响，宛若南翔技校期末考试，八百标兵奔北坡，再同时开过八百台水泥压路机！

麒麟！

季星凌是麒麟！

是我想的那个麒麟吗？

麒麟？

他居然是麒麟！

一听就很目眩神迷，并且持续了相当长的一段时间，等他终于回神的时候，神树爷爷已经离开了，但掌心那片叶子还在，这次没有消失，而是变成了硬质的，好像银挂饰一样，只有指甲盖那么大。

林竞紧紧攥着这份珍贵的礼物，站在路边打电话。

"季星凌！"

"季星凌！"

"季星凌！"

电话另一头的人下午看了几页历史、政治，此时正在按摩椅上被太阳晒得昏昏欲睡，被这一键三连的叫法吓了一跳，惊魂未定地坐起来："怎么了？"

"我刚在甜品店碰到那棵大树了，他是个老爷爷，还送了我一片叶子作礼物！"

季星凌错愕几秒："你确定？"

那棵镇守神树是什么品种，连妖管委都不清楚，只知道他年岁实在太老了，所以每次开会啊，庆典啊，都没有谁敢去惊动这位大妖怪，更别提见过他除树以外的样子了。虽然小林老师确实招人喜欢，尤其是招麒麟你星哥喜欢，但……好像也不至于让镇守神树专门化形吧？

"我确定。"林竟看着自己的掌心，"等你晚上过来的时候，我给你看这片叶子。"

季星凌想不明白其中的原因，自己又还在禁闭期，总觉得没什么安全感，于是叮嘱："早点回来吧，晚上再说。"

"嗯。"林竟站在路边，"那我先挂了。"

一辆白绿相间的出租车主动停靠过来，林竟往后退了两步，继续用 App（应用程序）叫车——他是个洁癖，锦城这一带的专车会比出租车稍微干净一点。

"同学，去哪儿？"见他并没有上车的意思，出租车司机摇下车窗主动揽客。

林竟晃晃手机："对不起，我已经叫到车了。"

司机还想说什么，副驾驶却伸过来一只锐利的爪子，狠狠拍了他的膝盖一巴掌，压低声音说："蠢货！"

嘎巴一声，骨头似乎都碎了。

林竟迟疑地看着他："你没事吧？"为什么表情突然这么扭曲？

司机脸色煞白，这回总算学聪明了，敷衍两句"胃疼"后，就一脚油门快速离开。

这时正好 App 派的车也来了，林竟满心都是那片银叶和妖怪爷爷，以及季星凌的麒麟身份，压根没在意这个突发胃病的出租车司机。回家路上一直在查各种有关麒麟的资料，身为镇守瑞兽，图片上看起来果然无比高大威风，他忍不住就脑补了一下季星凌会是哪一款，是天生带着雷电还是烈焰——反正一定都超猛的。

从晚上六点到九点，这对"既是邻居也是同桌但还要被迫分隔两地"的高二小同学，差不多是同步数秒度过。偏偏鹊山医院的护士还晚来了五分钟，好不容易折腾完，季星凌随手摸了件外衣套在身上："妈，我去隔壁了。"

胡媚媚不解："现在吗？这都快十点了。"

"明天考试，我去对一下重点。"季星凌象征性拎着一本练习簿，"走了。"

他没有从窗户里"砰"进去，毕竟在父母面前还是需要适当装一装的。但没关系，因为不管是老老实实走路还是以酷炫姿态登场，在自带滤镜的林竞眼里，都只剩下"季星凌是麒麟，他没有骗我，他真的超猛"。卧室门被反锁后，两人笑着一起滚在沙发里，幼稚兮兮的，互相闹了很久。

"你怎么剪头发了？"

"为了见你。"

季星凌立刻表示，我曾经也想为你剪来着，但我舅舅不让，因为还没出正月。

林竞笑着捏住他的嘴："医生怎么说，你真的可以上学了吗？"

"本来也没事，就我爸妈反应过度，非觉得我是吃了什么东西才会控制不住灵力。"季星凌抱怨，"快闷死了。"

"那天在烘焙教室里，我踩到的是什么，你的灵力吗？"

"……"

"季星凌。"

"嗯？"

"我想看一下你的尾巴。"

"哎，你都知道是什么了，为什么还要虚伪地问一下？"

"那我不得意思意思以示民主吗？"林竞勒着他的脖子催促，"快一点。"

"不要。"

"你说了一个月后就告诉我的！"

"除非你降低 500 分的要求！"

"不可以。"小林老师非常有原则，不管是妖怪还是人类，说 500 就 500，学习成绩不能丢。

季星凌象征性抗议："你居然宁愿放弃知道我是什么的权利，也要死守 500 分。"

林竞理直气壮："没错！"

星哥向来能屈能伸，行吧行吧，死守就死守，我从没想过要打折。

等着，你超猛的 500 分麒麟已经在路上了，月考之后就能验货签收！

·第4章

绑架事件

林竞还给季星凌看了那片叶子，很硬，也很轻，脉脉流出银白淡光。

两人这时正挤在沙发上，季星凌靠着小林老师，勉强没有再叽叽歪歪，还主动提议："你可以把它和指环挂在一起，就是我之前送你的那个，都可以辟邪。"

"辟邪？"

季星凌帮忙把项链拽出来，解释："这个指环是辟邪福袋，很贵的，我当初花了好多妖怪币，结果你刚开始还不肯收。"

林竞疑惑："有吗？我怎么记得你一送，我就戴着再也没有摘过？"

你可太有了。季星凌把那片叶子仔细系上去，重新焐热后放进他的衣服里。这是一个比较长的故事，从妖怪卡的误会开始，再到穷奇和猫妖，以及大少爷是怎么因为这个福袋沦为光荣"负二代"的。林竞听得诧异又感动，扭过头看他，眼睛亮闪闪的："所以过年的时候，那只熊也是你，对不对？"

"嗯，是我。"

林竞反握住他，虽然已经在心里猜了许多次，但一旦真正得到对方的确认，还是觉得感动得要命。季星凌轻声说："所以你以后要是想吃哪家商场的冰激凌，或者其他什么东西，都可以告诉我。"

他嗓音哑哑的，带着一点点无所不能的小骄傲，反正就很帅很猛，以至于连小林老师都稍微有点感动过头。

季星凌继续说："欸，你怎么不说话了？今晚我留下陪你好不好？"

"不好。"林竞用手边的政治书拍了他一下，"我给你画的重点背完了吗？"

大少爷美滋滋地点头："所有科目都复习完了，你可以随便考我。"

林竞问："黎曼积分的核心思想是什么？"

季星凌沉默片刻："在回答这个问题之前，我还有一个问题，黎曼积分是什么？"

林竞："……"

"不是。"季星凌试图辩解，"我真的完全没印象，是不是你给我漏画了？但没关系，不是明天才考试吗？你现在抓紧时间给我讲一下，还来得及。"

"黎曼积分的核心思想是试图通过无限逼近来确定积分值。季星凌，你好可爱。"

"无限逼近是什么意思？我又哪里可爱……等会儿！你是不是骗我的，黎曼积分根本不是高中内容，对不对？我就觉得这个名字听起来既陌生又变态。"

林竞还在闷笑。

季星凌牙痒痒，双手挤住他的脸，试图用武力挽回面子。两人从沙发滚到地毯上，林竞被他压住动不了，天花板上灯光又刺目，于是本能地闭上眼睛，挣扎了一下："起来。"

季星凌不肯起来。黎曼积分的核心思想是试图通过无限逼近来确定积分值，大少爷目前也试图通过无限逼近来吓唬一下小林老师。

少年心间有烈焰，轻而易举就能被风卷向四面八方，燎得每根血管都滚烫。

可林竞眉头一直皱着，季星凌磨着尖尖的兽牙，声音沙哑又不甘心，咬牙发狠："等这次月考成绩出来——"

结果小林老师冷冷地问："你就能上 600 分了吗？"

"……"

什么叫一瓢冰水兜头泼，你星哥算是领会到了。

他震惊地想，为什么我什么都还没有做，标准线就从 500 涨到了 600？

这是什么应该被政府取缔的无良高利贷？

林竞把人推开，撑着坐起来："你刚刚眼睛又红了。"

"刚刚红是正常的，因为我心怀不轨。"

"有多不轨？"

"你确定要听？"

这本来是个放肆乱来的好机会，属于小林老师自投罗网，不撩白不撩。但大少爷转念一想，万一在撩完之后，又涨到 700 分呢，这就很可怕了，堪称山海恐怖故事。

于是他正直地说："就是我已经不满足于 500 分了，甚至开始觊觎 600，但只是觊觎啊，暂时没有别的想法，你也不能有，你得先让我上一次 500 对不对？不能揠苗助长，容易薅死我。"

林竞笑着丢给他一个靠垫："很晚了，回去吧。"

"那明天我们一起去学校。"季星凌又强调，"500 不可以涨价，600 以后再说。"

林竞的 600 其实也是随口瞎说的，但没想到季星凌居然当真了，还"以后再说"，并没有当场崩溃以示抗议，显得非常谜之自信。

那看来这次 500 是肯定没问题了。睡觉的时候，林竞查了一下最近有没有什么好电影——上次说好过 450 就去看电影的，这次月考完之后的周末，正好可以补回来。

手机收到一条新消息。

星哥：你困吗？
可达：我困。
星哥：……

林竞都能想出对方的表情，他笑着趴在被窝里，截过去两个片子，问他对哪个感兴趣。

星哥：我都行，电影不是重点，重点是你，我们去 VIP 电影院，最好挑个恐怖片。
可达：做梦吧，我不看恐怖片。

季星凌还在按着语音吊儿郎当说话："就知道你不敢看，所以才要和我一起去看，这属于福利优——"

"优待"的"待"字还没说出口，林竞就发来新的截图："我已经买好票了，就看这个。"

季星凌上网一查，国外高分烧脑推理悬疑，反转不断的那种。

也行吧。但你星哥比较深谋远虑，为了能在第一次看电影的时候表现得机智不羁又潇洒帅气，他宁愿放弃观影乐趣，主动寻求剧透，在豆瓣上连看影评二十八篇，把每一个伏笔都背得烂熟于心。

很努力，不服不行。

这个晚上，两人都没怎么休息好，但少年人总是精神百倍的，并不影响第二天的考试。因为上次的 482 分，这次季星凌又回到了学苑楼的考场，他非常嚣张地想，我以后再也不走了，不仅不走，还要疯狂涨楼层！

监考老师在讲台上慢吞吞拆试卷，大少爷生平第一次产生了"求你快点"的心态，早上出门前，他还强迫小林老师握了一下自己的右手，以求获得全方位加持，嘚瑟到炸天！

后桌的男生忍不住问："星哥，我怎么觉得你有点像打了鸡血，什么情况？"

"没情况。"季星凌随口扯，"这叫放风后的喜悦。"

后桌男生八卦未遂，就很心塞。

老规矩，试卷发下来先看作文，这次的题目是"未来的模样"。季星凌的诉求比较直白，第一反应就是未来必须有一个小林老师，每天疯狂撑自己……不是，稍微撑一下就行。他一边美滋滋地幻想，一边人模狗样地写，未来要成为一个对社会有用的人，正气浩然，虚伪到绝，还滔滔不绝的，差点没能收住，超过 800 字。

下午的数学，大少爷一样答得非常潇洒，出考场时表情痞里痞气，各种欠。而且这份"欠"的保质期还很长，一直延续到了第二天的英语考试结束。林竞满心无语，已经完全不想再和这没见过高分世面的暴发户说话了，拎起书包走得飞快，季星凌几步追上去，单手揽住他的肩膀："等会儿。"

李陌远和韦雪也在前面，两人克制地保持着距离，连对答案都小心翼翼。季星凌看了一会儿，突然就往左边靠了靠，手指也拢得更紧，小声说："哎，我们这样其实也挺好的，是不是？"

林竞笑："嗯。"

可以用最光明正大的姿态，像两个打翻糖罐的小朋友，在没有大人的空房间里肆意胡闹，盛夏窗外骄阳似火，晒得满地蜜也融化，随便一吮手指都是甜的，齿间也是甜的。

两人在面包店里买了南瓜葡萄卷，带回学校去看那位神树爷爷。

可能是因为多了只麒麟崽，这次镇守神树吃得比较像长辈，没有嗖一下就卷走。

老树都是要刷防虫漆的，白白一圈，上面还有脚印和篮球砸出来的灰尘。林竞掏出一包湿巾，很仔细地帮它擦干净，季星凌则站在他旁边，一边望风一边说："要是被人看见，一定会觉得你已经洁癖到了某种境界。"

"所以我一直等到你来才做这件事。"林竞站起来，"我们要不要向校长说一声，弄个围栏？"

季星凌还没回答，一条根须先从地下钻出来，摆手一样摇了摇。

是个自由的、不喜欢被框起来的老爷爷。

电影定在周日，月考成绩周四出。周三下午，林竞充分发挥了"年级第一不怵老师"的优势，以"不是课代表、胜似课代表"的无私精神，奔走在各科老师办公室，在王宏余下发成绩单之前，就往季星凌面前拍了张纸："给！"

"这是什么？"季星凌正在和于一舟聊天，没反应过来。

"你的月考成绩。"

"……"

季星凌瞬间抛弃后桌狐朋狗友，尽量让自己显得不紧张，但其实还是很紧张地问："我多少？"

"自己看。"林竞说完就回了座位，一脸"你没有考到 500，你只考了 200 分，我好失望，所以我非常冷漠"的表情。

星哥经不住这残酷打击，差点就心肌梗死，心想不是吧，自己真觉得考得还行啊，甚至肖想了一下 600，怎么会烂成这样。结果翻过来一看，语文 115、英语 110、数学 97、综合 198，总分……我真的上 500 了！

不仅上 500 了，还是 520，非常顺眼，非常浪漫，简直就是绝世好分数！

季星凌稍微激动了几秒，本能地扭过头，就见林竞正趴在桌上，估计也在乐，露出来的耳郭泛着红，有种恶作剧得逞的可爱。

裤兜里的手机微微振动。

星哥：我上 500 了。

星哥：我超厉害对不对？

星哥：你怎么可以不理我？

星哥：有一个 500 分帅哥正在等你签收。

可达：500 分的帅哥要是再上课铃响后发消息，我就要拒收退货了。

那不可以！季星凌迅速关机，正襟危坐、精神饱满，堪称当代学生标兵。

在放学前，王宏余又传达了一个通知，本周六有班级活动，上午去参观市博物馆的民俗展览，下午集体包场看电影，至于具体看什么，由大家自己选。

季星凌莫名其妙："这是什么前所未有的奇妙环节？"

"官方减负活动呗。"于一舟比他知道得要多一点，"之前唐校长的事不是闹得挺大？校方总得出点措施，让广大网友看到改变。我们算不错了，听说高一的减负方式是每月多开两节劳动课。"

"……"

韦雪负责征集电影，季星凌动用"私权"，强迫班上所有男生都填了一部一看就很无聊的迪士尼公主片，美其名曰："你们就不能照顾一下女生？"结果女生们并不需要照顾，全部选了那部推理悬疑片，为了看两个帅哥男主露肌肉。

而你们知道的，文科班总是女生更多。

季星凌："……"

林竞安慰他："没关系，我们可以再看一遍。"

大少爷兴致缺缺地回到座位，再看一遍还有什么意思，你知不知道我想要的乐趣就是在电影院里非常不经意地给你解释你看不懂的地方？

围观完全程的于粥粥正好闲得无聊，于是很多事地戳了一下："怎么，你俩打算周末去看，结果被老王抢先一步，强行拆散？"

季星凌满脸嫌弃："你这什么措辞水平？闭嘴吧。"

于一舟习惯性耍贫："强行拆散，强行拆散，强行拆散。"

季星凌看了他几秒，突然语调又轻又快地说："开头出场的那个眼镜大叔就是幕后 Boss，医生和杀手是同一个人，面包店主是无辜的，三具尸体全部藏在塔里，真正的情妇其实是楼上那个钢琴师，最后两个男主都没死。"

于一舟没有一点点防备，就这么劈头盖脸地听完了全程剧透，半天才反应过来，难以置信地挤出一句脏话。

季星凌心满意足地转回去。

早就说了，让你闭嘴。

其实按照季星凌的风格，这种周末的无聊班级活动肯定是能翘就翘，正好林竞也不是很想去什么民俗展。但整件事情偏偏又和唐耀勋有关，万一大少爷和年级第一都溜号，其他人有样学样，被记者知道后再写出一篇类似"山海高中减负虚有其表，学生纷纷拒绝参与"的糟心报道呢？所以还是算了吧。

市博物馆位于繁华商业区，周围餐饮娱乐都不缺。下晚自习后，韦雪又通知了周六吃饭的地方，是一家自助烤肉店，就在电影院楼下。

季星凌用手机一查，最近的电影除了推理悬疑片和迪士尼公主片，也就只剩一部恐怖片勉强能看。

林竞拒绝："为什么你这么执着地要看恐怖片？我宁可看公主跳舞。"

"不行，不可以，不许看公主。"季星凌拎着书包，单手插在裤兜里倒退着走，"恐怖片有什么不好的？而且讲道理，你那个疯狂杀人的推理悬疑片也并没有爱与和平到哪里去。"

林竞："……"

"那就这么定了。"季星凌拍板，"记得买双人座。"

林竞愁眉苦脸打开购票界面，光看海报就够了，根本不想戳开，于是他冷静地使出撒手锏："但是像这种电影，我们难道不应该一起躲在被子里看吗？"

季星凌："……"

你们好学生怎么可以这样子？

好的，OK，我没问题！

"那我们什么时候看？"

"至少得等它出现在视频网站上吧。"林竞拽了一把他的书包，"小心摔倒。"

"其实不一定是这部，我们挑个别的恐怖片好不好，你想看《咒怨》还是《逃出绝命镇》？"

"我想看你闭嘴。"

但季星凌偏不闭！林竞随口瞎画的大饼准确无误套住了大少爷蠢蠢欲动的心，于是他沉浸在"小林老师在看恐怖片时由于过分害怕而不得不依靠自己"这种美好幻想里无法自拔，一路都在不停地说话，直到上车才消停。

林竞头晕眼花地靠在车座上。

这到底是个什么牌子的大功率复读机？

1301，胡媚媚正在客厅看电视，见到儿子回来就随口问了句："考试成绩出来了吗？"

季星凌默不作声把成绩单递给她，完美传承小林老师白天的"我没考好，我只考了200分"之演技精髓。

胡媚媚一看他这表情，就习惯性开始头疼："又掉回300了？"

季星凌抽了抽鼻子。

"算了算了，你去洗澡吧。"胡媚媚也懒得批评他，继续拿着遥控器换台。

季星凌蒙圈："不是，我到底是不是亲生的？妈，你好歹看一眼吧！"

看了好气得我睡不着吗？胡媚媚心想，你这常年300分人士要求还挺多，我才不看，让你爸去看。

季星凌服了，丢下书包进了浴室。

胡媚媚看完剩下的半集电视剧，广告时间终于想起来儿子的成绩单，于是用两根手指拈过来，满脸嫌弃，做好了当场被气出两条皱纹的准备。

一分钟后。

"季明朗！

"季明朗！"

成年麒麟季先生正在书房，听到这熟悉的尖声尖气，心想难道我的崽又出了状况，于是再度顾不上穿拖鞋就跑了出来："怎么了？！"

胡媚媚激动地说："你儿子考了520分！"

季明朗："！"

大少爷吹干头发，懒懒地推门出来："妈——"

尾音还卡在嗓子里，就被大麒麟"砰"地撞成了一只崽，又在空中被叼住后颈，甩在背上开开心心走了！

胡媚媚："……"

天穹布满湿冷的云团，被蓝色雷电炸开时，会扬起一片刺刺啦啦的细闪。

因为是深夜，外头只有夜行妖怪，并没有很扰民。

只有恰好抬头的路人，可能会对一闪即逝的光产生些许疑惑，以为自己的视力出了问题。

耳畔风声飒飒，麒麟崽抖落身上的云团，继续趴在大麒麟身上。

他终于发现了一件事，虽然自己考18分也能被庆祝，但和考500的庆祝是存在本质区别的，具体体现在这次"砰"的里程和高度上，都非常惊人。

那以后多考一点分数，让老季高兴一下也不是不行。

麒麟崽用蹄拍拍大麒麟的肩膀，酷酷的，非常跩。

父子俩在云端威风凛凛裹着雷霆，于狂风中冲出一道道炫目光影，小林老师则趴在被窝里，在手机上一张一张翻图片，继续猜测季星凌到底有多猛——你林哥向来走淡定优雅宠辱不惊路线，他打算最近有空就多看看图，给自己构建出一道坚固的心理防线，以免将来亲眼看到麒麟的时候，会当场惊呆石化，这样就显得没见过世面，很没有面子。

周六是个阴天。

林竞赖了一会儿床，季星凌都吃完早餐来敲门了，他还在打着哈欠翻衣柜，扯出一件蓝白色的外套。

大少爷靠着飘窗发表意见："你这和校服有什么区别？"

"我就去参观个博物馆，又不是去给博物馆剪彩。"林竞套好毛衣。

"难得不要求穿校服，你竟然不好好珍惜？不行，你去换一件跟我一样的。"

"……"

"还有鞋。"

"……"

季星凌穿了件黑色的运动外套，很普通的那种，每个男生都有类似款。林竞默默地把蓝白外套挂回去，换成了同样的黑色。

牛仔裤是差不多的，至于鞋，前段时间风靡的黑红配色球鞋，两人恰好也都有。站在镜子前，季星凌还没说什么，林竞先觉得这未免太明目张胆了些，于是硬是把鞋换成白色，拉着人就往门外走。

"哎哎，我又不会强迫你穿，急什么，不吃早餐了？"

"来不及了，路上吃。"

季星凌还想去给他拿点面包、牛奶，人就已经被拖进了电梯。

你林哥，力大无穷。

集合地点在博物馆门口。两人下车后，季星凌拍拍他的肩膀："你先过去吧，我买瓶水。"

林竞还在查这个民俗展的背景，毕竟来都来了，总不能跟老年旅行团似的纯瞎逛，因此只含糊应了句，自己继续看着手机往集合点走。季星凌在便利店里逛了一圈，买了包子和热豆浆，付完款后转念一想，又随手拢了一堆零食饮料："这些帮我装在另外的袋子里，谢谢。"

便利店正在做活动，消费满额可以送个钥匙扣。季星凌本来是没兴趣的，但余光瞥见赠品区有个可达鸭，胖乎乎的很可爱，于是一指："就这个。"

他拎过去时，果然就见林竞正站在人堆里。侯跃涛先看见的季星凌，大嗓门来了一句："嚯，星哥你这春游呢？"

"给，拿去分吧。"季星凌丢给他一袋零食，又把另一袋交给罗琳思，成功遣散围在小林老师身边的男男女女后，才把包子豆浆递过去："趁热吃。"

林竞一边啃早点一边问："这算是全班因为我而享受了零食待遇？"

"你不是不喜欢太明目张胆吗？"季星凌跑得有些渴，拧开水一口气灌了大半瓶。

林竞愣了愣，侧头看他："你生气了？"

季星凌听得莫名其妙，生什么气，我为什么要生气？

他又伸手拍拍林竞的脑袋，哭笑不得："你不喜欢我就不做呗，你不要这么敏感好不好？"

他靠在树下，直到看着林竞吃完包子豆浆，才很"不经意"地问："你是不是喜欢可达鸭？"

结果小林老师不假思索地回答："我为什么要喜欢可达鸭？我喜欢皮卡丘。"

剧情和预想的不太一样，季星凌疑惑："但你微信名不是叫可达吗？"

"那是一句诗，'从兹可达栖真境，透入青霄会众仙'。"

季星凌："哦。"

算了，就当无事发生。

林竞看了他一会儿："所以你是不准备送我了吗？"

季星凌："……"

林竞抿嘴："我逗你的，就是可达鸭的意思，申请微信号的时候电视上刚好在放动画片，我觉得它还挺可爱的。"说完又补充，"但没你可爱，季星凌，你真的爆可爱。"

顺利从"超可爱"又上升一级。

季星凌认输，把裤兜里那个没藏好的钥匙扣摸出来："归你了。"

江岸书苑都是电子锁，想找把钥匙都难，但因为是季星凌送的，所以林竞还是心情很好，打算周一挂在书包上，落实一下微信名号。

过了一会儿，王宏余也来了，这位中年摄影爱好者难得找到发挥机会，扛了个漆黑的"大炮"过来，全班都比较震惊。女生不约而同集体转身，留下一片后脑勺："老师，我没化妆！"

山海的校规是禁止学生化妆的，但青春期的小姑娘擦擦粉底总不过分，只要不弄个烟熏眼妆、红唇招摇过市，一般老师也不大管，周末就更别说了。王宏余乐呵呵地举着相机招呼："林竞、季星凌、于一舟，你们三个过来，拍个照。"

"王老师你颜值歧视，只叫帅哥！"

"那你一起来，这张照片要投校报。"

"不了不了！"

于一舟脚底抹油，塞着没声的耳机假装自己正在听摇滚，面无表情地就往博物馆里走，这地方留不得。王宏余叫了两声也没把人叫住，只好说："那林竞、季星凌，你们两个过来，站在树下面，笑得青春愉快一点。"

小林老师："……"

季星凌不是很懂"青春愉快"是怎么个笑法。王宏余看着镜头里的两个男生，充满嫌弃地说："你们这是什么表情？尤其是季星凌，林竞欠你钱了吗？想一想500分！"

一圈围观的男生快笑死了，女生也纷纷掏出手机来拍帅哥，季星凌按照老王的指示，把胳膊搭在林竞肩膀上，比较蒙，心想：这怎么回事，怎么就被迫众目睽睽下拍双人照了呢？我还没有心理准备。林竞要比他冷静一点，假笑也很真，下垂眼弯起来无辜又讨喜，牙齿整齐一排，还能配合地比个"耶"，充分展现了当代男高中生周末被迫早起参观民俗展的浓浓喜悦。

王宏余很满意地"咔嚓"了十几张："行了，看展览的基本素质不需要我强调了吧？需要讲解的可以自己去服务窗口租机器，中午十一点半来这里集合。"

民俗展确实没什么搞头，一堆水井、织布机的照片，色调大多黑漆漆的，看得人打瞌睡。没多久高二（一）班的小崽子们就各自散落在天涯——以小团体为单位，胆子大的直接溜去电玩城打游戏，不敢跑的也在草坪上喝饮料、打游戏，反正总逃不脱打游戏。

季星凌和林竞属于胆子大的那一拨。周末的电玩城生意超好，大少爷未成年还不能拥有驾照，只能开虚拟赛车带着小林老师兜风，结果林哥可能是因为高一物理学得好，能精准把握各种奇异弯道，很快就把频出车祸的季星凌远远甩在了身后。

季星凌："……"

不是，你能不能稍微友好一点？我们共同欣赏沿途的电子风景不好吗？你看那棵树，多绿！

林竟又轰了一脚油门。

最后依靠小林老师过硬的开车技术，两人顺利赢回一个大毛绒玩偶，属于不要白不要，要了又实在没什么用的玩意，于是林竟说："送给雪姐吧。"

"不行！"季星凌一口拒绝，在前台填了个地址，对服务小哥说："帮我寄一下啊，邮费到付就行。"

林竟纳闷："你要它干什么？"

"这是你赢回来的奖品。"季星凌答得正经八百，"不想要就送我吧。"

那个玩偶确实丑，还是辣眼睛的粉红色，而且体积过于庞大，可能邮费都比奖品要贵。林竟突如其来地被感动了一下，倒是琢磨起另一件事——季星凌七月过生日，虽然距离现在还有一阵子，但也可以提前考虑一下送什么礼物。之前的耳机是二手的，手套又太敷衍，都不算数。

大少爷家境优渥，看起来万事不缺，硬要找也只能找出一个"缺600分"，属于小林老师力所不能及的，顶多帮他整理一点复习资料。但大过生日的，满心期待地拆开礼物，结果发现是"五三模拟"，这画面未免惨绝人寰，某人八成会当场自闭，还是不要了。

季星凌在他面前晃晃手："你在发什么呆？"

"没。"林竟回神，"在想中午吃饭的事，你的灵力没关系了吗？"

"偶尔一次没事。"季星凌带着他往另一边走。之前老老实实在校长办公室吃了大半年饭，灵力还是会时不时地失控一次，胡媚媚也觉得可能和食物没什么关系，所以已经适度放宽了禁令。

"嗯，那明天我们看完电影后，一起去吃牛蛙？"小林老师心心念念的，从两人还不熟时就开始惦记的，好吃的牛蛙。

季星凌点头："行。"

"那你先去玩吧，我去洗手间。"林竟把手里的东西递给他，"想喝什么？"

季星凌：你这话说的，我竟然不知道该怎么接。

林竟后知后觉地反应过来，一乐："不是，那等会儿我们一起去买水。"

季星凌一个人也没兴趣打电玩，于是靠在外面的栏杆上等他。这家商场走年轻潮流路线，除了学生，就是顶着各色头发的"妖魔鬼怪"，洗手间卫生条件意料之中堪忧。林竟用最快的速度解决完问题，洗完手后想离开，却被人抓住肩膀："同学！"

林竟一阵嫌恶，出于洁癖的本能要甩开，后面的男人可能以为他想跑，干脆用力拽了一把。

地上都是水和脏兮兮的纸，林竟猝不及防脚下一滑，踉跄撑住洗手台。

他原本以为是遇到了醉汉，但看镜子里的男人有些眼熟，像不久前刚见过……回想起面包店前那辆奇怪的出租车，林竞猛地意识到来者不善，后背跟着冒出一层冷汗。

未成年人再冷静成熟也不过十六七岁，和成年人不能比，更别提对方还是成年妖怪。司机凶相毕露，直接幻出蛇尾缠住林竞，巨翅在他头上重重一击。林竞手疾眼快，用胳膊勉强挡了挡，嘎巴一声，剧痛让他有片刻眩晕，等清醒过来时，人已经到了一辆疾驰的车里。

季星凌在商场等得犯困，把手里的两件外套丢给于一舟："拿着，我去趟洗手间。"

洗手间里没有人，季星凌刚开始还以为林竞是嫌这层不干净，所以去了其他楼层。他摸出手机打了个电话，过半天却是于一舟接起来："没找到人？他手机在外套兜里，我看是你就接了。"

季星凌说："没，那我再去楼上看看。"

于一舟实在难以理解这连上洗手间都要在一起的"小学生"行为，牙疼地说："你差不多就可以了。"

季星凌"喊"了一声，刚准备转身离开，余光却瞥见地上有个棕黄色的毛团。

是早上便利店那个赠品钥匙扣。

季星凌微微皱眉，蹲下仔细看了看，挂环和毛绒挂坠已经被蛮力扯裂，可达鸭的脑袋上破了个大洞，而掉落一旁的挂环明显是新的，上面还有没拆掉的宽价签。林竞有个毛病，闲得无聊就喜欢找个东西捏，逛民俗展的时候，这张塑料价签差不多被他踩蹦了一路，皱巴得油印字都掉了大半。

于一舟还在嚼口香糖，他懒洋洋地接通电话："你又有什么——"

"让所有男生都去找林竞，每一层的洗手间，快点！"

于一舟愣了愣，站直身子问："出什么事了？"

"先把人找到再说。"季星凌也在往楼上走，这家商场一共七层，洗手间的数量不算少，"我去顶楼。"

听出他话语里的焦急，于一舟不敢马虎，当即去电玩城召集了一堆男生，又把对面博物馆的也叫过来一批。王宏余正在树下调着相机焦距，突然就见高二（一）班一群崽子像潮水一样涌出博物馆，呼呼啦啦地往对面商场跑，被这光明正大完全不把班主任放在眼里的逃学方式震惊了，气得吹胡子瞪眼："干什么？！都给我回来！"

"王老师，林竞丢了。"有男生报告，"于一舟让我们去帮忙找人。"

王宏余瞪大眼睛："林竞丢了是怎么回事？"

其实按照季星凌的意思，是想先自己找找看的，毕竟就算看到可达鸭被扯断，也不能证明什么，万一最后是场乌龙呢？但王宏余不知道啊，听到学生不见了，他蒙了，交代李陌远和韦雪在这里维持秩序，让剩下的同学不要乱跑，自己也赶紧跟去电玩城。

保安上来问："你们要干什么？"

"我是山海高中的老师。"王宏余回答，"我们班有个学生在六楼电玩城打游戏，现在人找不到了，你们负责人在哪里？"

一听有人在商场里失踪，保安不敢马虎，赶紧把他带到保卫科。季星凌也被王宏余一个电话招呼了下来，几个人一起查了监控，发现林竞最后出现的地点的确是洗手间外，进去就没再出来。

王宏余问："里面有监控吗？"

保卫科长摇头，哪家商场敢往洗手间里安摄像头？他猜测："洗手间对面就是消防通道，会不会是下楼了？"

季星凌摇头："不可能，我们都在外面等着，他下楼干什么？"

保卫科长答不上来，只能安排更多人去找，还插播了个商场广播，让林竞同学听到之后迅速前往五楼保卫科，看起来大张旗鼓的。季星凌却没耐心等了，直接推门就往外跑。

王宏余赶紧追出来问："你又要去干吗？！"

少年跑得像风，一瞬间就消失在了拐角处。

王宏余气得头疼，一连打了几个电话，把该通知的都通知到之后，才跟着保卫科的一起去找人。

季星凌沿着安全通道往下跑，他刚刚去七楼检查过了，通向露台的门被一把生锈大锁锁着，应该不在那里。而往楼下跑，每一层的安全通道都通往不同楼层，地下停车场从 B2 到 B5，要是一处一处仔细找起来，翻一整天也未必能有收获。

所以他直接回了江岸书苑，敲了两下门："姜阿姨！"

1302 没有人，姜芬芳应该是去了超市，季星凌熟门熟路打开密码锁，去浴室里抄起林竞常用的沐浴露就走。

招摇铺的潮流球鞋店里，狌狌老徐正在听摇滚，突然就见一团黑雾撞进了窗户，电得周围空气都发蓝，顿时魂飞魄散地站起来，双手护住刚做好的火红新发型："有话好好说，我什么要求都答应！"

季星凌开门见山："你女朋友呢？"

老徐装糊涂："哪个？"

"地狼。"

"哦，昨天刚分，现在是前女友。"

"带我去找她。"

老徐不肯："你找她干吗？我们分得很难看的，她硬说我劈腿，这女人又野蛮又不讲道理，你知不知道？啊！"

最后那声"啊"不是有感而发，而是他被电成了爆炸头。最后酷哥老徐被迫顶着摇滚发型，哭丧着脸出现在了前女友家门前："求你了，帮帮我这小兄弟吧。"

刚睡醒的美貌御姐："？"

地狼是嗅觉最灵敏的妖怪，传说这个族群甚至能闻出月亮的气息。

真假暂且不论，但这次御姐和酷哥分手，的确是因为她闻出了男朋友身上的香水味，尽管老徐已经举手发誓解释八百回，那一定是前任的味道没洗干净。

地狼靠在门口，上下打量着面前惶急的少年："你要找谁，女朋友？"

……

林竞头上被套了个黑布袋，手脚都捆着，车辆一颠簸，就被颠得一疼——也说不上是哪儿疼，好像全身都疼。前段时间狂查妖怪资料构建出的心理防线，还没来得及用在季星凌身上，就先在这里发挥了一下作用，至少能让小林老师在亲眼看见蛇尾妖怪后，还能保持冷静分析目前的局势。

车已经开了很长一段时间，并且后来没因为红绿灯停过，大概率是在通往城外的高速上。他只是不懂妖怪为什么要绑架自己，第一反应就是：难道是为了威胁季星凌？

可能是因为小时候用偶像剧代替《托马斯和他的小伙伴》的锅，林竞在这方面的思维有点奇葩，毕竟"绑架自己引诱季星凌孤身营救"这种属于大众狗血梗，他看了不说五部也有四部，而季星凌不管是家世长相还是嚣张程度都很像欠揍男主，简直完美匹配。

正胡思乱想着，车子好像是拐了个弯，又猛然刹住了。

林竞横躺在后排座椅上，没有借力点，整个人向前一滚，咚的一声摔得七荤八素。

而比林竞更七荤八素的是司机酸与，他胡乱一把拉开门，冲出去蹲在路边呕了半天，差点连胆汁都吐干了。见他这副鬼样子，之前正在路边等着却差点被他撞到的几个人也就不好再骂了，纷纷上去问："你这是紧张过头？"

"那小子，车里那小子，"酸与接过一瓶水，漱口后瘫软地坐在地上，"到底是什么玩意？我快被他搞得连人形都维持不住了。"

"真这么牛？"另一人将信将疑，打开后车门把林竞扯了出来。

脚下踩了不少石子，林竞跟跄地往前走两步，依靠声音判断，这个绑架团伙少说也有五六个人，而且是成年男人。狗血剧里的青春少男少女打架斗殴情节看来是不会出现了，就算小林老师再不想，也只能承认，这次自己真的遇到了一场精心谋划的绑架案。

林竞不太确定季星凌能不能看见那个倒霉的可达鸭，还是根本就已经被清洁阿姨扫走了，但当时情况紧急，也实在留不下更多线索。他被人推着坐在沙发上，绳子没人解，嘴上的封条和眼前的黑布袋也没人揭，只能依稀听见有人在外面打电话。

酸与在刚才狂吐过一次后，已经彻底虚了，路都走不稳，被人扛回房间里休息。其他的妖怪也就不敢再靠近林竞，不懂这小崽子为什么灵力这么强，只远远地看着他。

"老大。"其中一个人打电话，"人已经绑来了，就是老六够呛，只开车载了这小子一路，回来差点连命都去了半条。"

"人还老实吗？"另一头的男人问。

"一直坐着，不哭不闹不挣扎的，应该已经吓蒙了，你什么时候过来？"

"后天晚上，多喂他喝点水。"

"放心吧，渴不死。"男人挂了电话后，拧开一瓶招摇山产的矿泉水，回屋把林竞头上的布口袋往后一扯，依旧挡着眼睛，又把嘴上的封条一撕："喝水。"

林竞不知道这是什么玩意，当然不肯张嘴，全部顺着下颌流进领口。男人不耐烦了，粗野地捏开他的下巴灌进去大半瓶，盯着他全部咽下去后，才丢下空瓶离开。

林竞咳嗽了半天。其实水尝不出什么异味，但这种情况下，佛跳墙也只能喝出恶心。不过好歹嘴上的胶条是撕掉了，于是他试探着问了一句："你们想干吗？"

没人回答他，因为这间房子里压根儿就没有人，绑匪都在外面待着。

林竞白彬彬有礼了半天，最后自觉闭嘴。

报纸上常有人质在警察来之前，就设法逃脱的社会新闻，但那也是有前提的，你得先和绑匪沟通一下，用演技麻痹对方，才能为自己争取机会。像现在这种两眼一抹黑，手脚还动不了的局面，基本无解。

林竞琢磨了一下，又扯着嗓子来了一句："我要喝水。"

这回果然很快就有人应了。

林竞配合地"咕咚"下大半瓶，刚想抓紧时间说话，剩下的水连带着玻璃瓶，就重重砸在脚面上，鞋全湿了。

对方似乎是忙不迭地跑了出去，脚步匆匆。

林竞："……"

林竞深吸一口气："我又渴了！"

窗外有人冒火："你小子故意折腾我们，找死是不是？"

"没。"林竞回答，"因为我紧张。"

他语调又颤又飘的，绑匪也就被唬住了，摸不准这个品种是不是一紧张就容易缺水，害怕真渴死了，只好一次又一次进来喂水。林竞倒是抽空问了几个问题，类似"你们想要多少钱""我什么时候才能走"，尽量显得自己不那么胆大机智，结果对方一律回答"不知道"，而且每次都离开得飞快。

林竞胃里鼓胀，觉得自己即将变成一只水母。

迫于生理需求，他不得不再次张开嘴，结果外面正好进来一个人，于是随手抄了瓶水插进林竞嘴里。

"喀喀！"林竞猝不及防，呛得眼泪都出来了，艰难地说，"不是，哥，我想去洗手间。"

对方把矿泉水瓶丢在地上："就在这儿尿。"

林竞："……"

林竞："我有洁癖！"

回应他的是关门声。

林竞急了，这回是真急了，他真的很想上厕所。于是窗外几个人就眼睁睁地看着人质自己挣扎着站起来，直直往前一蹦一跳，跟中邪的僵尸似的，于是面面相觑：这崽子疯了？

蹦跶了两下后，小林老师的脸更加白了："我要上厕所！

"我要上厕所！

"快点！"

几个人又坐回去，哦，就是想上厕所啊。

尿呗。

没人搭理他。

结果就听屋里传来铿锵一句："否则我就再也不喝水了。"

"……"

绑匪骂了句脏话，狠狠扔了烟头，进门扯着人丢进厕所。

林竞基本掌握了这群神经病的弱点："把我手解开，不然我就绝食绝水。"

"……"

被捆绑许久的手腕依旧是麻痹的，林竞揉了很久才缓过劲，又扯下脑袋上的口袋，四下环顾，这个洗手间没有镜子，没有窗户，只有一个低瓦数灯泡，以及一个能让洁癖当场自杀的马桶。

绑匪在外面站了许久，里面一直是安安静静的，于是一踹门："你玩我呢？"

林竞也很崩溃："你这太脏了，我尿不出来！"

绑匪服了，真服了。

漫长的五分钟后，林竟终于脚步虚缓地出来了，他倒是挺有自保意识，可能是怕看到对方的脸后会被灭口，又自己把口袋罩回了脑袋。

于是绑匪也就没把他的手脚再捆上，推到沙发上坐好后，往他身边丢了一提水：“老实点！”

林竟已经确定，从这群人嘴里是问不出什么有用信息了。他摸过一瓶水假装要喝，放在腿上，从布袋的缝隙里一瞄，没有标签的普通玻璃瓶，看不出什么，但包装成本又高又不花里胡哨，应该不是人类的产品。

为什么这么希望自己喝水？林竟不解，指甲在瓶上轻轻敲着。

城市上空，麒麟崽正背着比自己体型大两倍的地狼，在云层间急速穿梭。

“这么快确定没问题？”他有些担心，生怕对方会遗漏一丝气味。

“好好走你的路吧。”地狼比他更想尽快结束，作为一个火辣御姐，让这未成年小崽扛着飞，硌得肚子不舒服就算了，心理压力还巨大，总觉得自己是不是又胖了五斤，才会压得对方满头是汗，上气不接下气。

商场保卫科、学校和派出所都在找，妖管委也出动了大批搜捕队，从防空洞一直找到了云洞。

路过一片郊野时，地狼鼻子抽动了两下：“停！”

麒麟崽一个急刹车，身边带起旋风，把厚重云层绞成絮。

而与此同时，林竟正隔着毛衣，轻轻摸着垂在胸口的戒指和树叶。

微微发烫。

这个季节虽然不像严冬酷寒，但也一直刮着冷风，从纱窗钻进来时，吹得脸颊和手指都冰凉，越发显得胸口那点温暖弥足珍贵。林竟还记得当初季星凌说过的，戒指和树叶都能辟邪，虽然目前还不清楚是怎么个辟法，但至少能让自己更安心一些。

他竖起耳朵，继续听着外面的动静。

几个绑匪应该都不是耐寒品种的妖怪，一早就被冻得跺脚哈气，其间有人提议轮流上楼休息，却被同伙否决，说好不容易才抓来的崽子，万一弄丢了，没法向上面交代。

“去找几台取暖器来，还有加湿器。”

“锦城哪儿用得着加湿器？”

“这崽子干死了你负责？”

“行行，我去找找。”

铁门哐当一响，像是有谁出去了。林竞刚开始没想明白什么叫"干死了你负责"，后来踢到脚边一堆矿泉水空瓶，才后知后觉反应过来，难不成这群人把自己当成了什么需要水培的珍贵植物？

这也太……林竞目瞪口呆，心情更一言难尽。如果事实真是这样，那么这种智商的绑匪，究竟是怎么活到现在还没进警局的？也是不容易。

窗外的对话还在继续，好像是在商量，要把"这崽子"埋在哪里。

"才上高中，估计就是根一尺长的细苗，这得埋多少年才能长大？"

"这种事有老大操心，你急什么？他不是有个实验室吗？"

"实验室里养出来的结不结实？别中途断了。"

"老六就开了趟车，直到现在还在屋里躺着，你看这崽子像一般的妖怪吗？"

林竞："……"

由于"埋多少年才能长大"这句话实在太过惊悚，他稍微慌了一下，生怕会被这群脑子不清醒的犯罪分子埋进土里等待发芽，于是不得不趁着要水的机会，发自内心地说了一句："你们是不是弄错了？我不是妖怪。"

对方"扑哧"笑出声，把一提矿泉水丢在他脚边后，转身就出了门。林竞也知道这句话没什么说服力，可这种事又没法自我证明，心里难免焦灼，而胸口的挂饰像是能感知到他的情绪，也越发滚烫起来，似金乌从熊熊山火中衔出的种子，灼得那一小块皮肤泛起刺痛，仿佛快被燎出水泡。

林竞本能地把项链拽出来。

头上的布袋还没有被拿掉，所以他看不见上面坠着的银叶早就变得赤红，也没觉察到在这一瞬间，来自上古荒原的灵力已如巨浪洪水般，轰然溢满了整个房间，继而向着窗外冲去！

那群还在聊天的绑匪毫无防备，先是被这股突如其来的灵力掀翻在地，还没来得及爬起来，又被一道雷劈得头皮炸裂。黑雾滚滚落地，季星凌扯住其中一个人的领口，狠狠甩了一拳。

听到院子里一片惨叫，林竞也顾不得其他了，随手扯下头上的布口袋，睁眼就见一头黑色巨狼正站在门口，风吹毛飒飒，威风凛凛的那种！

林竞愣了愣，然后比较惊喜地试探："季星凌？"

原来麒麟是长这个样子的吗？！

他满心欢喜地张开双臂，准备飞奔抱一下自己果然非常猛的同桌。

下一秒，季星凌就跑了进来。

"……"

剧情怎么和想的不一样？林竞稍微愣了半秒钟。

而在这半秒钟里，季星凌已经把他搂进怀中，少年身上还残留着云间的湿冷寒意，和难以掩饰的惶急。

"你怎么样？"他哑着嗓子问。

"没事。"林竞视线越过季星凌的肩膀，就见那匹狼抖抖身体，变成了一个漂亮的大姐姐。

妖管委的巡逻队这时也赶到了——他们是根据刚才那骤然暴增的灵力找来的。林竞看着窗外的人群——或者妖群，拍了拍一直死死抱着自己的人，小声安慰："你别紧张，我没事。"

"我知道你没事。"季星凌应了一句，依然不肯放手。

林竞磕磕巴巴："你爸好像也在外面。"

"嗯。"大少爷嘴里配合，胳膊却没有任何抽走的意思，反而收得更紧了些。

林竞只好说："我受伤了。"

"哪里？"这一招挺好用，季星凌果然松开了手。

林竞费劲地撸起衣袖，之前在洗手间里硬挨了那一下，骨头好像没断，但整个小臂都是浮肿青紫的，看起来伤得不轻。

地狼姐姐在旁边扫了一眼，插话："看起来是酸与弄的，要尽快带去鹊山医院就诊。"

季明朗这时也从外面进来了，他替林竞检查了一下伤势，对儿子说："先带小竞回家吧，暂时不要外出，我来安排医生，学校那边也会有专人去处理对接。"

林竞又问："那我爸妈知道了吗？"

季明朗点头："你给他们回个电话。"

妖管委的车就停在外面，两人坐到最后一排，季星凌替他扣好安全带："要不要靠着我躺会儿？"

林竞摇摇头，只要过他的手机，给父母打电话报平安。

结果两人的都提示关机。

"应该已经坐飞机过来了。"季星凌说，"你再给王老师打一个。"

王宏余刚刚已经知道了林竞平安的消息，这阵正在往江岸书苑赶。他坐在出租车里，紧绷的情绪一消退，就觉得腿都快软了，松了一大口气的同时又不可避免地后怕，连带着声音也颤颤巍巍："你的父母一接到电话，就买了最近的飞机票，我把航班号发到了季星凌的手机上，他们应该马上就能到。"

"嗯，谢谢老师，我没事，就扭伤了胳膊。"林竞又查了一下航班号，差不多两个小时后落地。

车上还有司机，季星凌没多说话，只把自己的外套脱下来裹着林竞。

觉察到对方的异常情绪，林竞想说自己没事，却又觉得多余，于是只拍了拍他的手。

季星凌脸色发白，神情亦难掩慌乱。季星凌心里巨大的恐惧其实还没有完全散去，哪怕已经找到了林竞，哪怕已经确定他依旧好好的，也依然没能走出刚刚穿梭云间时的茫然无措，生怕不小心再弄丢一次，所以只能紧紧攥住他的手指，攥得森白指节也凸显出来，越用力越安心。

骨头快被捏碎了，林竞也没吭一声。

江岸书苑。

在得知林竞出事的第一时间，姜芬芳就火急火燎飞去了妖管委，现在她刚刚到家，正在按照季星凌电话里的通知，准备肉末粥和冷敷用的冰袋。

胡媚媚一听到电梯响就迎出来："小竞怎么样？"

"没事。"季星凌扶着林竞，"我先送他回去洗个澡，鹊山医院的人等会儿就到，王老师应该也快来了，就让他在我们家等吧。"

"好。"胡媚媚摸摸林竞的脑袋，也心疼这脏兮兮的倒霉小孩，"快去洗澡，吃点东西，阿姨等会儿再来看你。"

经过一路颠簸，林竞的胳膊又肿大了一圈，胀痛麻木到仿佛这一截胳膊已经不属于自己，他站在浴室里提问："我要不去拍个 X 光片，是不是骨头断了？"

"酸与是有毒的，不过不要紧。"季星凌替他拉开拉链，"鹊山医院的主任会亲自过来，他知道该怎么处理，休息几天应该就会没事。"

"那些绑匪被抓住了吗？"

"都在妖管委。"季星凌用拇指蹭掉他脸上的污渍，凑近想仔细看看，林竞却扭头避开。

林竞洁癖发作："我脏死了。"

季星凌问："你不方便，要我帮你洗澡吗？"

"不要！"

"你胳膊受伤了。"

"那也不行。"

"我闭着眼睛。"

林竞抄起洗发水，把他赶出了浴室。

季星凌靠在门上笑，直到这时，他才稍稍找到一点失而复得的轻松感。听着里面先是窸窸窣窣的衣服摩擦声，再是哗哗的水声，确定对方单手洗澡似乎并没什么问题后，抬手敲敲门："那我先回趟家，半个小时后再来找你。"

"好。"林竞挤出一大坨浴液，虽然不太方便，但这完全没有阻挡他对沐浴的渴望。那个脏兮兮的厕所带来的阴影基本和绑架案一样浓厚不可驱，让他每想起来一次，就起一次鸡皮疙瘩，于是洗洗冲冲，冲冲洗洗，直到手指都被泡皱巴发白了，大少爷从 1301 回来开始催促了，也没能摆脱心理阴影。

季星凌摸不准他在被绑架时发生了什么，见这疯魔洗澡法，也猜出大概是环境不卫生，所以耐着性子又等了二十多分钟，好不容易等到水声停了，却再度听到泡沫浴液被摇动的声音，终于忍不住敲门："出来！"

"没洗完。"

"节约用水。"

"我再冲最后一回！"

"你以为我会相信吗？"季星凌看了眼时间，"三分钟，你要是再不出来，我就亲自帮你洗。"

浴室里传来慌乱的哐当一声，像是什么被打翻了。林竞迅速申明："是洗发水，你不要进来，我马上搞定！"

季星凌这才坐回沙发。

五分钟后，林竞推开浴室门，脸和脖子都被热气熏蒸得透红，头发还在滴水，整个人湿漉漉的："医生来了吗？"

"已经在路上了，他们要去摘一些新鲜的草药，给你做冷敷。"季星凌扯过一条大浴巾，"王老师现在在我家，我已经说了你没事，但他一定要亲眼看到你。"

"那我们快一点。"林竞乖乖垂着头，让他帮自己擦头发，又问，"那个黑色的狼姐姐，是你的朋友吗？走得太急了，都没来得及跟她道谢。"

"老徐的前女友，她是地狼，将来可以约个饭。"季星凌按着林竞坐下。

林竞答应一声，过了一会儿，又说："我刚开始的时候，还以为那就是你。"

季星凌不以为意："那不是我，我比她猛多了。"

"嗯，你猛多了。"林竞扯住他的衣袖，充满期待地问，"那我能看看吗？"

山海高中·学生证

·第5章

16岁的你最可爱

一般情况下，只要小林老师露出这种小心翼翼的期待神情，星哥是不怎么会拒绝的，哪怕对方提出的要求是当场狂背GRE（研究生入学考试）单词，那也不是完全不行。

但"我能看看吗"就得考虑一下了。

季星凌随手拿过电吹风，试图用大功率噪声来盖过对方说话的声音，但未遂，林竞现在是坐在床边的，他再接再厉整个人往前一倒。

"我要看看。

"让我看看。"

季星凌："……"

林竞用没受伤的胳膊环过他的腰，大有"你不给我看，我就不撒手"的架势，湿漉漉的头发蹭得季星凌衣服都湿了，单薄的白色T恤贴在身上，显露出一片玄色硬鳞。

林竞："！"

季星凌带着那么一点点得意，一本正经地搞教育："不是，你矜持一点好不好？"

林竞把他的T恤掀到胸口，少年的腹肌只有薄薄一层，线条很漂亮，而覆在旁边的零散鳞片更漂亮。他用指尖轻轻蹭过，触感凉滑，摸了半天才想起来问："我可以摸的，对吧？"

大少爷慷慨表示，可以。

刚洗完澡的少年，指尖还是湿软的，微烫的触感透过了那片鳞。他忙不迭地把人推开，又一把扯下了衣服，神情有些不自然："好了。"

林竞疑惑："怎么了？"

季星凌拍了拍他的脑袋，尽量无所谓地说："你已经看过了，是不是超猛的？"

林竞："……"

季星凌假装没看见他依然蠢蠢欲动的手，继续把剩下的头发吹干："行了，我去找王老师。"

"你的鳞片好像还没退，"林竞点点锁骨，"这儿。"

季星凌摸了一把，果然，又零星冒出了几片。

"都是被你刚刚弄出来的。"

他拧开一瓶矿泉水想定定神，却被小林老师一把抢走："不许喝。"

"为什么……哎，你慢点！"

季星凌猝不及防，被拉倒在了床上："我还没洗澡换衣服，你这个洁癖——"

林竞像抱大熊一样抱着他，洁癖不洁癖的不重要，主要是被刚才的"随便摸一下就能冒鳞片"激发出了灵感。他原本是打算不管三七二十一，先疯狂摸出原形再说的，但又不知道该从哪下手，于是只胡乱揉了两下。

刚洗完澡的小林老师有着潮湿的香气，还跟喝多了假酒一样，整个人都透着一股兴奋和激动劲。季星凌无力地仰躺在床上，伸手拍拍怀里的人，轻声提醒："别压到你的胳膊。"

林竞闷声闷气地说："我没压。"

季星凌难得看小林老师这么激动，也没再挣扎。

两人就这么默不吭声地待了一会儿，直到王宏余等不及，自己跑来1302敲卧室门，才如梦初醒地分开。

季星凌火速爬起来，抖开被子裹住了林竞："你躺着。"

"……嗯。"

季星凌又到浴室检查了一下，确定自己没什么问题后，才拉开卧室门："王老师。"

林竞脸上的热度还没消退，看起来宛如高烧四十摄氏度，再加上那条惨兮兮的胳膊，王宏余被吓了一跳，当场就要拨打120急救电话，季星凌赶紧制止："没事的，老师，我们家的医生马上就会来。"

"幸亏这回没出什么大事。"王宏余坐在床边，还在后怕。本来这事其实是林竞的错，展览参观到一半溜去打电玩，全校通报批评都不过分。但好学生总有光环加成，再加上看他现在已经够惨了，老王也没舍得多批评，又问了几句绑架的事，就让他好好休息，自己去客厅坐着，继续等林家父母。

鹊山医院的药兽主任变成人形后，是个胖胖的大叔，西装革履，看起来很权威，还带了个麻秆一样的蛇衔草护士。两人手脚利落地为林竞做完检查，再给他的右臂打好绷带，全程不过十几分钟，临走前又留下了几盒治疗酸与之毒的药，套着人类活血化瘀和消炎药的包装，在伪装方面堪称一流。

林守墨和商薇刚一落地，飞机还在滑行，就把电话打了过来。

"我没事，我吃饭呢。"林竞用叉子叉着苹果，面前还摆着一碗粥，"胳膊有点扭伤，别的没事。"

商薇听到他的声音就受不了了，哭得上气不接下气，连空姐都过来问她是否需要帮助。林守墨一边安慰太太，一边叮嘱儿子好好休息。

"嗯。"林竟心里也不好受，带着鼻音说，"爸，你让我妈别哭了。"

卧室门开着，王宏余和姜芬芳都坐在沙发上，季星凌站起来替他倒了杯热水。

学校派了车去机场接，深夜时分路上不堵，两人很快就回了江岸书苑。

接下来就是学校和家长的事了，季星凌没留下凑热闹，回到1301后问："我爸有没有来电话？"

"那群妖怪被伤得不轻，听说直到现在还昏迷不醒，正在医院接受治疗。"胡媚媚示意儿子坐下，"妖管委也派人去请了山海的镇守神树，原本只想问问那片树叶和灵力的事，谁知道……也可能是老人家年纪大了，他居然以为小竟是一棵妖怪幼苗。"

季星凌一愣："什么幼苗？"

胡媚媚说："当时妖管委的人也这么问。"

结果镇守神树同样一愣："这件事不是归你们管吗？"

双方又扯了半天，最后连镇守神树也被绕进去了，他回忆了一下第一次遇见林竟，好像是夏末的午后，刚下课吧，小孩拎着一大瓶矿泉水，站在树荫下安安静静地喝着，身上有山野雾岚的清冽气息，老人家倍感舒适亲切，自然而然地就把他当成了喜阴喜湿的南方小妖怪。

但妖管委确实是没有任何记录的。

镇守神树稀里糊涂地问："他真的只是普通人类？"

季明朗犹豫了一下，折中地回答："目前看来，是。"

镇守神树听出端倪："你们并不能完全肯定？"

对方是大前辈，也没什么不方便，于是季明朗把林家父子频频看到妖怪的事情讲了一遍，宁城那边的妖管委还在查，暂时没得出结论。不过现在突然冒出一堆妖怪要绑架林竟——人类显然不至于让他们这么大张旗鼓，所以，还真不好说。

季星凌听得疑惑："这么多年，林竟或者他的爸妈，难道都没发现自己是妖怪？"未成年时期必须补充的灵果，还有各种疫苗要怎么办？

"所以妖管委那边才要仔细查。"胡媚媚说，"看能不能尽快得出一个结论。"

隔壁1302，在和林竟的家长简短沟通过后，王宏余已经先回学校了。林守墨看着儿子被绑成木乃伊的手臂，问他："病历呢？给爸爸看一下。"

林竟面不改色地回答："季星凌家的私人医生帮我看的。"

"私人医生就不用写病历了？"林守墨不放心，索性拿了把剪刀，要拆了这玩意

096

亲自检查儿子的伤势。林竞赶紧躲过去："我真的没事，爸你就别折腾了，疼。"

"疼还叫没事！"林守墨一瞪眼，"听话！"

绷带里还糊着绿油油的、据说是灵草制成的药膏，跟江湖骗子治病一个套路，林竞当然不敢给这外科权威看，干脆紧急呼救："妈，我爸吼我！"

"林守墨！"

"……"

商薇端着汤从门外进来："你就不会先给季家的医生打个电话问问？欺负儿子干什么？让他好好休息。"

林守墨："哦，你说得对。"

于是他出门打电话。

商薇替儿子放好枕头："胳膊怎么样？"

"就肿了一点。"林竞拿着调羹搅了搅，"妈，你怎么也不问问我被绑架的事？"

"这不是怕吓到你吗？你爸爸特意提醒我，说别强迫你再回忆一遍。"商薇看着他吃东西，"听王老师说已经报案了，我们明天也会去学校了解情况。"

林竞不知道唐耀勋和季明朗那边会怎么安排，就只"嗯"了一声。

外面的天已经快亮了。

林竞在很淡的晨光里裹着被子，几乎是一秒就睡了过去，精疲力竭又高度紧张的一天带来的后遗症就是，他差不多睡了十二个小时，才被唇上湿痒的触感唤醒。

季星凌拿一根棉签，正沾了药膏帮他擦着干裂的嘴角。

林竞咧嘴一乐："你怎么来了，我爸妈呢？"

"应该还在学校吧，我已经在你这儿看了一下午书了。"季星凌扶起他，"胳膊怎么样？"

"不疼，麻了。"林竞软绵绵地靠在床头，"我还没睡醒。"

"不饿吗？"季星凌说，"起来，我让姜阿姨给你弄点吃的。"

林竞靠过来："先给我看一下你的鳞。"

季星凌："……怎么这还能上瘾？"

看就看吧，小林老师想看哪里就看哪里，他微微侧过脖颈，在锁骨处显出一片妖化玄鳞："看完就吃饭啊。"

林竞觉得季星凌真是酷飞了！他单手搂着他的脖子，还在想刚刚绵长的梦境，梦里的季星凌是一只非常威风、山峦一样的喷火麒麟，来势汹汹，猛得全方位无死角。于是小林老师再接再厉，仗着自己生病继续套路："所以你到底是什么？"

季星凌说："你猜。"

"不是龙，对不对？你说过不许我喜欢龙。"

"嗯。"

"那是鱼？"

"……你觉得鱼很猛？"

不猛不猛，但我不得先演一下吗？免得你失望。

小林老师还是很懂很会的。

林竞觉得已经铺垫得差不多了，这才正式提问："那你是不是麒麟？"

你星哥尽量显得自己很酷很冷静："你为什么会认为我是麒麟？"

林竞语气真诚，不假思索："因为我觉得麒麟是这个世界上最猛的大妖怪！"

你林哥，就是这么答案满分。

这都"世界上最猛的大妖怪"了，再不承认好像也说不过去。

季星凌低头摸摸他的头发，很酷很淡定地"嗯"了一声："我就是麒麟。"

林哥在这一刻影帝附体，充分表现出了一个麒麟爱好者在见到麒麟时应有的合格表情，在震惊和喜悦中还带着那么一丝丝的难以置信，他用力地抱着季星凌："真的吗？怎么会有这么巧的事情？我想看一下。"

"不行，不能看，现在还不可以。"

"为什么？"

因为我还没有长大，所以还猛得不太明显，你知不知道？季星凌拍了拍小林老师，学老季霸总式敷衍："乖，听话。"

"那我什么时候才可以看？"

面对这种灵魂拷问，大少爷突然福至心灵，吊儿郎当来了一句："这种事情得等成年好不好？和人类发育一个道理，妖怪生理卫生课——"

林竞准确无误捂住他的嘴，OK，你可以闭嘴了。

季星凌松了口气，表面上继续很痞地凑过去："哎，如果你实在想看的话，现在也行，反正我是无所谓。"

林竞把被子罩到他头上，自己跑去浴室洗脸刷牙。

季星凌靠在床上，顶着被子乐。

晚些时候，林家父母从学校回来了。有季明朗和唐耀勋从中安排，不管是警方还是校方，都被处理得圆满无破绽，林守墨坐在床边，对儿子说："我下周就回宁城，处理一下手头的事情，看我和妈妈谁能先调过来照顾你。"

"别啊，我这也没什么大事。"林竞放下手里啃了一半的苹果，"你和我妈就按照原计划吧，不用为我特意提前。"

"宁城那边也不差这半年。"林守墨用手指敲敲他的胳膊，"今天怎么样？"

"特好。"林竞生怕亲爹又来拆绷带，赶紧挥舞两下以示健康，又转移话题，"我妈下周会不会跟你一起回宁城？"

"妈妈不回去了，留下照顾你。"

"工作不要紧吗？"

"工作哪有你重要？"

商薇的原话是这样的："老林，我不上班了，你回去给我辞个职。"

林守墨这回也被吓得不轻，当然理解太太的想法，所以打算回宁城和院长好好谈谈，夫妻两个至少先过来一个。

"嗯。"林竞好奇地往外看了一眼，"我妈在客厅吗，她在和谁说话？"

"你刘叔叔一家，今天也跟着跑了一天。"林守墨又随口提了句，"刚刚还在电梯里碰到了季星凌，小栩说有学习的事想问问他，两人好像去了露台。"

林竞："？"

刘栩有学习方面的事情想问季星凌，这是什么充满 Bug（故障）的不合理情节？

他掀开被子就往外跑："我去看看。"

"外面刮风呢！"林守墨追出去，"穿件大衣再走。"

江岸书苑在八层有一个大露台，平时供住户晾晒被子衣服什么的，到处都是乱七八糟的塑料盆和夹子。季星凌被刘栩叫到这里，其实也很莫名其妙："你有什么事想问我？"

"小竞被绑架的事情，我看到网上说是你第一个发现的。"刘栩说，"警方的记录不太详细，所以我想再问一下细节。"

季星凌更想不明白了，这和你有什么关系？

刘栩继续说："有人在网上发了帖子，好像当天所有人都在商场和博物馆里找，只有你不知道去了哪里，所以你知道是谁绑的他？"

"我不知道。"季星凌不悦，"你这话什么意思？"

"那你去哪儿了？"

"我为什么要告诉你？"

看在对方是林家朋友的面子上，季星凌并没有和他翻脸，只冷冷瞥了一眼，双手插着衣兜想走人，却反被刘栩一把拉住："等一下，把话说清楚！"

季星凌停下脚步："放手。"

他没有回头，但刘栩还是从这两个字里听出了阴沉寒凉，于是微微抬起手指，也放缓了语气："你别多心，我是有些担心小竞。"

"我发现你这人真挺有意思的。"季星凌转过身，"林竞被人绑架，我一时着急满大街去找也是合情合理的吧，谁规定只能在商场里转圈了？你因为这个就猜测我认识绑匪，思维会不会太跳跃了一点？我这还未成年呢，逻辑不通啊，哥哥。"

刘栩纠正："我没有说你认识绑匪。"

"对，你说我知道是谁绑了人，这不一个意思吗？"季星凌上下打量，"你觉得我反常，我还觉得你反常呢，怎么着，我们把秘密共享一下？"

刘栩皱眉："我不是来和你吵架的。"

"谁他……要和你吵？"

大少爷还是很懂礼貌的，及时截断不文明语言，主要是不想在这好学生面前表现得像个没文化小痞子，于是"咻"了一声往回走，结果刚好撞到林竞穿着单薄睡裤，裹着大棉袄风风火火推门跑过来。

天已经完全黑了，照明全靠几盏小灯泡，地上又乱。林竞踩着拖鞋，一个不小心就滑了一跤，季星凌紧跑两步接住他："你慌什么？"

"我就……好奇。"林竞看了眼旁边的刘栩，拍了他一巴掌，"放开我。"

"放什么开，腿再摔了怎么办？"季星凌没松手，反而不耐烦地扛起他，"走，先回家。"

林竞还没来得及跟刘栩打声招呼，就被硬生生扛回楼道，直到进电梯才放下来。

季星凌检查了一下他的脚踝："刚才有没有扭伤？"

"没。"林竞问，"所以你们两个人到底在说什么？"

"说你被绑架的事。"季星凌站起来，"因为我那天第一时间就追了出来，没有留在商场里瞎打转，所以他猜我认识绑匪。"

林竞纳闷："什么奇葩逻辑？"

季星凌敲敲他的脑袋："只会学习的书呆子没见过世面，所以一遇到事情就紧张得开始胡思乱想的逻辑，以后离这人远一点，知不知道？"

林竞："……"

电梯叮的一声停在十三楼，季星凌和林竞一起回了1302，向客厅的大人打了声招呼之后，就双双钻进小卧室。没过多久，刘栩也回来了，看了眼紧闭的卧室门，没吭声。

林竞还在问："所以你们大半天就只说了这件事？"

季星凌不满："难道你不相信我吗？"

"我不是不相信你，我是关心你。"小林老师话术一流，"这么长时间，不可能只说了这一件事，快点。"

"你想听什么情节，说出来我现场编。"季星凌靠在沙发上，嘴里没边际地瞎贫，"古希腊人和特洛伊人为大美女决斗的故事要不要？"

林竞哭笑不得："不要乱说！"

季星凌揉揉他的脑袋："今天医院来电话，说那只酸与快醒了，他绑架你的时候是露出过蛇尾的，万一交代了，妖管委就会知道你已经见过了妖怪，有没有想好要怎么应付？"

"妖管委会消除我的记忆？"

"差不多，分部有许多心理治疗师，专门负责催眠亲眼见过妖怪的倒霉人类，让他们相信一切都是幻觉，或者干脆忘了这件事。"

"我也能直接假装被吓蒙了，不记得所有经过，就不用这么麻烦。"林竞想了想，"妖管委不允许人类知道妖怪的存在吗？"

"可以，但需要先申请，再经过严格的测试，通过后才会被允许。"季星凌摸摸鼻子，"这种……一般都是终身伴侣的关系。"

林竞说："哦。"

客厅的人还没走，林竞也不想出去，就继续和他靠在一起玩手机。学校贴吧上关于这件事的讨论意料之中不算少，大多在表示关心，还有一些是没根据的猜测，比如说林竞其实是太平洋上某个岛国的继承人，最近刚刚被查明身份——

"可以了。"小林老师单手遮住屏幕，"我已经被雷晕了。"

季星凌用手肘蹭了一下他："手拿开，下面好像提到了唐叔叔。"

内容也和林竞被绑架有关，但重点已经转移到了唐耀勋身上，批评学校为了平息社会舆论，匆忙推行了所谓的"减负项目"，在行程和人员安排上都存在极大的不合理之处，才会导致学生出事。

两人刚看到这个帖子时，回复不过十几条，但几分钟后再刷新，已经上百了。

面对这种明显不正常的速度，林竞问："又是上次那伙水军？"

季星凌舔了舔后槽牙，有些烦躁地皱起眉，这烦躁一方面是因为唐耀勋，另一方面是因为林竞——小林老师是这次绑架事件的主人公，要是继续被这么扒下去，肯定又会扯七扯八，讨论完长相、家世、私生活和学习成绩，再因为"班级活动时间私自去电玩城"而陷入骂战旋涡，不够烦的。

再一刷新，回复直逼四位数。

林竞刚开始也以为自己肯定要被网友扒个底朝天，结果两人刷了半天帖子，还真没看到几条相关信息，偶尔冒出来一个贴照片的，也很快就被申请删除，理由是要保护未成年人。

至于成年人唐副校长，就远没这么好的运气了，上次谭琢抑郁自杀的旧账又被翻了出来，加上这次的"形式主义减负导致学生被绑架"，话题飘红暴涨，搅得多方混战，水军、家长加上义愤填膺人士，把网络闹了个乌烟瘴气。

季星凌看了一会儿："又是鑫力建筑搞的吧？他们上次就说了，除非拿到东山楼的改建工程，否则就会一直和唐叔叔过不去。不过对方居然没在你身上做文章，还算有点……底线？"

"干吗把'底线'两个字说得这么迟疑，"林竞继续靠在他怀里看手机，"你怀疑背后还有别的原因？"

季星凌点头："鑫力不是一心要拿下东山楼吗？按理来说把你曝出去，才更有利于事件发酵。"毕竟小林老师长得帅，还学习好，很容易就能吸引大众目光。对方都已经这么卑鄙了，好像也没必要配合广大网友"保护未成年人"，发照片曝隐私才是正常操作，哪怕只把几次考试成绩发上网，都能让唐耀勋遭遇更大的质疑和压力。

林竞猜测："所以这群人不想拉我下水？"

季星凌揉揉他的脑袋："看起来是。"

两个未成年高中生涉世未深，虽然能觉察出异常，一时片刻却也猜不透更深的原因。回到1301后，正好季明朗也回来了，于是季星凌把自己的疑惑说了一遍，又问："爸，你怎么看？"

"重明已经约了鑫力的魏总，两人后天见面，应该能聊出结果。"季明朗解开领带，"小竞怎么样？"

"还好，胳膊已经不疼了，情绪也正常。"

"你确定他情绪正常？"季明朗把大衣递给太太，"今天下午，那只酸与和其他几个绑匪已经醒了，根据交代，他们不仅当面讨论过要把小竞埋进土里，用试验药剂催长的事，还曾经在绑架时显露出妖怪原形。"

胡媚媚惊讶："啊？"

季明朗问："小竞跟你提过原形的事吗？"

季星凌之前已经打好了草稿，所以答得面不改色："提过，但被我糊弄过去了，他现在已经相信那是幻觉。"

季明朗拍拍儿子的肩膀："跟我来书房。"

一般这种前奏，接下来的话题都比较严肃，季星凌蔫蔫地跟进去，很老实地站在书桌前。

季明朗开门见山："小竞和他的父母都知道些什么？"

季星凌没吭声，根据从小到大多次和老季斗智斗勇的经验来看，自己一向胜率堪忧，不如闭嘴。

"如果你再不说实话，我就要申请妖管委正式介入了。"

"别！"季星凌是知道调查处和心理治疗师有多厉害的。成年人明显要比想象中难糊弄得多，他也不敢撒谎了，低声交代："林竞已经知道了妖怪的事情，不过他接受度良好，而且也没告诉他爸妈。"

他本来还想再加一句，而且早在酸与绑架之前，镇守神树就已经和小林老师有过很多次蛋黄酥之谊，要说暴露，也是神树先暴露。但看老季现在的表情，应该是不知道的，季星凌也就很讲义气地没有出卖大树。

季明朗头疼："你应该知道这种事是绝对禁止的。"

"林竞不也有可能是妖怪吗？而且他又不会乱说。"季星凌辩解，"他不想失去有关妖怪的记忆，他很喜欢妖怪的。"很喜欢威风凛凛的麒麟的！

"明早让小竞来一趟，我要和他亲自谈。"季明朗示意儿子坐下，"至于小竞被绑架的原因，根据酸与交代，他们的幕后主使叫王明天，一只八哥，人类身份是锦城花醉酒吧的老板。"

王明天的酒吧在绑架案发当天就人去楼空，绑匪虽平时和他称兄道弟，但对更详细的计划还真不了解，只从他手中收取了数万妖怪币，作为绑架林竞的预付酬劳——他们本以为他是龙血树的幼苗。

这个族群已经消失多年，很久很久以前的一场熊熊烈火，几乎焚毁了南海不死之域所有林木。虽然这个族群有着长生的传闻，甚至在有些资料里，干脆直接被称为不死树，但最终还是被一场海啸卷走了焦黑枯枝，没来得及等到下一年的春风。

龙血树是比灵果树更古老的存在，果实能令人类"食之不老"，自身蕴含的充沛灵力对其他妖怪来说，也是堪比星辉月露的珍贵物品，季星凌震惊地想：原来小林老师这么牛的吗？

季明朗及时打断儿子的幻想："只是绑匪单方面这样认为，他们应该是搞错了，鹊山医院已经查过小竞的血样，他的确没有任何妖怪的特征。"

季星凌："……哦。"

所以那个叫王天明的酒吧老板，到底是什么愚蠢的死八哥，绑架前居然都不搞清楚？

妖管委好像还有许多事等着季明朗处理，季星凌也不好多磨叨，就只提了句网络舆论的事，好让重明叔叔多注意。

回到卧室后，他又打了个电话："你现在一个人吗？"

"嗯。"林竞缩在被窝里，"刚刷完牙准备睡。"

"我有件事情想跟你说。"季星凌站在阳台上，"刚刚我爸问我关于你的事情，那个……算了，我还是直接过去吧，你先别睡。"

林竞打了个哈欠："行，那你来之前说一声，我去悄悄开门。"

季星凌却说："不用。"

不用是什么意思？林竞迷糊地一想，瞬间清醒地坐起来："你不走门的吗？"

"嗯，我可以翻窗。"季星凌透过飘窗窗帘，看着漆黑一片的隔壁卧室重新亮起了灯，"先把灯关了，等我半个小时。"

"好！"林竞很配合地摁灭灯，困意全无，在黑暗中双目炯炯，宛如探照灯！

心情大概就是——

季星凌要飞过来了！

他真的酷炸了！

为什么才过去了五分钟？！

……

这样子。

上一次麒麟你星哥从天而降打绑匪时，小林老师倒霉，是被口袋罩着头的，压根儿没看到他有多厉害，所以这次干脆提前半小时爬起来，打算隆重地迎接一下传说中很猛的麒麟。

一片黑暗里，小林老师笔直笔直地站在窗边，要是被路人看见，可能会误以为这高中帅哥想跳楼。季星凌不知道1302正蠢着一块倔强的"望星石"，他先洗了个澡，又隔着卧室门听了很久，直到确定父母都已经睡了，才悄悄地"砰"出了窗户，比较没有气势的那种"砰"，毕竟大麒麟还是很警觉的。

但就算这样，毫无防备的小林老师还是被风掀得一趔趄，直直向后坐在地毯上。

"喂喂！"季星凌赶紧接住他，吃惊地问，"你站在这里干什么？"

林竞心脏狂跳，半天才憋出来一句："我不是想接一下你吗！"

季星凌哭笑不得，扶着人站起来："吓坏了？"

"没，我还以为能看到麒麟，就是踩着云喷火的那种。"林竞声音打着飘，"你找我有什么事？"

季星凌脑补了一下，踩着云喷火，这形象好像有点猛，就没有纠正。

林竞又用手背蹭了蹭他冰凉的侧脸："外面冷不冷？"

耿直帅哥先是回答："不冷。"然后又很快反应过来，"不是，冷，特冷，我能躺着说吗？"

林竞没忍住笑，抬手给了他一拳。

大少爷成功挤进被窝，这才开始交代问题："我爸明早可能会找你聊天，关于妖怪的事。"

林竞不意外："嗯，我知道该怎么说。"

"那个，"季星凌心虚地承认错误，"我没能经受住考验，已经招供了，说你知道妖怪的存在。"

林竞："……"

"我爸很难糊弄的，我实在顶不住他的眼神，而且我也怕他们真的起疑心，强行把你交给心理治疗师。"季星凌又安慰，"明早我陪着你，只要你不要表现得太惊慌失措，应该不会有什么大问题。"

"你还是别陪我了。"林竞拍拍他的背，"在讨好家长这方面，你在现场只能捣乱，放心吧，我知道该怎么说。"

季星凌问："那你生气吗？"

"不生气。"林竞扯着他的睡衣领，"但你这么轻易就出卖了组织，是不是要有点惩罚？"

季星凌警觉："500 分我已经考到了。"

"考到一次 500 分，高考就能保底 500 分了吗？"林竞振振有词，"下次考试也要 500！"

季星凌："……万一题目很难呢？"

"题目很难的话，允许你掉到 450。"

"哦，行。"

和小林老师当同桌，就是这么效果惊人，硬生生让平时 400 分不上的季星凌，进化成了 450 分保底，并且觉得这一切很 OK，没毛病。

非常迷。

季星凌对林竞"忽悠"家长的能力还是很放心的，于是没再多问，只摊开手脚："那我在这儿睡会儿。"

"你快点回去。"林竞推他，"现在事情还没搞定，万一让叔叔发现你半夜跑来我这里串供，更难交代了。"

"不会被发现的。"

"回不回去？"

"……"

你星哥能屈能伸，说不回就也不是不能回！

林竞坐在床上，看着那一小片黑雾"砰"出了窗户。

威风凛凛，超酷。

小林老师也超激动，是面无表情但心狂跳的那种激动。

被窝里残存着甜柚浴液的香气，他把脸埋在枕头上，使劲蹭了一点麒麟留下的味道。

卷着青春躁动的梦境，一起睡了。

第二天是周一，季星凌请了半天假，林竞找了个借口，早早就去 1301 报到。

"小竞来了。"胡媚媚在厨房笑着打招呼，"等一下，果汁马上就好。"

吐司机里还在烤面包，咖啡机嗡嗡工作着，阳光大片照进客厅，温馨又居家，并没有想象中的严肃场景。

于是林竞多少轻松了一点："谢谢阿姨，我吃过早餐了。"

"这是边春山送来的水蜜桃榨的，很甜，对你的胳膊也有好处。"胡媚媚递给他一杯粉红色的果汁，"去书房吧，叔叔已经等了你半个小时。"

边春山，听起来好像不是现实中存在的山。林竞不知道这算不算自己获得妖怪认可的第一步，但至少算个好兆头。季星凌也端了杯果汁，想挤进书房凑热闹，结果被成年大麒麟赶了出来，只好蹲在门口搞窃听。

"坐。"季明朗很和蔼，依然穿着家居服，"要是觉得桃汁太甜，可以加点冰块。"

"不用，还挺好喝的。"林竞自己挪了把椅子，"阿姨说桃汁能加速瘀肿消退。"

"酸与的毒性很烈，他对你算手下留情。"季明朗问，"当时吓坏了吧？"

"是。"林竞承认，"不过不是因为看到了他的蛇尾，而是因为被人绑架。"

"不害怕妖怪吗？"

"有一点，但我之前就见过怪雾，假期还和我爸查了许多资料，所以还好。"然后林竞又补了一句，"而且如果妖怪都像季星凌那样，那也太酷了。"

蹲在门外的大少爷：不是的，不是所有妖怪都像我一样，我是最酷的那种。

炫崽狂魔季先生却被这句话哄得心情舒畅："那些绑匪应该是搞错了，他们以为你是一棵树。"

林竞配合度良好："他们这么说的时候，我也差点以为自己是一棵树。"

书房里的两个人一直在说绑架的事，偶尔会带几道妖管委的测试题，小林老师继承好学生的优良传统，逢考试必全 A。一个多小时后，季明朗终于点头："你暂时可以不接受心理干预，但必须签一封承诺书，对所有事件保密，包括你最亲近的父母，也不能向他们透露半个字。还有，在这个暑假，我会为你安排相关规则的学习和考试。"

"明白。"林竞举手，"保证不说。"

季星凌早在书房门打开之前，就把自己瞬间转移到客厅沙发上，假装根本就没有听。

胡媚媚："……"

季明朗公司还有会要开，没在家里多留。季星凌跟在林竞身后，尾巴一样黏回1302卧室，反手一关门："怎么样？"

"你不是一直在听吗？"

"你怎么会知道？！"

"叔叔说的。"

这是什么不给儿子面子的成年大麒麟？季星凌在心里象征性谴责。

林竞又问："其实我刚挺紧张的，这就算过关了？"

"还要经过妖管委的考试和测评，但你肯定能通过的。"季星凌揽住他，"现在不紧张了？我下午去上学，顺便帮你问问老师，看这一周都要讲什么，把笔记带回来。"

"王老师早就把全部课件发给我了。"

"王老师怎么可以抢我的活儿！"

"为了能让你省下更多的时间好好学习。"

"……"

时间还早，两人继续靠在一起看手机，可能因为唐耀勋已经约了魏力见面，所以网上关于这件事的讨论不像刚爆出来时那么疯魔，出现了平息的苗头。

韦雪发来新消息，代表全班女生关心了一下倒霉的小林老师。

可达：谢谢，男生由谁代表？李总？

韦雪回复："数学课代表没有资格，等着，老侯正在率领广大男同胞给你写慰问信。"

季星凌看得满脸嫌弃："侯跃涛一个语文常年90分人士，能写出什么慰问信？拒收吧。"

林竞："说得好像你分数比他高很多一样。"

"我上百了！"大少爷严正强调，并且在收到下一张"你上百了，你好厉害"卡之前，就精准地把林竞的嘴捏成了真·可达。

阅偶像剧无数的小林老师只能用眼神表示敬佩。

季星凌你让我闭嘴的方法好正直。

鹊山医院给出的建议，是让林竞休息一周到半个月，但小林老师在家待得长毛，周五就让药兽主任提前拆了绷带。手臂上瘀青已经完全消退，还有些骨缝里的酸痛，不算大毛病。

林守墨带着儿子去医院做了全身检查，确定没事之后，才独自踏上返回宁城的飞机。

因为这场绑架案，山海的师生又多安排了两节安全教育课。林竞心里没底："大家对我没意见吗？"

"想多了。"季星凌躺在沙发上，有一下没一下地翻英语书，"天天学习多没意思，你这场意外属于趣味调剂品，正好给广大无聊人士提供谈资，他们感谢还来不及。"

林竞丢过去一个纸团："扯。"

"真的。"季星凌放下书，"头疼的也就老师，还有老王和唐叔叔他们。但这事明摆着是妖怪针对你，所以唐叔叔基本不会为难王老师。"

"那唐校长自己呢？"

"应该也没事了。"季星凌犹豫了一下，"我下午刚听我爸说的，好像唐叔叔已经同意由鑫力重建东山楼。"

林竞："……"

所以最终还是属于成年人的剧本，躲在阴暗面兴风作浪的小人最终获得胜利的不美好故事。

"我爸不让我细问，不过看网上的公示，中标单位确实是鑫力建筑，过几天他们就会进校施工。"季星凌坐在林竞旁边，"反正商场上的事情就是这样，习惯就好了。"

"嗯。"林竞扯着他的帽衫绳，叹气，"算了，我们也插不了手。"

所谓的长大，就是这么糟糕，需要面对各种不公平的人间真实。

他单手搂住季星凌："还是十六岁的你最可爱了！"

季星凌纠错："为什么要限定十六岁，不管多少岁我都超可爱。"

没错，我就是超可爱的！

林竞笑着用脑袋顶顶他。

"但还是十六岁的你最可爱。"

十六岁的季星凌，像一朵被阳光穿透的云，有金色骄傲的光和最柔软真诚的心。

因为王宏余已经耳提面命三四次，所以周一林竞来上课的时候，大家只是适度表示了一下关怀慰问，就各回各家，该干吗干吗，并没有大规模围观和施以关怀。

林竞松了口气，在最后一排坐好——季星凌假借小林老师胳膊受伤，行动不方便之名，光明正大地向老师打申请，把两人的桌子换了个地方，强行成了全班唯一一对同桌。

于一舟：你厉害。

林竞的位置靠窗，扭头就能看见远处的东山楼，最近已经被人用绿色安全网围了起来，楼外的大树也被移走不少。

"在看什么？"季星凌往他桌上放了一瓶水。

"东山楼，等室内设备拆得差不多后，应该就要爆破建筑了吧。"林竞说，"在那儿上了半年课，还挺舍不得。"

他一直记得运动会的那个午间，季星凌懒洋洋地趴在桌上，塞着白色耳机的样子，用全世界最好的词语形容也不过分。爱屋及乌，他对东山楼也就多了一点特殊的感情，甚至想过很多年后能不能再回来看看，却没想到还没毕业就要拆。

季星凌看他又在发呆，还以为是真对那栋楼有什么深厚感情，于是说："那我晚上再带你溜进去吧。"

林竞回神："嗯？"

"拍个照啊什么的，你想不想去？"季星凌说，"后门很好撬的，也没监控，可以直接翻墙进去。"

林竞矜持地问："你不能带我，那个，进去吗？"

"……"按理来说是可以的，但星哥不还是个崽吗，背你的样子可能不太酷，所以季星凌坚定地说，"不可以，要是被巡逻队看见，我要被批评教育的。"

林竞"哦"了一声。

"那你还要不要翻墙？"

"算了，晚上又不能拍照。"林竞觉得翻墙去拍教室有点傻，"我们还是看完大树爷爷就回家。"

今天的点心是香芋酥，清淡不腻，老少咸宜。

最后一节晚自习归 Miss Ning，她拖了十几分钟堂讲语法，放学时整栋楼已经空空荡荡。

学校正在严抓安保，从教学楼到校门口都站着校工，负责引导学生尽快离校。季星凌和林竞好不容易才溜到树下，还不敢站起来，只能蹲在阴影里，陪着镇守神树吃点心。

林竞照旧抽出一条湿巾，帮大树擦那些脏兮兮的鞋印，擦到一半却觉得不太对，树干周围的土像是被刨松了不少，找根木棍往下插，轻轻松松就能没入一米。

季星凌看得一愣："怎么回事？"

"不知道啊。"林竟说，"我又不懂妖怪，这算正常现象吗？"

季星凌也不是很懂植物，于是他摸出手机："打给我爸问问。"

话音刚落，一根细枝就伸过来，把他的手机卷走关机，速度那叫一个快。

季星凌："……"

你一个老人家为什么动作这么敏捷？

细枝又在林竟肩头拍了拍，像是安抚。

可周围有许多落叶，这才刚到春末，不是应该万物蓬勃生长吗？

林竟心里没底，刚准备问问大树，身后的灌木丛里却突然钻出来一个人，强光手电筒差点把两个人闪瞎。

"都已经放学了，你们在这儿干什么？"对方的嗓门不小，不远处的保安也被招了过来，问清楚两人的身份后，就催促他们离开学校，又将一把铁锁挂上铁门。

季星凌站在巷子里："还要去看吗？"

"我认识拿手电筒的那个人，是清洁工。"林竟说，"上次遇见他也是在镇守神树附近。今天都这么晚了，到处黑咕隆咚，还有什么可扫的？"

"你怀疑他盯着镇守神树？"

"我没有怀疑，他就是在盯着镇守神树。"

"但神树是超厉害的大妖怪，你都能觉察出异常，没道理他还被蒙在鼓里。"季星凌提醒，"而且刚刚我要打电话通知妖管委，神树也不答应，说明他是知道一点什么的。"

林竟："……嗯。"

"那要回去吗？"

"鑫力的施工队会不会根本就是冲着树来的？"

季星凌微微皱眉。

林竟继续说："不然你带我翻墙进去吧，我们去问问大树爷爷。"

两人借口要到同学家进行小组讨论，把冯叔先打发回去了。

季星凌带着林竟绕到背巷，问他："你以前翻过墙吗？"

"没，为什么要翻墙，我出校都是装病的。"好学生就是这么谜之有底气，连装病都能说得理直气壮。

但这次不能再找老师签假条了，林竟看了眼矮墙，把书包丢给季星凌。

大少爷还在问"那你要不要踩我的手"，小林老师就已经蹬着一辆破自行车，矫健地坐到了墙头。

"……"

林竞比较冷静地问："然后呢，我要怎么下去？"

季星凌没理解这高深问题，纳闷地回答："什么怎么下去？翻下去啊。"

林竞表情复杂：实不相瞒，我这方面的业务有点生疏。

季星凌后知后觉，"扑哧"笑出声："你只会上不会下？"

"快点！"小林老师稍微有那么一点点恼羞成怒，我骑在这里很尴尬的！

季星凌拎着两个人的书包，身手利落地攀上去，自己先跳进学校。

"下来吧，我接着你。"他张开双手。

林竞闭起眼睛，抱着"季星凌是妖怪，他万能，他超猛"这种心态，直直戳了下去。

季星凌没想到他会是这么个挺拔笔直的棍式姿势，差点没能接住："哎，你软一点好不好？"

"为什么要软一点，男人不应该强硬一点吗？"

"……不是。"

"放我下来。"林竞拍拍他的肩，"我们去找大树爷爷。"

这是两人第一次溜进深夜的校园，小操场漆黑、无风、寂静，东山楼那边却灯火通明，应该还有工人在做室内拆除，三四层绿色安全网被白炽灯穿透，照得整片天都发绿。废渣车进进出出，到处都是戴着安全帽的工作人员，尘土飞扬。

"花园那边的路灯也开着。"林竞压低声音，"我们要是现在过去，肯定会被那些人发现。"

"来！"季星凌拉过他的手，在夜色中跑得像风。

他们先是从办公楼后绕了过去，又穿过体育场，再翻出废旧器材室，最后躲到了一片阴影里。

而老树就在不远处。

林竞没想过还能有这种奇诡路线，气喘吁吁地说："季星凌你真的好厉害！"

你星哥淡定地隐瞒这是自己的丰富经验，很酷地表示，小意思。

但最近也只能到这里了，一队工人正在花园前抽烟聊天，旁边还额外拉了一串灯泡，照明全方位无死角。

林竞问："他们不可能在这里站一整晚吧？"

"不会，晚上太冷了。"季星凌想了想，"我找个朋友去树旁边问问。"

"妖怪朋友吗？"

"嗯。"季星凌在这方面比较注意，就算小林老师已经接受了妖怪的存在，也没有暴露忘忧草小弟——毕竟妖怪的身份是隐私。他刚准备给葛浩打个电话，却被林竞拉了一把："等一下，好像有人来了。"

一辆建材车停在跑道尽头，从上面又跳下来十几个人，为首的男人穿着一身黑色运动服，季星凌说："是魏力。"

"鑫力的老总？"林竞吃惊，"这么晚了，他来干什么？"

没过几分钟，东山楼那头的工人也开始成群结队地往回走。

这明显不是拆除旧楼的必要流程，眼看越来越多的人聚集在花园附近，林竞也跟着越来越着急："他们根本就是冲大树来的吧？"

"先别慌。"季星凌远远看了眼，摸不准该不该给妖管委通风报信，就对林竞说，"你先把他们的行为录下来，万一将来有用呢。"

林竞触了两下屏幕："没电了！"

季星凌接过他的手机，几秒钟后还回去："好了。"

林竞："……"

他看着手机开机画面，震惊地问："你还可以这样？"

"嗯，我自带闪电。"虽然这个种族天赋确实非常猛，但现在明显不适合炫耀，更不适合解释什么是妖怪电流转换器，老树周围的人越来越多了，虚浮的土层也被悉数刨开，一大卷浸湿的白棉泡沫被滚过来，明显是准备裹树根的。

天气太冷，林竞的手机半天还停在开机画面，他眼睁睁地看着一个民工背上蹦出八只手，下铲如飞地扬起一片黄土，而周围的人却都一脸淡定，脸色不由得一白，难以置信地压低声音："这百十来个人都是妖怪？"

季星凌意识到事情的严重性，也顾不上考虑神树的想法，打算先报告妖管委再说。

可电话连嘟声都没有就被挂断，再打两次也是这样，信号微弱得几乎搜索不到。旁边的林竞也是，手机好不容易缓慢开机，结果不但没网络，连摄像头都只能拍到一片晃动的光影。

季星凌纳闷："你干吗拍我？"

林竞更蒙："我能录到你，但录不到花园。"

两人就像被一道无形的屏障笼住了，和外界完全失联。

三更半夜遇到这种事，四舍五入基本等同于恐怖故事，更别提远处还有一批奇形怪状的妖怪，他们已经连人形都懒得再维持，仗着天黑纷纷现出原身，爪牙齐上阵，几乎在老树旁边刨出了一场小型沙尘暴。

林竞忐忑不安："我们是被什么东西罩住了吗？"

季星凌刚开始也有点慌，但他毕竟是见过世面的大猛妖，很快就重新冷静下来，觉得……怎么说，这道招人烦的屏障好像有点熟悉，似乎出自蜃龙，但灵力又很稀薄，难道是蠡叔叔家那条多鳞冷漠崽？

于是他故意说："没，也有可能不是东西。"

话音刚落，器材室里果然砸出来一个破篮球。季星凌拉着林竞敏捷一闪，篮球直直向前飞去，却在半空中不知道撞到什么，发出沉闷一声，又重重弹往反方向。

一来一回闹出的动静不算小，林竞本能地看向花园，就见那些工人还在忙碌着，像是全然没有觉察到这头的声音，连魏力也变成了一头……不知道是什么玩意，野猪吗，还是狗？

身为一个未成年高中生，小林老师承受了太多不该承受的惊悚画面，他已经连"怎么回事"都不用再问了，只幽幽看向季星凌——你超猛，你先说。

"再等等吧。"季星凌按住他的肩膀，反倒不着急了，既然蠡也在，再联系之前镇守神树的态度，大概能猜到妖管委有部署，说，"反正老树一时片刻也挖不走。"

林竞又用余光瞥了瞥身后：那器材室里呢，什么情况？

"没事，自己人。"

"嗯。"见他这么淡定，林竞也稍微安心了一点，继续看着花园里的动静。天边挂着一轮惨淡弯月，透出一丝浅红，不闹个鬼感觉都对不起这经典场景。季星凌觉察出他的不安，于是伸手把人搂住："冷不冷，不然我先送你回家？"

林竞没答应，他放心不下老树。两人眼见花园里的坑越刨越大，乒乒乓乓的，却连个来过问的保安都没有，再一晃眼，更是连魏力都不见了。

"……"

季星凌解释："他刚刚钻进了土里，那是一只狸力。"

为了更好地了解妖怪，林竞之前查过不少资料，依稀记得狸力似乎是一种善于打洞的妖怪。但还没等他提出新的疑问，老树的巨大树冠已经开始左右摇晃，急促的沙沙声如最密的春雨。

林竞心里一空，还以为大树要被连根掘起，脑子一热，差点跑过去阻止。

结果下一刻，一根细韧的树枝就卷着狸力，硬生生从地下扯了出来。那只健硕的妖怪吱吱挣扎着，几次试图用尖牙去啃断树枝，都没能得逞，反倒招来另一根树枝凌空一甩，重重给了他一个耳光。

啪！

狸力发出一声惨叫，头一歪，像是晕了。

这一切都发生得太快，快到现场的工人们甚至愣了几秒，等反应过来那倒霉一坨就是老大时，才纷纷凶相毕露，龇开獠牙、挥舞着利爪就要扑上去，却有更多的树根冒出地面，如一条条马鞭扬起，扫破灰尘裹着风，噼啪抽在这群妖怪身上。

"啊！"

号哭的叫声此起彼伏，响彻空荡荡的校园，比哨子更加刺耳尖锐，妖怪们四散奔逃，可无论躲到哪里，都逃不过镇守神树的虬根——没人知道他的根究竟生长到了哪片区域，似乎无边无际，体育场、图书馆、教学楼，细细密密的根须不断伸长蔓延，在白炽灯下发出银色的光。

是这棵老树托起了整座山海高中。

妖管委的人已经到了，他们看起来早有准备，带着警察和搜捕队，几辆大卡车鱼贯而入，唐耀勋和季明朗也在其中。

整个事件从"小人利用卑劣手段获得胜利"的不美好剧本，变成了成年人将计就计，或者说是引蛇出洞的故事，妖管委看起来计划周密，收获颇丰，季星凌小声说："不然我们也走吧，现在应该没事了。"

林竞从他手里接过书包，两人按原路溜出了学校。

而直到离开山海高中，手机才恢复满格信号。林竞还在想刚才的画面，心脏狂跳，半天才说了一句："那算不算最厉害的妖怪？"

"算。"季星凌站在路边叫车，"也不知道狸力是怎么想的，居然会带百来个妖怪去刨神树。"

幸好，小林老师接下来并没有提出"那是你厉害还是神树厉害"这种显而易见会令同桌尴尬的话题，而是继续问："为什么那么大的惨叫声，周围的居民楼都没有亮灯？还有，器材室里的是谁？"

"因为妖管委早有部署吧，让蜃叔叔提前隔绝了山海和外界。"季星凌解释，"器材室里的也是蜃龙，不过灵力很单薄，可能是蜃叔叔的儿子，跟过来凑热闹的。"

"刚刚我们的手机出问题，也是因为蜃龙？"

"他是在提醒我们别轻举妄动，有蜃的屏障在，你就算冲出去救大树，也会被挡回来。"

"那我们刚刚怎么不等等他？"

"等他干什么？"

"打招呼，还有道谢。"

"你是想看蜃龙的样子吧？"

"……嗯。"

"下次吧，今晚太乱了。而且有蜃叔叔在，万一被他发现我们两个，又要批评教育。"

小林老师还想继续十万个为什么，但网约车已经停在了面前，只好暂时闭嘴。

因为两人之前都向家长打过报告，说要去同学家做小组讨论，所以可以夜不归宿。司机把他们拉到了附近的丽思酒店，前台小姐见是两个穿校服的高中男生，问都没问就直接给了双床房。

你星哥推门才发现这怎么有两张床，于是抗议："我申请换大床。"

"不换。"林竞把书包丢在沙发上："你去洗澡吧，我还要消化一下今晚看到的事情。"

"不用消化，我明天问问我爸，就能知道整件事的始末了。"季星凌去浴室看了一圈，"那我冲个澡，你休息会儿。"

住酒店是临时决定，两人都没带换洗衣服，洁癖小林老师也只能凑合。季星凌洗完澡后，赤脚踩出来，单手擦着头发，只在腰间围着条浴巾。

林竞没有一点点防备，目瞪口呆地看着这半湿不湿的帅哥出浴图："你为什么不穿衣服？"

"因为我没带睡衣，要是穿白天的那件 T 恤，你一定会嫌脏。"

"你睡你的床，我为什么要嫌脏？这和我有什么关系？"

"……"

小林老师冷酷地表示："别睡了，背你的 3500 去吧。"

大少爷扑在床上，单方面采取"我不管，我要睡觉"方针。

林竞扯过被子，把这手长脚长还要强行摊一个"大"字的暴露狂盖住，自己也去洗澡。

等到浴室水声停后，季星凌懒洋洋地靠在床上，突然大声提醒："你知不知道酒店里的浴袍都有可能擦过什么？"

"季星凌你不要说！"

"嗯，我不说，你自己想，反正就那什么和那什么，你知道的。"

洁癖你林哥："……"

五分钟后，他也裹着浴巾出来了，并且火速爬上另一张床。

季星凌乐不可支："你怎么这么不禁逗啊？而且浴袍和浴巾、毛巾什么的，不是一起消毒的吗？不穿浴袍好像也没用。"

林竞丢过来一条湿毛巾："闭嘴吧。"

季星凌再接再厉："而且还有床单、被罩、枕头，哎，你知不知道酒店的枕头多久消一次毒？"

林竞彻底没脾气，他捂住耳朵转身，试图隔绝这大型噪声源。

季星凌继续说："所以只有我才是干净的，怎么样，要不要考虑租用一下？"

林竞觉得自己要被这人给吵死了。

"过来睡吗？"

"不要！"

"那我过来。"

"不行！"

"为什么？"

"因为你还没背完单词3500。"

小林老师式稳准狠，一击即中。

没有背完单词3500的季星凌没人权。

这是什么独属于当代男高中生的残酷真实！

季星凌蔫蔫地说：："哦。"

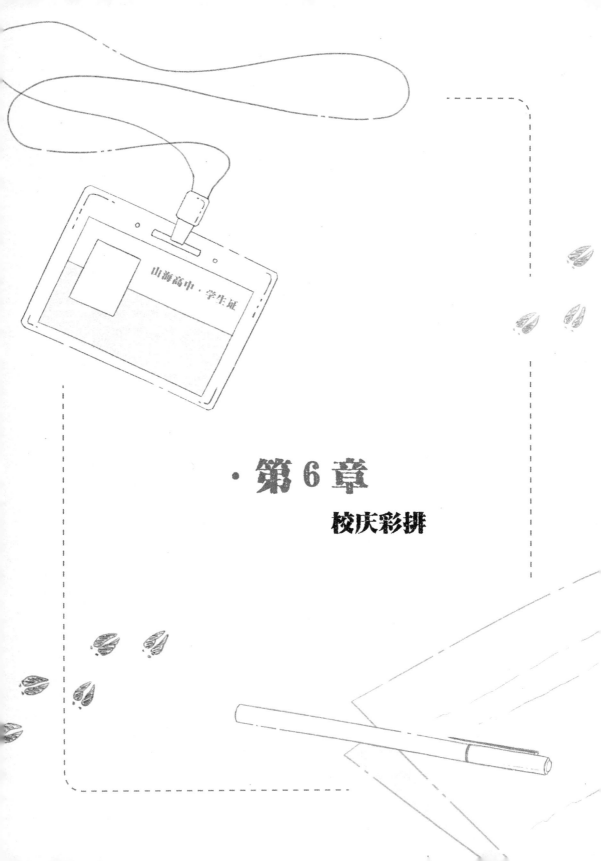

山海高中·学生证

· 第6章

校庆彩排

在老树下的各种诡异妖怪和季星凌牌噪声源的骚扰下，林竞这一晚连梦境也乱七八糟。酒店空调嗡嗡响着，吹得他口干舌燥，没等到清晨闹钟响，就先一步被渴醒。

走廊里还有说话声和行李箱的拖动声，这让他产生了一点时间错乱的感觉，半撑着从床头柜摸过一瓶水，拧开喝了大半瓶才发现……为什么床上还有一个人？！

季星凌一脸正直："你为什么要用这种迷茫的眼神看我？"

林竞冷静地问："你觉得呢？"

季星凌从他手里抽过矿泉水，把剩下的半瓶喝空："时间还早，再睡会儿吧。"

"你不要试图转移话题。"

"我那床没法睡。"大少爷没有丝毫挪窝的意思，比较厚颜无耻地说，"你的要更舒服一点，这在马斯洛需求层次里属于最基本的生理需求好不好？这纯属追求温饱本能。"可见政治书是真的没有白背。

小林老师习惯性毒舌："为什么没法睡，你半夜尿床了吗？"

结果星哥特淡定："嗯，我就是尿床了。"

林竞噎了一下，可能也是被这毫无节操的一声"嗯"给雷得不轻，哑口无言半天："起来，上学！"

"不想上学。"季星凌靠在床头，揉了一把他的脑袋，"高考完之后，我们两个人去旅游吧，你想去哪儿？"

"600分以上出国，500分以上出省，400分就坐地铁去城郊农家乐。"林竞爬起来，两下套好T恤，"我先去洗漱，你再睡十分钟。"

分得还挺细！季星凌扯起嗓子追问："那我要是考300分呢？"

林竞叼着牙刷站在洗手间门口，满脸都是"你考300分还有勇气提旅游"的鄙视。

季星凌强调："考300分也是有旅游权的！"

"你要是考300分，"林竞把牙刷从嘴里扯出来，"那我们就报一个99元包吃住7天8晚全国游，每天早出晚归，跟随导游去各个黑心购物店——"

"闭嘴吧，你能不能珍惜一下我们的毕业旅行？！"季星凌举手投降，"我学，我现在就开始学！"

他从床上爬起来，挤在小林老师旁边刷牙洗脸，手搭过他的肩。镜子里的两个人身高差不多，顶着同款乱糟糟的头发，季星凌突然问："哎，我们将来会不会就是这样？"

"将来什么样？"

季星凌把脸擦干："上大学之后啊，到时候我也填北大附近的学校，我们在校外找一套房子，周末就可以住在一起。"

"那你选好学校了吗？"

"我还没选好学校，但我已经选好小区了。"

林竞把一次性牙刷丢进垃圾桶："高考 600 分以上，我们就一起看房子。"

季星凌已经习惯小林老师一切都和分数挂钩的模式，并且学会了砍价："600 也太高了，500 好不好？"

"你如果考到 600 分，我们不但可以出国旅游，还能一起租房子，属于稳赚不赔的好生意。而且你都考到 600 分了，再努力一下，考到 640 也不是没可能，640 差不多就是往年北大的录取分数线，你难道不想和我一起上北大吗？"

我非常想啊！季星凌热血沸腾，没错，我都能考 600 了，那为什么不能考 640？没问题！我可以的！

再一想，好像不是很对，谁说我现在能考 600 了？

林竞冷冷瞥他一眼："从 320 到 520 的距离你都能跨越，为什么不能再从 520 跨越到 600？你是在质疑自己的智商，还是质疑我的教学水平？"

季星凌："……"

小林老师既会套娃，又会扣帽子，跟个机关枪似的，就很难聊。

你星哥选择闭嘴。

两人起得太早，在酒店磨磨蹭蹭吃完早饭再去学校，清晨广播还没开始响。东山楼依旧被安全网围着，零星工人进进出出，看不出任何异常。操场上的飞灰土石已经被清理填埋，大树如往常一样，在晨风间轻轻摇曳，朝阳和飞鸟从叶间穿过，晃动金影斑驳。

有妖怪镇守的学校，就是这么又酷又奇妙。

季星凌往于一舟桌上丢了瓶水："怎么哈欠连天的，你昨晚去抢银行了？"

于粥粥无精打采，说出了一句人神共愤的话："我缺钱吗？用得着抢银行？"

周围一圈无辜群众："闭嘴吧，你们这些可恶的有钱人。"

于一舟灌下大半瓶水，挣扎着起来抄作业。韦雪去了趟老王办公室，领回一张报名表："下个月的校庆，有谁要报节目？"

底下一片起倒哄，几个男生提高声调："那必须还是一班两位姐，大家起立鼓掌！"

掌声稀稀拉拉，可见这玩意儿是真的很无聊，比运动会还无聊。高二（一）班没几个文艺人才，或者说得更精准一点，只有罗琳思和韦雪两人充门面。但就算女神拥有美丽容颜，广大男同胞朝夕相处下来，也早就激情不再，节目还没定呢，已经谋划好了校庆半天假要去哪儿玩。

韦雪："实不相瞒，我也不愿意劳烦诸位哥，打算自己唱首歌交差。但不行，根据王老师最新指示，这次校庆，我们班必须报集体节目。"

所谓集体节目，差不多就是全班参与的意思，哪怕不上台，也得是个工作人员。于一舟莫名其妙："老王为什么突然冒出这种新思路？"

韦雪和颜悦色："那不得感谢于哥你，上次校庆带着全班男女一起翘课，把老王气得够呛。"

于一舟："……"

于一舟："不是我，是星哥。"

"反正你们这次谁都别想跑。"韦雪说，"大家先商量一下吧，晚自习的时候，王老师会正式统计。"

教室里嗡嗡一片，大家纷纷表示这有什么可商量的，非要上台就大合唱呗，谁都能浑水摸鱼那种。季星凌侧头问林竞："你有没有什么文艺特长？"

"用英语骂人算吗？"

"……"那什么，我觉得你就算没有特长也挺可爱。

两个帅哥都对校庆没兴趣，心不在焉混过一早上的课，季星凌中午连饭都没吃，就"砰"去妖管委打听昨晚的事。林竞也没去食堂，买了三明治和水，坐在大树旁的长椅上，草草填饱了肚子。

镇守神树枝繁叶茂，因为学校里还有很多人，所以没办法伸出枝条，拍一拍这个焦虑小孩的脑袋，只能默不作声掉下几朵粉白的花，落在他的英语书里，香气淡雅。

直到快上课时，季星凌才匆匆忙忙赶回来。

林竞问："怎么样？"

"基本上搞清楚了。"季星凌看了眼旁边的镇守神树，小声说，"这是一棵建木。"

在传闻中，建木是沟通天地人神的桥梁，而在现实生活里，这种上古神木的数量也是少之又少，并且大多会伪装成别的林木，很难被发现。

季星凌继续说："魏力和那些绑匪是一伙的，他们想要的一直就是这棵建木，本想利用重建东山楼的机会连根挖走，但又迟迟磨不下唐叔叔，才会退而求其次地绑架你。"

"刚开始不是说龙血树吗？"

"龙血树只是他们在审讯时撒的谎，他们绑架你，是因为看到你频繁和神树打交道，误会你也是建木同族。"

其实建木的灵气是很淡的，上百年的老树经过风吹日晒，就更加难以被察觉。林竞之所以会被盯上，也是因为那天在咖啡馆时，被老人家多摸了几下头，再加上护身符的缘故，多沾了一点转瞬即逝的相同灵气，被一直守在出租车里的两个绑匪敏锐捕捉到。

魏力想用建木来修建通往大荒之域的阶梯，那是一片悬浮于南海云端的广阔原野，据传草木繁盛，灵气充沛，属于妖管委一级保护区。魏力这种觊觎大荒的行为放到人类社会，大概就等同于无视国家法律，私自开金矿、放火烧山林、猎杀藏羚羊……再加一个绑架案，肯定得重判。

林竞不解："可神树那么厉害，他怎么敢挖？"

季星凌用眼睛瞟了瞟旁边的树，声音小之又小："因为神树这么多年，一直都懒得动，也不到妖管委开会报到，看起来就不是很猛，有点老态龙钟奄奄一息的意思。魏力以为那什么，快死了，大树爷爷不是还去了趟医院吗？死去的枯树是不能成为阶梯的，他知道消息后更慌，再加上唐叔叔的默许，鑫力就提前下手了。"

但其实神树是去鹊山医院装假牙的，因为吃多了小林老师的蛋黄酥，老人家，你们懂的，不是很坚固。

"鑫力集团内部的问题不少，早就撑不下去了，不然魏力也不会铤而走险，对大荒的矿藏和灵气下手。"

酒吧老板王天明是魏力的同伙，两人相识于赌场，至于后续牵扯到的制药厂、实验室，私自研究妖怪生长激素的事情，都需要一件一件查清楚，工作量庞大。

季星凌说："妖管委怕是又要忙一阵子了。"

林竞好奇："那你将来也会进妖管委吗？"

季星凌这回反应倒是很快："不知道！"

晚自习时，王宏余果然说了校庆表演的事，特别强调这回一个都别想跑。

有男生提出："老师，场子里也坐不下咱班这么多人啊，不是一个班就二十多张票吗？"

"这学期的校庆换到了大礼堂，二楼也会开放。"王宏余说，"你放心，肯定能把你装进去。"

他又点了几个名："季星凌、于一舟、葛浩、牛犇犇、郑不凡，你们几个，去年带头翻墙的，今年必须给我上台。"

你星哥："？"

林竞："噗。"

郑不凡看得很开，主动举手："王老师，那我们合唱吗？"

"二班、五班、七班、八班、十七班都是大合唱，而且大合唱也太无聊了。"王宏余说，"大家有没有什么别的建议？"

"不能唱歌，难道让星哥去跳舞？"

林竞："哈哈哈……那个，对不起，我没忍住。"

季星凌："……"

王宏余继续说："我也征求了一下各科老师的意见。宁老师提议出英语舞台剧，宋老师说表演花式韵律操，大家觉得怎么样？"

花式韵律操，光听到这五个字，高二（一）班诸位大哥大姐已经顶不住了，赶紧表示不了不了，土得受不了，我们才不跳。至于 Miss Ning 的英语舞台剧，很有夹带私货的嫌疑。幸好王宏余原本也打算采纳这些建议，太浪费时间了，高三预备役还是要以学习为主，遂利落拍板："如果大家都没有好的想法，那我们就排练一个情景短剧。"

全体同学："？"

这和 Miss Ning 的提议不就只有一个语文和英语的差别？

王老师，你以为这样就不会显得你特别"假公济私"了吗？

于是节目就这么定下了。

小林老师还没来得及展开下一轮"哈哈哈"，老王就再度开了金口："这次的编剧和导演，林竞和白小雨，由你们两个来负责，要求很简单，情节不要太复杂，要轻松愉快、生动有趣、引人入胜、短小精悍，充分展现当代高中生阳光蓬勃、努力奋斗的精神面貌，时间控制在十五分钟以内，争取让每个同学都上场。"

林竞一脸蒙。

语文课代表白小雨下笔如飞，也没能速记完老王的所有需求。

季星凌侧头看他："哎，请问你现在有什么感想？"

林竞回答："幸好老王当了老师。"否则流窜进社会，就是下一个无良甲方，一边说自己要求简单，一边五彩斑斓的黑，这个字放大的同时再缩小。

季星凌趴在桌上闷笑。

林竞比较不解："我是幕后人员，顶多前期忙一点，而你是要上台的，这么幸灾乐祸，是准备承接男主角一职吗？"

季星凌："……"

不是，我没笑，你等着，我马上严肃一个。

最后一节自习课，白小雨来找林竞讨论剧本，她经常参加作文竞赛，又喜欢看书，编个十几分钟的短剧还是很轻松的。最后一排空间有限，季星凌只好卷起书到前排："分我半张椅子。"

于一舟莫名其妙："你去坐白小雨的位置啊，和我挤什么？"

"万一女生有什么隐私呢？"季星凌翻开书，"你要是不愿意收留我，那你去坐她的位置吧。"

于粥粥："……"

什么人！

白小雨喜欢季星凌，这件事差不多是公开的秘密了，但鉴于学校里喜欢季星凌的女生不算少，所以这份单独的喜欢，就显得没那么重要——连白小雨本人也觉得没那么重要。她只会在特定的时候，比如说现在，看到喜欢的男生没有坐自己的椅子，而偷偷难过一下。

林竞推过来一块巧克力。

白小雨说："谢谢。"

过了一会儿，她又忍不住问："林竞，你和季星凌关系很好吧，他是不是有女朋友了？"

"谁说的？"

"没人说。"白小雨慢慢拆包装，"我就是觉得，他好像比以前努力了。"

小林老师淡定回答："作为高中生，我们本来就应该好好学习，为更美好的明天而努力。"

白小雨无语地看了他一会儿："你这句话加入剧本吧，完美契合王老师'充分展现当代高中生阳光蓬勃、努力奋斗的精神面貌'的需求，而且说得铿锵有力一点，也蛮有喜剧效果。"

林竞竖起拇指，通过。

虽然这节目形式有点一言难尽，但既然都要费时费力排练了，两人还是不打算敷衍。在广泛征求全班同学和老师的意见后，大概定了个童话新编，第一男主角李陌远，演一面魔镜，每次有人问他谁是高二学习最好的人，你李哥都要尖声尖气答一句"原本是我的，直到那个转学生来了"。

全班同学：“哈哈哈。”

韦雪：“哈哈哈。”

李总：“你们有人性？”

故事发生的地点在森林，为了弥补去年集体翘校庆的过错，全班男生除了打杂人员外都得上，演树倒的确没难度，站在那儿当背景板就行。

这天中午放学，季星凌问同桌："我也演树吗？"

林竞在纸上写写画画："你想演也行，但得顶个绿树冠。"

季星凌立刻拒绝，我不演，我才不要戴绿帽子！

林竞笑："那你想演什么？我加个角色进去。"

"你又不上台，没意思。"季星凌单手撑着脑袋，"不然你考虑演个公主？"

"那老王可能得脑出血。"林竞看了眼时间，"我还有点剧本要改，就不去吃饭了，你帮我带份咖喱饭回来吧。"

"行，等着。"季星凌揉揉他，起身出了教室。

白小雨也没去食堂，让同桌吃完给自己带回来。中午的教室很安静，两人还没改完两页，季星凌就已经回来了。

"咦。"林竞纳闷，"你这么快？"

"先打的包。"季星凌把餐盒放在桌上，"给，咖喱饭。"

他带了两份，本来打算自己也在教室吃，但没想到还有个女生，就随手把另一份也递过去："走了。"

白小雨愣了愣："……不用，我让李子带了。"

季星凌人高腿长，背影一眨眼就消失在了教室门口。

"没事，你吃吧。"林竞说，"早点吃完早点开工。"

他的咖喱饭还是烫的，外带无糖乌龙茶一瓶、蔬菜沙拉一盒、水果一盒、酸奶一瓶。

山海的学生都知道，咖喱饭在南食堂，无糖乌龙茶和酸奶只在便利店出售，蔬菜沙拉窗口位于芙蓉苑一楼，水果是很贵的进口车厘子，鬼知道是从哪儿买到的，反正食堂没有，大概跑去了校外超市。

而另一份只有咖喱饭和冰可乐。

白小雨吃惊地问："季星凌居然跑了四个地方给你买午饭吗？"

林竞："……"

林竞强行云淡风轻："嗯，我毛病多。"

白小雨盛了一勺饭，想想还是觉得不可思议："我还以为他是那种特别粗心，唉，也不是粗心，怎么说呢……反正不像这么有耐心的人。"

"因为他不想演树。"林竞继续硬着头皮找理由，"所以可能想用午饭贿赂一下我。"

其实白小雨本来也不打算让季星凌演树，毕竟是喜欢了很久的男神，还是想让他万众瞩目一点，但分量太重的角色，又怕大少爷会嫌傻嫌烦嫌台词多，所以一直没定下来。

她提议："要不我们把王子的台词改少一点吧？"

王子公主，童话剧必备两大要素。公主已经定了罗琳思，王子的演员悬而未决，但全班都觉得，这除了你星哥还能有谁？

小林老师拍板："我们这次不需要王子！"

白小雨一愣："那谁去救公主？"

林竞义正词严："公主一定需要王子来拯救吗？太刻板了，我们要让公主学会自救！"

白小雨："……"

至于季星凌，既然老王规定了他必须上台，林竞琢磨了一下，不如给他安排一个不用说话的角色。这次情景剧的主线在魔镜，故事主题是校领导喜闻乐见的"学习使我快乐"，林竞说："我们让季星凌演一个报幕板吧。"

白小雨震惊："啊？"

林竞在纸上画了画："原定由雪姐报幕，但她不是会拉小提琴吗？不如在情景剧里加几段小提琴独奏，就调节气氛的那种。报幕的活儿就交给季星凌，让他坐在高处不要动，也别说话，就负责更换提示板，让观众了解一下当前进行到了第几幕，还有故事背景什么的，更节省时间。"

他说得既流畅又真诚，还特振振有词，根本不带一秒犹豫的，更充分兼顾季星凌"不愿意背台词"和"长得很帅，是门面"的两大特性，白小雨也就稀里糊涂被他带进去了，觉得这个提议简直超级合理。两人趁热打铁，又商量了一下季星凌的服装——童话剧嘛，演员肯定得穿得花里胡哨一点，俗称傻一点，不能太日常，否则没看头。

白小雨想了一会儿："要不然穿棕色的连体家居服？毛茸茸的那种，混在树丛里也不突兀。"

小林老师内心强烈拒绝，不行的，不可以，我不允许季星凌穿着可爱的连体家居服出现在舞台上，他超猛的！

白小雨又说："那就假扮一个巫师？精灵？吸血鬼？"

林竞在手机上搜了搜："你觉得这件衣服怎么样？"

白小雨看了一眼，那是一件黑色的西装，双排扣，袖口带刺绣，有点中世纪小王子的意思，但款式要更加日常化、更简洁。

"好看耶！"

林竞收回手机："我也觉得好看。"

"那就这个吧。"白小雨打开小程序，"你把购买链接发给我，到时候统一用班费下单。"

"不用。"林竞含混拒绝，"等会先给季星凌看一眼，他自己买就行。"

白小雨悄声问："很贵吗？"

林竞面不改色："一般，还成。"

"行，那我就不管这事啦。"白小雨继续根据剧本统计演出服，男主魔镜的全套服装58元包邮，公主裙质量要稍微好一点，上百了。林竞一边看她整理，一边把那件价格高达五位数的刺绣西装发给季星凌，问他是要穿50块钱的王子道具服，还是这件。

星哥：这件，发给我妈，立刻，谢谢。

林竞乐，给他回了一个"OK"的表情包。

可达：你都不问一下自己要演什么吗？

星哥：懒得问，你又不会坑我。

可达：嗯。

何止不会坑，小林老师简直就是疯狂"徇私舞弊"。

造型像王子，不用背台词，同为富家少爷的于一舟只配得到28块钱的绿色大树道具服，还要表演随风摇曳，季星凌同在一个舞台，却能穿着高奢品牌最新款耍帅，这待遇，还有谁，还能有谁！

剧本定稿用了差不多一周的时间。王宏余专门申请了一间舞蹈室，每周可以排练三次，又提醒大家下星期四就是新一轮月考，校庆固然重要，但还是要以学习为主。

对于这次考试，别人有没有压力不知道，反正季星凌压力挺大的。

根据多年来学长学姐总结出的经验，山海的月考基本是一次简单一次难，既不会让学生过分膨胀，又可以适当敲打一下，戒骄戒躁，而众所周知，上一次的月考很简单。

《山海高中》测试卷

题目	一	二	三	四	五	总分
得分						

注意事项：

1. 本场为开卷考试，试卷共 4 页，总分 150 分，考试时间 120 分钟。

2. 答题前，请先用黑色签字笔将密封线左侧项目填写清楚。须在试卷指定区域作答，超出答题区域书写的答案无效。

3. 考试结束后，欢迎将本试题卷拍照分享、互相对照答案。

4. 祝各位考生毕业快乐。

一、 选择题（本题总分 20 分）

1. 第一次见面时，季星凌捡到的妖怪证是（   ）的。

A. 刘栩   B. 林竞

C. 邹发发   D. 岳升

2. 林竞是从（   ）转学到了山海高中。

A. 宁城一中   B. 宁城三中

C. 宁城十三中   D. 宁城附中

3. 季星凌以为林竞是没见过世面的乡下小妖怪，给了林竞（   ）元钱让他用于日常付款。

A.500   B.502

C.520   D.521

4. 以下（   ）不是山海高中的老师。

A. 王余宏   B. 李建生

C. 王宏余   D. 宁芳菲

5. 运动会，林竞和季星凌参加的趣味项目是（   ）。

A. 绑腿跑   B. 多人运球跑

C. 顶球绕圈跑   D. 天线宝宝趣味运球

6. 季星凌没有给小林老师送过（　　）。
A. 辟邪福袋　　　　　　　　B.《莎士比亚》
C. 美梦口袋　　　　　　　　D.《雪莱诗集》

7. 小林老师给季星凌定的目标不包括（　　）。
A.450 分　　　　　　　　　B.500 分
C.520 分　　　　　　　　　D. 单词 3500

8. 小林老师不喜欢吃（　　）。
A. 葱姜蒜和香菜　　　　　　B. 鱼腥草
C. 胡萝卜和小芹菜　　　　　D. 以上都不喜欢

9. 季星凌和林竞在烘焙教室做的是（　　）蛋糕。
A. 歌剧院　　　　　　　　　B. 蓝色海洋
C. 草莓戚风　　　　　　　　D. 阿尔卑斯山下优雅垂颈的钻石天鹅

10. 山海高中校庆，在高二（一）班表演的童话新编节目中，季星凌扮演的角色是（　　）。
A. 绿色大树　　　　　　　　B. 王子
C. 魔镜　　　　　　　　　　D. 报幕板

二、 填空题（本题总分 30 分）

1. 擦肩而过的瞬间，季星凌突然闻到对方身上有一股很淡的香气，_____，像_____。
2. 林竞家的门牌号是 _____，季星凌家的门牌号是 _____。
3. 山海高中的教导主任名叫 _____。
4. 麒麟崽生病时去的医院是_____。
5. 小林老师的生日是 _____，季星凌的生日是 _____。
6. 十六岁的季星凌，像_____，有_____和_____—。
7. 季星凌家泳池水是_____的水，林竞在里面游泳之后，吸收灵气过多，发芽了。
8. 龙血树受伤后流出的汁液，叫_____。
9. 季星凌高考考了____分，林竞高考考了____分。

三、连线题，请将下列角色与原形对应连线（本题总分 20 分）

林　　竞	伤 魂 鸟
季 星 凌	腓　　腓
于 一 舟	忘 忧 花
李 陌 远	甪　　端
葛　　浩	龙 血 树
韦　　雪	姑 获 鸟
胡 媚 媚	麒　　麟
姜 芬 芳	重 明 鸟
商　　薇	蜃　　龙
唐 耀 勋	九 尾 狐

四、简答题（本题共 20 分）

1. 林竞和季星凌分别送过对方哪些礼物？

2. 简单叙述季星凌都付出了哪些努力，他的成绩是怎样一路上升的。

五、写作（60 分）

阅读下面的材料，根据要求写作。

曾有诗人写过：
你是喷泉，是风，是童年清脆的呼喊。
你是呼吸，是床头，是陪伴星星的夜晚。
你是纱幕，是雾，是映入梦中的灯盏。

读完材料，你有什么感想？你有没有遇到过给予你重要支撑和陪伴的人？
请选取一个角度构思作文，自主确定立意，自选文体，自拟标题；不要脱离材料及含意的范围，不得抄袭，不少于 800 字。

好不容易才上了 500，他并不是很想掉下来，甚至还在膨胀地觊觎 600。

1301 夜间小课堂，林竞做完作业之后，挪着椅子蹭到季星凌身边，看着他算了一会儿数学，在练习册上指指："这个，你得先求出 α 的值。"

"嗯。"季星凌继续做题，誓要保 500 争 600，一派大好学习景象。

林竞叉了块蜜瓜吃："明天我要去学校排练，你是跟我一起去，还是待在家学习？"

"我去学校吧，不是说所有人都得去吗？"季星凌侧头，"你要在学校待一整天？"

"差不多。那我们早上一起过去，你先过一遍自己的流程，然后回家或者去唐校长的办公室自习都行。"

两人距离很近，近得能数清睫毛，季星凌用脑袋撞了撞他。

林竞一乐，假模假样搞教育："快点做你的题。"

"那你还一直试图干扰我。"

"没有。"

"骗人。"

"……那就稍微有一点。"

周五晚上本来就容易懒散，房间里又很暖、很安静，季星凌新换的家居服有些宽，材质柔软地贴在身上。

胡媚媚和季明朗有应酬，都还没回家。季星凌丢下手里的笔，刚打算再皮一下，林竞却已经站起来："那什么，你看书，我去弄点喝的。"

季星凌胡乱"嗯"了一句，也没制止，自己起身去了洗手间。

1301 的厨房很大，林竞取出一对玻璃杯，其实也不知道自己该干些什么，正好旁边有茉莉花的茶包，就烧水随便泡了两杯。过了一会儿，季星凌也踩着拖鞋出来了，四目相接，林竞低下头继续倒水，大少爷无所事事，硬给自己找了点家务，他从冰箱里翻出一盒牛奶："你又不爱喝茶，不然加点奶？"

林竞去端杯子，却被玻璃杯烫得一缩。

季星凌拍拍他的肩："我来吧。"

林竞退到一边，看着他忙忙碌碌做奶茶，十六岁的季星凌已经很高了，高到甚至脑袋都会撞到顶柜，找糖包时撞了一次，洗手时又撞了一次，最后干脆连杯子都掉进水槽摔碎了。

季星凌强辩："哎，你笑什么，这不还剩了一杯吗？刚好留给你喝。"

林竞靠在餐台上，示意对方看垃圾桶："你刚刚加进去的糖包，包装上写着 Salt（盐），你知道 Salt 是什么吧？"

季星凌："……是吗？我没注意。"

加了盐的奶茶没法喝，但一起收拾厨房残局倒是很有利于转移话题。季星凌把玻璃碴儿扫进簸箕："明早我什么时候来接你？"

"八点半，说好九点在排练教室集合。"林竟说，"那我先回去了，明天见。"

"明天见。"

直到门锁咔嗒一声落好，季星凌才松了口气。

他把自己丢在客厅沙发上，单手搭着额头。

隔壁1302，商薇放下手里的书，抬头问儿子："我去给你热一杯牛奶？"

"不要。"林竟说，"先睡了，明早得去学校。"

"明天不是周末吗？"

"排练话剧。"

商薇跟着他进卧室，疑惑地问："脸和脖子怎么这么红？"

林竟不假思索："不知道啊，刚在季星凌那吃了一点芒果，可能过敏。"

商薇不放心："过来，我给你看一下。"

"你专业又不对口。"林竟捂住睡衣试图逃逸，结果未遂。商薇常年奋战在儿科一线，对付这种不听话的"皮皮虾"相当有一手，三下五除二把他压在椅子上，掀开他的衣服一检查，过敏症状没发现，倒是看见了他脖颈上挂的戒指和树叶："这是什么？"

林竟一把抢回来："护身符，旅游景点买的。"

"哪个景点？"

"锦里？还是哪座山里的庙，就刚来锦城的时候和同学出去玩，记不清了。"林竟系好扣子，把她半推半请出卧室，"睡了睡了，晚安。"

商薇还想再问什么，门已经被砰的一声关上反锁了。

青春期的男生，就是这么让亲妈头疼。

好学生也不例外。

第二天早上，当两人到学校时，刚好听到韦雪在说："于哥，你能不能不要这么笔直？"

于一舟不懂这逻辑："为什么不能笔直，我不是演一棵树吗？"

"但你这样很突兀的，大家都在摇曳。"

季星凌人还没进教室，就先靠在门口咻咻笑了半天，摇曳。

于一舟："……"

笑什么！

好像你不用摇一样。

"你们两个来啦。"白小雨看到季星凌，不由自主就心情好，指着旁边的一个架子，"你到时候就坐到这里，等会儿我会告诉你哪一幕具体配合哪个报幕板，很简单的。"

"没事，我自己看就行，你继续教于一舟随风摇。"季星凌抽走剧本，转手交给小林老师。

于一舟后知后觉："等等，你不用演树？"

季星凌挑眉，很欠揍地说："没错，我就是不用演。"

"凭什么？"

"因为树实在太绿了，绿得受不了，你知不知道？"季星凌拍拍他的肩膀，"不吉利。"

于一舟："……"

其他男生："？"

季星凌得意扬扬，坐在架子上看剧本。

就很帅。

大屏幕高分辨画面如水晶般清晰配合杜比环绕立体声的那种全方位无死角帅。

于一舟："……"

这待遇。

服气。

周末留在学校排练节目的人不少，听说高二（一）班在舞蹈教室，纷纷跑来凑热闹。季星凌是没什么心理压力，毕竟他只需要坐在那里，根据情节推进更换手里的A4纸就行，但于一舟就一言难尽，帅哥实在拉不下面子"随风摇曳"，觉得这真是太傻了，于是强行把自己站成了一株傲雪松柏，八级大风也岿然不动那种。

季星凌欠欠地说："于哥，你这样不行的，得袅娜风骚，不要辜负导演给你的丛林C位。"

于一舟丢过去一瓶冰水："闭嘴吧你。"

女主角罗琳思因为早上有钢琴课，要下午才能来，所以林竟负责帮李陌远对台词。

冒牌公主语调没什么感情："我是不是高二（一）班学习最好的人？"

旁边的季星凌美滋滋想甩尾巴，你是你是！

结果李陌远捏着太监腔调尖叫："不是你，是我！"

季星凌："哈哈哈。"

李陌远被笑出戏了，表演欲一泻千里，哭丧着脸举手抗议："导演我要投诉，这报幕板嘲讽我！"

白小雨也在憋笑，她人道主义式敷衍："没，你演得挺好的。"

李陌远继续抗议："林导，你看白姐都不敢管季星凌，你要替我主持公道！"

导演小林踢了踢不安分报幕板的木架子："好好坐着，别乱出声！"

"不是，我这属于真情流露。"季星凌振振有词，"能让制作组第一时间获悉观众反应，并且做出情节优化，应该被表扬的好不好，你怎么可以踢我？"

林竞还没说话，白小雨先点了点头："我觉得有点道理。"

别班群众也七嘴八舌，表示同意。

李陌远目瞪口呆，你们这些女生……

季星凌更得意了，又瞟了瞟小林老师，看到没有，夸我。

林竞："……"

最后还是韦雪出来拯救小林老师，用一袋零食堵住了大少爷的嘴。

季星凌含着一颗话梅，腮帮子鼓鼓的。春末的天气已经渐渐回暖，太阳从一长排窗户里洒进来，照出一片温暖橙黄。排练教室里有点热，有不少男生都脱了衣服，季星凌也把外套丢在一边，他里面是一件黑色短袖，普通宽松的款式，弯腰看剧本时，柔软布料会勾勒出少年细窄的肩背，脖颈处露出的皮肤很白，就……不知道旁边的女生怎么想，反正小林老师觉得，白得有点恍神。

林竞搓了搓耳根，避开阳光，站到阴凉处。

季星凌舌尖卷着话梅核，不明就里，还在问："哎，你脸怎么这么红，要不要把毛衣脱了，去穿我的外套？这儿好热。"

林竞额上有薄薄一层汗，早上出门时，他被亲妈盯着穿了秋衣加毛衣，真的热。刚准备答应，旁边的韦雪就随口插话："他已经洁癖到快用'84'当饮料了，怎么可能穿你丢在箱子上的外套，上次李陌远校服袖子不小心打到他的嘴，这位哥当场脸色惨白，也就用湿巾疯狂擦了八九遍吧，最后连我的卸妆湿巾都被他强行征用。"

季星凌："……"

林竞被唤起噩梦般的回忆："你讲点道理好不好？李总当时满袖子黏糊糊的不明液体。"我没有当场自杀已经算是非常克制得体有礼貌了。

"不明你个头，我说了八百遍那是我的芋泥奶茶！"

"触感和鼻涕虫没区别好吗！"

两人闹了几句，林竞也就不好意思再穿季星凌的衣服，只好继续热着。

季星凌倒没勉强，只低头发了几条消息。

早上的彩排很顺利，中午的时候，侯跃涛用班费叫了盒饭。大少爷当然不乐意吃，他原本想带着小林老师去日料店，结果于一舟可能心里不平衡，硬是要跟上来，其余男生见状也起哄凑热闹，纷纷要求星哥请客。

季星凌在这方面向来好说话："行吧，吃什么？"

白小雨提醒他们："下午两点开始彩排，有台词和走位的演员，还有工作人员都要准时回来。"

"那就别走远了。"林竞说，"去后巷随便吃碗面就行。"

这个"随便吃碗面"，听起来就很有人均十块钱的凑合意味，现场一片嗷嗷抗议："林哥你好会替星哥省钱，不行，我们要吃贵的！"

"贵什么贵，没听到下午两点还要回来吗？"季星凌漫不经心地骂了一句，但其实心里非常得意，没错，小林老师就是这么体贴会省钱，你们羡慕也没有办法！

走到校门口时，葛浩突然说："星哥，街对面那个是不是你家司机？"

"嗯。"季星凌扭头看着林竞："阿姨让他给你送衣服的吧，先去车上换了，我们在面馆等你。"

"……"

季星凌没多解释，继续和其他人说说笑笑往后巷走。

林竞一个人过了天桥，从老冯手里接过购物袋，打开一看，里面有一件黑色短袖和一件薄一点的冲锋衣。

面馆老板娘对这群小崽子都很熟了，基本不问就能知道要上什么，一边下单一边问："小林呢，还是吃红烧鸡块面？"

"给他一份番茄牛肉的，味道调淡些，多加两份青菜，不要香菜和葱。"季星凌找出付款码，"面煮硬一点，算了，不然等他来之后再下。"

周围一群人："？"

这保姆一样的男子是谁，是谁在魂穿我星哥？

于一舟觉得自己简直没眼看了。

季星凌说完之后，继续面不改色道："于一舟那碗——"但想了半天，也只想出来这发小似乎不吃葱花、香菜，于是自主发挥，"不要葱，不要香菜，多放辣油和醋，面要煮软，多给他两勺辣萝卜和咸菜。"

于粥粥："……"

我不介意当工具人，真的。

但我真的不爱吃软面，萝卜和咸菜又是什么鬼？

葛浩迷惑地提问："星哥，你今天怎么了？"

"贿赂一下林竞和我们于哥。"季星凌付完款后，顺势揽着于一舟往桌边走，又压低声音："哎，下次我再发挥过度人设崩塌的时候，你能不能及时提醒一下？"

于一舟冷漠地道："我为什么要提醒你，就因为你请我吃了一碗加了萝卜和咸菜的软面吗？"

"……行，你吃我的，我吃咸菜，行了吧？"

过了几分钟，林竞也来了。季星凌没让老冯去买衣服，直接回1301拿了自己的，一模一样的黑色短袖。

季星凌看着他笑，露出白白的牙齿。

林竞从没穿过别人的衣服，贴身穿的T恤就感觉更别扭，尤其是看他还在痞兮兮地笑，就在桌下踩了一脚：你给我注意一点！

葛浩惨叫一声："谁踩我？"

"……"

小林老师：我不是，我没有。

季星凌趴在桌上，笑个不停。

于一舟无语，就你这恨不能舞到升旗台上的神经病表现，还指着我提醒？简直了，挖一条一千米的壕沟也挡不住你的骚，活埋算了。

面上来后，季星凌把碗里的肉都挑在一起，林竞用余光瞥见，以为他要夹给自己，立刻觉得不行，当着七八个同学的面，不可以太明目张胆，于是当机立断，毫不客气地伸筷子去抢——这样就显得很合理了，男生之间嘛，抢饭抢饮料是常态。

但没想到自己会错了意，大少爷其实是想用几片牛肉象征性贿赂一下于粥粥的。

林竞的筷子僵在半路。

季星凌的筷子僵在于一舟的碗上。

葛浩傻乎乎的，在旁边扯起嗓门："林哥，你就别抢了，星哥已经讨好于哥讨好了一路，两人勾肩搭背也不知道在说什么，都不让我们听。"

林竞冷静地收回筷子："嗯。"

季星凌："……"

不是，我没有，我什么时候讨好于一舟了？更没有勾肩搭背和他说悄悄话，你别瞎说！

措手不及你于哥：我好冤。

幸好同桌几个男生都比较二缺，话题很快就转到了下午还要不要去排练，以及学校哪个女生最漂亮的庸俗话题上。季星凌和林竞也老实了，埋头默不吭声吃完面。其余人先去了排练教室，林竞小声问："你呢，回家还是去唐校长那儿？"

"我去唐叔叔那儿吧。"

林竞点头："那我六点过来找你。"

季星凌替他把冲锋衣的拉链拉好。

"好。"林竞应了一句，和他一起往学校的方向走。

唐耀勋这个周末也在加班。季星凌占据了他办公桌的一角，看完地理做数学，中间只趴着睡了十几分钟，然后就起来在草稿纸上写写算算，看起来相当认真。认真到唐副校长甚至开始怀疑，是不是他又在耍什么花样，于是假装倒水绕到大少爷后面看了一眼，结果还真是在做题，整整齐齐列了不少公式。

就很欣慰，唐耀勋下班前专门给老季发消息，说了一下这件事。

季明朗：[微笑][微笑][微笑]

唐耀勋：[强][强][强]

——中年男性 Emoji 式夸崽大法。

五点多的时候，小林老师准时来副校长办公室领取刻苦学习的小季同学，两人没回江岸书苑，也没让老冯开车接，随便去便利店吃了个三明治后，就打车直奔市中心，那里有一家很有名的甜点 DIY 教室。

上一次蛋糕做到一半，大少爷就露出了麒麟尾巴，两人只能仓皇收尾狼狈逃离。今天正好还剩了点时间，于是林竞在网上预约好名额，打算补一下送给妈妈的妇女节礼物——正好胡媚媚和商薇都在。

甜点 DIY 教室里，季星凌靠在前台挑挑拣拣地翻资料："哎，我要做这个白天鹅，我妈就喜欢这种看起来有钻石又璀璨的，阿姨喜欢什么？我觉得这个蓝色海洋的可爱，不如你做这个吧。"

林竞穿好围裙，瞥他一眼，突然问："你下次月考能一跃到 750 吗？"

你星哥："不是，干吗突然提到这么沉重的话题？我不能。"

"那你一个连奶茶都不会泡的人，是从哪里来的谜之自信，一上来就要挑战这个——"林竞看了眼资料单，照着念，"阿尔卑斯山下优雅垂颈的钻石天鹅？"老老实实烤一个戚风蛋糕它难道不香？

季星凌知错就改，一脸正经："我这不是觉得你万能吗？行，那我们就烤戚风！"

也不用分谁的妈了，就两人的烘焙水平，能做出一个完整的蛋糕已经能算运气好。季星凌承接了一个打发蛋清的活儿，想起上次在 Cooking 教室里的经历，忍不住就凑过去问："你当时在想什么？"

这话没头没尾，林竞却听明白了，他一边搅蛋黄糊，一边说："没想什么，就是觉得一定不能暴露你。"

"为什么光想着不能暴露我，难道你不害怕吗？"

"不怎么怕。"林竞停下搅拌器，转头和他对视，"你想让我害怕吗？"

季星凌警惕："一看这个眼神，就知道你八成又要套路我，不，我不想。"

林竞笑着把钢盆塞给他："那就闭嘴干活儿。"

大少爷一边忙活，一边美滋滋地看着在另一头忙碌的小林老师，单方面脑内规划上大学后的美好生活，周末宅家看片打游戏，再一起做做饭，甩尾巴，超嘚瑟！

烘焙老师很喜欢这两个男生，中间过来指导了许多次，在多方援助下，总算折腾出一个能吃的蛋糕，裱花用了奶油和新鲜草莓，竟然还有那么一点点好看。

胡媚媚和商薇正在 1302 闲聊，顺便讨论下学期的事。高三开学后，为了能让孩子挤出更多时间学习，有不少家长都会去山海旁边租房子，步行最多六分钟。胡媚媚试探地问："小竞要不要也搬过去？"

"我们不搬。"商薇摇头，"也不差这来回四十多分钟，路上还能透透气。"

胡媚媚闻言眉开眼笑，她当然也是不会搬的，毕竟白泽镇守的奇妙功效已经在自家儿子身上体现得淋漓尽致，还指着高三再突飞猛进一下。高二（一）班家长群里有人在发自主招生的资料，其中有几所蛮好的大学，商薇特意截下来："这个，小星到时候也能申请吧，是不错的'985'，我看各项要求也符合。"

"这大学怎么在花城？"胡媚媚惋惜，"他可能不愿意，说是要和小竞一起去北京。"

商薇惊讶："是吗？那更好啊，他们两个在一起，我也放心。"

胡媚媚又叹气："我是不指望他给我考北大了。"

其实季明朗已经在北京找好了几所学校，但大少爷相当有骨气，说要自己考，只提了一个要求，如果真的考上了重点，要在学校附近买一套公寓。

季明朗很爽快："行，三百平够不够？我听说你周叔叔在附近好像有个新的楼盘。"

季星凌秒拒："不用那么大，两室一厅就行。"

小厨房挤挤的，小客厅也挤挤的，简直无敌温馨！

当然了，前提还是得好好学习。

电梯叮的一声停在十三楼。

胡媚媚和商薇的话题已经展开到了"要是两个小孩都考到北京，我们是开车送他们过去还是坐飞机"，其乐融融。商薇笑着说："两人黏得跟亲兄弟似的，关系可真好，前几天我看小竞脖子上挂了个护身符，是小星送的吧，宝贝得不行，都舍不得让我碰一下。"

"谁知道他们嘀嘀咕咕的，都在搞什么鬼！"胡媚媚没提辟邪福袋，转移话题道，"这都九点多了，怎么还不见回来？"

商薇倒了杯水，还想问什么，门锁已经被嘀一声打开。

林竞先探头进来，见两个妈都在，乐了："正好，准备收礼物。"

胡媚媚问："这么神秘，什么礼物？"

季星凌人没进来，双手捧着蛋糕站在门外："妈你想要什么礼物？"

胡媚媚不假思索："想要你下次月考 600 分。"

季星凌："……当着商阿姨的面，妈你可不可以先不提这个？我们回家再说。"

商薇笑道："快进来吧，别一直站在门口。"

林竞搞得比较隆重，还弄了个"18"的电子蜡烛，本来预想是很温情脉脉的，黑暗中一豆微光摇曳，照亮母亲泪眼那种，结果没想到蜡烛太花哨，不仅自带火花的效果，还有一圈跑马灯，用垃圾车音效大声唱着"Happy Birthday（生日快乐）"，七彩斑斓，极度摇滚杀马特。季星凌先是愣了几秒，然后就捧着蛋糕快笑死了，靠在门上肩膀直抖，根本停不下来。林竞也很窘，手忙脚乱研究了半天怎么关，结果发现这五块钱的劣质蜡烛好像根本就没有 Off（关闭）选项，必须听完。

胡媚媚和商薇站在一片漆黑里，也很蒙，都以为是对方的小孩过生日，赶紧发了个微信红包。林竞当机立断把蜡烛拔下来，啪的一声按亮客厅灯，假装无事发生过："妈，阿姨，这是我们自己做的蛋糕。"

商薇没搞懂："你们去哪做的蛋糕，同学家里？"

"没，上次妇女节，我们就准备去做蛋糕。"季星凌解释，"结果阿姨当时不在锦城，所以今天补一个，三八节礼物。"

两人一路坐车回来，动物奶油已经有点化了，草莓里的水分也被糖浆渍出来一些，看起来不成样子。

但胡媚媚和商薇还是被暖得不行，掏出手机十八连拍，硬是没舍得吃，最后还是季星凌强行切了几块，单手揽住亲妈："我以后每月给你做一个都成，这个就别省了。"

"别，你还是留着时间好好学习吧。"胡媚媚感动归感动，硬性要求倒是完全没降低，"我刚还在和商阿姨说，如果你和小竞真能考到一块，我们两家人正好一起旅游。你周叔叔不是在附近有个私人温泉山庄吗？听说环境还不错。"

所以好好学习的奖励里又多了一项一起泡私人温泉？

这是什么充满希望的梦之行程？

很 OK 的！

林竞端着盘子，纳闷地问："你不吃了吗？"

"我先回去洗个澡，然后来找你复习。"季星凌走得风风火火。

谁也不能阻挡少年学习的脚步！

我今晚一定要搞明白线性回归方程！

而就在大少爷昂扬的斗志里，第二次月考也来临了。

520分的考场在二楼，距离小林老师的五楼……也不是很远，反正肯定比梧桐楼近。

林竞照样把人送到了考场门口："那我上去了，你加油。"

季星凌看着他，笑得超痞。

林竞拢了一下校服领子："这次要是保持不了500分，是不是有点说不过去？"

"放心。"季星凌大言不惭，"我说不定还能给你考一个600回来！"

有句话怎么说来着？天道酬勤。你星哥都这么勤了，勤得快感动山海了，怎么着也该被天道酬一下了。他进了考场，迫不及待从老师手里接过试卷，答了半个小时就发现，这次的确有点难。

而接下来的三场考试，和语文差不多，尤其是数学，连小林老师都觉得出卷老师八成是被钱爹附体了。他倒不担心自己考砸，反正只要没有发挥失常，就实在不太可能砸，主要是担心季星凌，毕竟好不容易才培养了一点斗志，要是再被300分浇回原形可怎么搞？所以他一交卷就匆匆往楼下跑。

季星凌嘴里叼着棒棒糖，正靠在楼梯口等："今晚不用上自习，我带你出去吃？"

林竞仔细观察了一下他："你考得怎么样？"

"还行吧。"季星凌琢磨，"数学难了一点，但我英语还可以，你上次说的啊，试卷难的话允许我450。"

林竞迟疑："……你确定这次能考到450？"

"我不确定，但这就随口一估计，分数要周一才能出来吧？"

"嗯。"林竞跟他一起往楼下走，也被这洋溢着自信的男高中生给镇住了。

季星凌搭住他的肩膀："怎么着，带你去饕餮的店？"

林竞："！"

季星凌笑："就是上次我们打架那家，不过只要你别乱跑，肯定不会出事，我其实经常去那儿。"

林竞小声而又期待地问："饕餮的店，可以见到妖怪吗？"

"如果你想看的话，没问题。"季星凌说完又叮嘱，"但不准告诉家长啊，上次我妈还骂我来着。"

林竞立刻疯狂点头。

而在饕餮的店里，老陶和小陶也正在研究新款鸡尾酒。

酷黑一杯，超猛超烈。

小陶踮脚在黑板上写下新的名字。

麒麟。

售价 88 一杯。

他歪着头想了一会儿，又在"88"前面加了个"1"。

妖怪的定价，就是这么随意。

山海高中·学生证

·第7章
季星凌你真的只有这么大吗

周五傍晚，饕餮店里的生意很好。林竞重新回到这又长又弯曲的昏暗楼梯，心里稍微有些紧张，看擦肩而过的人都像妖怪。前面走着一个穿绿夹克的酷哥，摇摆起来全身叮咣乱响，自带吸睛功效——吸小林老师的睛。季星凌往自己身边瞄了三四回，终于忍不住抗议："你为什么要一直盯着别人？"

林竞激动地小声问："他也是……吗？"

大少爷轻蔑地"哧"了一声："他不是。"

林竞对绿衣酷哥兴趣顿失，一手扯住季星凌的衣袖，继续四处乱看。楼梯两旁的墙上都挂着 LED 灯画，闪烁起来时，世界光怪陆离，就显得很酷、很炫、很有个性，妖怪到炸天。

季星凌掀开门帘："你上次还攻击这里的装修像非法按摩店。"

笑容满面迎上来的小陶："？"

林竞义正词严："我没有，你不要乱讲！"

季星凌笑嘻嘻地揽着小林老师，问小陶："卡座准备好了吗？"

"东上 12，老地方，要点菜吗？"

"不用，让陶叔随便配就行。"季星凌看起来熟门熟路，径直把林竞领上了二楼。靠栏杆的位置，这里既能看清整个店的情形，又不至于过分融入舞池里的醉酒狂欢，属于私人……私妖 VIP 专座。

"现在还没到时间。"季星凌拉开一罐饮料，"过了夜里十二点，才会有大批的妖怪涌出来，不过那时候就要人类禁入了，保安会逐一检查妖怪证。"

小林老师问得比较矜持："所以哪怕你是超级猛的厉害大妖怪，我也一样不能留下，对吧？"

"你可以留下，不过要等到高考以后。"季星凌没有被他套路，"我会想办法说服我爸，让他替你安排一场妖管委的测试，如果顺利通过，你会获得一张身份证明，类似于妖怪颁发的特殊签证，我到时候再带你进来。"

"我现在就可以去考试，真的！"

"知道你答题厉害，但十八岁是硬性规定。"季星凌插好吸管，"听话。"

林竞失望地"哦"了一声，喝了口饮料："这是什么，灵果汁？"

"这是可乐。"

"……"

季星凌趴在桌上，欠欠地调戏："哎，你知不知道你看起来真的很没有见过世面？"

"但这种世面至少有99.9%的人类都没见过，所以我现在的反应已经能算优雅淡定了。"林竞捏开一个坚果，"这也是超市的普通板栗？"

"这是铜山的野栗，很糯很甜，犭喜欢吃。"

"犭是什么？"

"长得很像豹子，但没有花纹。"

林竞求知欲空前旺盛，在接下来的五分钟里，分别问了"豹子也吃素吗""会不会营养不良""铜山除了野栗和犭还有什么""那儿的山楂和橘子卖不卖"等一系列问题。但众所周知，星哥的文化水平并不是很高，人类的洋流都还没搞明白，对妖怪地理就更蒙了，所以当话题进行到"犭是什么妖怪，这个字怎么写"的时候，他终于顶不住压力按下呼叫钮："为什么我们的菜还没有上？"

"这不就来了！"小陶捧着一个大罐子，从楼梯上来，一路小跑，"小心烫啊，刚刚煨熟。"

季星凌拿了个小碗，替林竞盛出一碗汤菜。鸡汤打底，加了冬笋、青笋、菌类和火腿，又鲜又浓。食材都是从碧瑶山运送来的，炖汤也是用融化后的空桑雪水，一听这阵仗，小林老师不得不问了一个很俗的问题："贵吗？"

"还行，像这种都是用妖怪币埋单。"季星凌示意他往下看，"厅里的散客吃的只是普通食材。"

小陶把音响旋钮旋到最右，一头小辫狂甩，现场演绎"两个食指就像两个窜天猴，指向闪耀的灯球"。七彩斑斓的光照在盘子里，飞速旋转着，严重干扰食客视线，林竞夹了一次是姜，夹了两次还是姜，但没关系，在超强的妖怪滤镜下，一切不合理都能接受。

音浪，太强，季星凌不得不扯起嗓子问："吃完了吗？"

林竞点头："那儿有个吧台，我请你喝一杯。"

说话基本靠吼，多了一点不羁和狂放，再加上刚考完月考，明天又是周末，精神上更加放松，连严于律己的小林老师也觉得夜晚十二点回家没问题。两人在吧台角落找了个位置，小陶问："老规矩，爱尔兰女妖精？"

林竞："……"

大少爷一口否认："才不是，给我一杯荔枝的。"

小陶转身去调配，林竞转头看着他，目光幽幽，爱尔兰女妖精？

季星凌冤得要命："这名字又不是我取的，要不你来一杯试试？我就是觉得香蕉加可可淡奶好喝，和女妖精还是男妖精没关系。"

"是吗？"林竞翻了两下酒单，本来打算要一杯尝尝的，结果余光瞥见黑板上的今日特供："我要那杯麒麟，但为什么这么贵？居然比别的贵 100 多。"

季星凌也看到了黑板上的"麒麟"，懒洋洋地敲着吧台："老板，解释一下？"

"这不是新系列吗？貔貅、青龙、朱雀都有了，我们也蹭一下瑞兽的光。"小陶嘿嘿赔笑，把杯子推到他面前，"慢用。"

荔枝饮品里加了红石榴糖浆、荔枝肉，加上冰块，味道很淡。

而旁边的"麒麟"就很酷了，用了长长的柯林杯，也不知道里面加的什么玩意，在灯光下流动出五彩斑斓的黑，杯口点缀着一圈云朵一样的棉花糖，林竞觉得和季星凌还挺像，都是看起来很猛，但实际上又有点软软甜甜。

他小心翼翼地尝了一口，口感清爽，混杂着一丝水果巧克力的味道。

季星凌笑："不好喝吗？看你一直在皱鼻子。"

"好喝，就是有点冲。"林竞说。

"算了，别喝多。"季星凌翻进吧台，"我帮你重新调一杯。"

小陶低声尖叫："不行！你快点出去！管委会会罚我雇用未成年的！"

"你都让未成年人进来了，还假装什么遵纪守法？"

"……"

林竞惊讶："你还会调配这些吗？"

季星凌一乐："我完全不会，但我知道你会觉得什么好喝。"

他用乱七八糟的淡奶、酸牛奶、鲜草莓和冰块，混出来一杯粉红奶昔，的确超级符合小林老师的口味。

小陶充满嫌弃地把麒麟赶出吧台，觉得这些瑞兽可真是烦。

还没过午夜十二点，妖怪并不能暴露原身，但总有几个喝醉酒的粗心鬼，会偶尔伸出尖锐的爪子在吧台上叩叩，示意饕餮继续加酒。

小陶用一块抹布精准盖住他，转身继续忙碌。

林竞总算反应过来，为什么这家店会是这种诡异色调——就是晃，就是晕，晃到所有人都受不了，世界也就随之失真悬浮，看到什么奇怪的事，也能用头昏脑涨来解释。

粉红奶昔喝完，刚好晚上十点。季星凌拿起外套："走吧。"

林竞恋恋不舍，磨磨蹭蹭，百转千回，强行找理由："还有一杯没喝完，浪费不太好。"

季星凌随手端过酷黑柯林杯，仰头把"自己"一饮而尽："现在喝完了，回家。"

林竞："……"

我真的不能等到十二点吗？！

季星凌强行把他带出店："休想。"

由此可见当代男高中生小林，待遇连中世纪的灰姑娘都不如，人家至少能在王子的城堡里待到午夜十二点，再拖起大裙摆自由狂奔在南瓜马车的街道。

林竞兴致缺缺："我还以为能看到许多妖怪，天上飞的那种。"

"说了等你十八岁。"季星凌把书包丢给他，哑着嗓子，"先帮我拿会儿，头晕。"

小陶虽然在定价上很奸商，用料倒丝毫不马虎，"麒麟"里也不知道加了多少料，季星凌没走两步就膝盖发软，脑袋像是被人突然擂了重锤——相当上头。林竞眼睁睁看他膝盖一软，赶紧把人搀住："没事吧？"

季星凌晃晃头，觉得好像不太 OK，有事，于是皱眉："我在路边缓几分钟。"

林竞："？"

小林老师伸出一根手指："π 是多少？"

季星凌蹲在马路牙子上，绞尽脑汁想了半天答案："这是 1。"

林竞掏出手机打算叫车，一根尾巴突然甩过来，轻轻缠住了他的脚踝。

"……"

这真是！

我并不想在这种情况下看到妖怪！

林荫道上没有摄像头，但也远没达到能甩着尾巴逛大街的安全程度，林竞脱下自己的外套，手忙脚乱围在他腰上："季星凌，季星凌，这是在大街上，你快点把尾巴收回去！"

"不要。"

"……"

林竞拖着他按在长椅上，也顾不了许多，赶紧给季明朗打了个电话。

成年麒麟季先生震惊："什么？"

林竞怀里抱着季星凌长出龙角的脑袋，另一只脚还要踩在椅子上，固定住那条不停乱甩的尾巴，造型狂野，内心崩溃："叔叔，他好像要变回麒麟了！"

季明朗已经来不及比较，"为什么隔壁小孩会知道我的崽是麒麟"和"我的崽居然要在大街上暴露原身"这两件事，究竟哪一件更加令爹崩溃了。他连睡衣都来不及换，匆匆裹了件长大衣，就"砰"出了窗户。

大麒麟的"砰"是真的非常猛。弥天黑雾滚起万里雷霆闪电，在人类看不到的云间轰然炸开，映得整片昏暗天穹瞬间幽蓝。夜间散步的胆小妖怪们猝不及防，都被这当头劈来的雷光刺得眼睛一闭，再颤巍巍睁开时，身旁黑雾却已经被风吹散，只留下一片片散碎云絮，晃得战战兢兢、有气无力。

嗖！

大家纷纷捂住爆炸头，忙不迭地窜回了窝，争先恐后裹紧小被子。

麒麟！

平时电视上冷酷威严的商界精英季先生，此时正穿着睡衣和毛绒大拖鞋，在林荫道上一路狂奔。

林竞坐在公园角落长椅上，周围没有路灯，寂静黑暗，情绪也紧张不安到了极点，整个人被风吹得瑟瑟发抖。他只穿了一件单薄的秋衣，怀里却搂着一堆鼓囊囊的衣服——下面是毛衣，上面是校服，手里还紧紧攥着一条不安分的尾巴。

季明朗：我的崽！

林竞牙齿打战："叔……叔叔。"

也不知道是因为天气实在太冷，还是因为神经紧绷过度，他全身都僵得动不了，脸颊也被风吹得冰凉。季明朗脱下自己的大衣裹住林竞，想把儿子接回手里，麒麟崽却用力咬住小林老师的秋衣不肯放，大有"反正我的牙和秋衣今天必须坏一个"的凛然姿态，哪怕已经不省人事，照样猛得不行！

林竞也不舍得撒手，况且他现在僵得根本撒不了手。季明朗无计可施，也不好违反妖管委规定，带着一个没有经过测试的人类小孩"砰"上天，只好打电话紧急调来一辆车。五分钟后，一只金狮风风火火开着车，把领导和领导的崽以及领导的崽的同学接上了车。

季明朗先给太太打了个电话，又探手过去，试了试儿子额上的灵气。

车内温度很高，林竞已经稍微缓回来了一些。他小心翼翼地问："叔叔，季星凌没事吧？"

"没事，回去再说。"季明朗让车在中途停了一下，从药店买回感冒药和水，"小心别着凉。"

"谢谢叔叔。"林竞想腾出一只手去接药，但他才稍微动了一下，怀里的麒麟崽就不满地一扑腾，嗓子里发出低沉的威胁声音，用前蹄把小林老师搂得更紧了一点。

"……"

季明朗有些意外，意外两个人的关系居然已经这么亲近，但他也没在车上多问，自己撕开铝箔包装，喂小孩吃了感冒药。

林竞正襟危坐，表情乖巧："谢谢叔叔。"

其实手指已经偷偷伸进了校服里。

麒麟的体温要比人类高，龙鳞的触感奇妙，再往下滑，就是软绵绵的肚子，那里再没有平时漂亮精瘦的腹肌线条，而是鼓鼓的、热热的。

不知道睡着的麒麟会不会打雷放电，但小林老师已经快被电晕了，偷偷摸到了猛麒麟的真身，他的心跳得厉害，要不是有季明朗在，可能已经当场按住季星凌，埋头猛吸了八百次。

就算会显得很没见过世面也没关系，你林哥在这种情况下才不需要面子！

顺着肚皮摸下去，就是一只坚硬的后蹄，带着炭火余烬的温度。尾巴是软的，前蹄是硬的，当小林老师的手按捺不住，揉上麒麟额前那对肉角时，隔壁季叔叔终于不能再假装没看见了，咳嗽一声以示提醒。

林竞迅速把手收回去，心虚："那个，我就是觉得季星凌好像有点发烧。"

"没事，他没发烧。"季明朗看了眼窗外，"老白，在这儿停一下，然后把小竞送回小区东门。"

司机答应一声，林竞恋恋不舍，把怀里的麒麟崽还给了成年麒麟季先生。

季明朗抱过儿子，还没等他开口叮嘱，林竞已经主动举手保证："我什么都不说，回家就洗澡睡觉。"

"今天辛苦了，感冒药也带回去吧。"季明朗拍拍他的肩膀，"好好休息。"

黑雾砰的一声从车里消失，而林竞的"叔叔再见"还卡在嗓子里。

金狮把他送回了江岸书苑。

1301里，胡媚媚已经煮好了药，她担心地问老公："小星怎么样了？"

"饕餮的店，他那儿总有一些稀奇古怪的灵果，鬼知道又在饮品里加了什么。"季明朗把小崽轻轻放回床上，"没什么大事，我现在去老陶那儿，你好好照顾儿子。"

"小竞呢？"

"有些紧张，不过情绪还算稳定，不用特殊处理，等小星睡醒之后再说吧。"

胡媚媚点点头，看着摊在被窝里睡得没心没肺的儿子，发自内心地头疼了一下。

隔壁，商薇正在和姜芬芳商量明天要炖鸡还是小羊排。林竞向她们打了声招呼，就溜回卧室洗澡，而直到钻回熟悉的被窝，突突跳动的太阳穴才得以放松，思维却依旧停留在一个多小时前。

当季星凌冒出龙角的时候，林竞是真的被吓坏了，魂飞魄散那种，第一反应就是要完！因为他已经脑补出了一只山峦一样……就算没有山峦大，也应该是像威风骏马一样大的麒麟，周身燃烧着电光和火焰，因为喝到失控，而在城区主干道上横冲直撞，引发一连串交通事故，整座城市也因此瘫痪的惊悚社会新闻。

我不会骑马啊，骑麒麟就更不会了！

所以林竞才会语无伦次地给季明朗打电话，在请求家长援助的同时，还要腾出手抱紧季星凌，免得他一时激动又炸上天。

季星凌血液燥热却什么都做不了，于是烦躁地抱怨两句，砰的一声，真炸了。

林竞："！"

一只小狮子一样大的麒麟崽蹲在椅子上，双眼蒙眬地辨别了一下方向，然后精准地栽向小林老师的怀里。

林竞本能地一把搂住他。

并且整个人僵了几秒钟。

第一秒，季星凌真的变回麒麟了，好糟糕，我要怎么办？但他为什么只有这么小一点点？不是说超猛吗？难道要过一会儿才能长大？

第二秒，好像不会长大了。

第三秒，季星凌好可爱，他超可爱，道理我都懂，为什么他居然真的只有这么一点点大？我要变成一个可爱卡批发商！

第四秒，迅速脱了毛衣，把麒麟崽裹得稳稳当当，抱在怀里气喘吁吁地跑到了没人的公园角落坐好。

春末夏初的夜风寒凉，坐着不动其实是很冷的，但林竞已经顾不上这许多了。他不敢暴露怀里的麒麟，就只低下头，隔着校服用下巴轻轻蹭了蹭。

稍微有点烫。

麒麟崽从校服里倔强地伸出一只蹄，搭在小林老师肩上。

林竞心里痒痒的，把校服稍微揭开一点，想摸一摸超可爱的麒麟。

但事有不巧，激动的小林老师刚偷偷摸摸地蹭上那对肉肉的龙角，老季就从林荫道上狂奔了过来。

由此可见，他当时的震惊紧张和结结巴巴，也不仅仅是因为冷和害怕，还有很大一部分是出于做贼心虚。

林竞捧着手机等了一会儿，觉得季星凌可能要到明天才会醒，就试着给胡媚媚发了条消息，问她季星凌怎么样了。

胡媚媚替儿子把被子掖好，起身回了个电话。

"阿姨。"林竞坐起来。

胡媚媚轻声说："小星没事，你呢？"

"我也没事。"林竞虚心认错，"阿姨，对不起，我们不该喝那些饮品。"

胡媚媚关好卧室门："小星睡醒之后，我会批评他，你也下不为例。"

"嗯。"林竞又问，"叔叔还有什么事要问我吗？关于今晚的事。"

胡媚媚说："暂时不需要，妖管委也会先做调查，老陶算老熟人，不用担心。"

"那我睡了，阿姨再见。"林竞挂断电话，躺回被窝，睡意全无。

差不多睁了一整夜的眼睛，被麒麟猛得睡不着，好不容易等到早上八点，他掀开被子跳下床，抄起作业就想往对门跑。

他试探着给季星凌发了条消息，没人回。

商薇一边往面包上涂果酱，一边打量不停瞄手机的儿子："有事？"

"没，看李陌远他们几点集合，下午还要去学校排话剧。"林竞淡定回答，"但群里一直没人说话。"

"刚考完试，大家都在休息吧，就你积极。"

"嗯。"

过了一会儿。

"妈，我吃完去1301做作业。"

"做什么作业，早上陪妈妈出去逛逛街，给你买几身夏天的新衣服，一天到晚闷在家，都要学傻了。"

"我作业没做完。"

"你还能有作业做不完的时候？"

越找理由越显心虚，林竞干脆闭嘴，几大口喝完牛奶就跑，边跑边说："商场上午十点半开门吧，那我十点半回来啊！"

商薇哭笑不得："慢点！"

"越狱"成功的小林老师站在1301门外，抬了三次手都没能成功按下门铃，才刚刚八点半，万一叔叔阿姨都在睡呢？

他犹豫半天，不方便敲门，更不想回去，最后还是被通宵加班归来的成年麒麟季先生给捡回的家。

胡媚媚其实起得很早，已经在准备咖啡了，她笑着扭头："小竞这么早就来了，要喝上次的桃子汁吗？"

林竞目光飘向季星凌的卧室门："我吃过饭了，谢谢阿姨。"

胡媚媚关掉咖啡机，走过来小声说："小星刚刚被我批评过，情绪可能不太稳定。"

"他已经知道昨晚的事情了？"

"嗯，我告诉他了，所以你要不要明天再来看他？"

"……也行，那我回去。"林竞打算先发个消息问问。

结果季星凌可能是听到了客厅里的对话，自己把卧室门锁咔嗒拧开，闷声闷气道："进来吧。"

胡媚媚拍拍林竞的背："去吧。"

卧室窗帘拉了一半，窗户也半开着，昨夜的气息似乎还没有完全散干净。

季星凌穿着T恤和棉质长裤坐在床边，头发很乱，眼里带着血丝。

林竞本来想花式夸一下他果然超大、超猛的，但话到嘴边又觉得不是很有底气，于是强行咽了回去，整个人呈现出一种疯狂欲言又止的不稳定状态。

季星凌有气无力，自我放弃："问吧。"

小林老师虚伪地推托："不不不，我什么都不想问。"

"你确定要放弃这次机会？"

"我不想放弃！"

"问。"

"问什么都行吗？那你不许生气。"

"嗯。"

小林老师喉结滚动了一下，到底还是没忍住。

"季星凌你真的只有这么大吗？

"真的超可爱的！

"那你什么时候才算成年？

"成年后能长多大？

"你喜欢玩有铃铛的球吗？

"你无聊的时候，会不会像门卫室的李招财一样用后腿狂踢自己的头？"

冷酷你星哥："？"

这日子没法过了。

可能是看他的表情比较一言难尽，小林老师主动闭嘴，并且生硬地转移话题："下午还去学校吗？我看白小雨在群里说排练的事。"

季星凌仰面躺在床上，手臂无力地搭在眼前："我被我妈禁足在家，这个周末反省检讨。"

林竞反锁了门，坐在他身边伸手一推："要我帮你说说情吗？"

"别，你还是让我在家待着吧。"

林竞在他头上揉了揉："那你不要不高兴。"

季星凌还是很无精打采，因为"被小林老师用校服兜回来"这件事实在太不猛了，很丢人、很跌份，不符合大少爷的冷酷人设，就不是很能接受。他侧头看着林竞，虚张声势地搞威胁："把昨天的事全忘了！"

"为什么要忘？"小林老师一脸正直，"你明明那么猛。"

"……虚伪。"

"我是说真的。"林竞双手挤住他的脸，"季星凌，你超猛的！"

"闭嘴吧！"

"不闭！"

你星哥简直要当场自闭，他单手把人压在床上，又怕闹得动静太大被外面的父母听到，只能恶狠狠地舔了舔后槽牙："老实一点！"

"嗯嗯嗯。"林竞点头，超配合。

季星凌哭笑不得，在他额上敲了个栗暴。

林竞问："你下午真的不去学校了？"

"不去。"季星凌拉着人坐起来，"等会还要去趟医院，我妈老觉得饕餮的饮品里掺了东西，非让我体检。"

"妖怪的医院？"

"对。"

幸好，在小林老师发出"那去妖怪医院的时候你要挂哪个科"这种灵魂拷问之前，商薇及时打电话过来，把儿子叫回了家。

商场周末有活动，大清早就到处都是人。林竞无聊地刷着手机，陪亲妈从一个化妆品柜台试到另一个化妆品柜台，又去四楼成熟男装区买了几件衬衣和裤子，买了给刘栩的礼物，连江岸书苑八楼李婆婆家的孙子都获得了一双婴儿鞋，眼看手里的购物袋越来越多，林竞终于发出抗议的声音："之前不是说为了给我买东西吗？"

"不是一来就给你买了袋板栗吗？"

林竞双手拎了八个购物袋：我倒是想吃。

商薇良心发现："行吧，给你买。"

锦城的四季不分明，夏天和冬天的来临往往都在一夜之间。林竞本着"快点买完快点走"的心态，主动表示："妈，你给我买点便宜的短袖 T 恤就行，前面那家品牌折扣店好像全场五折。"

"行，等会儿去给你买全场五折。"商薇进了另一家店，"这件 T 恤怎么样？"

"还可以吧，但我不用这么贵的。"

"关你什么事？这是要买给小星的。"

"……不是，为什么只买给季星凌？那我也要一件。"

商薇："？"

林竞理直气壮："我才是你亲儿子，我就要！"

三分钟后，顺利 get（拿到）来自亲妈的官方认证服。

小林老师看着袋子里两件一模一样的奶白色 T 恤，心情非常好，在接下来的购物之旅里主动闭嘴，任劳任怨当苦力，不管商薇买什么，都能满脸真诚地贡献出花式吹捧，那叫一个现实虚伪。至于对"下次两家人要是再一起吃饭，就可以光明正大穿一样的衣服"这件事，你林哥也就稍微想一下，并没有迫不及待——优雅帅哥的淡定包袱不能丢。

下午的彩排一点开始，林竞没有回家，直接从商场去了学校。这次的演职人员就很少了，只有几个主演在，见到他来，大家异口同声，默契惊人："季星凌不来吗？"

林竞友好地询问："你们很希望他来？"

李陌远一脸"算了吧，谁会希望季星凌来？我巴不得他在校庆之后再出现"的超嫌弃表情。

林竞乐了："他在家——"本来想说学习的，话到嘴边及时转弯，"可能下午要去打球吧。"

白小雨带着一点盲目崇拜："季星凌真的好强，他好像稍微学一下，分数就能涨好多。"

小林老师心想，他没有稍微学一下，他点灯熬夜学得各种猛。

白小雨继续说："我早上帮王老师统计分数，他考了九十多呢。"

林竞心里一动，想起季星凌出考场时的沾沾自喜，难不成不是男高中生盲目自信，而是确实考得不错？

他又转头："李总，数学呢？"

李陌远没有及时领会组织精神："你满分。"

韦雪和白小雨同时纠正："他在问季星凌的分数。"

李总："……"

李总如实表示："我没看。"

小林老师无情一瞥："要你何用！"

李陌远："？"

林竞自己给李建生打了个电话，没错，好学生就是这么猛。

老李态度很好，呵呵笑着说："季星凌这次考了 83 吧，虽然分数不高，但是结合月考的试卷难度，也不算退步，当然了，你也不错，你和李陌远一直就是老师最放心的两个学生，要继续保持。"

语文九十多，数学八十多，加上综合，再加上大少爷自我感觉很好的英语，就算没有 500 分，至少 400 多是不会跑了。林竞把分数通过微信发给季星凌，差不多过了三个小时，对面才回复。

星哥：刚从医院回来，没什么事。

星哥：我怎么才考了这点分数？

可达：这次月考很有难度，你不要太贪心好不好？

季星凌吊儿郎当地躺在沙发上，继续回信息。其实这分数确实还可以，不算低，但怎么说呢，他之前在网上查了一下，距离北大最近的学校是清华，这就很糟糕了，因为你星哥也并不是很有希望考得上清华。

胡媚媚敲敲门。

季星凌坐起来："妈。"

胡媚媚手里拎着一个购物袋："给。"

季星凌接到手里看了一眼，不解："你这是因为早上批评了我，所以想采取物质补偿？心意领了，但下次能不能折现？我不是很喜欢这种黄不啦唧的奇葩颜色。"

"商阿姨送你的礼物。"

"不过仔细看看，这颜色好像又还可以。"

商阿姨送的就不奇葩了，商阿姨送的就非常低调优雅有文化。

胡媚媚笑着骂了一句，替他关好卧室门。季星凌套上 T 恤，立刻自拍一张发给小林老师，嘚瑟兮兮地问："你给我买的？"

可达：嗯，我也有一件一样的。

星哥：那我们周一上学要一起穿吗？

可达：你能不能不要莫名这么浪？

不能！

我！就！要！穿！

但应龙不作美，周日淋淋漓漓下了一天的雨，直到周一也没停，气温骤降好几度。小林老师一早就把自己捂得严严实实，像个缓慢移动的圆球，大少爷也只好暂时把衣服压在箱底。

这次月考，季星凌总分刚好卡在450，虽然跟上次的520比起来有差距，但年级总排名往前蹿了二十多位，单词3500也顺利背完第二遍，基本能应付小林老师的随机抽检。

校庆演出转眼就到。

高二（一）班以"全员参演"的庞大团队优势，差不多人手一张入场券。季星凌看着手里印刷精美的票面，实在想不通，问："你说这破玩意有什么必要这么大费周章，又是隐藏水印又是二维码验真？难不成还怕有人千方百计混进来看校庆？"

"你不要看不起校庆节目好不好？"林竞正在统计演出服，"而且我听韦雪说贴吧还有人炒票，外加校服租赁一条龙，外校不少人抢着要，现在已经上百一张了。"

季星凌再一次对当代青少年的无聊程度有了全新认识，纳闷道："图什么？"

林竞默默回答："可能是图你。"

贴吧里写得明明白白，今年山海的校庆演出"有季星凌"，也不知道是哪个班的学生，还煞有介事地编出了具体的节目单，给季星凌安排了一个唱跳节目，韦雪说的时候都快笑死了。

学校大概也是因为听说了有人炒票，才把入场券从粉红小纸片改成了高端防伪版本。

其实大多数山海学子，在往年对校庆都是没什么兴趣的，更愿意放假睡觉打游戏。但这次不一样，倒不全是因为季星凌，毕竟男生对看帅哥的兴趣也不大，主要是因为"有没有搞错，这票居然还要靠抢？既然很值钱，那我们就要去看一看了"这种土鳖心态。

唐耀勋欣慰："还是山海的孩子们更有活力。"

下属赶紧奉承："领导组织得好，领导组织得好。"

校庆表演下午一点开始。王宏余神通广大，给一班单独弄了个休息室，当中摆了把大红色的花瓣水钻靠背椅，跟迪士尼皇后坐的似的，大家一进去就被雷疯了，纷纷表示，来来来，星哥请上坐。

"滚吧。"季星凌靠在窗台上，从于一舟手里要过一个炸鸡翅，"我们班第几个？"

"第七。"身旁的树墩子葛浩说话，"快点吃，该换衣服了。"

季星凌扒拉了一下他的头套，好不容易才找到小弟的眼睛。

劣质道具服气味惊人，完全没有辜负28元包邮的朴实价格，虽然林竞收到后已经晾了一周，但并无任何用。于一舟又人高腿长的，拎起裤子一蹬，缝线就从中间裂开了。

季星凌扶着窗户，笑了差不多五分钟。

白小雨眼神哀怨。

于哥有冤没处诉："我真的只是轻轻一拉，这玩意儿是纸糊的吧？"

最后还是宁芳菲找来针线，紧急给诸位演员加固了一遍。

罗琳思完全靠脸 Hold（撑）住了公主服，竟然还有那么一点点美丽端庄。李陌远的道具服能遮住大半张脸，只露出眼睛也不丢人。韦雪负责拉小提琴，是自己准备的演出长裙。这三人算是现场为数不多能看的，剩下的都是什么啊……尤其是一批背景大树，各种奇形怪状，不像童话里的茂密大森林，倒像遭遇核辐射后的变异品种。

于一舟快被自己绿瞎了，这到底是什么忍者神龟的耻辱造型？于是他踹季星凌一脚，人模狗样地训斥："你为什么还不去换衣服，有没有一点集体荣誉感？"

"我不急。"季星凌掏出手机，对发小十八连拍，发到了微信家庭群。

妈：哈哈哈哈哈哈哈哈哈哈哈哈哈。

干妈：哈哈哈哈哈哈哈哈哈哈哈哈。

妈：舟舟今天真可爱，哈哈哈哈。

干妈：哎哟，我不行了，小星你多拍几张，我要做个电子相册发给他的爷爷奶奶、外公外婆。

于一舟："……"

算了，人间不值得。

林竞匆匆跑进来："还有三个就是我们的节目了，大家准备一下候场。"

"导演，我要投诉！"于一舟懒洋洋地举手，"有人还穿着校服！"

林竞看了眼季星凌，纳闷："你的造型师呢？"

现场的人立刻惊呆了，甚至觉得自己是不是聋了，这怎么还有造型师环节，你们有钱人都是这么搞差别待遇的吗？

季星凌的服装尺码不合适，全国又调不到别的货，专柜只好专门为他改小了一版，说好今天中午送到学校。季星凌扬扬下巴："应该到了，是那几个吧？"

因为胡媚媚女士有商场钻石卡，所以来的不仅有专柜 BA（美容顾问），还有专属客服经理，外带一个全能造型师。一大群人浩浩荡荡伺候大少爷换衣服，于一舟目瞪口呆看了半天，最后憋出言简意赅的两个字——

"我天。"

季星凌：我有点冤，我只想要件衣服的。

全能造型师不叫 Tony（托尼），叫 Héliodore（埃利多里），据说来源于希腊语，一听这名字就知道手艺必然很高端。高端的 Héliodore 老师在替季星凌整理好发型后，又附带给韦雪和罗琳思，以及其他几个女生编了一下头发，补了一下妆，才彬彬有礼地告辞。

"这个造型师好帅啊！"

"手法超温柔的！"

"那个……季星凌也好帅啊。"

"他一直就很帅吧。"

"演完我们能不能去合影？"

花痴兮兮的声音小了下去，都偷偷往这边瞄。

季星凌站在林竞面前："哎，是不是还可以？"

林竞抱着文件夹，强行云淡风轻："嗯。"

下一个就是高二（一）班的节目，观众席一阵骚动，有不少人掏出手机，准备全程录像，甚至还有人给外校人士搞在线直播。王宏余坐在第一排，很满意这全场瞩目的效果，对旁边的同事说："老马你看看，我们班的节目，多轰动，啧！"

马老师是高一（十三）班的班主任，也教语文，上一个节目就是他们班的诗歌朗诵，那叫一个长啊，又无聊，诵得连校领导都快睡着了。他正尴尬呢，偏偏王宏余还要炫，于是不满地一瞪眼："你就得意吧！"

灯光被调到了最暗，林竞在舞台左侧找了个位置。

道具和服装的粗糙属于客观原因，毕竟班费一共就只有那么点。但在不要钱的方面，比如说情节的编排、音乐的选择上，整个剧组还是很用心的。开场的音效是暴雨伴随疾风，灯光照出电闪雷鸣的效果，很快就驱散了上一场诗歌朗诵带给观众的阴影……以及困意。

因为场景设置的关系，整个舞台此时还是黑暗的，只有一束光打在季星凌身上——报幕板担负着解释全部剧情的重任，所以必须全场保持最醒目状态。

他坐在一个两米多高的台子上，整个人看起来干净挺拔，气质一如既往地冷而张扬，不像童话里的王子，反倒像夜晚山林中的一棵树，浸在寒凉的白色薄雾里，再被月光笼满淡淡银辉。

李陌远捏着嗓子说："啊！魔镜！谁才是这座王国里学习最好的人？"

全体观众异口同声："季星凌！"

可见大家全看脸办事，只有李陌远还在敬业地尖叫："我！是我！你们这些愚蠢的人！"

林竞掏出手机，给季星凌拍了张照，虽然学校会全程录像，但不一样，性质不一样。

罗琳思的出场也带来了一个小爆点，她身上的廉价公主服只要不细看，还是很能冒充一番华丽璀璨。二班的章露雯这次也参演节目，压轴出场的钢琴独奏，演出服和妆容都是专人定制的。因为时间还早，所以她一直坐在台下看节目，第一排靠右的位置——其实只要台上的那个人转一下头，或者仅仅偏移一下视线，就能看到自己。

但没有，一秒钟都没有。

喜欢了很久的男生，眼神根本不会落往台下，他一直看着舞台的左侧，偶尔笑一笑，就会引来周围女生一片轻喊。

章露雯不甘地捏住了手。

她甚至刻薄地想着，凭什么她们也能喜欢他。

罗琳思拎起裙摆，有些生气地拍了拍背景板："你说，谁才是这个世界上最美丽的人？"

星哥没有说话，只是默默更换了手里的台词板——身为高中生，我们应该好好学习。

台下哄堂大笑，对这明显为了附和校领导喜好的虚伪行为表示出适度嘲讽。

十六七岁的男生女生，明艳灵动，他们在舞台上互动时，整个礼堂都是挡不住的年少青春。小林老师在刚开始的时候，还打着手势帮季星凌调整背景板顺序，后来发现他记得很熟，完全不需要自己操心，于是开始专心致志搞摄影。而同为导演之一的白小雨按理来说也是要拍照留存的，但她往对面看了一眼，见林竞一直举着手机，就没再干重复工作，也放心大胆地拍起了季星凌。

台上诸位演员全然不察自己被两位导演无视，还在卖力搞演出。于一舟这人笑点比较低，虽然也参加过几次排练，但李陌远今天明显打鸡血过头，说台词的时候非常戏精，基本类同被命运攥紧咽喉的尖叫鸡，女主罗琳思和森林小提琴手韦雪还能稍微忍一忍，变异树木你于哥就没这么多顾虑了，站在角落里哈哈笑个不停，虽然没有摇曳，但抖出的效果胜似摇曳。

整场舞台剧在全场的口哨尖叫声中落下了帷幕。

王宏余带头起立鼓掌，因为他坐在醒目位置，这样一来，其余观众也就跟着站了起来——反正就凑热闹嘛，况且演出效果的确好。只有同事老马依旧心里不平衡：

"老王你一大把年纪了，没想到还挺虚荣。"

王宏余沾沾自喜，我虚荣，那是因为我的学生争气！

休息室里挤满了人，因为等会儿还有颁奖环节，所以大家都没换衣服，各自找了个角落休息。葛浩费力地摘下头套，气喘吁吁地问："万一我们没得奖呢？"

"我们必须得奖，"侯跃涛正色，"否则就是有黑幕！"

"没错，李总和罗琳思都那么卖力了，还有星哥压场，必须一等奖！"

"不给我们一等奖，就是不给星哥面子！"

总导演林哥采取雨露均沾鼓励法，主动表示不仅是季星凌，大家都挺帅的，我们这次一定是第一名。

"林哥，给我们看看照片呗。"

"就是就是，我也要看！"

"发到群里吧。"

眼看一大拨男女同学即将袭来，林竞果断按下关机键，面不改色："我手机没电了。"

"白小雨，小雨妹妹。"

"小雨姐姐。"

"来共享一下。"

白小雨："……"

白小雨神情紧张："那个，我、我、我的手机也没电了。"

全班同学："？"

林竞出来打圆场："没电才说明我们拍得多，这是敬业的表现好不好？晚上再发。"

他一点都不担心这张空头支票没法兑现，有老王那个中年摄影爱好者在，估计能把相机内存卡活活拍到爆满。

宁芳菲带着几个学生，给他们买回了汉堡和炸鸡，大家中午都忙得没怎么吃饭，现在正好垫一垫。季星凌单独拎了一个炸鸡桶："出去吃？"

"外面都是人，还是算了吧。"林竞收拾出一张桌子，"万一王老师过来……"

季星凌答应一声，想去拿可乐吸管，中途被小林老师一巴掌拍飞："先戴手套！"

"……哦。"

于一舟看得相当服气："林哥，到底怎么教育出来的，给我也传授一下先进经验？"

季星凌斜眼一瞥："教育啥，你这种吃饭不洗手的山顶洞人有什么资格叽叽歪歪？！"

大少爷这嗓子扯得懒洋洋的，大半个休息室瞬间就安静了，诸位没洗手的山顶洞人纷纷哭丧着脸去戴手套，宁芳菲乐得直笑："不然我去给王老师说一下，让星哥当生活委员吧。"

现任生活委员兼苦力劳动者惊喜交加："真的？"

"假的。"季星凌长腿往椅子上一搭，"去吃你的饭！"

原味鸡长得都差不多，林竞随手捏起一块，一咬才发现是鸡胸。

"来来，这个给你。"季星凌把自己的鸡翅递过去，"我吃你的。"

小林老师和他交换完食物，又把可乐推过去。

季星凌继续嘎吱嘎吱咬着鸡锁骨，显得牙齿异常锋利。林竞觉得自己没救了，连他啃骨头的样子也觉得超帅，滤镜之厚可环绕地球一整圈。季星凌在他面前晃晃手："你在发什么呆？"

林竞不假思索："在想你今天超帅的。"

"我哪天不帅了？"

"你哪天都很帅。"

季星凌很满意这个答案，主动帮他吃掉了剩下的半块鸡腿。

校庆最后一个节目是章露雯的钢琴独奏，高二（一）班的男生出于挺罗琳思的心态，没一个去看那所谓的校花，集体用手机对战益智小游戏，明目张胆地把校规当摆设，直到快颁奖了，才被宁芳菲轰出去。

今年校庆演出的评奖走分猪肉路线，只要参与就能"优秀"一把，剩下的，三等奖三个，二等奖两个，一等奖一个。

章露雯的钢琴独奏和高二（一）班的舞台剧，算是一等奖的热门节目。章露雯是想得第一的，主要是为了季星凌，而舞台剧各位业余演员也很想得第一，主要是因为第一有奖金！数额高达两千块，可供全班出去吃一顿烧烤！

那就必须争一争了！

大家纷纷摩拳擦掌，并且埋怨老王怎么不早说，要是知道有钱拿，保证还能曳得更风骚一点！

最后的结果，章露雯的钢琴独奏是二等奖。

高二（一）班按捺不住激动之情，还在后台就开始嗷嗷，恨不得敲锣打鼓绕场庆祝。给二等奖颁奖的是唐耀勋，所有人都觉得，一等奖怎么着也该由校长亲自公布，结果礼仪小姐却扶上来一个白发苍苍的老爷爷。

林竞和季星凌都很意外。

台下的观众大多不认识这位老先生，不过能出现在这种场合的，不是老校长就是老教师，所以都自发起立鼓掌。镇守神树接过奖杯，笑着递到林竞手里："加油。"

林竞有点不好意思，早知道大树爷爷在，他就不编这充满网络用语的轻浮喜剧

157

了，要改个庄重严肃一点的。

镇守神树慈祥地拍拍他的手："晚上来我家吃饭吧。"

季星凌不得不在旁边咳嗽了一声。

镇守神树："行行行，你也来。"

季星凌默默抗议：这是什么充满嫌弃的请客态度？

要不是因为小林老师，我也不是很想去植物家做客好不好！

山海高中·学生证

·第8章

你发芽了

季星凌和林竞没参加庆功烧烤，校庆颁奖典礼一结束，就找了个借口双双开溜。唐耀勋专门派了一辆车，载着镇守神树和两个小孩，在暮色中安静地驶向城外。

季星凌还记得之前舅舅说的，这棵神树已经很老很老了，老得记不清年岁，平时不怎么喜欢变成人形，就喜欢静静矗立在校园里，和孩子们在一起。妖管委虽然在山海附近专门为他安排了房子、保姆，但是老人家很少去住。

车子下了高架，最终停在郊区一座农家小院前。

上次的狸力事件，虽然季明朗和唐耀勋早有部署，但镇守神树也损耗了不少精力，连走路速度都慢了许多。林竞扶着他进了小院，四周静悄悄的，好像没有其他人或妖怪。

菜园里长满了各种蔬菜，季星凌比较警惕地想，千万别说晚饭还要自己 DIY。

林竞询问："只有我们三个吗？"

"有很多人。"镇守神树回答，"你就跟着我走。"

外观看起来不大的农家小院，却像藏了数不尽的房屋和回廊一样，越往深处走，脚下的草木野花就越繁盛，空气里散开一层一层的湿润白雾……《桃花源记》怎么背来着？

林竞惊讶而又惊喜地看了眼季星凌。

大少爷显得兴致缺缺，不是很有精神。因为他原本打算在高考完之后，带着小林老师一起回青丘玩的，现在反倒被镇守神树抢先打开了山海域，就不是很高兴。

一只赤身白首的大鸟拖着长长的尾巴，在空中盘旋了一圈，鸣声尖锐。

季星凌主动解释："是窃脂。"

另一只红目白羽的鹊鸟紧随其后。

"是婴勺。"

一群雪白的小鹿也奔了出来，嘴里衔着嫩草，亲昵地蹭着神树爷爷。

是刚刚学会走路、需要不间断补充营养的夫诸。

这是一处妖怪村庄。

碧绿或是浅银的草木覆满矮丘，各种毛茸茸的或者不毛茸茸的小妖怪拖着尾巴四处跑动，唯一凶悍的只有一只巨大的黑鸟，铁嘴如钩，双翼遮天蔽日，是生于昆仑的希有。不过看在季星凌和林竞是跟随老神树一起进来的分上，希有并没有表现出太多敌意，很快就振翅远去。

林竞小声问："大鸟会不小心飞到锦城吗？"

"山海域和人类的世界是不相连的。"季星凌从地上揪起一根红色的草，"这个送你。"

"是什么？"

"怀梦草，晚上放在怀里，你可以梦到我。"

小草委委屈屈地蜷缩着，林竞趁季星凌不注意，把它重新种了回去。

人类世界在发展，妖怪村庄也不例外，这里房屋建筑不再是古籍里的泥瓦加茅草，看起来甚至有点时髦。建筑工人里同样有狸力，但明显要比鑫力建筑那群不法之徒勤劳朴实得多，他们正推着运水泥的小车，一趟接一趟勤快地跑着，帮村民修葺新式别墅。

季星凌无视墙上藤蔓正在疯狂扭动，又随手扯下一串红色的果子——现在你们知道，为什么小妖怪们都要躲着这只横行霸道的麒麟崽了吧？他用舌尖抿出甜甜的汁液，表面礼貌地询问大树爷爷："我们等会儿去哪家吃？"

"去你祝余婶婶家里。"镇守神树用拐棍指指前方，"就是那栋三层小楼。"

祝余婶婶，听这名字，林竞脑补出了一位围着花头巾的朴实中年妇女。结果敲开门才发现，婶婶其实很年轻，还很洋派，穿着雪白的厨师服，据说她前年刚从法国蓝带厨艺学院妖怪分院毕业，头发梳得一丝不乱，做菜程序更一丝不苟，全然不顾两位未成年客人已经嗷嗷待喂，还在慢条斯理地研磨花椒。

满院子的祝余草疯长着，再加上屋檐下的燕子叽里呱啦吵得要命，季星凌在客厅坐了没几分钟就开始头晕，于是自己跑出去透气。神树爷爷递给林竞一块点心："尝尝这个，自己做的桂花糕。"

林竞有些好奇："这里的妖怪们也会出去吗？"

"会，他们都有人类身份证，只是偶尔回村度假。"镇守神树回答，"现在这个时候，村子里大多是刚出生的小妖怪，他们需要待在这里补充灵气，最近锦城在修绕城高架，环境污染实在太严重了。"

"这儿空气是很好。"林竞尝了一口桂花糕，"点心也好吃。"

"我早就想带你过来了。"镇守神树慈祥地问他，"有没有觉得，身体有一点不一样的感觉？"

"嗯？"林竞配合地"觉得"一分钟，肚子咕咕乱叫，"饿了算吗？"

镇守神树用拐棍敲了他一下："不要学那只麒麟崽子贫嘴！"

林竞笑着躲开："没，就是觉得这里的环境很舒服。"

镇守神树皱眉看了他一会儿，还是觉得这小孩干干净净的，明显就是一株植物。但不知道为什么，宁城和锦城的妖管委就是查不出来，档案也好，基因检测也好，最后的结果都指向普通人类。

老人家不死心，干脆把他领到树林深处，指着面前的大土坑问："你想进去站一会儿吗？"

洁癖当场就惊了，赶紧后退三米以示拒绝，不，我不想。

镇守神树没辙了。因为这个坑不是普通的坑，而是灌满了灵气的植物VIP头等坑，源于昆仑，非常珍贵，吸引力足以让所有灵植都恨不得跳进去埋个一年半载。但是看林竞的反应，貌似很想当场撒腿跑。

镇守神树："……"

算了，头晕。

林竞主动提出："我去找找季星凌。"

"去吧，别玩得太疯。"老人家挥挥手，自己拄着拐杖先回了祝余家。

夕阳已经落下了山，只留下一片金灿灿的晚霞，壮阔连绵。

空气里溢满青草和花的香气。林竞在周末的时候，偶尔会跟着姜芬芳去锦城外的青木山步行健身，那里长满了古树和碧草，原本以为已经足够纯天然无污染了，但和妖怪村庄相比，还是差了不少。

一根藤蔓拍了拍林竞的肩膀，友好地打招呼。

地上的草叶迎风摇曳着，人家就摇曳得非常婆娑优雅、赏心悦目，和摸了电门的变异大树于一舟完全不是一个类型。

每每踏过一步，脚印里都会开出花，嫩黄的，粉白的。

林竞不知道这是不是妖怪们欢迎自己的表现，但也已经足够开心了，他用指尖抚过每一片细嫩的芽叶，又回头看了眼那个土坑。

好像……还行，不算脏。

他鬼使神差地走回去，想用手触一下坑里白雾般的灵气，看是不是和想象中一样微凉丝滑，裤兜里的手机却开始响——这里也是有Wi-Fi信号的，是祝余婶婶家的小孩叫他回家吃饭。

"嗯，马上。"林竞给季星凌打了个电话，半天没人接，林地另一头突然传来乒乒乓乓的声音。

他匆匆跑了过去。

麒麟崽正和一只豹子一样的小妖怪扭打在一起，对方全身赤红，五条尾巴参毛竖着，吼声如击石铿锵。那是一只很暴躁的幼狰，天不怕地不怕，刚出生就开始打老虎那种，但麒麟比狰更暴躁，坚硬的前蹄带着雷电疾风，卷得漫天草叶呼呼乱飞。

林竞："喀！"

麒麟崽咬住狰的一只耳朵，恶狠狠地抬头。

"……"

"……"

空气就很安静。

很尴尬。

几秒钟后，麒麟崽潇洒地站起来，踢了踢那只狰："你快点走吧。"

狰不满地弓着背，再度做出攻击的姿态。

林竞上前，一把抱起麒麟："回家。"

狰："？"

沿途还有不少妖怪幼崽，季星凌身为一只威猛麒麟，被这么抱着走路，颜面何存，于是想扑腾着蹦到地上，小林老师却无论如何也不肯松手，甚至抱得更紧了些。

麒麟崽："……"

林竞目视前方，默不吭声，表情平静，看起来好像很淡定，阅历丰富，很能镇得住场面。

但他其实快激动疯了。

这次没有季叔叔，没有司机，没有不明真相的人类群众。

没有公园，没有街道，只有被夜色笼罩的妖怪村庄。

什么叫天时地利？

这就叫。

林竞深吸一口气："季星凌。"

麒麟崽警觉地抬起头："干吗？！收起你这种危险的表情，我跟你说我不是那只胖橘李招——"

"财"还没来得及说出来，就被小林老师捏得差点断气，从龙角到肚皮一路沦陷，连后蹄都被捏得发麻。麒麟震惊郁闷而又崩溃地想：你不是严重洁癖吗，能不能稍微嫌弃一下我刚在土里打过架？而且你知不知道那里是我的逆鳞！

季星凌骂了一句，变回人形把他压在草地上："够了！"

林竞及时装乖巧："你生气了？"

"我没生气。"季星凌咬了他一口，又警告，"但你快摸出问题了，知不知道？"

林竞止又欲言："真的吗，但你只有那么一小只。"

季星凌："？"

自取其辱你星哥+1。

等两人回到祝余婶婶家时，天已经完全黑了。厅里摆了一台电视机，正在播放山海台的卡通节目，吸引来不少叽叽喳喳的小妖怪。院墙上挂满各种植物藤蔓，开着花，沁着香。

邻居的夫诸姐姐也来了，她看起来是一头雪白的鹿，长长的角呈现出很淡的青绿色，额前贴一片金镶翡翠，是妖怪里出了名的大美人。攀在树上的红色藤蔓哥哥殷勤地伸过来，替美女抖落一片粉白花朵。

林竞也忍不住多看了两眼。

季星凌立刻用筷子敲敲他的饮料杯，适度彰显了一下存在感。

林竞："……"

祝余婶婶做了满满一大桌子菜，她自己是不吃的，要减肥。神树爷爷年纪大了，也不能多吃，听到林竞说菜太多，就从厨房拿出来几个空盘子，每样拨出来一点，说正好留给最近一直辛苦加班的小余。

妖怪村庄的蔬果都是用山泉浇灌的，真正的绿色有机健康，但就算这样，林竞还是把所有胡萝卜都夹给了季星凌，将挑食方针贯彻得十分坚决。夜露湿重，村子里的灵气也越发充沛，季星凌懒得再维持人形，就把尾巴和龙角都露了出来。

林竞抬头瞥了一眼。

未成年麒麟崽的角很短，还透出一点红色，按理来说应该当场派发"季星凌你超可爱"卡一千张，但大少爷头微微垂着，黑色的短发凌乱地穿过龙角，眉毛斜飞，鼻梁高挺，又酷得不行。

小林老师发自内心地认为，同桌太帅太可爱也不OK，于是低下头，生吞一大筷子凉拌薄荷人工冷静。对面的季星凌都看惊了，伸手过去擦掉他唇角的酱汁："苦不苦啊，你难道不觉得这玩意儿很难吃？"

"还行。"林竞腮帮子僵硬地咀嚼，如同一只西伯利亚老山羊。

季星凌伸出大拇指，你好猛！

神树爷爷年纪大了，跟不上这小年轻的新时代，很快就去院外纳凉，又顺便给小余打了个电话，问他什么时候回家吃饭。

"来了来了，刚从医院回来。"院门被吱呀一声推开，进来一个很瘦的年轻人，

"今天小孩子有点多，一直在加班。"

小佘就是鹊山医院那根蛇衔草，脾气暴躁、力大无穷的儿科男护士。之前林竞胳膊受伤时，他跟着药兽主任到江岸书苑帮忙换过药，大家算是老熟人。小佘没想到祝余婶婶在电话里说的"客人"，居然会是人类小孩和麒麟家讨人嫌的霸道崽，差点当场走人。

季星凌也觉得很不愉快，一看到这草就觉得胳膊酸疼，心理阴影非常浓重。小佘端着留好的饭菜在小桌上吃，旁边的小林吃饱了没事干，又没见过什么世面，并且极度渴望和妖怪亲切交谈，心想漂亮的大鹿姐姐不行，那我找这个很瘦的哥们儿聊两句，季星凌总不会有意见了吧，于是帮忙倒了杯饮料，没话找话："医院今天怎么那么多病人啊？"

小佘回答："疫苗接种期，我们儿科经常大排队。"

季星凌听到"儿科"两个字，就觉得局面不是很妙，刚准备出言打断这危险的话题，蛇衔草已经眼皮一抬，问："你的疫苗也该打了吧？"

麒麟崽："？"

麒麟崽：你不是一直很讨厌我吗？为什么突然又来搞关心？说不是故意的谁信啊！

麒麟崽：谁信？

季星凌冷静地回答："谢谢，我今年的已经打完了。"

蛇衔草表现出了之前从未有过的、十二万分的耐心和关怀："儿科疫苗一共分五针，你今年一共在儿科打了三针，还需要再来儿科打剩下的两针，如果你不来儿科打剩下的两针，儿科的工作人员就需要约谈你的父母，但儿科的人手已经很紧张了，所以还是希望民众能尽量配合我们儿科的工作。"

季星凌："……"

麻秆小佘喝完最后一口蔬菜汤，心情很好地随风摇走了。

饭厅里，林竞表情僵硬地看着季星凌。

我没笑，真的。

我很严肃。

季星凌伸手掐住他的脸："你在想什么？"

林竞回答："什么都没想，大脑一片空白。"

季星凌充分吸取了上次的教训，自己在自暴自弃说完"问吧"之后，小林老师发出了丧心病狂、毫无人性的十万个为什么，生怕这次又冒出来一句"那你会不会像李招财一样追着自己的尾巴跑"，这就十分惊悚，于是冷酷地"嗯"了一声："那你继续空白。"

其实林竟一点都不空白，他脑子里的斑斓想法都花哨得快爆了，并且自动脑补出了妖怪医院儿科，自己的同桌排在一群小妖怪后面，乖乖等着打针的动画片场景。

"季星凌你好猛。"

"你给我闭嘴。"

要不是因为文化水平比较有限，你星哥险些就要现编出一套妖怪社会体系准则，比如说"儿科只有猛男才能去"之类的胡扯，但后来还是没能实施，因为众所周知，小林老师毒舌尖酸不好骗，没事干也不要自找攻击。

晚上九点，镇守神树派司机把两个小朋友送回了家，他还送了林竟一份礼物，白色的薄雾用透明玻璃器皿装着，很像女生里流行过的迷你心愿瓶。

季星凌哼唧："为什么我没有？"送礼送双份知不知道？

神树爷爷用拐棍戳了一下他："这是谏珂从昆仑取来的灵气，你是植物吗？"

我不是，但小林老师他也不是啊！季星凌莫名其妙，刚准备据理力争一下，就被林竟扯上了车。

季星凌对谏珂没什么好印象，主要是因为谏珂这个族群狂热地喜欢狐狸，而自己的亲妈又是数一数二的绝世大美狐，谁也不想自己的亲爹没事就生活带点绿，于是他喋喋不休地抗议："这算什么礼物？你想要昆仑灵气，我明天就能给你装满一整个游泳池，这玩意扔了吧，你看玻璃瓶有毛边，还划手，受伤了怎么办？"

"'玻璃瓶有毛边'用英语怎么说？"

"……"行吧，你赢。

那一小瓶灵气，最终被林竟放进了书柜的最里层，用《英汉大词典》挡着。

也不知道是不是因为书柜距离床头太近，他连续做了好几晚的梦，梦里都是那个充满灵气的大坑。他本来想把这事告诉季星凌，结果刚说完"我昨晚做梦了"，大少爷就自恋兮兮地抬起头："又梦到我了？哎，你说你，天天看我，还要梦我。"

林竟无情地回答："没，我没梦你，我梦八块腹肌的绝世猛男，施瓦辛格那种。"

"你这什么糟糕审美？"

"反正不是儿科审美。"

"……"

气死了气死了气死了！

而在两人叽叽嘎嘎的打闹里，下学期的期中考试也顺利结束，季星凌不仅重回500分，还比520高了那么一点点。胡媚媚再度在光荣榜上看到了自己的儿子，高高兴兴挽着商薇的手，一起去高二（一）班开家长会。

五月的锦城已经很热了，蝉鸣得像疯了一般。

周五晚上，季星凌问林竞："明天带你去游泳？"

"不去，有人在游泳池里尿尿。"

季星凌差点把嘴里的可乐喷出来："不是，你这都什么猥琐思想？"

"新闻里写的，报复社会的低素质人士，你随便一搜就有。"林竞趴在沙发上，懒得动，"冰激凌给我。"

"那我带你去我家的游泳池。"

林竞扭头看了他一会儿："你这可恶的有钱人。"

季星凌乐了："去不去？"

"我不会游泳。"

"我教你。"

"嗯，你家的游泳池在哪儿？"

"老房子。"

浣溪的那套别墅，后院就是私人游泳池。林竞从出生就没下过水，因为他实在没法证明一池子的人都品行良好，没人乱尿，虽然肯定有消毒，但这和消毒没关系。这次难得有机会，他就没拒绝。

第二天一早，司机早早把两人送过去。阿姨已经准备好了水果和饮料，季星凌在厨房里搅和奶昔："你随便坐啊，别客气，楼上最左边就是我的卧室。"

林竞不是很习惯这豪华的大客厅，就先去了二楼。季星凌的卧室套着一个小客厅，装修要简单许多，就是简单的黑白灰，加了一点蓝色中和。沙发上丢了不少球星海报，柜子里整整齐齐地摆着奖杯——对，季星凌也是有奖杯的，不过大多只停留在幼儿园，都是一些跑步比赛啊游泳比赛之类，唯一的一张一年级的三好学生奖状，算是和学习有关。林竞抱着"季星凌居然还得过三好学生"这种见世面的心态，想亲手摸一摸这张珍贵的奖状，结果大少爷刚好端着奶昔进来，一看到就提醒："哎，你小心，那玩意很重，是纯金的。"

林竞手腕一软，好不容易才抱紧怀里的24K纯金小奖状。

季星凌又解释："我妈镶的。"

小林老师身为奖状大户，仔细琢磨了一下胡阿姨当时可能有的慈母心态，简直眼泪都要落下来，立刻表示："你今晚回去继续背单词，背不完不准睡。"

"我现在都考500多了，我妈已经很欣慰了好不好？"季星凌把奶昔递给他，"而且我们还达成了友好盟约，如果我高考能上重点线，就能兑换一辆车。"

"你平均每天重复一百次的布加迪威龙吗？"

"那倒也不至于这么浮夸。"季星凌拉过他，"你喜欢什么车？"

"我喜欢什么你就买什么吗？那我喜欢擎天柱。"

"……算了，你还是坐回去继续喝奶昔吧。"

小林老师自带的泳裤比较朴实，沙滩大花裤衩加一个背心，季星凌看得一愣："你这是要游泳还是要去公园遛鸟？"

"什么公园遛鸟？这是我暑假在泰国买的。"林竞回答，"讲道理，你昨天才说要游泳，我想买装备也没时间。"

"给，穿我的。"季星凌从柜子里拎出来一套，"还没拆包装。"

林竞看了眼包装上的肌肉猛男三角裤，冷静地拒绝："我觉得我目前的游泳水平配不上这么专业的服装。"

季星凌仔细观察了他一下，突然说："哎，你不会是不好意思吧？没看出来啊，真没看出来，某些人嘴皮子厉害，内心居然这么保守，连一条泳裤都不敢穿，啧啧。"

"某些人"眼皮一掀："没错，我就是不敢穿，你有意见？"

不是，小林老师怎么可以不按照激将法的固有流程走？难道不该怒而穿一个吗！大少爷依然不放弃，语调欠欠地道："对，我就是有意见。"

"你有意见也没用，我不穿泳裤又不违法。"林竞把空奶昔杯塞给他，"快点！"

"你这是什么恶劣的学习态度！"

"不教我就自己去扑腾了！"

"……"

季星凌匆匆换好衣服，也跟了下去。

游泳池里的水很深，身为一个极度爱面子的优雅帅哥，林竞其实在昨晚就上网仔细查了游泳教程，脑内刻苦学习半小时，以免今天在季星凌面前丢人，甚至幻想现场演绎无师自通。但真下水后才发现，理论和实践果然存在差距，他只好单手握住泳池杆不耻下问："我接下来要干吗？"

"我刚不是教过你踢腿吗？"季星凌把他的两只手都攥过来，"你试着往前游，我拉着你。"

"那你不要看。"

"我不看，你溺水了怎么办？"

季星凌拒绝了这个不合理要求，拉着他慢慢往深水区走。林竞双脚都离开池底，起先慌了一瞬，不自觉就握紧了对方的手。

"别怕。"季星凌及时安慰，"有我呢。"

"我申请一个游泳圈。"

"我家只有我五岁时用过的黄鸭子——"

"好了，你闭嘴吧，我不要了。"

季星凌笑得有点可爱，又教了一会儿，试探："我松开一只手？"

"你真的觉得我这水平已经可以了吗？我不想喝游泳池的水。"

"你喝了也不亏，这是青丘雷泽的水，专门空运过来的，有灵气。"

"……"

可恶的有钱妖怪。

不过小林老师毕竟是小林老师，两个小时后，已经差不多能自己游个来回。季星凌坐在游泳池边叫他："上来喝点果汁。"

"不喝。"刚游上瘾。

"妖怪的果汁。"

"……"

林竞穿着湿漉漉的背心大裤衩爬上岸，季星凌忍了忍，没笑："中午想吃什么？"

"我们去府西街吧，好像离这儿挺近的，我请你吃龙虾汉堡。"林竞擦了擦头发，在暖融融的阳光下晒了一会儿，"你刚刚说游泳池的水，是青丘什么的来着？"

"雷泽，一片很大的水域。"

"雷泽有污染吗？"

"山海域怎么可能有污染？"

"嗯，我就随便问问。"

林竞抓了抓自己的脑袋，默默挪到遮阳伞下。

他觉得头有点痒，几天几夜没洗头的那种痒，心想，难道是人类已经被污染习惯了，反倒适应不了青丘太纯净的水源？于是他去浴室用市政自来水冲了个澡，症状果然缓解许多，就没跟季星凌说。

府西街是这一片的商业区，虽然不比市中心热闹，但周末人也不少。

两人在汉堡店靠窗找了个位置，季星凌突然说："那是不是商阿姨？"

"我妈？"林竞纳闷，站起来往窗外一看，还真是，商薇正和刘叔叔一家三口从咖啡馆里出来，说说笑笑向另一边走去。

季星凌酸溜溜的："为什么那个红毛也在，他最近有没有再找过你？"

"刘栩哥还有不到三十天高考，他哪有时间找我？"林竞把菜单推给他，"点菜。"

季星凌要了两个招牌汉堡，还有一些可乐、薯条之类，结果端上来才发现，这里的汉堡走分量惊人路线，体积倍杀汉堡王，现烤面包夹着生菜、甘蓝、番茄、蛋黄酱，还有巨大一只拆分龙虾，贵得十分有理由。

大少爷刚啃半个就饱了，把刀叉一扔，摊在椅子上用可乐消食，朋克养生。

林竞吃完自己面前的，看了眼对面："你不吃了？"

季星凌顿了顿："……你要？"

"嗯。"

这个谜一般的"嗯"。季星凌一时之间，居然不知道是该受宠若惊于"小林老师身为超级洁癖居然主动要求吃我剩下的汉堡"，还是该惊悚于"为什么小林老师的食量突然变得这么大，他难道不撑吗"，半天没组织好语言，而林竞已经端走盘子，干脆利落地把所有食物解决掉了。

季星凌试探："再给你来点？"

林竞稍微犹豫了一下："算了，这家店人太多，等会去隔壁买个蛋糕吃。"

季星凌彻底惊了，你这是准备进军吃播事业还是怎么着？眼看小林老师买完蛋糕买咖啡，还给他自己弄了个巨大的棉花糖冰激凌，大少爷不得不委婉地劝阻："你这样会消化不良的。"

林竞吃着蛋糕，自己也纳闷："难不成游泳真的这么消耗热量？"

"游泳运动员都像你这么吃，早胖得沉底了。"季星凌抢走剩下的半块蛋糕，"一般食欲暴涨只有一种可能。"

"什么？"

"怀孕了，我小姨当年就这样。"

林竞深刻反思，自己究竟是哪根筋搭错了，居然会奢望从这人嘴里听到科学论证。季星凌原本还想带着他逛一阵子，但没走两步就感觉自己仿佛领了个小孩儿，路过什么面包店、小吃店都要驻足观望一番，有点哭笑不得："你是真没吃饱还是故意逗我？"

"谁逗你了？我是真的没饱。"小林老师觉得自己还能再来一顿海底捞。

季星凌觉得这样不行，不 OK，于是强行把他拎上车。

"回家，做作业！"

江岸书苑 1302，商薇正坐在沙发上给老公打电话："对，小竞和小星去游泳了……小星当然会教他……怎么可能溺水？林守墨你不要乌鸦嘴！"

屋门"嘀——"一声，商薇扭头看了一眼，继续说："小竞已经回来了，嗯，我一直在家，准备五点多和姜姨一起出门买菜。"

正在换鞋的林竞稍微愣了愣，等她打完电话后，特意问："妈你今天哪儿都没去？"

"没，外面太晒了。"商薇站起来，"去洗手换衣服，我给你盛绿豆汤。"

林竞有些不解，回到卧室后想了想，又试着给刘栩发了条消息。

可达：哥你今天忙吗？我有个理科班的同学，想问问你竞赛的事。

栩：不忙，在家闷得发慌，让他加我吧。

可达：没出门吗？

栩：没。

林竞稀里糊涂握着手机，没想明白这是怎么回事，自己早上肯定是没有看花眼的，可刘叔叔一家又不是外人，为什么见面喝个咖啡，还要搞得这么偷偷摸摸？

商薇敲门："又在发什么呆？"

"嗯。"林竞回神，"在想学校的事。"

商薇把绿豆汤端给他："刚刚爸爸说手续已经办好了，他最快下个月就能过来。"

林竞惊喜："你们两个人？一起？"

"对，我们一起。"商薇笑着摸摸他的头，"游泳的时候撞脑袋了，怎么红这么大一片？"

"没有啊。"林竞抓了把头皮，找借口，"不过我今天一直头痒，可能是游泳池的水消毒剂太多，过敏……哎，妈你别碰了，越碰越难受，算了，我还是再去洗个澡吧。"

季星凌猛不猛不好说，但季星凌家的游泳池是真的猛。林竞站在浴室狂搓脑袋十分钟，觉得自己快秃了，还是没能把来自青丘的纯净灵气搓干净，反倒全身皮肤都开始刺刺麻麻，让人抓心挠肝。

一连打了三四遍浴液，不舒服的感觉才减弱了些，他摸索着关掉花洒，闭眼抓起浴巾。

商薇担忧地在门外问："儿子你没事吧？"

"没，我已经不痒了，可能就是过敏。"林竞把头发擦干，"马上出来！"

他懒得用电吹风，胡乱刨了两把就想往外走，余光却瞥见花洒下方掉了一片叶子。

漂亮的绿色，边缘坚硬锋利，像宝石雕刻成的装饰物。

姜阿姨经常会把客厅阳台的盆栽端进来浇水，不稀奇。稀奇的是叶子本身，林竞捡起来看了看，觉得还挺好看，就没扔，用纸巾擦干后夹在了《英汉大词典》里。

晚上八点，季星凌照旧过来补课。他嘴里叼着棒棒糖，吊儿郎当的，没看两道地理题就开始骚扰好学生："你这道题得用余弦定理。"

林竞："……"

"真的，你看啊，由余弦定理，你才能得出 b+c-2b——不是，你笑什么？"

"季星凌，这是竞赛题。"

"好的，明白，我闭嘴。"

"但你解对了。"

"……真的假的？"

"真的。"

星哥当场膨胀，那我觉得我还是可以考一考清华的！

他兴致勃勃地抓过小林老师的练习册，又装模作样地算了五分钟。

清华 bye（再见）！

整整一个晚上，林竞都显得心神不宁，季星凌在他面前挥挥手："你是游泳太累了还是吃撑不消化，怎么一脸郁郁寡欢？"

"我没有郁郁寡欢，我是在想我妈，她说她今天没出门。"林竞侧过头，"还有刘栩哥，也说他没出门，但我们明明就看到了。"

季星凌一愣："真的假的，你们两家不是关系很好吗，这点事有什么必要撒谎？"

"所以我才想不通。"林竞趴回桌上，继续闷闷地说，"而且好像连我爸也被瞒着。"

事情听起来有些复杂，季星凌想了一会儿，伸手把人揽进怀里："哎，也有可能是他们在偷偷准备惊喜，为了欢迎林叔叔正式搬过来，你先别乱想好不好？"

"准备惊喜为什么不告诉我？"

"这不是为了不打扰你学习吗！"

"可刘栩哥都高三了。"

"他拿了那么多奖，十拿九稳进清华，当然不愁。"为了能有效安慰小林老师，季星凌不得不适当赞美了一下红毛，同时也很为自己心酸，因为众所周知，离北大最近的是清华。

林竞"嗯"了一声，又纳闷："你在闻什么？"

"我发现你每次刚洗完澡，都超香的。"而今天尤其香，简直像除草机轰轰推过的雨后草坪。

当然了，这个比喻毫无美感，还显得非常没文化，所以季星凌只在心里想了一下。

洗浴套装是宁城一个医疗机构自己研发的，目前还没正式上市，商薇拿回家的全是装在大白瓶里的朴素试用装，所以林竞也不知道这是个什么香型，就问他："你要是喜欢，我让我爸再寄过来一点？"

"我不要，我闻你就够了。"

大少爷说得振振有词，于是林竞也笑着摸摸他。

这学期课业繁重，林竞没多少时间去想咖啡馆的事，只能自我安慰，每个人都需要一点隐秘的自我空间，没必要全部摊开。

山海教学楼前矗立的倒计时牌，从3开头的两位数，变成2开头，再到1，再到0。

连季星凌这种什么都不放在心上的大少爷，每天上学看着那明晃晃的血红数字，也跟着提前感受了一把高三的紧张氛围。高考放假的几天里，他难得没有闹着要出去散心吃饭看电影，老老实实跟着林竞在家搞学习。

六月中旬，全国高考成绩陆续放出。刘栩意料之中被清华录取，这时候季星凌的心态就变了，不希望清华离北大最近了，甚至想把清华搬到西伯利亚去。

林竞揉揉他的脑袋："你真可爱。"

季星凌"哼"了一声："你们两家是不是又要吃庆功宴了？"

"好像要等过两天我爸过来，他那边约的手术一直没做完。"林竞丢下手里的笔，使劲伸了个懒腰，"明天我能去你家游泳吗？"

"能啊，七乘二十四小时的能。"季星凌说，"刚好换了新的雷泽水。"

"那我们早点过去。"

林竞有几分迫不及待。其实按理来说，他上次的游泳体验并不美好，生生把青丘雷泽的灵气水源游出了重度污染化工水的效果，全身发痒好几个小时。但最近可能是天气越来越热的缘故，他反倒开始疯狂思念那一池子微凉清澈的水，连梦里都是。

周六清晨刚七点，大少爷就接到隔壁小林的亲切来电，询问几点可以出发。

季星凌坐在床上，睡眼蒙眬困倦未消："这才几点，你难道不嫌冷吗？"

"不嫌，我热。"

季星凌只好认命地爬起来，带着大清早就很热很躁动的青春期小林，一起去老屋游泳。

林竞是真的不嫌冷，换好衣服就钻进了游泳池，舒舒服服地长出一口气。

季星凌仔细观察了他一会儿："我觉得你不像在游泳，像北方退休老大爷泡澡堂子。"

"好好写你的作业！"林竞一头扎进水里，游向了另一边。

两人在老屋里待了整整一天，林竞也差不多在水里泡了整整一天，深夜才回家。

"阿嚏！"

"你看，我就说晚上太冷让你别下水！"

"嗯嗯嗯，季星凌你说得对。"

"……"你这是什么态度！

这次泡完澡，不是，游完泳之后，林竞没有再像上次那样全身发痒，就是有些运动过度的疲惫和肌肉酸痛。晚上的游泳池的确有些冷，他主动冲了一大杯热乎乎的感冒冲剂喝，洗完澡后就爬上床，懒洋洋地扯起嗓子："妈，帮我关下灯！"

"苹果不吃了？"商薇站在门口，"再喝杯牛奶。"

"不要，我都困死了。"林竞扯高被子捂住头，"晚安。"

商薇把空调温度调高了一些，轻轻帮他关好卧室门。

林竞这一觉睡得很沉，梦境绵延。

野火被大风席卷，将数万林木焚为荒原，四野都是漆黑的焦木，毫无生机可言，直到迎来一场初雪。

白色的，纷扬的，鹅毛一般轻轻落下，把天和地染成同一个颜色。

又美又冷。

刺骨的冷。

林竞裹紧身上单薄的空调被，喉咙干渴，脸颊也被烧得通红，整个人旋即陷入更深的黑暗中。

而好学生的劣势就在这里显现出来了。要是换成隔壁季星凌，估计睡过早上九点，就会被胡媚媚女士强行提供粗暴唤醒服务，但小林老师不一样，小林老师八百年才睡一次懒觉，商薇和姜芬芳连说话声音都压低了几分，一早上都静悄悄的，直到中午十二点才敲门："小竞，起来吃午饭了。"

卧室里没动静。

"妈妈进来了？"商薇又敲了两下门，才自己拧开门锁。

卧室窗帘的遮光度很好，只透进来薄薄一层暖阳，空调被掉在地上，林竞侧身蜷成虾米状，浑身滚烫。

"小竞！"商薇被吓了一跳，赶紧帮儿子盖好被子，"姜姨，姜姨！"

林竞烧得迷迷糊糊，只掀了掀眼皮，就重新睡了过去。姜芬芳手脚利落，从柜子里取出厚棉被替林竞裹好："要送医院吗？"

"大刘已经开车过来了。"商薇去楼下诊所配好药，自己给儿子打了退烧针。

门铃叮咚响，姜芬芳以为是刘大奇，开门后却是拎着书包的季星凌，过来找林竞做作业。

"小竞他发烧了。"姜阿姨轻声说，"刚刚吃完药。"

季星凌一愣："……昨天游泳着凉了？"

"可能吧。"姜芬芳说，"等小竞睡醒之后，我再告诉他。"

季星凌很后悔，果然小林老师也不是百分之百值得信赖，至少像昨天那些理直气壮的"你知不知道水里比岸上要更暖和，要不然大家为什么要冬泳"就很不值得相信。他原本想去卧室看看，但姜芬芳因为没有照顾好小孩，目前正处于极度敏感自责的状态，俗称一鸟当关，万麒麟莫开，季星凌只好懂事有礼貌地说："嗯，那我先回去了。"

1302 的门被无情地关闭，季星凌转身往家走，电梯里却出来另外四个人。

不是，凭什么我不能获得探视权，红毛却可以？！

这是什么不平等差别待遇！

那个穿绿衣服的秃头大叔又是谁？！

季星凌眼睁睁地看着刘大奇一家人进了 1302，心很塞。

打完退烧针半个小时，林竞的体温并没有降下去。

刘大奇管秃头大叔叫老王，老王仔细替林竞检查了一遍，摇头："不像是要妖化，他身上没有一点恶兽的气息，干干净净的，就是个人类的孩子，你们还是把他送到市医院吧。"

"你确定吗？"

"我确定，我还能看不出恶兽？！"

卢雨小声对商薇说："妖管委也查过小竞的基因，他确实不是妖怪。"

"但我总觉得……"商薇担忧地看了眼床上，有些没底。

刘大奇和老王帮忙，把林竞送到了市二院，也是商薇和林守墨将来要工作的单位，勉强算是自己的地方。连副院长听说之后，也来探望了一下高烧不退的小林："商医生，小孩没事吧？"

"检查结果还没出来，可能就是感冒着凉了。"商薇一颗心依旧悬在嗓子眼，一刻也不敢离开儿子，生怕他这场高烧是妖怪血脉觉醒的表现。刘大奇和卢雨知道她的顾虑，干脆让刘栩搬了把椅子守在病房门口，阻隔一切外来访客。

商薇坐在病床边，不断用酒精棉帮林竞擦拭着掌心，眉头紧紧皱着。

卢雨倒了杯温水："小竞刚一出生就做过检查，他并没有继承你的妖怪血脉，和林医生一样只是最普通的人类，不要太担心。"

"但他还没满十八岁，而且最近我的预感越来越强烈了，"商薇叹气，看着昏睡中的儿子，"总觉得有事要发生。"

"那退一步说，就算小竞真的是妖怪，不也很好吗？"卢雨握住她的手，继续温言软语地宽慰，"要是你担心他的身份问题，妖管委那边让大奇去说一声，总会有办法的。"

"我真不想在他马上升高三的时候出事。"商薇抚掉儿子的薄汗，"哪怕多等一年呢。"

额上的手凉凉的，有点舒服，林竞咳嗽两声，无力地睁开了眼睛。

"怎么样？"商薇赶忙问。

林竞看了她一会儿，突然没头没尾来了一句："我想去季星凌家游泳。"

商薇心里一慌，这是烧傻了还是怎么着？于是她伸出一只手："这是几？"

"五，妈你想什么呢？我没喝醉。"

林竞扯了一下领口："我就是热得有点难受，想游泳。"

"你都发烧了，还惦记什么游泳？"商薇帮他盖好被子，"睡吧。"

"游十分钟！"

"行，你睡一个小时，妈妈就允许你去游十分钟。"

儿科主任商医生经验丰富，林小朋友果然被哄好了，他在睡之前，还特意撑起来看了眼墙上的挂钟："七点，那我八点要去游泳啊。"

商薇："……"

直到等林竞重新睡着，卢雨才小声问："这么心心念念，会不会是游泳游出来的？"

"我晚上去季家老宅看看。"商薇说，"上次过年的时候，季太太送过一次东西，我们为了寄回礼，刚好要过地址。"

锦城的天黑得晚，夜生活又丰富，直到接近凌晨，一只拖着长尾的鸟雀才扑棱着翅膀，哗啦一声落在了低矮灌木丛中。

粗看像是一只很小的孔雀，眼神却比孔雀要狠厉许多，有些表情甚至称得上狰狞，双爪尖锐，头上有冠，毛色是青绿配着赤红。

这鸟刚一落地，周围的小虫妖们就已经魂飞魄散，四散奔逃了。

是数一数二的凶禽。

夜晚的游泳池当然不会有人，鸟雀警惕地观察了一下周围，轻盈地落在游泳池畔，拿出翅下藏着的瓶子，想装一些回去化验。这里似乎是没有摄像头的，所以商薇也就变回人形，结果手刚一触到冰凉的池水，身后就传来一声清亮短促的鸣叫。

人类听不到，却足以让所有妖怪心惊胆战。

负责这一带巡逻守卫的是金乌队，数百只金色鸟雀从天而降，围住了游泳池边胆大包天的伤魂鸟。

商薇脸色发白，手里的瓶子啪的一声落在游泳池里。

胡烈今天正好在姐姐家蹭床，听到动静，也踩着拖鞋跑出来了："老金啊，怎么回……我天，怎么是你？！"

商薇和他在江岸书苑 1301 打过照面，算是熟人，此时也愣了。

而市二医院的刘大奇一家人同样很蒙。

因为林竞在睡梦中翻了几个身，突然就落了满满一枕头的树叶，十七八片的样子，生机勃勃，嫩绿坚韧。

怪不得老王看不出妖兽的气息，因为这根本就不是妖兽。

但和人类也没什么关系就是了。

鉴于这画面实在有点震撼，过了好一会儿，刘栩才迟疑地问："商阿姨不是伤魂鸟吗，为什么小竞会落叶子？"

刘大奇试图进行科学分析："当年在医院里抱错了？"

卢雨一票否决："怎么可能？当天妇幼院就商姐一个产妇，早上生，下午就出院了。"因为不确定孩子到底是随妈还是随爸，早回家早安心。

那这事就比较尴尬了。大家是多年的好朋友，人品应该都靠得住，刘大奇实在不愿意往另一方面想。

刘栩压低声音："难道商阿姨——"

"你给我闭嘴！"卢雨拍了一把儿子，脑袋疼。

刘栩自觉拉链封嘴，但就算不问，也不能解释为什么伤魂鸟会和人类生出一棵树，这实在太突变了吧！

偏偏这阵手机还响了。

林守墨拎着两个行李箱，气喘吁吁地站在锦城机场："大刘啊，我下飞机了！"

刘大奇一惊，半天才挤出来一句："你不是下周才回来吗？"

"说来话长，本来是准备给你们一个惊喜的。"林守墨着急地问，"但我刚刚给姜姨打了个电话，她说小竞下午发烧被你送到医院了，薇薇的手机也没人接，这到底是怎么回事？"

刘大奇："……"

不如你还是先回宁城吧！

趁着刘大奇还在和林守墨通电话，卢雨迅速拨了商薇的手机，却一直是嘟嘟的忙音。所有事情都发生得没有一点点预兆，而床上的林竞在这段时间里，又多掉了两三片叶子，刘大奇完全没搞懂目前究竟是什么神奇状况，很慌，对面的林守墨比他更慌："刘大奇你为什么不说话，我老婆儿子到底怎么了？！"

"你儿子他……"刘大奇急中生智，"他已经没事了，但是晚上和商姐吵了两句嘴，所以离家出走了！"

林守墨震惊地说："啊？"

"我们都在找，商姐可能没看手机，你先别慌。"

林守墨紧张地干咽唾沫："报警了吗？"

"报了报了，警方也在找。"刘大奇硬着头皮，"你先在机场等会儿，我马上让小栖来接你。"

刘栖瞪大眼睛："我去接？我前几天刚拿到驾照，能上机场高速吗？"

刘大奇拍了把儿子的脑袋："打车过去！缓兵之计懂不懂？"

林守墨狠狠一跺脚："还等什么等，让小栖别来了！"机场出租车排队的人很多，他拖着两个大箱子一路往前飞奔插队，不停地鞠躬道歉："对不起啊诸位，让我先，我儿子离家出走了，我得赶紧回去找！"

诸位旅客纷纷表示理解，主动为他让出绿色通道，充满同情地目送这位不幸摊上熊孩子的可怜老父亲率先上车。

刘大奇挂了电话。

病房里一片死寂。

刘栖不得不提醒他："你这种借口，要是小竞一直不醒来，林叔叔肯定会去派出所查证，很容易就会被戳穿的。"

"我当然知道，这不是没有办法吗！"刘大奇看了眼太太，"电话还没打通？"

卢雨摇摇头，担心道："不会是出事了吧？"

刘大奇短暂思考一分钟："这样，你和小栖先带着小竞回家，让老王也过来帮忙看着点，我去妖管委那头看看有没有动静。"

被大少爷 Diss 的秃头绿衣老王是一只狷狷，退休前担任妖怪研究所的高级科长，和刘家关系不错。卢雨开车把一直昏睡的林竞带回自家，刘栖捡起车椅上新落的叶子，用手机查了一圈，也没能找到相关的线索。

妖管委里灯火通明。

刘大奇是一只红色的天鹿，平时负责妖怪精神文明建设方面的工作。他在等电梯的时候，看见麒麟和狴犴也匆匆赶了过来，心里难免一惊——毕竟对方一个是妖管委负责人，一个是司法部副部长，同时三更半夜出现在昆仑大厦，实在有些过分隆重，于是天鹿试探着问："出什么事了吗？"

麒麟简短敷衍："没事。"

狴犴倒是解释一句："哦，抓了一只鸟。"

天鹿继续问："什么鸟，这么兴师动众？"

狴犴答，伤魂鸟。

天鹿："……"

他只好厚着脸皮，强行跟两人去了司法部，打算先看看情况再说。

江岸书苑 1301，胡媚媚坐在卧室床上，正在给弟弟轻声打电话："怎么样了？"

"还没问完话。"胡烈说，"我刚看了一阵同步监控，你那邻居确实是一只伤魂鸟，不过十几年前，在确定她的孩子不是妖怪而是人类之后，就托人找关系，从妖管委的档案里抹掉了自己的户籍，难怪我们一直查不到。"

"那这次是怎么回事？"

"好像林竞在跟着小星游完泳后，就一直发烧昏迷不醒，商薇找不出理由，所以想趁着三更半夜，取一些游泳池的水回去化验，谁知运气不好，被金乌逮了个正着。"

这都叫什么事？胡媚媚头疼："小竞没事吧？你也别在那儿看热闹了，先想个办法把人捞出来，鹊山医院那边也抓紧联系一下。"

"你老公都亲自来了，你还担心什么？"胡烈不以为意。

"什么叫我老公，喊一声姐夫你会死吗？"

"会。"

"……"

为了防止下次见面时被姐姐挠秃，胡烈及时转移话题："不过我看除了姐夫，精神文明办的那只红毛好像也挺关心你邻居的，一直在和狴犴嘀嘀咕咕，估计不出半个小时就能解决。"

俗语说，外甥像舅，还是有点道理的，比如不管大天鹿还是小天鹿，在这两个人眼里，都能统称红毛。

一听到"红毛"两个字，胡媚媚已经大致能猜出对方的身份。果不其然，过了十几分钟，季明朗也打电话过来，说事情搞定了，天鹿已经带着伤魂鸟离开了昆仑大厦。

胡媚媚追问："那小竞呢？"

"鹊山医院的专家已经联系好了。"季明朗说，"我现在回家。"

隔壁卧室，季星凌还大刺刺地摊开四肢睡着，并不知道他的小林老师已经被青丘雷泽的水泡得发了芽。

所以目前唯一崩溃的，就只剩下深夜驱车狂奔在空旷街道上的悲情硬汉老林。

老婆变成了鸟。

儿子变成了树。

自己变成了多年好友眼里薛定谔的绿。

这故事，不忍卒读，不忍卒读。

刘大奇把商薇接回江南岸，并且比较委婉含蓄地提起了林竞好像并不是伤魂鸟，而是一株植物："你知道这是怎么回事吗？会不会是孩子抱错了？"

商薇怀疑自己听力出了问题："植物？"

"嗯。"刘大奇目不斜视地开着车，尽量让语调听起来云淡风轻，"小竞头上突然落了一把叶子，看着非常陌生，不知道是什么。"

"这怎么可能？！"

"抱错了嘛，抱错了就很有可能！"刘大奇斩钉截铁。

"孩子生下来之后，一分钟都没离开过我的视线。"

"……"那我就确实不知道了，本来是想替你找个借口的。

商薇错愕地靠回椅背，脸都白了，自己的儿子怎么可能是植物？

然而事实就摆在眼前，等她回到刘大奇家时，昏睡的林竞刚好又抖落两片嫩叶，明显正在疯狂发芽。

刘家三口人很有默契地保持了绝对安静。

这种场面，确实尴尬。

商薇难以置信地捡起那片叶子，用手一捻——不是羽毛，真的是新鲜树叶。

"这……"

刺耳的电话铃声再度响起。

"大刘啊！"林守墨声音焦急，"这街上一个鬼影子都没有，你有没有公安系统的熟人，能帮着查一查身份证，看小竞有没有住酒店？还有啊，他除了小星，还有没有什么亲密的同学？或者他会不会干脆已经回宁城找我了？"

刘大奇敷衍地安慰："也有可能，这个年龄段的男生，就是处于青春期，叛逆、不听话，离家出走是常事，小栩一样出走过，第二天还不是乖乖回来了？正常正常。"

刘栩："？"

我没有。

商薇从刘大奇手里接过电话，也劝他："老公，不如你先回家休息吧，我等会儿就回来，儿子不会有事的。"

听见太太的声音，林守墨稍微放心了一点："刚刚怎么不接我电话？差点以为你也跟着儿子出走了，现在在哪儿？"

"大刘他们家。"

"行，我来接你，再一起商量找儿子的事。"

"不用——"话还没说完，电话已经被挂断了。

刘栩当机立断："我去关卧室门！"

卢雨忧心忡忡："按照大林的脾气，我怎么觉得他会立刻去派出所再盘问一遍呢？"

"也就是在锦城不认识几个人，要是在宁城，朋友亲戚早就被他薅起来找儿子了。"商薇说，"要是在派出所里问不出究竟，外面还有医院的监控、街道的监控，他是真会一家一家找过去的。"

鹊山医院的检查约在明早八点，像林竞这种完全没有经过登记的未成年妖怪，品种又未明，连亲妈都说不清楚，检查流程只会更长，所以最好能想个办法暂时安抚住林医生，让他至少不要疯狂找人。

"我们干脆给小竞戴个帽子吧。"卢雨说，"把头上的叶子遮住，就说孩子睡着了。"

刘栩提醒："可他还发烧呢，林叔叔是医生。"

"……"

刘大奇想出一个办法："不如我去找一趟虬龙，让他施一道幻影，把小竞落叶和发烧的事实遮掩过去，先让大林放心，接下来的事情就好办多了。"

计划是可行的，就是虬龙的脾气比较暴，也不是很爱帮别人的忙，得碰运气。刘大奇查了一下排班表，虬龙今晚应该在西区办事处值班。结果事有不巧，等他匆匆忙忙赶过去时，才发现大龙并不在，只有他的崽正盘在柱子上，睡眼蒙眬的。

"你爸呢？"

"应该出去执行任务了吧，我没问。"小虬龙眼皮一掀，爱搭不理，"找他有事？"

"……帮叔叔一个忙，好不好？"

"不帮。"

"五十个妖怪币。"

"五百。"

大天鹿心痛，现在的崽，怎么都这样！

最后以两百六十个妖怪币的高昂价格成交。

未成年的虬龙只有细细一条，鳞片红得很鲜艳，下半身逆鳞也爹得不明显，整体看起来没什么攻击性。但妖管委的大人们都知道，这个崽的脾气并没有比麒麟家的崽好多少，甚至要更烂一些。

脾气很烂的小虬龙直到出发，都还在讨价还价："三百。"

本来就没有多少私房钱的大天鹿："……"

脑壳昏。

小虬龙盘住天鹿的大角，被他带回了家。

林竞依旧躺在床上，睡得昏沉香甜，而枕上又是一把散落的新鲜叶子。

看清局面的虬龙于粥粥："……"

瞬间清醒！

这？

季星凌！

你的小林老师绿了。

林守墨抵达江南岸时，一眼就看到商薇正坐在楼下花台边。

"老婆。"他赶紧脱下自己的外套，把她裹起来，"刚刚大奇打电话给我，说小竞已经回家了，你怎么还坐在这儿？"

商薇回答："冷静一下。"

林守墨很懂行情："又和儿子吵架了？"

商薇默认。

但其实她是为了拖延时间。

因为林医生午夜驱车的速度有点快，快到叛逆少年小林完全不可能在这点时间里完成回家、吵架、洗澡、睡着，并且还要睡得雷打不动等一系列复杂流程，所以商薇只好下来硬拦。

两人在花台边又待了半个多小时，再上楼时，蜃龙幻影已经在卧室里隐隐浮动，林守墨没觉察出异常，只是稍微有点纳闷为什么儿子能在别人家睡得这么面无表情、放松坦然。他低声问老婆："小竞真的因为你不肯让他去看演唱会，就离家出走了？"

这个借口是刘栩帮忙想出来的，因为小林老师向来品学兼优，实在没什么理由突然变异，追星已经算是最合理的选项。

林守墨在这种事上没什么原则，他一方面觉得儿子都快高三了，沉迷追星实在不应该；另一方面又觉得不就一次演唱会吗，小孩要看就让他去看，母子两个居然能因为这种无关紧要的事吵起来，还吵到离家出走，简直匪夷所思。

刘大奇趁机插话："都快天亮了，大家都忙了一夜，大林啊，你先和嫂子回去休息，让小竞在我这儿睡，明天再说。"

"这怎么好意思？小栩都没地方睡了。"林守墨赶紧推辞，"我这就叫醒他带回去。"

卢雨挡在林医生面前："孩子好不容易才睡着，没事的，让小栩和弟弟挤一晚就行，你还是快走吧。"

盘在灯上看热闹的于一舟："？"

我要不要立刻打个电话给季星凌？

不过刘栩倒是很识趣，主动举手："我睡沙发！"

十分钟后，林守墨被刘大奇连人带行李一起弄出家门，商薇虽然想留在江南岸，但又怕老公一个人在家待不住，只好放心不下地把儿子托付给卢雨照顾，自己和林守墨先回了江岸书苑。

小蜃龙散去蜃影，他没有收大天鹿的两百六十个妖怪币，还主动提出要留下帮忙。

刘大奇一时间不是很能接受这种雷锋转变，总觉得背后可能又要猛涨价，遂提议："叔叔先送你回去？"

"不用，我睡醒了自己走。"小蜃龙盘上吊灯，又用下巴指了指床上还在疯狂发芽的小林老师，"要是他突然抽出满房间的枝条，甚至伸到窗户外面，你们难道不需要我帮忙遮掩吗？"

有理有据，不容拒绝。

于是小蜃龙顺利留在卧室。

整整一夜折腾下来，所有人都累得够呛，很快就各自睡了。

房间里静悄悄的，晨光穿透窗帘的缝隙。

林竞翻了个身，迷迷糊糊想睁开眼睛，却没什么力气，好不容易把眼皮掀开一条细细的缝——天花板上有一条龙。

还是别醒了。

他这么想着，却分不清梦境和现实，只稀里糊涂觉得，红色的龙，有点猛。

清晨八点，鹊山医院准时派来妖怪救护车，依旧是那位力大无穷的蛇衔草护士。于一舟和季星凌一样，一看到这麻秆就想起疫苗之痛，于是自觉告辞，匆匆回家友情致电发小，结果一连打了三四个都没人接。

手机丢在卧室床上，而大少爷人在餐厅，正一脸疑惑地提问："妈，你到底要跟我说什么？"

胡媚媚微微皱着眉："这件事有点复杂，你要先做好心理准备。"

"我爸出轨了吗？"

"季星凌你是不是欠揍？！"

怎么能是我欠揍？我分明一直站在你这边好不好，属于同盟军！大少爷叼着牛奶，敷衍地表示："我已经做好心理准备了，你说吧。"

"小竞一家应该也是妖怪。"

你星哥当场吐奶——没来得及咽下去，呛到气管里的那种吐。他全脸涨得通红，震惊地问："什么意思？"

胡媚媚把昨天发生的事大致说了一遍。

季星凌目瞪口呆，觉得自己在听玄幻故事。

不对，这本来就是玄幻故事！

胡媚媚继续说："爸爸很早就去上班了，鹊山医院那边有什么消息，他都会告诉我们的。"

"我还是自己去看看吧。"季星凌丢下面包。

胡媚媚皱眉："你不要去瞎捣——"

砰！

胡媚媚："……"

小麒麟气势汹汹，一路轰到了鹊山医院。正好用端李总今天也要打疫苗，他正在往候诊区走，突然就被一阵雷电扫过耳畔，险些又变成土鳖爆炸头，顿时惊怒："麒麟！"

远方传来轻飘飘的一句"对不起"。

虽然态度确实不怎么样，但大少爷还是很有礼貌的。

小甪端："……"

我为什么会有这么一个糟糕的远方亲戚？！

体检科在鹊山医院七楼，小麒麟没有耐心等云梯，直接"砰"了上去，结果差点把年迈的院长爷爷撞了个人仰马翻。

周围的人赶紧扶住院长。成年麒麟季先生也在，他一边忙不迭地道歉，一边把崽拎到角落，小声批评："你怎么跑这里来了？"

"林竟没事吧？"季星凌也有点慌，因为平时门可罗雀的体检科，今天却挤满了人，大家看起来都表情严肃。

"没事，但他……"大麒麟欲言又止。

小麒麟紧张兮兮的，但他怎么了？

"他好像真的是一棵龙血树。"

只存在于传说中的，曾经被一场大火焚毁全族的龙血树，不知道为什么会出现在宁城，又在青丘雷泽的水里吸饱了灵气，目前正在蓬勃茁壮地成长着，稍微一不注意，就会飘出两片营养过剩的小叶子。

大麒麟也直到这时才搞懂，为什么麒麟崽会频频灵力失控，以及为什么有那么多让妖管委青少年管理处焦头烂额的文件——都是由山海高中妖怪家长提交的，报备自家小孩的发育异常状况，比如说忘忧草提前开花啊，腓腓在考试里露出了尾巴啊，驳在体育课上突然长出了鬃毛啊，蜃龙额上的鳞片退不下去啊……许多许多。

都是因为学校里转来了一棵灵气充沛的龙血树。

麒麟崽心想，那我的小林老师可真是太酷了。

酷到炸天。

"所以商阿姨和林叔叔，他们也是龙血树吗？为什么妖管委没有登记？"

"这件事不好说，估计得调查很长一段时间，暂时没告诉林医生，小竟的妈妈正在一楼办手续，马上就会过来。"

"嗯，我能进去看看他吗？"

"不行，现在只有医生和亲属能探视。"

小麒麟面不改色："那我可以进去，我也是。"

"你也是什么？"老父亲没听懂。

我也是亲属！

非常亲的那种属！

兄弟手足的那种属！

在心里疯狂回答过完瘾之后，未成年麒麟崽虚伪地表示："我也是医生，我一直梦想当一个医生。"

大麒麟无情戳穿："没机会了，你是文科生。"

"……但我是林竞唯一认识的妖怪，这种时候，他应该很慌吧，我难道不应该进去陪陪他吗？"

大少爷脑筋转得很快，成年麒麟季先生果然被说动了，和专家组商量了一下，就把儿子放了进去。

林竞的烧已经退了，他睫毛微颤，有些呆呆地睁开眼睛。

"你怎么样？"小麒麟变回人形，几步跑到床边。

"渴，还头晕。"林竞嗓音嘶哑，他撑着坐起来一点，表情困惑，"我有没有看错，窗外是一根草在端着盘子走路吗？"

季星凌帮他倒了杯水："你没看错，这里是妖怪医院。"

林竞更吃惊了，妖怪医院？

季星凌说："你还是先喝水吧，做好心理准备啊，接下来的事情可能有点震碎三观，要不要再吃点早餐？"

林竞如实表示："我本来是有点饿的，但在听完你这句话后，已经连水都没心情喝了。"

"……因为我没什么剧透的经验，所以不是很会循序渐进。"

"来，我的三观。"林竞用手捧着空气，象征性递到他面前，"震吧，我为什么会出现在妖怪医院，难道我也是妖怪吗？"

季星凌噎了一下："嗯。"

林竞："？"

林竞："？？"

林竞："？？？"

"季星凌，你这个'嗯'是什么意思？"

"你就是妖怪。"

"不可能！"

"是真的，你发芽了。"

林竞扯开自己的病号服，低头往里看了一眼："扯吧，我哪儿有芽？"

伴随着他的话音，脑袋上又飘下来几片叶子。

和那天在洗手间里捡到的一模一样。

"……"

过了一会儿。

林竞："我真的发芽了？"

季星凌："嗯。"

三观果然被震得稀碎，小林老师冷静地申请："我想再晕一次。"

"不是，你别晕啊，这又不是什么很了不起的事。"季星凌握住他的肩膀，不准小林老师再晕了，"除非你瞧不起妖怪！"

"激将法没用的。"

但不晕也行。林竞双手抱住脑袋，免得叶子掉太多，英年早秃："我爸妈呢，他们也是妖怪吗？他们知不知道我发芽了？"

"阿姨是妖怪，她现在正在医院办手续，至于叔叔的身份，妖管委还得再查一下，人类和妖怪都有可能，所以目前还没有告诉他。"

"那我是什么树？"

"龙血树，你超猛的。"

林竞觉得这个名字有些熟悉，但可能因为烧了太久，他没能及时想起来那群绑匪的瞎话，倒是记起了昨晚迷迷糊糊看到的东西，于是强行和"龙血树"联系到一起："怪不得，我确实梦见了一条龙。"

季星凌警觉："什么龙？"

"不太大，红色的，好像很厉害的样子。"

鹊山医院里，红色的小蜃龙叼着一根棒棒糖，正在到处乱飞。

因为季星凌的手机一直打不通，所以他决定仗义地过来，亲自看一看。

不爱学习的学生的劣势在这种时候被体现得淋漓尽致，因为季星凌并不是很懂龙血树和红色的龙之间究竟有没有联系，想趁机贬低也找不到理论支撑，只好酸溜溜地说了一句"龙有什么厉害的"，然后果断转移话题："你还有没有什么事想问我的？"

小林老师一针见血："你了解龙血树吗？"

大少爷不了解龙血树，却十分了解这种问题的标准答案："我可以为了你，从今天开始疯狂了解。"

林竞靠回枕头："算了，我还是问我妈吧，先让我捋一捋。"

"那我给你弄点早餐。"季星凌站起来，"想不想试试植物专用营养液？"

林竞想起了金坷垃和小麦亩产一千八，无情拒绝："不用，我吃个包子就行。"

麒麟崽"砰"出窗户，去食堂帮小林老师买病号餐。

差不多同一时间，小蜃龙也溜进了病房——只要暴躁大龙不在，他想要躲过门口保安还是很容易的。

林竞正坐在床上认真思考呢，突然就这么没有一点点防备地看到了梦里的龙，顿时被震惊得说不出话。

但小林老师就是小林老师，就算震惊也不耽误举一反三、触类旁通，在短短几秒钟的时间里，你林哥已经强行豁然开朗，觉得，这一定是自己的龙，可能每一棵龙血树都得标配一条龙！

一棵巨大的树。

树干上还缠着一条红色的龙。

仔细想想，果然猛。

就很合理！

于是他掀开被子跳下床，打算仔细研究一下自己的龙。

麒麟崽也正好叼着早餐，从窗户雷霆滚滚地轰了进来。

林竞一脸欣喜地介绍："你看，我梦到的那条龙。"

季星凌："？"

等等，这就是你所谓梦里红色的龙？

这种鞋带一样的款式到底哪里厉害？

林竞没有经过系统的妖怪理论知识学习，并不知道该怎么样和不同种类的妖怪沟通，所以一边和季星凌说话，一边随手握住了龙的尾巴。

那里是一片还没有彻底长硬的柔软逆鳞，小蜃龙脊背发麻，本能地浑身夽开，后尾猛然一甩，喉咙里也发出威胁的低吼。林竞一时没反应过来，被带得踉跄坐在床边。麒麟崽四周瞬间裹满雷电，眼神凶狠，死死盯着病房里这条红色的龙。

山海域的小妖怪都知道，麒麟崽和蜃都很暴脾气。

但这次例外，面对明显充满敌意的麒麟，蜃非但没有继续夽鳞，反而迟疑着往后退了半米。

因为他突然觉得这憨憨好像有点像季星凌。

……真的假的？

上次对付鑫力集团那伙人的时候，他在器材室里看见过季星凌和林竞，三更半夜

187

能面不改色围观一群妖怪挖树的男高中生，显然不大可能是人类，不过对方具体是什么品种的妖——妖怪的身份都是严格保密的，于哥也不是一条八卦的龙，就没细查细问。

但万万没想到，居然是麒麟。

因为大蜃龙经常出差，所以两人很少会在妖管委碰面，寥寥可数的几次，彼此也都采取爱搭不理的极度不友好态度，之所以没打起来，完全是看在零花钱的面子上，毕竟大家都是未成年妖，不能轻易惹怒亲爹。

对方现在突然疑似是发小，于一舟觉得自己受不了这刺激，他把嘴里的棒棒糖纸棍吐出来，转身走了。

林竞："……"

麒麟崽变回人形，把早饭塞给他："那不是你的龙，是蜃龙。"

林竞有印象："上次在体育器材室的那条龙，他为什么要来？"

"鬼知道，走错路了吧。"季星凌坐在床边，"先吃东西，妖怪的事情，以后再说。"

可能是因为前期已经接触了大量关于妖怪的知识，心理铺垫做得好，所以林竞对于自己是妖怪这件事，接受得还是比较轻松快速的，甚至有那么一点点兴奋。早点吃到一半，商薇推门进来，看到季星凌后明显一愣："小星？"

"阿姨。"季星凌站起来，"我听舅舅说了这里的事，放心不下就过来看看林竞，那你们聊，我先出去。"

商薇点头："谢谢你。"

季星凌懂事乖巧有礼貌，轻手轻脚替两人关上了门。

林竞把剩下的包子塞进嘴里，迫不及待地展示："妈，你看，我真的发芽了。"

"……"

酝酿了一路的解释全没派上用场，商薇有些惊讶儿子的接受能力，但不管怎么说，他能平静地接受妖怪这件事总归是好的。于是商薇也跟着笑了笑："嗯，等会儿医生还会来给你做个检查，没事的话，明天就能出院了。"

"妈，你之前怎么不告诉我妖怪的事？"

"我原本以为你和爸爸一样，是普通的人类。"

"可刚刚季星凌说妖管委还要继续查我爸的身份。"

商薇抚了抚他的脑袋："因为我并不是龙血树。"

就算专家组讨论到头秃，最合理的解释也只有一种，林医生也是一棵树。

至于这棵树是存心隐瞒自己的身份，还是发育停滞，压根儿就不知道妖怪的存在，暂时不好说。

一想到老林也有可能是一棵树，林竞就觉得热血沸腾，又迫不及待地问："那你呢？"

商薇回答："伤魂鸟。"

林竞眼底充满钦佩："妈，你这名字听起来真是酷炸了，我想看一下。"

商薇："……"

她提醒儿子："伤魂鸟是凶禽，不像你想象的那么漂亮。"

林竞如实评价："那就更酷了，而且谁说我妈不漂亮的？我妈天下第一漂亮。"

商薇笑着拍了他一巴掌。

她最终还是变回了原身，青红相间的羽毛，孔雀一般的长尾，双翅展开时，会刮出一阵疾劲的风。羽冠很长，表情和眼神皆狠厉——天生的狠厉，就算想慈母，也确实慈不出来。

林竞受惊，我妈好凶。

不过果然酷。

他继续兴奋地咨询："那我要怎么样才能彻底变回一棵树？"

"你刚刚发芽，还需要休息很长一段时间。"商薇坐在床边，"妖管委会安排补课的事情，考虑到你明年还要高考，所以妖怪方面也可以推迟到大学再进行。"

"没关系的，我现在就可以学。"

小林老师就是这么有底气。

有季明朗和刘大奇从中帮忙，林竞在当天晚上就出了院，并且领回两大盒口服液，可以有效抑制植物成长过于迅速、疯狂落叶等一系列发育问题。回到江岸书苑1302时，林守墨还在屋里坐立不安，生怕老婆和儿子又吵一架，不管哪个出走都很让一家之主头疼。幸好，母子两个是亲亲热热一起回来的，看起来全无隔阂，非常令人欣慰。

他松一口气，假模假样揽过儿子批评："以后不要再和妈妈吵架了，知不知道？"

"知道。"林竞在路上已经被打过了"预防针"，相当配合演出，"爸，我错了，我先去洗个澡。"

"等会儿！"林守墨叫住他，又从桌上拿起一个信封，"你喜欢小明星，要听演唱会，爸爸并不反对，就像你妈经常挂在嘴边的，学习之余适当放松是很有必要的，但做什么事都不能沉迷，这是两张路嘉驰演唱会的门票，你和同学听完之后，就该收心备战高考了，记没记住？"

林竞："……"

商薇："……"

路嘉驰是最近挺火的一个歌手，今天下午，林守墨向刘栩打听了一下到底是哪个明星，能让自己的儿子离家出走这么疯狂，刘栩就随口乱说了这么一个，正好对方最近在锦城有演唱会，也合理。

谁知老父亲过分慈祥，专门屁颠颠地找人买了两张票。商薇简直都无语了："你说你——"

"我怎么了！儿子看看演唱会有什么大不了的，我们周六也去看电影！"林守墨出言打断她，又拼命使眼色，千万别再吵了，一家人有问题要坐下好好说，知不知道？你们两个再这样，我这个一家之主很难做的，唉，心累。

林竞和商薇再度："……"

"离家出走"事件算是勉强翻篇。虽然商薇过两天要再去妖管委接受问话，林守墨也需要再做体检，但总算，大的风波看起来是不会再有了。

第二天上学时，林竞问于一舟："你对路嘉驰感兴趣吗？"

于哥回答："一般般，我爸的公司好像刚签了他做代言人。"

林竞：……对不起，打扰了。

"有事？"

"哦，我这有两张演唱会的票，本来想问问你想不想去的。"

于一舟没能及时领悟对方的真实意图，疑惑地发问："你要请我看演唱会？"

刚刚进教室的季星凌："？"

我是不是听错了什么？

林竞及时解释："没有，我是想问一下你，愿不愿意高价收购这两张票。万一你想约女生去看呢，对不对？最近他在女生里据说相当火爆。"

于一舟心情一言难尽，这是什么思路，自己不想去就算了，居然还要给我假设出一个暗恋的女生，让我承受经济损失？简直不讲道理。

季星凌抢过票一看："你哪来的这个？哎，别卖了，我陪你去看。"

"你确定要去？"林竞丢给他一瓶水，"我是没意见。"

去就去呗，不就一场演唱会吗？季星凌不以为意，又扫了一眼，琢磨出不对了："不行，不能去。"

林竞往外掏书："嗯。"

大少爷继续振振有词："他有什么好看的？你看我就可以了，我比他帅，并且不收钱。"

林竞顿了顿，没憋住："所以你还是没发现，他开演唱会当天是你的生日，对吧？"

季星凌警惕："嗯？！"

林竞原本是真打算去的，但一看日期，就立刻改了主意。季星凌美滋滋地凑过来："原来你记得这么清楚啊，那我能收到什么礼物？"

"你想要什么？"

"自己说出来多没劲，但我有个要求，你可不可以送我一点和学习没关系的，让我短暂地轻松快乐一下？"

林竞笑着揉揉他的脑袋："好。"

季星凌的生日在暑假，而高二的生活只剩下短短几周了，再次开学，大家都会变成背负巨大压力的高三生，轻松愉悦一去不复返的那种——但你星哥和别人不一样，竟然还有一点谜之期待，因为他时刻准备着用高考分数向季先生兑换房产，目的相当明确。

于一舟盯着他嘚瑟的后脑勺，盯了一会儿，实在忍不住了，抬腿一踹："问个事。"

季星凌往后一靠："说。"

"这是什么？"

大少爷转身一看，回答："你有没有文化？这是麒麟。"

"哦，原来这就是麒麟，好了，你可以转回去了。"

"……"

于一舟翻开书，开始心情舒畅地看英语。

凭什么只有我一个人纠结？

现在轮到你了。

季星凌把他的书一把抢过来："什么意思？"

"什么什么意思？"

"你问我麒麟是什么意思？"

"我不认识，所以就问你，很奇怪吗？"

"谁会不认识麒麟？"

"我为什么要认识麒麟？法律又没有规定每个人都必须认识麒麟。"

面对这种明显犯傻的对话，季星凌盯着他看了一会儿，隐隐觉察出不妙："别告诉我那玩意儿是你。"

于一舟无情地回答："没错，那就是我。"

季星凌："你好傻。"

于粥粥："滚吧！"

当事双方用抢可乐的方式进行了一场武力对决，用来科学论证谁更傻，结果双双被例行检查秩序的年级主任拎到办公室，滔滔不绝地教育半个小时，并且罚扫操场三天。

所谓有难同当，大抵就是这么个意思。

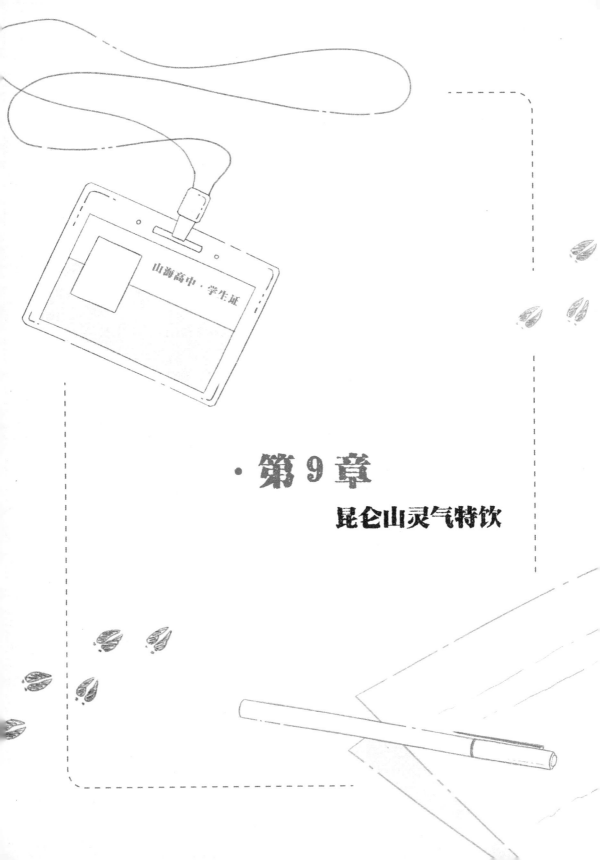

山海高中·学生证

·第9章

昆仑山灵气特饮

既然大家都是妖怪，那适当地开诚布公一下，也不是坏事。所以在这天放学后，季星凌、林竞、于一舟，再加上忘忧草小弟葛浩，聚集在高二（一）班的角落，举行了一场短暂的非正式会议。

两只瑞兽，两株植物，四人组看起来就非常和谐，有荤有素的……不是，品种很齐全。

最震惊的当然是葛浩，他既不像季星凌和于一舟一样，是见过世面的大猛妖，也不像林竞有淡定优雅的帅哥包袱，所以全程都瞪着眼睛，一句话都说不出来，激动啊，憋得眼睛都红了！他一把挽住林竞的胳膊，压低声音，用地下植物党接头的语气道："龙血树！林哥，我想看看。"

林竞："……"

小林老师怎么可能承认自己是刚发育的苗壮小幼苗？

帅哥的面子还要不要了？

于是他一竿子撑到五年后："大学毕业再说。"

在这一点上，他倒是和季星凌谜之相似。

麒麟必须超猛。

而龙血树必须参天。

葛浩还沉浸在比较躁动亢奋的情绪里，视线在班里绕了一圈，看谁都像妖怪。于一舟拍拍他的脑门："你要是真这么血液沸腾，不如承包一下扫操场的伟大工程，怎么样？"

忘忧草不畏强权：谢邀，不去。

他原本想和林竞先到食堂吃饭，再给扫操场二人组打包一份的，结果洁癖你林哥一反常态，居然主动拎了把笤帚，跟过去帮忙了。

于一舟服了："这是什么感天动地的苦情故事！"

"滚。"季星凌把发小赶到操场另一头扫地，又对林竞说："你凑什么热闹，工具给我，你和葛浩吃饭去吧。"

"没胃口。"

"中午吃的药有副作用？"

"没，我妈好像还没从妖管委出来。"

虽然抹掉妖怪户籍并不算非常严重的罪名，但总归不是一件好事。季星凌说：

"你先别担心，我问问我舅舅。"

接到电话的胡烈无语凝噎："你为什么不去问你爸？"

季星凌面不改色："因为外甥和舅舅比较亲。"

胡烈："……"

当然，最后舅舅还是满足了外甥的无理要求，大致说了一下商薇的状况，她之所以会在妖管委里待一整天，除了户籍方面的问题，还因为林守墨。在林医生年轻时，商薇的确考虑过要向未婚夫坦白身份，让他循序渐进地接受妖怪。结果她试了好几次——比如说聊天时无意提及，聚会时趁着醉眼蒙眬让师兄露出鸟爪，以及深夜雪巷里的狂奔野兽，其实都是商薇有意安排的，结果林守墨接受能力太弱，往往一击即溃，频频上演当场昏迷。伤魂鸟女士也就吓到了，觉得要是未来老公知道自己是只凶残的鸟，会不会被刺激得精神分裂啊……于是这事就一直隐瞒了下来。

至于那位露出鸟爪的师兄，就是前段时间在接受宁城妖管委问话时，支支吾吾的仁兄，倒是很有义气地没有供出商薇。

季星凌安慰林竟："商阿姨的问题差不多处理完了，好像需要缴纳一笔罚款，再做做义工什么的，不算大麻烦。现在专家正在商讨方案，要怎么样对林叔叔做全方位体检，以及让他尽快结束休眠，哦，对了，镇守神树也在。"

大树爷爷对自己的判断能力极为满意，说等期末考试后，要再邀请林竟去妖怪村庄做客，还特意购入了新的昆仑灵气，等着灌溉龙血树幼苗。

所有的事情都很顺利。

只有于粥粥的扫操场事业不怎么顺利。

好多的垃圾和灰。

为了让林先生尽快接受"全家都是妖怪"的奇幻事实，林太太和小林制定了一系列的方针策略。

比如说在吃饭的时候，商薇会"不经意"地提起，早上好像在楼梯间看见了一团黑影。

林竟立刻接话，可能是妖怪吧。

林守墨神情一凛，生怕老婆会再度抨击自己闲得没事干，就知道嘀嘀咕咕教坏儿子，于是义正词严地反驳："什么妖怪！是猫吧，或者小偷也有可能，我等会儿就打电话提醒物业。"

"……"

比如说电视循环播放各种妖怪传说，并且在家里堆满《山海经》《妖怪大全》《神话故事》。

林守墨严厉批评儿子，看完书也不知道好好收拾，把家里堆得乱七八糟，一点也不为辛苦工作的妈妈和姜阿姨考虑！

商薇看不过去了："老林，那是我堆的。"

林守墨面不改色："那儿子也没好好收拾！"

"……"

替罪小林，在线抑郁。

这天晚上，市二医院有急诊，林守墨匆匆忙忙赶去加班。

姜芬芳打好果汁端到卧室："休息一会儿再学习。"

"谢谢阿姨。"林竞接过玻璃杯，没忍住好奇，"阿姨，你真的是姑获鸟吗？"

姜芬芳帮他整理好乱七八糟的书："是啊。"

林竞继续充满期待："那你会不会伞剑和天翔鹤斩？"

"小孩子不要玩手机游戏，对眼睛不好！"

"……哦。"

林守墨和商薇虽然调来了锦城，但医生的工作都很忙，加班是常有的事，所以姜芬芳依然留在1302，帮着照顾小林，四口人其乐融融。

商薇敲敲卧室门："隔壁胡阿姨送来了自己烤的饼干，吃吗？"

"要。"林竞去洗了个手，"我爸还没回来？"

"急诊手术，估计得到半夜了。"商薇说，"刚刚打了通电话，说周末要和刘叔叔一起去买车，你要不要跟去看看？"

"再说吧，说不定周末我得去学校。"林竞一边吃东西一边问，"妈，你和刘叔叔他们家是怎么认识的？"

"我十几岁的时候，经常会在半夜飞去公墓和殡仪馆散步，在那里遇到了你刘叔叔和卢阿姨。"

林竞："……"

你的业余活动好独特。

伤魂鸟喜欢穿梭在夜半阴森湿冷的空气中，而天鹿一族之所以频繁出入墓地，是因为天生能镇压邪气，双方虽然目的不同，但也算殊途同归，一来二去的，就这么成了朋友。

林竞靠在椅背上："妈，我觉得妖怪真是超酷的，你别担心，我爸肯定和我一样。"

商薇笑笑："嗯。"

七月盛夏，整座锦城热得像蒸笼。

林医生的体检报告还没出来，小林的期末考试倒是来得很准时。最后一门数学结束，林竞问："怎么样？"

"500肯定没问题。"季星凌自信心爆棚，"还有啊，数学我考得相当好。"

"相当好是多好，150？"

"差不多吧。"

"……季星凌你是不是有点过分膨胀了？"

大少爷解释："我们的监考不是老毕吗，就七班的数学老师，一直看我们班不顺眼的那个。我答完选择题之后，他站我旁边扫了一眼，然后你猜怎么着？"

"然后老毕就当场给了你一个150？"

"你这什么神奇想象力？"季星凌拍了一把他的脑袋，倒退着在回廊里走，"老毕看完我的选择题之后，基本上就没再挪动了，硬是在我旁边站了半个小时。你想啊，要是我全错，他肯定不会盯我，盯我不就因为我正确率惊人吗？对吧，所以我觉得一百多肯定没问题。"

推理得还挺有逻辑。

林竞被逗笑了："嗯，你超厉害的。"

远处有不少人都拖着小蓝板车，上面摞满了书，高二（一）班的学生也混迹其中——很快就会变成高三（一）班的了。山海的高三年级有单独一栋楼，位置偏远，很有几分"两耳不闻窗外事"的意思，叫白泽楼，估计当初起名的人和胡媚媚一个心态。季星凌纳闷："咱班座位表出来了吗，郑不凡他们现在搬个什么劲？"

"趁着有板车，先弄到教室呗。"林竞看了他一眼，"白泽楼是有同桌的吧？"

季星凌淡定地回答："有的。"

林竞又问："那我们要是分开了怎么办？"

季星凌继续淡定地回答："那我就去找老王，请他不要棒打同桌。"

"我没和你开玩笑。"

"我也没开玩笑啊，不过话说回来，不就是一座位吗？我觉得无所谓啊，坐哪儿都行，你干吗这么紧张，是不是一点都不想和我分开？"

林竞："？"

季星凌继续嘚瑟：哎，我真是超级帅，又很猛，才会让小林老师舍不得我。

林竞盯着他异常欠虐的脸看了一会儿："前几天老王给我打电话了。"

季星凌："嗯？等会儿。"

"他问我愿不愿意和你同桌，还说胡阿姨给他打了好几个电话，再三强调你特别想和我坐在一起，并且保证只要能和我同桌，你就一定不会在高三逃学打架，好好学习，天天向上，做一个考'985'和'211'的刻苦好少年。"

你星哥颜面无存："我没有，我就让我妈向老王提了一下同桌的事，压根儿没有保证什么'985'和不打架！"

季星凌超霸超野的，才不要做好少年！

林竞说："嗯，后面那几句是我自己发挥的，你自己承认想和我坐就行。"

季星凌："……"

在"和小林老师斗智斗勇斗嘴皮子"这件事上，根本就没有什么失败是成功之母。

季星凌觉得自己都快攒出一百个成功的母了，成功还不知道躲在哪个犄角旮旯。

就很气。

越想越气。

这是什么胡编乱造的名人名言？

时间还早，两人也就跟着大部队一起，把书和参考资料提前搬了过去。白泽楼是几十年前的老建筑了，后来又改造过几次，虽然外观陈旧，但各种教学设备一应俱全，位置偏僻安静，窗外还有一大片池塘，总之，相当适合心无旁骛搞学习。

季星凌看着走廊里挂着的名人名言，以及各种振奋人心的黑红标语，不停地叽叽歪歪发表意见："这也太吓人了，难道不怕给学生增加心理压力吗？"

林竞把书放好："怎么着，不然给你改成粉底蓝花卡通小条幅，写上'新的希望，爱的阳光，老师陪你一起快乐成长'？"

季星凌被撑得受不了，他单手卡住小林老师的脖颈，咬牙切齿地威胁："你都人身攻击我一路了，有完没完啊？信不信我武力压制你！"

林竞很配合，眼皮子都不抬一下："嗯，我信，因为季星凌言出必行。"

"……"

算了算了，你星哥是超猛的大妖怪，不和这发育迟缓的毒舌植物计较。

期末考试结束后，没几天就是季星凌的生日。他不像于粥粥那么分裂——在妖怪里超酷超冷漠，变成人后又跟个交际花似的，生日场合光是烤肉台就能架起十几个。大少爷对自己的生日谋划得比较简单，只要有小林老师和小林老师的礼物，其余的都不重要，哪怕去路边摊吃碗牛肉拉面也 OK。

不重要的于一舟如释重负："告辞。"

"回来！"季星凌钩住他的脖子，"话还没说完，跑什么跑！你不重要，但你的礼物很重要，知道吧？顺丰还是闪送？我也可以上门自提。"

"滚滚滚！"交友不慎。

胡媚媚把儿子的生日宴定在了四海庭，两个大包厢，差不多刚好装下客人——大多是高二（一）班的同学，还有平时一起打球的几个别班男生。

应龙最近比较懒，七月的尾巴，每一天都是骄阳似火，万里无云。

二十五日当天，林竞还在抱着被子做梦，身上突然就压来一个庞然大物。季星凌神似喝多了假酒，在他耳边喋喋不休："都八点了你怎么还在睡？快起床，起床了！"

林竞困得要命，闭着眼睛拖过靠垫，把这聒噪的"复读机"拍下了床。

季星凌坐在地毯上："再不下床我就掀被子了啊！"

"晚上五点才吃饭，现在干吗不让我睡觉？"林竞脸埋在枕头里，鼻音浓厚，"求你，让我再睡一个小时吧。"

"你难道不想珍惜这最后的机会，好好享受一下十六岁的我吗？你之前明明说过，十六岁的我超可爱！"

"我已经改变了想法，十七岁的季星凌比十六岁更可爱。"

这是什么敷衍的小林老师？季星凌把他的脸揉成一团："起床起床，起床起床，起床起床。"

"啊！"林竞要疯了，他顶着鸡窝头坐起来，目光幽怨，宛若"午夜大榛子"。

大少爷仗着自己过生日，有特权，肆无忌惮地"霍霍"小林老师，强行把他拖进了浴室："给你半个小时啊，然后我们去看电影。"

林竞叼着牙刷看他。

季星凌靠在门口，扯了扯自己的奶白色 T 恤，得意扬扬地示意：一样的，你也要穿。

林竞问："你不觉得我们的同款已经多出正常值了吗？"

"不觉得！"季星凌说完之后又觉得……于是侧头小心翼翼地问，"你呢？"

林竞被这句话戳得心里一软，转头继续刷牙："我也不觉得。"

季星凌笑得开心："嗯。"

等到出门时，商薇已经吃完了早餐，正在客厅里看书，她笑着打量了一下两个人："不知道的，八成以为你们是双胞胎，干脆把鞋也配成一样的吧。"

林竞面不改色："哦。"

季星凌内心躁动：这是什么来自官方的绝世好提议？OK，没问题的，我什么颜色的鞋都有！

最后就真穿了一样的。

进电梯时、出电梯时、走在小区路上时，或者是任何一个有路人的地方，两人都会被有意无意地多看两眼，老孃孃乐呵呵地问："谁是哥哥啊？"

季星凌迅速回答："我比他大！"

林竞踹过来一脚："快点走！"

两人刚开始还有点拘谨，后来慢慢也就放开了。两人去咖啡馆里吃完 Brunch（早午餐），又买了两个甜筒冰激凌，站在路边等车。

奶油融化在指尖，是甜滋滋的草莓味。

因为不是周末，所以中午的电影院没什么人，林竞看着季星凌在自助机前取票，这才想起来问："什么电影？"

"不知道啊，随便买的。"

一听这句话，林竞心里就涌上不祥预感，劈手抢过来一看，《午夜大榛子Ⅱ》？

讲道理，这种片子有什么必要出来个Ⅱ？

季星凌强调："我今天过生日！"

"你过生日难道就可以强迫我看恐怖烂片了？"

"谁说是烂片了，评分 5 以上，很高了好不好？"

"……"你对分数的要求还真是低。

季星凌一只手拖着小林老师，另一只手在前台点好可乐、爆米花，坚决不肯放弃和小林老师共看恐怖片的绝佳机会。

最近是暑期档，上映的大片不少，《午夜大榛子Ⅱ》没有一毛钱的竞争优势，简直就像是专门为洗钱而生。偌大的放映厅里直到灯光熄灭，还是没有其余观众进场，林竞在黑暗里说："季星凌你的品位好低级。"

你星哥非常冤："我还什么都没做呢，怎么就低级了？"

林竞不理他，自己戴好 3D 眼镜，没错，这居然还是个 3D 电影，但肉眼可见 D 得不是很有钱，只有字幕孤独地悬浮于屏幕外，有没有眼镜都不影响。

季星凌原本是这么谋划的，既然小林老师不敢看恐怖片，那么他在看到大榛子之后的反应一定会超可爱，属于走过路过不能错过的。结果这片子实在太烂了，特效又只花了五毛钱，当银幕上凄厉女鬼惊悚尖叫的时候，林竞终于"扑哧"一声笑了出来。

季星凌："……"

不是，我要退票。

林竞往旁边挪了挪，自己找了个最舒服的姿势，随手递过来一个爆米花。

季星凌又觉得，这福利好像还可以，不退票也行。

电影的后半场，林竞是睡过去的，强行补觉。他抓住季星凌的 T 恤，呼吸声又轻又长，发间有熟悉的青草香气，不毒舌的小林老师，还是很可爱的——不过毒舌也可爱。季星凌这么想着，美滋滋。

原来电影情节太无聊，也能看出恐怖片一样的效果。

可以可以。

季星凌甚至幻想了一下，在电影结束时，要用什么方式把小林老师叫醒，结果事实证明大少爷委实多虑了，导演可能是想再骗一部《午夜大榛子Ⅲ》，干脆弄了个开放式结局，用一声刺耳尖叫做结局，那叫一个声嘶力竭啊……林竞总算在恐怖片里恐怖了一次，他惊魂未定地坐起来，心脏狂跳：“怎么了？”

“没怎么，电影刚结束。”

林竞道歉：“对不起，我睡着了。”

季星凌心想，你睡着是应该的，因为我也快睡着了，这到底是什么无良烂片，一点逻辑都没有，但嘴上还是要委屈，要占据道德高地：“嗯，你睡着了，你在看我的生日电影时睡着了，我简直心如刀割，需要一点补偿。”

林竞迟疑了一下，提醒：“电影院里有摄像头。”

“这和摄像头有什么关系？我的意思是你口头道个歉就行，难道你还想避开摄像头做点别的？”大少爷一嘚瑟就容易瞎贫的毛病再度发作，发作到一半又及时想起来，不对啊，我好像又在给自己找撑，于是果断闭嘴，“不是，你当我什么都没说，你还是用行为来向我道歉吧，不要口头的。”

“什么叫行为道歉，不然我给你鞠个躬？”

“……”

林竞笑着拉起他：“走！”

当然，看在某人今天过生日，并且十六岁的季星凌全世界最可爱的分上，小林老师还是用行动表示了一下歉意。他请季星凌喝了杯牛奶蜂蜜冰沙，甜品店的包厢门关闭后，就是独立的安静空间，两人坐在舒服的大沙发上，谁也不想说话。

十六岁的最后一个下午，空气里充盈着新出炉面包的香气，阳光透过窗帘照进来，空调嗡嗡运作着。

季星凌撑着腮帮子想，小林老师才是全世界最可爱的。

晚上的生日派对很热闹。

两人刚一进门，于一舟就配合地来了一句：“我差点也穿了这件衣服，我妈到底买了多少？”大家也就恍然大悟地认为，哦，可能是家长送的，于是纷纷起哄：“这牌子挺贵的吧，于哥你家要是还有存货，不如送给我。"

季星凌拉开椅子，低声说："谢了。"

"不谢。"于一舟嘴里叼着棒棒糖，我理解你这少男心。

吃完饭后，季星凌尽职尽责，把想要续摊的一群人打包送到 KTV："想要什么自己点，记我的账。"

"等会儿！"大家纷纷抗议，"星哥你今天过生日，怎么可以提前走！"

"我还要给长辈打一圈电话，再说吧。"季星凌拉过林竞，"走了。"

"为什么还要带走林哥？！"

"就是，把林哥还回来！"

"林哥一定是想回家学习，为了防止考试分数差距进一步被拉大，我提议把林哥抢回来！"

大家晚上都喝了点饮料，正处于神经病一般的激动状态，撸起袖子就要干。包厢门没关，声音清晰地传出来，正在等电梯的季星凌当机立断，拖住林竞的手腕就从消防通道跑了下去，漆黑的环境里，两个人跑得跌跌跄跄，不小心就撞到了一起。

季星凌笑着捂住他的头，声音里也带了一点果香。

"你还没送我礼物。"

林竞其实一直把礼物装在裤兜里，但因为刚刚切蛋糕的时候，有人起哄要现场拆开，所以他没有拿出来。

"你要现在看吗？"

"不要，回家再说。"季星凌语调带着一点耍赖，"我们别回江岸书苑了，你跟我去浣溪那边吧，好不好？"

林竞在黑暗里抬眼看他。

季星凌继续耍赖："我就想和你待在一起，没有大人打扰的那种。"

楼梯口传来郑不凡他们的嚷嚷声，好像在说电梯一直没上来，两人是不是从消防通道走的。然后沉重的防火门就被吱的一声推开，一群人乱糟糟地跑下来，间或夹杂着抱怨和鬼叫——为了试有没有感应灯。

脚步声越来越近，林竞有些慌乱，季星凌却始终不肯动，他微微俯下身，固执又强硬地说："除非你跟我回家。"

楼梯口传来刺眼光亮，林竞猛地扭过头，似乎这样就能把自己隐入黑暗。

"……好。"

郑不凡打开手机电筒，趴在栏杆上照下来："星哥，你们在下面吗？"

白光惨淡，消防通道里空荡荡的，没有半个人影。

"没在这儿，散了吧。"

季星凌拉着林竞的手，一路飞奔穿过楼梯，一口气跑到了灯火通明的大街上。他眼底亮闪闪的，短发被风吹得扬起来，路人都有些诧异地看着这两个男生，不知道他们在兴奋什么——其实连林竞自己都不知道。但夏夜的风很好，星辰稀疏闪烁着，穿过昏暗巷道时，还会有大树落下不知名的花。

浣溪别墅区一如既往地安静。

季星凌从冰箱里翻出几瓶水，和林竞一起回了二楼卧室。

礼物的体积很小，薄薄的，也没什么分量，包装倒是挺精致。最里面的红盒上印着××金店的LOGO，你星哥比较没见过世面地想，难道我获得了一枚传家龙头大戒指？如果真是这样，那好像还有点牛，不愧是我的小林老师！

结果是一张漂亮的书签。

用很细的金丝嵌着，中间是一片龙血树的叶子——小林老师在洗澡时，掉下来的第一片叶子，具有相当隆重的纪念意义。他上网查了很多风干保存的办法，又跑了三四家金店，才做好这么一小张。

面对这么真诚又全世界无敌的可爱礼物，季星凌终于理解了老季为什么总喜欢把自己叼上天，因为小季现在也很想上天，你星哥现在就是站在马斯洛需求层次顶端的成功男人，非常需要广而告之、自我实现一下："我超喜欢，真的，我都不知道该说什么了。"

"……嗯。"

"你刚刚的停顿是什么意思，是不是又准备嘲讽我语文词汇量贫瘠，所以不懂表达？"

"我哪有停顿，你不要这么敏感好不好？"

林竞揉了揉他的脸："好了，把你的礼物收起来吧。"

季星凌问："收起来之后呢？"

林竞好脾气地提议："收起来之后，时间还早，你可以再背一会儿单词，生日当天通宵狂背单词，下一年就会过目不忘，真的。"

季星凌：不，你不要骗我，我拒绝，十六岁可爱的我还剩下一点点，非常珍贵，才不要浪费在单词上！

他强行凑过来，问小林老师："累不累？我去帮你找睡衣。"

结果你林哥洞察一切套路："季星凌你不要老是学电视剧里的人说话。"

"我没有，明明就是你自己阅片无数，所以才会看谁都像在演偶像剧！"

"闭嘴吧！"

就搞得很没有气氛。

礼物最终被放进了柜子里，和那张镶金框的三好学生奖状并列。林竞先去了浴室洗澡，他今天一大清早就被吵醒，电影院那几十分钟也睡得不踏实，差不多闹哄哄折腾了一整天。他原本还不觉得累，现在被微烫的水一冲，困劲才终于泛了上来，连头发都吹得很敷衍潦草，回卧室就轰然趴到床上："晚安。"

季星凌是去隔壁洗的澡，沐浴露和洗发水的瓶子上都是英语，估计是胡媚媚的，香得那叫一个天怒人怨，估计鼻炎患者会当场崩溃。林竞其实也很崩溃，他凑过来闻了闻："季星凌，你为什么要喷这么可怕的香水？"

"我没有！"即将十七岁的猛男根本受不了这种污蔑，"我妈的！"

林竞没听明白，心想：你喷你妈的香水难道就不奇怪了吗？一样奇怪的，好吧？但算了，不想说，困。

他扯高被子捂住头："晚安。"

季星凌还在喋喋不休："我觉得并没有很香啊，你这什么嗅觉？"

林竞没理他。

过了一会儿，季星凌淡定地挤过来。

两米的大床，两个人硬是睡出了一米二的效果。

"你睡着了吗？"

"嗯，我睡着了。"

季星凌其实还想再聊一会儿，但小林老师都说"嗯，我睡着了"，他也就没有再瞎找话题，只好恋恋不舍地说："晚安。"

过了一会儿，林竞也说："晚安。"

空调的温度很低，而两人离得很近。

林竞本来困得不行，眼皮都要靠火柴棍撑了，但不知道为什么，现在沾到枕头反而清醒了，可能是被香气迷人的季星凌熏得，但又不好直接说"我不困了，我们来干点别的事情吧"，于是就在黑暗里数他的心跳。

正常成年人心跳一分钟六十至一百次，小林老师正经数了半天，还真就是很平稳的正常值，完全没有"看起来很平静但其实大脑皮质早就受到刺激，心脏交感神经节后纤维末梢释放出肾上腺素，导致心跳加速"的迹象。

季星凌真的睡着了。

林竞莫名其妙地，又有点傻地，闷闷笑了出来。

季星凌被他折腾得有点想醒，但晚上喝的饮品又没退劲，头晕得厉害，于是含混不清地说了一句："睡觉。"

"嗯。"

林竞闭起眼睛，又数了一会儿对方的心跳——和数羊一个效果，终于跟着一起睡着了。

第二天清晨……或者干脆说是中午，两人才从梦里醒来。季星凌拧开一瓶水喝了一半，把剩下的递给林竞："饿不饿？我叫外卖。"

"出去吃吧，早点回家。"林竞也坐起来，"今天我爸的体检报告好像要出来。"

季星凌靠在床头看他喝水："我觉得叔叔百分之百就是龙血树了，要是这次的体检报告依旧查不出来，要不要来我家游个泳？"

"我妈还在给他做心理建设。"林竞说，"其实现在体检报告都是其次，她担心万一我爸没有一点点防备就被泡发芽，可能会当场精神分裂。"

毕竟相信这个世界上有妖怪，和自己就是妖怪并且老婆儿子也是妖怪，还是有那么一点区别的。

商薇准时去锦城妖管委领回老公的体检报告，这次有好几百页，各路专家动用精密仪器，国内国外来回飞，终于在血样里窥到了一点点龙血树的影子，但因为隐藏得实在太深，所以想让林医生发芽，可能还需要耗费一点力气。

宁城的妖管委也有收获，他们发现林医生其实是被老人领养的，和所谓的姐姐并没有血缘关系。当年不讲究手续正规，全靠医院和民间口头传消息，听说哪儿哪儿有个不要的婴儿，当场就能抱回家——不过瞒得很好，连林竞最亲的姑姑都不知道。

而当事人老林还在搞快乐烹饪，嘴里哼着非常不着调的网络歌曲，系着粉红色的格子围裙，花里胡哨，谜之风骚。

被抢夺了厨房使用权的姜阿姨："……"

商薇："……"

刚回家的小林："……"

其实如果林守墨是人类，那一直瞒着倒也不是不行，但他偏偏真的是一棵树。

虽然专家断言很难发芽，可这事谁能说得准，万一哪天头上真绿了呢？

所以心里建设还是要提前搞起来，不能疏忽大意。

林竞在他面前摊开掌心："爸，你看，我头上落了一片叶子。"

老林炒着西红柿鸡蛋："哟，你真厉害。"

"我最近老是梦到火和大雪。"

"失眠梦多，爸爸下周给你弄点安神滋补的鸡汤。"

"我觉得我是一棵树。"

"树好啊，生机勃勃，茁壮。"

小林老师没辙了。

商薇发起助攻："老公，我觉得我是一只鸟。"

林守墨终于琢磨出不对："你们两个是不是又在做什么人性测试，准备从我这榨取私房钱？"

商薇精准抓重点："你居然还藏着私房钱！"

林守墨立刻否认："没有没有。"

"老林你背着我藏了多少？又压在冬天的被子底下是不是？"

"没多少，不是，压根儿没有。"

林竞听两人吵了一会儿，突发奇想，把商薇拉到角落："妈，不如这样，我们每天偷偷往我爸的私房钱里加一百块，然后坚决不承认，这样他就能非常激动快乐地接受有妖怪送钱这件事了。"

结果被亲妈冷酷拒绝：你以为我还会给他去古玩市场上当受骗傻乎乎买假翡翠的机会吗？

不可能的。

我才不要被那些绿玻璃气死。

商薇提出新思路："我也可以每天偷偷从他的私房钱里抽走一百块，然后坚决不承认，一样能达到灵异事件的效果。"

小林："……"

爸，我真的尽力了。

你现在转移私房钱还来得及。

夏夜风静。

林守墨搬来锦城没多久，已经往阳台上添置了十七八盆花，外带一个大躺椅，姜阿姨用来晾衣服的架子上也挂着吊兰，看起来生机勃勃，一片茂盛。平时不忙的时候，他就会在这个迷你花园里喝喝茶，自得惬意。

林竞搬了个小板凳坐在他旁边："爸。"

"今天不去找小星了？"林守墨递过来一杯茶，"试试，刚买的毛尖。"

"我喝不来这些。"林竞凑近，"爸，我又看到妖怪了。"

林守墨立刻压低声音："真的假的？千万别让你妈知道，不然她又要骂我们不够唯物主义。"

"真的。"林竞说，"小区里有一根草在地上跑来跑去，我们还打招呼了。"

林守墨一听就惊了，因为他虽然觉得自己有点茅山道士血统，但仅仅停留在偶尔能看见超自然现象的基础层面，远没达到"聊两句"的高级阶段，第一反应就是去试儿子额头的温度，看是不是烧傻了。

小林表现出"难道连你也不相信我了吗？我们难道不是一国的吗"这种失望谴责的表情。

老林立刻道歉："爸爸是真的担心你，来，展开说说那根草是怎么回事。"

考虑到亲爹的接受能力，林竞这次编的故事比较简单，就是一根小草 Hi，一根小草 Bye，并没有出现凶残大妖怪。说完之后，他又向林守墨积极分享看问题的新角度："爸，你觉得有没有可能，其实我们也是妖怪？"

林守墨放下茶杯："嗯？"

林竞眼底充满期待。

林守墨其实并不介意跟他聊一下妖怪和天师，但很快就意识到了另一件事，儿子马上就要高三了，高三多重要啊，必须专心致志搞学习，决不能沉迷于妖精鬼怪。

他于是严肃教育："我们怎么可能是妖怪？这是多么荒谬的设想！你一定是最近学习太累了，压力太大，植物神经功能紊乱，所以才频频产生幻觉，甚至看到了会走路的草。这样，从明天开始，让姜阿姨少做辛辣刺激油腻的菜，多准备维生素含量丰富的蔬菜水果，你自己也要保持心情舒畅，早睡早起，避免熬夜。"

"……"

植物小林觉得，自己确实快被这一长串医嘱叨得神经功能紊乱了。

但他依然在回卧室之前，发出人道主义警告："哦，对了，我妈已经发现了你的私房钱。"

中年老林："！"

不快乐！

镇守神树又邀请林竞和季星凌去了一次妖怪村庄，并且热情展示了新的大坑。

那是他专门为龙血树幼苗而挖的，坑里灌满了来自昆仑山的纯净灵气，仙气缭绕。但也因为是新挖的，所以坑里翻出的土还很湿润，一些硬壳小甲虫和蚯蚓正在到处窜，看起来异常活力四射。

林竞："……"

大树爷爷乐呵呵地拍拍他的肩膀，鼓励："孩子，进去试试。"

一只七彩蜈蚣攀着坑壁扭动，洁癖小林浑身汗毛都立起来了，满脸糊着八个大字——我一点都不想进去！他完全没有因为明确了龙血树的身份，就对这植物头等 VIP 坑产生兴趣，依旧抗拒得不得了。

镇守神树被搞糊涂了，因为他虽然照顾过许多幼苗，但龙血树还是头一遭，不算有经验，于是纳闷地想：难道世界上还有不喜欢昆仑灵气的植物？

季星凌比较懂行情，在旁边随口解释："哦，他嫌你的坑脏。"

镇守神树："……"

林竞："……"

大树爷爷忧心忡忡，拄着拐杖教育小幼苗："你这样不行啊，植物总是需要从大地里汲取养分的，就算是龙血树也不例外，否则八成会营养不良。"

小林老师考虑了一下，还是不想进坑，站在坑外面摸摸灵气爽一下可以，进去确实不行，于是据理力争："我爸就没有站过坑。"

"那不一样，他是一颗还没有发芽的种子。"

"……"

季星凌揽过林竞的肩膀，嘴里嚼着口香糖，非常不把这当成一回事："不想站就别站，我回去问问我爸，看能不能给你弄点水培液，不就是为了补充养分吗？我觉得可能也差不多。"

"嗯嗯。"

镇守神树眼睁睁地看着麒麟崽带走了龙血树幼苗。

现在的年轻人啊！

血压都能给你气高。

最后大树爷爷只好送了一箱昆仑灵气饮到江岸书苑 1302，让不听话的苗补充营养。庆忌快递的快递员蹬着黄色小三轮，彬彬有礼地敲开窗户："您好，请使用妖怪卡签收……哦，对了，您还没有办理妖怪卡，那在这里签字就可以啦！"

穿着小黄冲锋衣的快递员在离开之前，又重申了一遍本公司承接人类、妖怪……反正范围就很广，各种业务吧，时时刻刻不忘挖 × 丰墙脚，很是兢兢业业。

林竞生平第一次用妖怪币付账——薇薇刚刚给了他十个，这让他觉得既新奇又兴奋，拆开快递箱后问季星凌："这是酒吗？有点像柠檬气泡酒。"

"是昆仑山出品的保健饮料，植物系的。"季星凌看了看说明，"和人类的口服液差不多，你要是觉得累了，就可以喝一瓶，上面是说一个月最多补充一次。"

饮料瓶上画着很酷的植物，张牙舞爪的，看起来又凶又粗，几可参天，很符合未成年植物们日益增长的青春期需求。鉴于这玩意很珍贵，林竞隔天还特意送了两瓶给葛浩，这是他目前唯一的植物朋友，大家共享灵气。

高二升高三的暑假，短到令人发指，总感觉昨天还在期末考试，转眼就要开学了。群里一片哀叹，哀叹快乐高二一去不复返，又商量着要不要出去撮一顿，算是末日前最后的狂欢。

季星凌觉得他们可真是太会说话了，什么叫末日，高三才不是末日，而是充满希望的热血新征程！

林竞被这积极向上的好少年给镇住了："那你明天还要去吃烧烤吗？"

"懒得动。"季星凌趴在床上，翻着手里的单词书，"不过你想去吗，你想去的话，我都行。"

"我也不去。"林竞说，"答应了我妈陪她逛商场，胡阿姨好像也要去。"

"嗯？"大少爷坐起来，警觉，"为什么我不知道这件事？"

"因为胡阿姨说你极度讨厌逛街。"

"我不讨厌。"

有小林老师就不讨厌，有小林老师就充满了乐趣！

大少爷言出必行，为了防止被无情遗弃，成为"留守儿童"，他还特意定了个早上八点的闹钟，精神抖擞地在家里到处乱溜达。

胡媚媚被他晃得头都晕了："你到底在亢奋什么？"

季星凌尽量表现得云淡风轻："你们要去逛家居馆啊？"

"你商阿姨要买一些零碎的小东西，我们就一起去看看。"

"带上我带上我，我快在家闷死了。"

家居馆好！和小林老师一起畅游家居馆，这是什么大学新生活的美妙开端？就算现在不能买也没关系，权当提前彩排了。

没错！你星哥就是这么一个深谋远虑的十七岁猛男！

于是两家人，再加上一个姜芬芳，大家一起快快乐乐地去逛家居馆了。

季明朗最近一直加班，林守墨也是，他周末去医院开了两个会，下午三四点才回家。

老林：晚上回家吃饭吗？

小林：不了，我们要去吃特有名的牛排！

老林捧着手机眼巴巴地等了半天，也没等到儿子发来共吃牛排的邀请，只好酸溜溜地回了一个"哦"。

中年男人的生活，就是这么惆怅、孤独，且寂寞。

林守墨又在沙发上眯了一阵，才起来慢悠悠地洗澡，再到厨房给自己煎两片牛排，超市货，也特有名，全国驰名商标。他准备再弄个提拉米苏，所以单方面征用了小林的拇指饼干，又顺手在他的零食箱里翻了两下，结果翻出十几瓶小饮料——说明书早就被季星凌扔了，只剩下酷似气泡酒的包装。

林守墨皱眉，他是完全不提倡青少年接触酒精的，哪怕这种 3% 的饮料也不行，于是全部没收到客厅，又自己尝了一瓶。

咦，味道好像还可以。

晚上八点多，电梯叮了一声，人没出来，先涌出来了一堆购物袋。

家居馆扫荡小分队此行收获颇丰，季星凌和林竞被充作苦力，季明朗也在，他是下班后特意绕道去接人的，此时怀里正抱着两个圆凳。商薇一边道谢一边打开门："快，先进来休息一下。"

林守墨正在书房看书，听到动静后赶紧跑出来："哟，买这么多东西。"

"是啊。"商薇甩着酸疼的手腕转身，然后，"啊！"

林守墨被吓了一跳："怎么了？"

商薇僵在原地，尖锐耳鸣着，半句话都说不出来。

房间里也一片安静，像电视被瞬间按下了静音键。

只有林竞结结巴巴："爸……那个什么，你……"

顶着满脑袋茂盛枝叶但并不知道发生了什么的中年老林："我怎么了？不是，你们怎么了？这都什么表情？"

心理建设是来不及循序渐进了，林竞心一横："爸，我接下来说的事情，可能有点超乎你的想象，你最好先有个心理准备。"

林守墨被这满屋子的凝重气氛笼着，说不慌那是不可能的，他看着肩并肩站在自己面前的两个小孩，顿时觉得头晕更加严重了。

林竞继续向老林摊牌："爸，我和我妈都是妖怪。"

林守墨闻言顿时觉得天旋地转，不得不扶住了旁边的展示柜，结果好巧不巧，头上伸出来的一根枝丫，就那么打翻了顶层摆放的一排杯子。

在哗啦啦的清脆碎裂声中，老林余光瞥见玻璃里的影子，终于难以置信地、三观炸裂地、颤抖地，摸了一下自己绿叶茂密的头。

林竞眼底充满同情："你也是妖怪。"

垃圾桶里丢了七八个饮料空瓶，都是老林私自没收并享用的昆仑饮料。偷吃儿子零食的后果严重到超乎预期，他在晕倒与不晕倒之间兜兜转转好几圈，最终还是坚强地稳住了！

林守墨直挺挺坐在沙发上，惊悚而又木然地想着：我是妖怪，我是一棵树，我绿了。

啊，好可怕。

季明朗一家人已经先回了1301。林竞揽过老林的肩膀，小心翼翼地问："爸，你没事吧？"

林守墨心情复杂，说不出话，心说：你看我现在像没事的样子吗？

林竞安慰："我刚发芽的时候也这样，适应就好了。"

林守墨咨询："你花了多长时间来适应？"

小林随口回答："差不多五分钟。"

林守墨："……"

自己是一家之主，是顶梁柱，确实应该处变不惊、屹立不倒，给儿子做榜样，但五分钟未免也太短了，这臭小子真的没有胡乱吹嘘的成分在里面？！

林守墨看了眼在厨房里泡茶的老婆，继续问："那你妈是什么时候发芽的？"

林竞犹豫了一下，决定让老林一次性接受完所有现实："我妈不是树，她是一只鸟。"

林守墨再度头晕眼花。

问：比自己是一棵树更加扯淡的事情是什么？

答：老婆是一只鸟。

这一定不是真的。

林竞一鼓作气："姜阿姨也是一只鸟。"

林守墨表情惊恐。

他颤抖着问："那隔壁季总一家也是鸟？"

"没。"林竞回答，"他们是麒麟。"

林守墨在轰然颠覆的三观中顽强挣扎着，大脑基本空白，说话也颠三倒四："这世界上有人是人吗？"

"有，人类数量还是要比妖怪多很多的。"林竞双手扶住老林的肩膀，"但你得先接受自己是妖怪这件事情，然后才能消化新知识。"

林守墨在风中凌乱地和儿子对视："你用了多长时间学习关于妖怪的知识，也是五分钟？"

"没，我还没开始学呢。"小林老师这回改走煽情路线，非常可怜地说，"别的小妖怪都是由爸爸亲自教的。"

疼爱儿子的慈父老林果然上钩，我儿子哪里能受这种委屈？于是他一拍胸脯："你等着，爸爸这就去学！"

林竞搂着他的脖子："那你接受自己是棵龙血树的事实了吗？龙血树，听起来是不是超酷的，比祖传天眼酷多了？"

酷不酷的先放一放，林守墨又想起一件事："你妈是什么品种的鸟？"

"你猜。"

林守墨琢磨了一下，喜欢挠人的是什么鸟，难不成是一只疯狂麻雀，愤怒的小鸟？

商薇端着刚泡好的毛尖茶从厨房出来。

"那我的任务就算完成了。"小林拍拍老林，"接下来你自己和我妈聊吧，我先回卧室。"

"等会儿！"林守墨叫住儿子，伸手指着自己枝叶茂盛的头，紧张地问，"怎么变回去？"

林竞："……对不起，我不知道。"

林守墨：好的，我懂，别的小妖怪都是由爸爸亲自教的，爸爸对不起你。

林竞替他宽心："但隔壁季叔叔一定有办法，等会儿我们请他过来看看，实在不行还可以去妖怪医院。"

林医生对"医院"两个字有着天然的信赖和安全感，一听妖怪也有专门的医院，顿时就不再为自己的满头绿忧心忡忡了。林竞回到卧室，先用手机给季星凌汇报了一下 1302 一切 OK，然后就蹲在门口，很认真地搞窃听。

"儿子说你是一只鸟。"

"嗯。"

"什么鸟？"

"你希望我是什么鸟？"

林守墨："……"

为什么都这种时候了还有送命题？

商薇其实也很慌，很不放心："老林，我要是变回原身，你能保证不会当场昏迷，或者精神分裂吗？"

林守墨心想：我都"绿"了，我有什么资格分裂？

于是他就见到了一只青红相间的鸟，真正的妖怪，拖着长长的尾羽，在客厅转瞬即逝，很快又变回了人形。

商薇紧张地看着老公。

林守墨双手死死地掐着布沙发，都快把那里扯出一个洞了！

我刚刚看到了什么？！

我看到了什么？！

我老婆真的变成了一只鸟！

啊！

我是不是被人下了迷幻药？！

110！110！

商薇在他面前晃晃手："老林。"

毫无反应。

再晃一晃："老林。"

还是毫无反应。

眼看老公双目失神，身体也摇摇晃晃，马上就会迎来一轮惨烈昏厥。商薇急中生智："林守墨你自己就是妖怪，凭什么嫌弃我和儿子！"

林医生瞬间就不晕了，这种关系到家庭和谐的问题一定要讲清楚："我怎么可能嫌弃你和儿子！"

"不嫌弃你晕什么？！"

"……我突然就变成妖怪了，我难道不需要一点时间来接受这件事？"

"晕倒有助于加快接受速度？"

"……谁说我、我、我要晕了，我这不是还没晕吗！"

林竞一边听，一边又给季星凌发了条信息："我爸目前确实很 OK。"

最后是由季明朗请了鹊山医院的专家组过来，帮老林收回了满头苍翠的叶子，又留给他一本植物系妖怪通用的护理手册。

夜已经很深了。

季星凌不放心这边，还是偷偷"砰"了过来。两人一起缩在被窝里，林竞小声说："我爸好像还可以，心理防线不像我想象的那么脆弱。"

"有没有什么要帮忙的地方？"

"没。"

林竞比较担心隔壁亲爹的状况，整整一夜都没睡踏实，早上七点就爬了起来。

林守墨起得要更早一些，他今天没有门诊，正在厨房磨咖啡。

"爸。"林竞挂在他背上，"你怎么样？"

"只要这里没问题，"林守墨指了指自己的头，"就还可以。"

他昨晚已经粗粗浏览完鹊山医院留下的资料，对植物系妖怪有了初步了解，还非常仔细地来回阅读了三五遍幼苗护理部分——虽然老林内心依旧很崩溃，经常看着看着就想起来，啊，我是妖怪，为什么会这样？好可怕，想昏迷！但又不可以，自己要是昏迷了，老婆和儿子怎么办？于是就继续坚持往下看，所谓父爱如山，场面简直感人。

林竞由衷称赞："老林，你好伟大。"

林守墨谦虚："哎呀，还可以吧，你妈也这么说。"

突然从人类变成妖怪，有许多事情都要从头开始学。林竞因为高考的关系，妖管委特批他可以延迟考试，但林守墨就要立刻开始接受新知识了，幸好，他的太太是妖怪，邻居也是妖怪，好朋友刘大奇一家都是妖怪，总可以得到许多帮助。

在此后很长一段时间里，1302的画风都是这样的——

"老婆，我又'绿'了！"

"林守墨你能不能换一种描述方式？！"

就很和谐。

山海高中，白泽楼前竖起了醒目的高考倒计时牌，三百天，看起来很长，但所有老师都在说，其实就是一转眼。

高三（一）班的教室后面也贴上了激励板——"今日披星戴月，明日实现梦想"，原本是句普通的标语，但偏偏是林竞亲手抄的，那么对季星凌来说，意义一下就不一样了，每次看到都觉得是小林老师在搞暗示，在告诉自己，只要披星戴月努力一下，高考后就能实现美好梦想——还有什么理由不好好学习？

大少爷的周考成绩，已经能稳定保持在500分以上了。

高三很少有人继续住宿舍，葛浩也在附近找了个两室一厅的公寓，周日早上，一群人帮他把行李搬到出租屋。和季星凌原先想的不一样，这房子居然还挺干净温馨，走路到学校只要五分钟，他立刻就心思活络了，凑近林竞小声说："哎，不如我们也搬过来，你觉得怎么样？上学路上每天能省将近一个小时呢。"

林竞把手里的箱子放好："阿姨不会同意的，这里又没有白泽。"

"白泽叔叔早就回老家了，只不过他怕我妈追上门，所以一直推说自己还在锦城。"季星凌靠在柜子上啃着苹果，"直到前几周吧，妖管委查记录，才发现他已经回家很久了。"

林竞乐："阿姨什么反应？"

"刚开始时很崩溃，总觉得我又要掉回300的梯队，但最近几次周考和摸底我不都还可以吗？她也就放心了，所以你想不想搬？"

"不想。"林竞洗干净手，"甜不甜？给我吃一口。"

季星凌把啃了一半的苹果递过去，超自然。

葛浩刚好抱着一摞书过来，看到之后心想，完了，星哥八成要挨打！

结果林竞接得比季星凌递得更自然，一边吃一边去别的地方帮忙了。

葛浩：我好迷惑，我看到了什么？林哥不是有洁癖吗？为什么居然可以忍受别人吃过的东西？

季星凌转身瞥见小弟，一拍他的脑袋，一如既往地超嘚瑟："你懂什么？我超干净的。"

于一舟去楼下超市买回笤帚、拖把、簸箕，日用品也就基本齐全了。葛浩原本打算招呼大家去吃海底捞，结果好巧不巧，下午五点的时候，一阵狂风吹来黑云，前一秒还晴朗着，这一秒就轰隆隆下起了暴雨，好似瓢泼。

葛浩站在窗前，看着豆大的雨滴砸在窗台上："现在叫外卖会不会有点过分？感觉小哥会被冲走。"

林竞突发奇想："我们自己煮火锅？"

季星凌："？"

于一舟："？"

葛浩及时表明："我不会做饭。"

林竞虽然本身也四肢不勤、五谷不分，但还是被这群连火锅都懒得煮的当代青少年给镇住了，这完全没难度的吧？

于一舟平时大少爷当惯了，从没想过还有自己做饭这个新思路，但这并不影响他忽悠发小，于是及时转变态度："也行，这样，我和林竞去买菜，你俩在家准备。"

季星凌果然中招——买菜有你什么事？你难道以为我会把和小林老师一起逛超市这种机会让给你吗？不可能的，做梦去吧，你星哥要亲自去买菜。

于一舟竖拇指：好的好的，你去，你厉害。

超市就在地下一层，倒是不用冒雨上街。

季星凌推着购物车，林竞拿着手机，一样一样往里挑商品，就很有氛围。

季星凌相当满意这个行程安排，一边看着他买菜，一边花式吹捧："没看出来啊，你还懂这些，托着南瓜拍两下是什么意思，挑熟没熟？"

"没。"林竞继续挑莲藕，"和熟没熟没关系，拍两下显得我比较专业。"

季星凌觉得小林老师真是可爱到超级犯规！

林竞挑完莲藕，又转去调料区挑火锅底料了，大少爷无事可做，推车太大又推不进人多的地方，就到处乱晃悠。晃过日化区，有几个货架上是成人用品，你星哥虽然还不算成人，但青春期大家都很躁动，看一看总是没问题的，提前了解新知识。

他伸手想去拿，结果一个女生刚好从对面走过来，也推着一车生活用品。

季星凌："……"

章露雯有些惊讶地看着他，不管是满推车的、和季星凌以往形象完全不符的菜、肉、调料，还是对方手里……她有些尴尬，挡在走廊上没动。

季星凌也觉得很鬼扯，这叫什么事，还没来得及闪人，林竞就捏着两袋火锅底料晃了过来，撞个正着——既看到了章露雯，也看到了季星凌手里辣眼睛的小方盒。

当然，章露雯也看到了他。

"你们……"

季星凌没接这茬，把东西丢回货架，带着林竞走了。两人在自助收银台扫完码，七七八八装了不少袋，摞在一起跟山似的，拎是拎不动了，于是打电话给于一舟，让他来接。

旁边有买蛋卷冰激凌的机器，季星凌问："吃吗？"

"不吃。"林竞把购物袋转移到墙角，免得挡路，"你刚才怎么回事？"

"我就一时好奇，随手拿的。"季星凌也在后悔，"谁知道刚好碰到她。"

林竞拆开一片口香糖："嗯。"

"你觉得她会不会误会什么？"

"不知道。"林竞也塞给他一片，"但应该没关系，你家财大气粗的，她就算觉得有什么，应该也不会到处乱说。"

季星凌靠在墙上，随便嚼了两下："我刚刚是不是不该那么快把你拽走？说不定再站一会儿，你就能机智地想出借口，把这个尴尬场面给圆过去。"

"不用多站一会儿。"

"什么意思？"

"意思就是我刚才一看到你们，就已经知道应该怎么演了。"

"欸？那你怎么没说话？"

林竞回答："因为舍不得拿你祭天。"

季星凌："？"

其实林竞知道，自己刚才压根儿不用说任何话，只需要装出"一个人逛超市的时候，不小心撞到季星凌和章露雯站在成人用品货架前"的一脸惊讶就可以了，对方身为女生，肯定会着急解释这件事。

但不可以。

不OK。

林竞想了一下，扭头看着季星凌："管她会怎么想，反正我一点都不想假装误会你和章露雯有什么关系！"

刚刚抵达的于一舟："……"

倒也不用这么大声。

季星凌成功被转移了注意力，他美滋滋地甩着看不见的麒麟尾巴，把所有购物袋都塞给于一舟，自己接过林竞手里的："这玩意太沉了，我来。"

于粥粥：Hello？

季星凌无情地提议："你可以变回原身，就能一次性挂十几个大购物袋了，晾衣绳那种见过吧？一长条，不要浪费你的扁担身材。"

于一舟服了："滚。"

林竞没干过家务，毫无买菜经验，又是北方人，北方人你们懂的，冬天囤大白菜基本按吨，完全没有"买排骨还能论根"的精致思想，差不多给葛浩买回了一周的菜量。于一舟抱着一大袋土豆，觉得手都快要断了，但又不能抱怨，因为"狐朋狗友"根本没良知，只好继续当着搬运工。

电梯叮的一声打开，三个人还没来得及进去，李陌远先和韦雪从里面走了出来。

李总迅速解释："别瞎想啊，我是帮忙来搬家的！"

韦雪也伸手指指楼上："那个，我住1109。"

"巧了，葛浩也住这栋，二十层。"看在班长的面子上，群众并没有对李陌远展开大规模调侃，还发出友好邀请，"我们打算煮火锅，一起来吗？"

大家平时关系都很好，一顿饭也没什么可矫情的。葛浩和林竞在厨房拆包装，其他人帮忙摆桌子、洗碗筷，圆餐桌坐六个人正好。

韦雪说："没看出来，你们四个居然还愿意自己做饭。"

"做饭真没什么。"于一舟时刻不忘给发小挖坑，"主要是吃完之后，星哥还要表演一个当场洗碗，就比较罕见了，大家准备好掌声，千万不要错过。"

季星凌言简意赅："滚。"

葛浩在旁边积极举手："我洗我洗！"

韦雪提议："不如玩游戏来决定？"

于一舟拍桌子："没问题。"

季星凌用藐视的眼神看他：你没问题个什么鬼，你哪次游戏赢过？除非比赛谁能当场把自己打成死结，那确实你赢。

于一舟：蜃龙脏话。

小套间里热热闹闹的，有吃有聊有玩，气氛超好。几个人玩了几把小游戏，李陌远光荣夺得洗碗权，韦雪恨铁不成钢，也没细看，端过旁边的饮料喝了一口："重来重来。"

林竞没来得及拦："雪姐，我的可乐。"

韦雪："……"

林竞友好地提议："你可以立刻狂奔去洗手间疯狂漱口，我不介意的。"

韦雪：不，我没你那么变态。

就是有点尴尬而已。

季星凌却在想另一件事情。

那是小林老师喝过的饮料。

龙血树喝过的饮料。

于是他拍拍李陌远："吃完了吗？散场吧。"

正在夹丸子明显还没吃饱的李总："唉？"

于一舟也有点迷。至不至于啊？班长不小心喝了口林哥的饮料，就要把人家赶走，这是不是有点过分神经质了？

季星凌拉着李陌远的胳膊，强行把人拽起来："散了散了，等会儿还有事。"

"……"李陌远不明就里，被扯得踉踉跄跄，"行行，我去拿书包。"

韦雪坐在椅子上没动。

林竞也没搞清楚状况——因为他和于一舟一样，不知道李陌远和韦雪是妖怪，季星凌还是很拎得清的，并不会随便把别人的秘密说出来。所以他在韦雪面前晃晃手："班长？"

韦雪脸都白了："你们能先……出去吗？"

山海高中·学生证

· 第 10 章

龙血树的麒麟竭

四个男生站在卧室里，面面相觑，场面一度尴尬。

　　除了季星凌，其他三个人都是从妇女之友的角度出发的，葛浩贴心提议："不如我们下楼吧，那什么，李总是不是还得去超市帮班长买点东西？"

　　"行。"林竞附和，"超市外面有家星巴克，现在应该还开着，我们可以去那儿。"

　　两人正在商量，李陌远过来敲门，他看起来也相当之紧张，挠着头说："今天不好意思了啊，我先送她回家。"

　　"没事没事！"葛浩赶紧摆手，"你留在这儿照顾班长吧，厨房里有刚烧的热水，我们去楼下买点喝的，一个小时之后再回来，不用着急。"

　　他平时傻呵呵的，心大习惯了，压根儿没考虑到六十多平方米的出租屋隔音效果堪忧，这么扯着嗓门一叮嘱，别说韦雪，邻居家要是有人估计都能听见。李陌远一边打手势示意他小点声，一边干笑："不用，你们别出来就行。"

　　既然李陌远都这么说了，房间里的四个男生只好继续站着。结果没过五分钟，李总就又来敲门，这回他更紧张了，简直紧张得满头都是冷汗，搞得房间里除季星凌外的其余三个人都有点蒙，不就是女生那什么吗？虽然尴尬，但也不至于这么慌张吧，他到底怎么回事？

　　李陌远干咽了一下口水："我得先去楼下帮她拿件衣服，你们能转移到咖啡馆吗？我请客。"

　　季星凌实在看不过去了，当然主要是他觉得按照李陌远处理问题的能力，简直就是在给女生疯狂叠加丢人 buff，还不知道其余三个人会怎么胡思乱想。于是他一把将人扯到厨房，压低声音："班长是不是控制不住灵力了？"

　　李陌远闻言瞪大眼睛，一脸惊悚。

　　季星凌嫌弃得要命："你这是什么见鬼的表情？"

　　"没……没。"李陌远好不容易缓过劲，顾不上别的，赶忙问，"你有办法吗？"

　　"我没办法，但你也不用这么紧张。"季星凌站直身体，"雪姐只是不小心沾了点龙血树的灵气，很快就能恢复了。"

"龙血树？"李陌远吃惊地说，"书上不是说龙血树由于天雷大火，已经灭绝了整整三千七百五十六年吗？科学家翻遍整片焦土雪原都没能找到幸存的种子，为什么突然会冒出灵气？"

季星凌被这CCTV科学栏目式的详细解说给折服了，三千七百五十六年，有零有整的，居然也能记这么清楚，果然是热爱学习的市三好学生，牢记各种生僻知识。

大少爷觉得"知根知底妖怪小团伙"再多两个人，好像也无所谓。

于是他又拎着李陌远回了卧室。

韦雪还坐在餐厅的椅子上，僵直着身体一动不动，她今天穿的是连衣裙，短短的，刚到膝盖，并不能遮住整条尾巴。刚刚葛浩在隔壁说的话一字不差地传了出来，她当然知道这群男生脑补成了什么，但又不能说，于是一张脸涨得通红，眼泪都快落下来了。

李陌远突然在餐厅门口探出一个头："你做好心理准备。"

韦雪："？"

砰的一声，夹裹着雷电的黑雾出现在了空气里，然后又瞬间变成人形，冷酷星哥只是意思意思妖化了一下，并不想过长时间暴露真身。于一舟就比较不害臊了，他觉得自己是真的酷，于是把季星凌当成柱子盘。葛浩在脑袋上顶了朵忘忧花，至于小林老师，因为鹊山医院开的药实在太管用了，暂时冒不出叶子，所以只好口头自我介绍："我也是妖怪，我是龙血树，你自己脑补一下，参天的那种。"

季星凌扯了一把缠在自己身上的龙："可以了，下去。"

蜃龙变回于一舟，抚了把额上的红色鳞片："雪姐，我们本来准备给你排练一个唱跳节目的，用来缓解尴尬气氛，但时间来不及，你就凑合看吧。"

李陌远也安慰她："大家都是妖怪，所以你不用担心。"然后又一指季星凌，血泪控诉，"他就是那只到处乱轰的麒麟！"

季星凌一巴掌拍上他的头："麒麟是你叫的吗？叫哥！"

李陌远逃避现实："我没有你这门亲戚！"

韦雪抹了把眼泪，有点惊讶地看着他们。

葛浩适当恭维："我早就听说腓腓超漂亮的，没想到就是雪姐你！"

林竞捧哏："有多漂亮，我能看吗？"

"当然不能！"李陌远紧张兮兮地护住韦雪，"你们可以散了，去星巴克吧。"

季星凌提意见："你这属于过河拆桥。"

"没错，我就拆你。"李陌远挥手，像赶苍蝇一样地把四个人赶了出去。

韦雪还在想："原来季星凌就是麒麟啊。"

李陌远坐在她对面："嗯，他还说我不会照顾人，但我觉得我挺会照顾你的啊，对吧？"

韦雪轻轻甩着身后的大尾巴："你回去帮我拿一条长裙子。"

"不用，季星凌说你是因为喝了林竞的饮料，才会灵力失控的，过半个小时就会没事。"

"龙血树是什么？我好像从没听说过。"

这方面李陌远就很擅长了，他立刻滔滔不绝地说了起来，关于龙血树的各种偏门冷知识。

星巴克里，季星凌懒懒地靠在沙发上，嘴里叼着吸管："你们猜李陌远现在在干吗？"

剩下三个人异口同声："科普龙血树。"

三好学生，绝！

过了一会儿，李陌远打来电话，说已经把韦雪送回了家，一切 OK。

于是其余人也散了。

季星凌和林竞没打车，他们沿着林荫道走了一阵子。锦城的夜生活一向烟火气息很浓，各种餐饮店热火朝天，公园外面，到处都是摇着蒲扇纳凉的人。

季星凌捏捏他的后颈："在想什么，怎么一直不说话？"

"想雪姐的事。"林竞回神，"那杯可乐她好像只喝了一小口，也会这么严重吗？"

"嗯，因为你最近正在发芽，所以蓬勃过度。"季星凌解释，"鹊山医院的药虽然能控制灵气，不至于过分影响其他妖怪，但像喝饮料这种已经算超亲密接触了，肯定不行。"

"为什么你没事？"

"因为我超猛的。"

"……"

"真的。"季星凌笑，手臂搭住他的肩膀，"灵力越不稳定的妖怪，就越控制不住自己，哪怕沾一点点龙血树的灵气都会暴露，但我不一样，我是真的猛。"

"确定？"林竞依旧怀疑，"我不是不相信你的猛，主要你这一脸痞兮兮的，看起来就可信度很低。"

"你语文怎么考 130 的，就不能用一个好听一点的词形容我吗？我这叫玩世不恭。"

"嗯，季星凌你玩世不恭。"

"……"你好敷衍。

林竞虽然知道龙血树灵气充沛，但因为季星凌平时一直凑在自己跟前，喝水也用过同一个杯子，好像没出过什么事，所以并没有很在意，直到今晚班长冒出尾巴，他才后知后觉地反应过来，好像自己真的有点厉害。

于是他转而开始担心另一件事。

"季星凌？"

"嗯。"

"你真的没有疯狂服用药剂吗？"

"什么药剂，那是什么鬼东西？"

"就稍微意会一下。"

"我才没有乱吃药。"季星凌哭笑不得，"我傻吗？"

"你是有点傻。"

"……"

猛的地位得不到认可，还要被说成是乱吃药的憨憨。

你星哥就很气。

这是什么糟糕的植物？

而更糟糕的事情还在后面，小林老师担心季星凌会因为和自己接触太频繁，又在课堂上冒出尾巴啊、角啊、龙鳞啊之类的，引起不必要的恐慌，坚决不肯再和他近距离接触了，恨不得甩手画出一条银河，牛郎织女那种。

季星凌一脸哀怨："我提出抗议。"

林竞看着眼前的英语阅读，丝毫不为所动："抗议无效，你可以把过多的精力发泄在数学题上。"

"不要。"季星凌趴在课桌上，哼哼唧唧，侧头看他，"没有力气学习，我申请一次充电的机会。"

林竞被唠叨得头晕，于是拽过他的胳膊压在自己桌上，低头凶残地咬了一口："满格了吗？"

季星凌看着自己手腕上的一圈牙印，咽下血泪："好的，我立刻学习。"

但大少爷不安分惯了，没做几道数学题，就又在手腕上顺着牙印画了分针、秒针，伸到同桌面前："喏，快放学了。"

林竞哭笑不得："你幼不幼稚！"

季星凌收回手："我这叫苦中作乐。"

走廊上不断有小女生路过，再"不经意"地往高三（一）班的教室里看一眼——大多数是慕名前来看校草的新生。季星凌就比较嘚瑟："哎，我真是山海不可超越的传说，你要好好把握，千万不可以放已经到手的绝世大帅哥给别人做同桌。"

"绝世大帅哥，数学写完了吗？"

"还有五道。"

"老李今天好像一共就布置了五道吧？"

"嗯，我这不是还在算吗？"

林竞胸闷，把中性笔凶残地拍在他面前，做，做不完不准吃饭。

教室里闹哄哄的，一群人正在翻周考的试卷，白小雨手里捏了两张，递给季星凌和林竞："喏。"

"谢了。"

"那个，我刚刚路过二班的时候，被章露雯叫住了。"白小雨说。

林竞抬起头："然后呢？"

"她问我你们两个人平时是不是走得很近。"白小雨性格腼腆，和章露雯那种张扬嚣张的大小姐完全不是一路人，被喊住的时候还挺害怕的，以为惹了什么事，结果对方却一反常态地好说话，拐弯抹角了大半天，只为了问季星凌和林竞的关系好不好，还叮嘱自己要保密，莫名其妙的。

季星凌皱眉："她有毛病吧？"

"我也不知道她想干吗，总之你们还是小心一点。"白小雨提醒，"我根本不认识她，都能被找上门，估计还找了别人。"

林竞点头："知道，谢谢。"

白小雨走后，季星凌丢下手里的笔："二班那群女的可真够烦的。"

"不意外，因为你已经帅成了山海不可超越的传说。"

"……"

林竞揉揉他的脑袋："我要把你看紧一点。"

虽然两人都不介意别人说什么，但高三明显不是一个好时候，很耽误人考北大和北大隔壁的学校，所以还是要出面解决一下的。

周六不用上晚自习，下午五点放学。章家的司机准时来接章露雯回家，开进小区却被截了路，司机伸长脖子看一眼："好像是于家那辆宾利。"

季星凌坐在车里，百无聊赖地打着手机游戏，过了一会儿，果然有人在外面敲车窗。

于家的司机下车，帮忙打开车门。

章露雯坐进后排，扭头问："有事？"

"嗯。"季星凌漫不经心地答了一句，继续把手里的这局打完，才看了她一眼，

"听说你家最近在竞标鹿湖的一个项目。"

章露雯没料到他上来就提这个，愣了一瞬，才佯装镇定地回答："我爸生意上的事情，我不清楚。"

季星凌开了第二局游戏："你可以走了。"

轻蔑和不在意都是肉眼可见的，章露雯脸上挂不住："你凭什么威胁我？！"

"你可以继续去学校问七问八，"季星凌眼皮没抬，语调也没变，"然后你就会知道，我凭什么能威胁你了。"

"林竞——"章露雯话还没说完，季星凌冰冷的视线已经扫了过来："我不打女生，但仁瑞收拾你家的公司，一个月都用不了，最好考虑清楚再开口。"

章露雯咬着下唇，脸色发白，最终还是什么都没问。

也不需要问。

……

林竞在街边长椅上坐着看书，过了一会儿，一辆黑色的宾利停在面前。

"怎么样？"

"解决了。"

季星凌向于家的司机道谢后，自己重新打了辆出租车——大少爷在这方面极度斤斤计较，既不想让别人看见章露雯上自家的车，也不想让小林老师坐她坐过的位置，实力诠释教科书级别的精神洁癖。

时间在大大小小的考试里飞逝。

国庆节后，转眼又是圣诞节，这次没有四大悲剧和交换礼物大会，只有老李的习题集十八连讲，讲得全教室的同学昏昏欲睡，连林竞也在竖起的书本后偷偷趴了一会儿，最后还是靠窗的同学小声喊了一句："呀，下雪了。"

你们知道的，锦城从来没下过雪。

这句话像是凉水进沸油，激得全班都噼里啪啦炸了，嗡的一声躁动起来，拼命扭着脑袋往外看。

林竞意料之中被吵醒，但好学生就算睡觉也不会睡蒙，还记得这节是数学，并且在睁眼之前，就精准分析出"绝对没有人敢在李老师的课上叽叽歪歪，既然这么闹哄，那一定是下课了"，于是睡眼蒙眬地扭头："季星凌我想喝水。"

这一嗓子带着浓浓的困倦和沙哑，嗓门还不小，引得全班齐刷刷地转过头来，李建生在讲台上也一停顿。

季星凌从牙缝里往外挤字："还没下课。"

林竞："……"

李建生敲敲讲桌："林竞。"

小林老师老老实实站起来。

"我刚在讲什么？"

季星凌把本子往这边挪了挪。

林竞迅速扫了一眼，照着念："函数和导数的解题技巧。"

李建生把下面的小动作看得一清二楚，却不生气，甚至有点想乐，琢磨着这是怎么了，林竞上课睡觉，季星凌反倒听得认认真真。他并不介意好学生偷偷打个盹，所以也没多批评，只让林竞站着听完了剩下的二十分钟课，清醒清醒。

窗外风声呼啸，听起来就很像鹅毛大雪的前兆。

李建生是土生土长的南方人，能体谅这种没见过世面的亢奋情绪，难得没拖堂，一打铃就下了晚自习。

全班都"嗷嗷"出去看热闹了，季星凌一边收拾东西一边问："你没事吧？"

"我再也不熬夜了。"林竞趴在桌上，有气无力，"所以在我睡着的时候，全班到底在吵什么？"

"下雪了。"

"嗯？"

季星凌重复了一遍："外面好像下雪了。"

林竞精神抖擞，连书包都没收拾，就跑出去看雪。

墨蓝的天幕，橘色的路灯，还有霏霏不绝、牛毛一样飞舞的雨夹雪，落在地上就会迅速融化，半点都积不起来。

季星凌拎着两个书包跟出来："这和雨有什么区别？"

"带了一点点雪。"林竞趴在栏杆上，伸手去够空气中的寒冷湿意，"已经很难得了。"

季星凌想起去年过年的时候，宁城那浩浩汤汤的漫天大雪，觉得小林老师居然没有嘲讽锦城这假冒伪劣、蔫不唧的雪，可真是善良。

"你喜欢雪吗？"

"嗯。"

湿漉漉的地面倒映出路灯，校园广播很应景地在放："就算大雨让整座城市颠倒，我会给你怀抱。"

回家已经快十一点了。

林竞洗完澡，哈欠连天地走出浴室，刚好和砰地冲进来的季星凌撞了个满怀。

大少爷手疾眼快，一把捂住他的嘴："嘘！"

林竞惊魂未定："你为什么要翻窗户？"

"圣诞礼物。"季星凌手里拎着一个红桶，跑得气喘吁吁，"给。"

林竞意外："……但我什么都没准备。"

"没关系，快点。"季星凌催促，"不然要化了。"

小红桶摸起来很凉，外面凝结着厚厚一层水雾，打开之后，是一个歪歪扭扭的雪人。

"……"

季星凌笑得开心："你不是喜欢雪吗？不过我来不及去宁城了，就去附近的青云山上给你弄了个小雪人，圣诞快乐。"

房间里的温度很高，林竞把雪人拿出来，没过几秒，手心就变得湿漉漉的。

季星凌替自己解释："我没什么经验，虽然不太好看，但这已经算超常发挥。"

"你等会儿。"林竞捧着雪人，一路跑到厨房。

季星凌没弄明白，等他回来之后问："你把雪人扔了？"

"没，我放冰箱了。"林竞反锁好卧室门。

季星凌被逗笑了："真的假的？"

"真的。"林竞双手捂住他冰冷的脸和耳朵，"圣诞快乐。"

而远处市政广场的钟声也正好响起。

季星凌心想，还挺温馨。

雪人在冰箱里屹立不倒，站了整整一周，用商薇的话说，跟个皇帝似的，坐拥菜妃和蛋妃。

林守墨在取牛肉的时候，不小心碰掉了它的头，顿时树容失色，赶紧从冷冻柜里刮了点冰霜，重新给接上了。

商薇站在他身后："你看你，不就是一个小雪人吗？坏了就扔了吧，还占地方。"

林守墨轻手轻脚地放回去："儿子每天都要开门看一遍，要扔你扔。"

商薇："我才不扔。"

林守墨："让姜阿姨扔。"

姜芬芳："？"

大少爷可能自己也没想过，雪人会变成1302的常住人口。

并且被隆重介绍给了小林老师的亲友团。

宁城一入冬就下雪，像堆雪人啊、打雪仗啊，差不多在上小学的时候就玩腻了。但今年不一样，今年林竞在锦城，求雪而不得。于是徐光遥他们几个特意抽出一下午，堆了个巨大的雪人，在群里进行了全方位的展示。

布雷：雪好大好白好纯洁！

BEAST：雪好大好白好纯洁！

唯：雪好大好白好纯洁！

可达：……

布雷：看！雪人！

BEAST：看！雪人！

唯：看！雪人！

可达：我也有。

然后还没等群里三个人发出"你有个头"的嘲讽复读，对面就咣咣砸来几十张……或者干脆是上百张照片吧，都是同一个雪人，丑模丑样地站在冰箱里。跟拍写真似的，从石头眼到塌陷的鼻子全都拍了一遍，三百六十度花式旋转，恨不能放大每一个细节。

布雷：我天！我卡机了！

BESAT：这是个啥？

唯：我天！我卡机了！

BEAST：居然还是原图！赔我流量！

布雷：林哥疯了。

唯：林哥疯了。

BEAST：我天！我卡机了！

BEAST：林哥疯了！

BEAST：不是，你们复读的时候能不能稍微等等我？！

林竞心满意足地关了手机。

不就是雪人吗？说得好像谁没有一样。

你林哥从来不会输！

窗外又在飘很小的雨夹雪，今年的锦城好像要比以往更冷一些。

胡媚媚给两个小孩送了帽子、手套和围巾，能毛茸茸地兜住整张脸，据说是青丘狐狸姥姥亲织的。

林竞很没见过世面地问："是不是九尾狐的毛？"

季星凌心情复杂："不是，没有，你想多了，九尾狐不产毛，这是羊绒。"

千万别让我妈知道你把她和老山羊拉到了一个水平线。

林竞挤到季星凌跟前，充满期待："等到高考完之后，你要带我去青丘看九尾狐。"

"好，我带你去，但这已经是你第一百次重复这件事了。"

"我这不是怕你忘了吗？所以三不五时地找一下存在感。"林竞把胳膊架在他肩头，"小狐狸是不是超可爱的？"

"小狐狸没有超可爱。"季星凌认真强调，"我比较可爱。"

由此可见，你星哥确实已经长大了，是个成熟的麟了。

甚至可以自己给自己发可爱卡。

高三的课程安排得很紧，差不多紧贴着年三十才放寒假，初八就又要回校上课。

大年初三早上，季星凌一边挤在 1302 做题，一边看了眼身边的人："你昨晚又熬夜了？"

"没，就是困。"林竞趴在桌上，"树是不是也有冬眠期？"

"哪有？你不要把偷懒说得这么理直气壮。"

林竞笑，脑袋抵着他放在桌上的左臂："嗯，我就是想偷懒。"

阳光很暖，照得整个后背和头发都发烫，眼皮沉重得睁不开。

还做了个花里胡哨的梦，情节各种离奇，类似于闯关解密，后来发现 boss（终极怪兽）居然是季星凌。

然后小林老师就惊了，满脑子都是"季星凌居然是反派，这下该怎么办？但他真的好猛，还是我的好兄弟"，又觉得"不行，不可以，我应该代表正义去劝他弃暗投明"，超神奇的。

于是，小林老师就惊魂未定地醒了，他睁开眼睛的一瞬间，刚好和某人来了个精准对视。

季星凌一脸冷静地坐直。

林竞依旧趴在桌上："季星凌你好变态。"

大少爷冤死了，这又是从何说起？

季星凌："我才不变态，我是正直好少年！"

林竞闷笑，把手臂搭在他肩上："几点了？"

"十一点。"季星凌拍拍他，"去洗把脸，我们差不多该出发了。"

镇守神树发来请柬，邀请林家人去妖怪山村做客，麒麟崽身为金贵的威猛大妖怪，也强行蹭到了一个名额。车子一路开往城郊，林医生俨然是所有访客里最激动、最郑重的那个，正襟危坐，跟参加全国最高水平外科学术会议一个造型。

林竞小声说："你看，我爸像不像打了鸡血？他已经亢奋了整整一夜。"

季星凌从他衣领间摸出一片圆圆的叶子："嗯。"

春天一到，龙血树幼苗又会进入生长期，三不五时就会掉出嫩绿的小叶子，季星凌已经攒了整整一玻璃罐——虽然他不知道攒来干吗，但看到了就一定得捡起来。

商务车稳稳停在城郊农家乐。大树爷爷经过好几个月的休养，已经恢复了精神，再也不用拐杖，满面红光的。

林守墨刚一进院门，就非常热情地感叹："原来这就是妖怪的花园吗？真是美不胜收。"

其余人看着满院子的枯枝败叶和房檐下挂着的腊肉、干辣椒："？"

负责带路的孟极冷漠地回答："这不是妖怪花园，这里是喜洋洋农家乐，淡季一百八一天，旺季三百八一天，麻将机免费使用，办卡吗？"

林守墨立刻点头："办办办！"

商薇："……"

从明天开始你的零花钱没了。

妖怪村庄的新年，比城市里要更加喧嚣热闹。每家每户门口都贴着红色的春联，不断有小妖怪们跑来跑去，手里攥着糖葫芦和各种零食，叽叽喳喳。

林守墨不像儿子有淡定优雅的帅哥包袱，一路都在不停地震惊，简直就是某C新闻事业部的震惊本惊！但讲道理，你要是看到大张着嘴的天狗、长着翅膀的天马、抱着蓝色玉珠的狪狪，你也惊，所以并不能怪林医生没见过世面。

妖怪村庄虽然也遵循四季流转，但经常有不怎么听话的植物提前开花，小院在初春就早早姹紫嫣红起来，大片迎春花一直挂到了隔壁石墙。林竞和季星凌匆匆吃了两口午饭，就跑出去看热闹，天上挂着三个太阳，不一会儿，其中两个就盘旋展翅，变成了翱翔天际的金乌。

河里游着的尖嘴鲔鱼，脾气不太好，一直在骂骂咧咧。麒麟崽冲他扬了扬拳头，鲔鱼火速往下一沉，游走了。

林竞提议："季星凌，你要不要变回去？"

大少爷一口拒绝："不要，不可以，不猛，不OK。"

"季星凌，季星凌，季星凌。"

"闭嘴。"

"求你。"

"求我也不行。"

林竞挂在他背上："快点。"

小林老师是个开关坏掉的复读机。季星凌要背着他，还要被吵得头晕眼花，觉得这简直是猛男不可承受之重，最后只好投降："行行行，你闭嘴。"

林竞在他身旁一靠："嗯。"

十七岁的麒麟崽和十六岁并没有什么区别，还是像威风凛凛的小狮子。林竞一脸冷静地把他兜在怀里，内心宛若兜住了一万个尖叫鸡，啊啊啊的那种，没见过世面就没见过吧，反正季星凌全世界第一可爱！

冷酷星哥在线被盘，自暴自弃地没反抗。

就这样吧，大猛妖不和小植物计较。

哎，好像还被挠得有点舒服。

太阳融融照着整座村庄。

林竞抱着暖乎乎的麒麟崽，背靠一棵大树，一边晒太阳一边和他聊天，有一句没一句的。这里没有汽车和喇叭，四周寂静得仿佛被抽成了真空，因学习过度紧绷的神经也逐渐松懈下来，头一歪，跟着睡着了。

……

隔壁树藤伸出一根蔓，啪啪拍了拍地面。

正在做梦的麒麟崽不满地"咻"了一声。

树藤又拍了两下，这回动静更大，带得满地草叶和碎石子乱飞。

麒麟崽被骚扰得睡不着，他带着浓浓的起床气睁开眼睛，冲树藤做出凶狠的表情。

树藤姊姊脾气很好，没和这不懂礼貌的崽计较，又指了指旁边一棵新抽芽的小树。

麒麟崽："？"

龙血树幼苗正在疯狂扭动——意念上的疯狂，实际上还是静止的。因为他目前比较惊慌，突然之间就被埋进了土里是什么午夜恐怖故事？他还没有做好心理准备。

季星凌也蒙了，万万没想到一觉睡醒之后，会是这么个神奇状况。他先给镇守神树打了个电话，然后就蹲在小林老师面前，问："你还能变回来吗？"

小林老师准备了一万句Diss来回答这个毫无营养的问题，但一句都喊不出来！

季星凌拍拍他的树冠，及时安慰："没关系，你先在土里待一会儿，大树爷爷马上就来了。"

龙血树幼苗还在无声尖叫，因为土里不断有虫子爬来爬去，他已经脑补出了蜈蚣、蚯蚓、蚂蚁、甲壳虫，很想当场昏迷。如果能说话，他一定会强烈要求季星凌拿个铲子把自己给铲出来。

镇守神树和林家父母很快就赶到了。林守墨看着两尺多高的细瘦小幼苗，很有几分手足无措的感觉，但幸好他已经能熟练背诵《植物系小妖怪的培育与养护》，知道这种情况该怎么处理，一边指挥商薇去取昆仑灵气，一边拿着铁锹开始挖儿子。

"我帮忙！"季星凌跟着商薇跑去林地深处。

镇守神树倒是一点不着急，还很高兴，围着龙血树幼苗看了三四圈，不错，茁壮！

林守墨刨开浮土，一群绿不溜秋的软体虫扭动着爬了出来，林竞看见之后再度"摇摇欲昏"，深知自己儿子各种毛病的老父亲也很"摇摇欲昏"，不由得加快了抢铲子的速度，结果一个不小心，就在龙血树幼嫩的枝干上戳出了一条新鲜伤痕。

"啊！"

伤痕处流出一些紫红色的汁液，遇风即干。

"啊！"

两声"啊"都是出自林医生，林竞本人其实并没有什么感觉，还很纳闷，我爸怎么一惊一乍的？

镇守神树拍拍老林的肩膀，安慰："没事，很快就会自愈的，这是麒麟竭。"

刚好抱着一大桶灵气跑来的季星凌："嗯？"

镇守神树解释，龙血树受伤后流出的汁液，叫麒麟竭。

商薇尖叫："林守墨你怎么把儿子铲出血了？！"

林医生："不是这样的，你听我解释！"

趁两人还在吵，季星凌干脆用手把小林老师挖了出来，又小心地放进盛满昆仑灵气的桶里。

没过五分钟，林竞果然变回了人形，枝干上的伤痕并没有表现在身体上，心理上的不适应反而要更大一点。

偏偏镇守神树还要来问："站在土里的感觉怎么样？"

林竞脸色发白地回答："不怎么样，我要回家洗澡。"

镇守神树："……"

这洁癖可怎么得了！

季星凌站在旁边，心想，我一定要好好学习，将来做一个能为小林老师承包整片水培营养基地的霸道总裁！

第一次变回原身的经历不怎么愉快，唯一愉快的是林竞知道了原来自己受伤之后，会流出麒麟竭。

麒麟竭。

他一边擦头发一边想，这是什么命里注定的缘分。

季星凌纠正："不是，你别受伤，我们不需要这种缘分。"

"但不疼。"

"不疼也不行。"

林竞穿着睡衣，凑近问："今晚还看不看书？"

"看。"季星凌摸摸他的脑袋，"我还有英语没弄完。"

"那你上床，我陪你一起学。"

嗯？面对这突如其来的福利待遇，季星凌想了一会儿："你是不是还没有从变成树的惊慌里缓过劲，所以想让我陪着？"

"我没有。"

"你明明就有。"

"我都说了我没有，季星凌你闭嘴！"

"……"

为什么要我陪睡还这么凶？

小林老师简直不讲道理！

植物对土壤都是天生带着依赖的，包括那些五颜六色的甲虫啊、蚯蚓啊，就算刚开始的时候不适应，随着时间慢慢流逝，大家也都能变成好朋友，平时可以一起聊聊天，松松土。

但小林老师例外，他是个超级洁癖，洁癖得甚至都战胜了植物本能，完全没有心情仔细感受大地母亲厚重深沉的爱，站坑半小时，崩溃一整晚。

季星凌睡着没几分钟，就开始噩梦连连，先是梦到被一团野蛮天雷拳打脚踢，又梦到被于一舟当成柱子盘，一边盘一边还要喷火，简直呼吸困难。他大汗淋漓地惊醒后，胸口依然像压了块巨石，才刚试着动了一下，怀里的人立刻手脚并用，把他缠得更紧。

季星凌："……"

这是什么情况？为什么要抱我抱得这么紧，难道是故意的？哎，故意的也正常，毕竟我这么帅。

季星凌在林竞脑顶上揉了一下："你先下去一点，我要喘不过气了。"

林竞的呼吸声很绵长，好像真的睡得很熟。

季星凌想了想，小声试探："……别说，白天那些虫子还真是有点恶心，软绵绵的，还绿不啦唧，你有没有注意，好像还有一群红色的蚯蚓。"

林竞僵了一瞬，慢吞吞地从他身上爬下来，裹着被子躲到墙角。

季星凌盯着他的后脑勺看了一会儿，语调幽怨："我在你心里还比不过虫子吗？"

林竞扯高被子，继续把脑袋整个缩进被窝。

一群红红绿绿的虫子，季星凌你超猛的。

过了一会儿，季星凌也挤了过来。

冬天的被窝很暖。

林竞睫毛微颤。

黑暗中的陪伴总会给小妖怪们更多安全感，好像连小林老师最讨厌的虫子也变得不那么可怕了。

窗外沙沙下着春雨，掌心有湿的星星。

……

高三下半学期，气氛越发紧张焦灼，不用王宏余再唠唠叨叨地强调千军万马过独木桥，大家都很识趣地收起了玩闹心态，每天苦读备战。

食堂电视每天都会播放与高考相关的信息，最近社会上不断有风声传开，说国家要取消自主招生，不过文科班这类机会本来就不多，爱取不取吧，总之高三（一）班是没人把这当成一回事的。

这天中午，季星凌在食堂打包好饭菜，拎着往回走的时候，正好遇到王宏余，老王说："来一趟我的办公室。"

大少爷最近表现良好，没打架没逃学的，考试成绩还很不错，所以毫无心理负担："老师，我还没吃饭。"

"就耽误你五分钟。"王宏余看起来心情不错，"自主招生的事。"

季星凌就很蒙，我一个没有参加过任何竞赛的人，怎么还能和自主招生扯上关系？

王宏余办公桌上放着一摞资料："这是往年晨大自主招生的一些资料，你先拿去看看。"

季星凌："？"

王宏余乐呵呵地说："你父母不是说你想往首都考吗？晨大也是'985'，离北大只有两条街，这可是个好机会。"

季星凌心想，怎么连老王都知道我要考北大隔壁了，我妈到底告诉了多少人？

他稀里糊涂地拿着那摞资料回到教室，林竞已经饿得趴在了桌上："怎么这么久？"

"老王让关注一下晨大自招的事。"季星凌把咖喱饭和资料一起递给他，"我看了一眼，往年要求各种高，又是竞赛又是论文的，我好像连边都沾不上。"

"嗯？"林竞接到手里，"老王没说别的吗？"

"没啊，神神道道的。"季星凌帮他拧开饮料，"吃吧，别管了。"

林竞翻了两页："我记得晨大去年的录取线是600出头吧，也不算很高。"

季星凌如实表示："你说这话的时候，能不能照顾一下我的心情？"

"你上次不都考 580 了吗？"林竞笑着分给他一块牛肉，"快吃，吃完继续看书。"

小林老师牌监工，免费的工，严格的工。

那摞自招资料被季星凌随手塞进书包，差不多十分钟就忘得干干净净，直到下晚自习回家，被胡媚媚问起时才记起来："我说呢，你弄的啊？"

"什么我弄的？"胡媚媚替他榨果汁，"是你刘叔叔的碧海科创那边，他们现在在做一个地质研究的项目，是由晨大张教授亲自牵头的，你跟着小组去实习十天，不也算社会经验吗？将来还能在研究成果上署名。"

季星凌四仰八叉地躺在沙发上："别人的论文都是高一高二就开始准备了，哪有高三下半学期才开始的？而且才十天，这也太水了。"

"你以为这个研究组想进就能进吗？人家是需要正规面试的，王老师也就是提前把资料给你看看，可没打算硬塞。"胡媚媚拍了他一巴掌，"起来，喝果汁。"

"那面试就更面不到我了，我地理属于拖后腿项。"

胡媚媚：每天都差点被不学无术的儿子气死。

不过林竞倒觉得这是个好机会，可能是自带滤镜的关系，他觉得应该没有哪个面试老师会拒绝自己的同桌，他超帅的！

季星凌在这方面很有自知之明："我也很想致电教育部，让他们按颜值分配大学，但这不是还没成功？你能不能不要学我妈乱激动？我不想去那个科研组，十天我都能做好多套试卷了。"

"万一你面试成功了呢？"林竞在电脑上翻文献，"我帮你准备相关资料，你去试试再说。"

季星凌讲条件："行，不过我要是没面试成功，你不许嘲讽我。"

"嗯，要是你面试失败了，我就疯狂嘲讽面试组的老师。"

你林哥就是这么护短。

第二天一早，校方果然发布了碧海科创的招募简章，报名的人还真不少，都是冲晨大自招去的。

因为时间紧迫，面试就在本周日，林竞也跟着季星凌一起去了学校，他无所事事地到处看了一圈，回来报告："都没你帅。"

季星凌按住他的头："这么显而易见的事情，你居然还需要通过观察才能得到结论。"

"所以你已经赢了一分。"林竞说，"至于科研专业方面的问题，你信我，在场的没有哪个能搞明白，所以你尽管谜之自信，绝对没问题。"

小林老师都说"绝对没问题"了，季星凌觉得自己有小林老师的光环加持，怎么着也比——至少要比对面站着的李长明强吧，这人不是地理才考了十八分吗，为什么也能来面试地质小组？

李长明对面还有一个男生，头发稍微有些长，在一众清爽阳光的高中生里显得过分显眼。林竞递给季星凌一杯咖啡，顺着他的目光看过去："这人是高二的。"

"你认识他？"

"我不认识，在光荣榜上见过，好像叫黄旭。"

大少爷斤斤计较："你为什么特意关注他？"

小林老师耐心地回答："因为他的照片就贴在我的旁边。"

季星凌心想，所以是高二文科最高分？

林竞也纳闷，虽然晨大也是好学校，但山海的尖子生向来都是要冲省最高分的，好像没什么必要凑这种热闹。

面试是五人一组，抽签决定。林竞想着，季星凌是麒麟，手气怎么着也该好一把，最好能抽到……你林哥的思维比较损，暗戳戳的，非常希望季星凌能和地理十八分的李长明啊，穿了套搞笑西装来面试的汪强啊，目前正在紧张地搓手的刘一啊，分在同一组，就同行衬托，你们都懂。

结果季星凌一展开，第二组。

黄旭也是第二组。

林竞鼓励他："没事，年级第一也有只会学习的书呆子，你看他，长得就很像书呆子。"

季星凌心态很轻松，反正他也没抱太大希望，又翻了一遍资料，就跟着其余人一起进了会议室。

每一组的面试时间规定半小时，林竞在外面等得火急火燎，提前体会了一把高考家长的焦灼心态，差不多五分钟就要看一次手表，看得旁边的同学都招架不住了——本来就紧张，还要被迫欣赏这好学生的坐立不安，简直脑仁都疼。

相对来说，季星凌反而要轻松很多，有问题就答呗，也没多难，结束面试之后，甚至膨胀地觉得：就这？

林竞跑过来："怎么样？"

"还可以。"

"真的吗？你看起来好像格外高兴。"

"我没有高兴，就是有点想笑。"

同组的一个男生可能是看多了网上的五百强面试经验，刚一进会议室，就嗖的一下跑了，季星凌跟在他后面都蒙了，心想：这什么情况？结果就见对方直奔墙角，扶起了那里的一把笤帚，还把簸箕给摆整齐了。

季星凌一边说一边笑，肩膀都在抖："哎，你都不知道我当时忍得多辛苦，差点把手心都掐出了血。"

林竞也笑："黄旭呢？"

"他还行，挺像我爸公司那副总的，一张嘴就滔滔不绝，各种积极向上，我看老师都在点头。"

林竞又问了两句，觉得他答得好像真的不错，算是正常发挥，也就放心了。

努力了就行，录不录取的，看运气吧。

·第11章

实习风波

周二的时候，学校就张榜公布了碧海科创的录取名单，除了季星凌和黄旭，还有另外两个男生，一个叫邢洛，一个叫杨小柏。

"星哥你也太牛了，怎么做到的？"葛浩一脸崇拜，"我和于哥还以为你只是去敷衍一下老王，没想到真就过了。这项目是由晨大牵头吧，那到时候自招肯定会加分。"

季星凌自己也比较迷惑，心说是不是啊，自己怎么稍微一努力，效果就这么立竿见影。不过能被录取总归是好事，就是实习地点的环境苦了点，在白龙山泉水村，一个到现在也没通高铁、进出全靠国道的国家级贫困村。

于一舟把资料丢回他桌上："知足吧，就是因为环境苦，据说连澡都没法洗，女生才不想报名，不然你的竞争者又会多出一大批。"

季星凌立刻扭头向同桌保证："你放心，我肯定天天洗澡，创造条件也要洗澡，我超干净的！"

于一舟："……"

你好自觉，我简直没话说。

林竞仔细看了一遍实习日程，上面各项安排满满当当，还挺像那么一回事。实习小组本周四出发，下周日结束，当天返回锦城。

"有什么问题？"季星凌凑过去问。

"没问题，就是会很辛苦，早出晚归的。"林竞说，"山里肯定更冷，你记得多带一点厚衣服。"

"还有呢，你不多给我两句叮咛吗？"

"没，但我可以多给你一点作业。"

林竞本来只是随口一说，没想到季星凌却很认真地应了一句，又提出："我再带一个速记小本吧，揣裤兜里，出门时也能看两眼，合理利用碎片时间。"

由此可见，你星哥诊断考试的580确实不是大风吹来的。

胡媚媚也高兴，和阿姨一起收拾了两大箱行李，又想着要不要事先跟碧海科创那边打个招呼，让他们多照顾一下儿子。

"不用了，不就是十天不到的项目？我先过去再说。"季星凌穿着拖鞋踢了踢行李箱，"这也太多了，我带一个登机箱就行。"

胡媚媚的理由和林竞一样，山里多冷啊，又没法洗澡，换洗衣服和冬装一定要多带两套，还有一些补充热量的小零食，加上课本作业，两个大箱子都塞得很勉强。

"你要实在嫌多，我找司机帮你送过去。"

季星凌本来想拒绝，但后来一想，去泉水村这一趟要先坐火车再换大巴，全程要是只有自己吭哧吭哧扛着两个大旅行箱，未免也太傻了，还不如让司机送。

调研组周四下午出发，于一舟和葛浩都觉得有此天赐良机，周四早上不睡个懒觉对得起谁？傻瓜才来学校。结果进教室一看，大少爷不仅来了，还正在很认真地做题，人模狗样的，完全没有即将离开学校自由放飞十天的躁动和快乐。

林竞帮他整理了一下速记本："差不多了，你带太多也背不完，白天还要干活儿呢。"

季星凌凑近："不然我晚上回来找你？"

林竞一巴掌拍开他："累不累？"

季星凌回答："有你就不累。"

小林老师无情拒绝："你还是老实在村子里待着吧，我下周末去火车站接你。"

中午吃过饭后，碧海科创的中巴准时来学校里接人，黄旭他们都带了至少两个行李箱，杨小柏甚至带了四个。季星凌侧头对林竞说："我还真是多虑了，早知道大家都金贵得这么理直气壮，我也不用司机帮忙送行李。"

邢洛和杨小柏都是高一新生，刚刚已经跟黄旭聊了几句，现在主动过来跟季星凌打招呼："学长好。"

"那我先回去上课了。"林竞把书包递给他，"你注意安全。"

季星凌点头："有事打电话。"

两个高一学弟对这省最高分预备役都是久仰大名，目送林竞回白泽楼后，在心里嘀咕了一下，怎么可以有人学习又好又这么帅，再一看面前的季星凌，家里有钱又很帅，唉，人生就是这么不公平。

邢洛好奇："学长，我们要在那儿住八九天呢，你没有行李箱吗？"

"先弄过去了。"季星凌含糊地回答一句，这时司机小宋也过来了，他是个挺机灵的年轻人，来之前又被老总特意叮嘱过，就对这趟活儿更上心："季少爷，你的行李要不要先搬上车？"

"不，你忙吧，不用管我。"季星凌拉开车门，坐到了第三排靠窗的位置，自己打开手机听英语。

邢洛和杨小柏当然没有不识趣到去和这地位明显特殊的大少爷挤，两人坐到了第五排，过了一会儿，黄旭也上了车，一语不发地坐到了司机旁边的位置。

高一小学弟原本还以为这趟行程会充满欢声笑语，跟春游差不多的那种，结果一看两位学长都这么冷漠寡言酷，自己也不好太跳脱了，于是各自塞上耳机听起了歌。山海高中到高铁站开车需要半个小时，司机小宋帮大家取了票，又带着一起过安检上站台，黄旭问了一句："宋哥，你也和我们一起坐火车？"

"那是，我得把你们安全送到啊，汉塘县那儿还有我们的工作人员，得为大家的安全负责。"小宋书包里装着水和零食，还有一些常备药，邢洛一边吃巧克力，一边对杨小柏说："碧海科创也太好了吧，居然还能想到准备这些，我都准备上火车吃泡面了。"

"估计和我们没关系，为了学长吧。"杨小柏小声说，"你没看吗？宋哥那满面笑容的，季少爷长季少爷短，我还以为自己在演偶像剧的路人甲呢。"

两人小声嘀咕，嘻嘻哈哈的，倒也没嫉妒，反正能跟着混吃混喝，好像也不错。倒是黄旭，一直站在旁边玩手机，没吃东西也没再说话。

这趟车是城际列车，座位普遍狭窄，季星凌没怎么坐过这玩意儿。一是因为锦城多山，轨道交通不像平原地带那么发达便捷，高铁也是近两年才开通；二来麒麟也实在不需要频繁乘坐人类交通工具。所以他一直以为高铁都像《新闻联播》里那么高科技，那么豪华，还挺期待，结果上车看到灰扑扑的座位，一愣："就这啊？"

小宋立刻赔笑解释："城际列车没有商务座，一等座已经是最好的了，这……不然我问问，看能不能换个车？"

季星凌："？"

两个小学弟面面相觑，黄旭坐在座位上，也无声地抬眼看他。

季星凌莫名其妙，心想：哥哥你可别添乱了，我不就随口提一句？我不说话了，行不行？他找到自己的座位，过了一会儿，杨小柏也捏着票过来了："学长，我好像在你旁边。"

季星凌："……"你在我旁边，你为什么不坐？我有没有这么恶名远播？

杨小柏是真的很想投奔隔壁邢洛，但城际列车人太多，始发站就塞得满满当当，他只好抱着书包坐下了。司机小宋坐在季星凌斜后方，眼看着车厢里的人越来越多，还有站票的，心里也焦急，不住地伸长脖子往前看。旁边的黄旭取下耳塞："宋哥，我们这趟车就两个小时，你不用这么紧张。"

"我这不是担心你们吗？"小宋随口回答，"人太多，我得看着点。"

黄旭笑笑："是担心季星凌吧，不过我觉得他那个座位还行，旁边没站多少人，不然你和杨小柏换换？"

被他这么直白地来了一句，小宋呵呵干笑，多少有点尴尬，但他这趟的主要任务就是照顾好季家大少爷，选座的时候没注意，现在也只能硬着头皮去和杨小柏换位置。

季星凌侧着头一直在听英语，没注意身边的动静。

黄旭手里拿着一袋话梅："吃不吃？"

杨小柏问："学长，宋哥干吗要和我换位置？"

"你觉得呢？"黄旭下巴往前扬了扬，"放心吧，和你没关系，那个座位坐谁都得换。"

杨小柏松了口气："不是因为我做错了事就行。"

下午放学后，林竞给季星凌发了条消息，问他怎么样。

星哥：还在大巴车上呢，估计晚上八点进村。

可达：其他人好相处吗？

星哥：……

星哥：我妈刚刚也问了我这个问题，字的顺序都不带变一下的。

小林老师理直气壮："那说明我们两个都超关心你的，所以到底好不好相处？"

星哥：还行吧，我也没时间跟他们说话，我都听完三套英语听力了。

林竞发来一个表情包，又补了一句："那我先去吃饭了，等你安顿好之后再打电话。"

季星凌把手机揣回裤兜，继续看着车窗外。山风呼呼地刮着，鬼哭狼嚎，很有《午夜大榛子》的惊悚气氛，除了车灯的光，天上连半颗星星都没有。邢洛和杨小柏早就靠在一起睡着了，黄旭一个人坐在副驾驶座，一直在用手机刷题，倒是很符合好学生的身份。

又拐过几个盘山公路的弯道，车子终于抵达了泉水村。

农家小院里挂着灯泡，院子里等了不少科研组的人员。季星凌问身边的人："张教授呢？"

"老师带着人去山里勘察了，今晚不回来。"科研组副组长笑着说，"大家都累了，先休息吧。"

科研组已经分配好了宿舍，邢洛和杨小柏住双人间，季星凌和黄旭住单人间。

贫困村的条件肯定不会太好，杨小柏刚打开衣柜，一股霉味就扑鼻而来，桌子更是坑坑洼洼。这个年龄段的男生，在家都没怎么干过家务，邢洛用两根手指拈起盆里的脏抹布，鼻子都皱了："你那儿有没有橡胶手套？"

"有，而且我还带了新抹布。"杨小柏四个大行李箱里的东西终于有了用武之地，"我妈之前是扶贫干部，知道这儿肯定特艰苦，所以准备了不少东西。这包湿巾先给你，哎，你说我们要不要给学长他们分一点？"

"不知道。"邢洛往窗外看了一眼，又指指季星凌的宿舍，"不过有宋哥在，应该不用我们操心。"

杨小柏一琢磨，也对，于是从箱子里找出一些日用品和饼干，想送给黄旭。还没出门呢，院外就响起了车喇叭声，三四个人扛着行李箱浩浩荡荡走进来，科研组的人员看得一愣："你们是哪个机构的？"

"我们是来给小星送行李的。"司机老冯拿着手机对门牌号，"是这个地址，没错吧？"

"……"

季星凌本人也很蒙：不是说好只有两个箱子，为什么现在变成了六个，我妈到底怎么回事？

胡媚媚在电话里理直气壮："这不是怕你万一吃不了苦，晚上又偷偷跑回来吗？现在把吃穿住行都给你备齐了，省得你半途而废给我丢人。"

季星凌坐在床边，无话可说，她能不能对亲儿子稍微有点信心，而且这大张旗鼓送东西的架势……他向后仰靠，单手搭在眼前："妈，商量个事，以后别再自作主张了行吗？还有碧海科创，他们的人也太照顾我了，你能不能跟刘叔叔说一声？"

"怎么特殊照顾你的？"胡媚媚纳闷，"我又没有跟刘总提，他怎么会知道？"

季星凌回答："他好像派了个司机专门照顾我，殷勤得让我恍惚以为，我不是靠自己争取来的名额，而是靠我爸了。"

"你说这老刘，该他管的事不管。"胡媚媚听得头疼，"你放心，妈肯定替你解决好这件事。"

"那我先去吃饭了。"季星凌说，"你和我爸也早点休息。"

他翻了翻老冯送来的行李箱，别说在泉水村过十天，荒岛求生十天都足够。林竞这时也打来电话，问这边的情况。

"还可以，手机信号挺好的。"季星凌单手拧开一瓶水。

"吃饭了吗？"

"没，好像杨小柏他们正在帮忙弄饭。"

"那你为什么没去？"

"……"

林竞趴在栏杆上乐："我不是说一定要去煮饭啊，但你不是不喜欢被特殊对待吗，是不是得适当融入一下人民群众？"

"刚没想这件事。"季星凌很好说话，"行，那我去看看，你继续上自习。"

"季星凌。"

"怎么了？"

"你帮忙的时候小心一点，别炸厨房。"

"……"

挂了电话后，季星凌主动去厨房承接了个煮饺子的活。邢洛和杨小柏都很意外，一边给他递盘子，一边问："学长你还会做饭？"

季星凌漫不经心地回答："不怎么会。"

但我不得表现一下，融入一下吗？

正说着，锅里的面汤就扑了出来，老式灶台的火光一下蹿出一尺高，做饭大婶急急忙忙跑进来，把这三个名为帮忙，实则捣乱的高中生给赶了出去，还随手塞给季星凌一盘大馒头，中心思想可能是求各位小祖宗饿了就自己找现成的东西吃，不要到处瞎添乱。

黄旭听到动静后推门出来，疑惑地问："你们在干吗？"

季星凌顺势举起手里的盘子："给你弄了点馒头，吃不吃？"

黄旭："……"

杨小柏和邢洛都在旁边笑，直到这时候，他们才觉得学长也并不是很冷酷。最后四个人把馒头还回去，又帮着放好碗筷。小宋可能是因为接到了新的指示电话，总算没有再突兀兀地冒出来殷勤地照顾大少爷，吃饭的时候，杨小柏小声问："我箱子里还有一打可乐，你们要不要？"

季星凌和黄旭都没见过这种出门还要自带十二瓶可乐的神奇打包法。邢洛笑着说："学长你不知道，他那大箱子可百宝了，光能量棒就有好几大袋子。"

杨小柏理由充分："像这种地质项目肯定特累，我还准备了好多巧克力，大家明天出发时都带一点。"

一顿饭吃完，众人的关系也算更进一步，虽然黄旭依旧不怎么爱说话，但季星凌也不是奔着交友的目的来的，爱说不说。他晚上掐着点给小林老师打电话，汇报了一下自己人缘还OK，着重强调，刚刚自己烧水洗澡了，非常香，并且干净。

林竞趴在桌上做作业："坐了一天车，快睡吧。"

"我还打算再看一会儿书。"季星凌叼着牙刷，又说，"下次我可以带你来这里看星星。"

"嗯，你不要突然这么偶像剧。"

"我没有突然偶像剧，我一直就是完美偶像剧男主角。"

林竞转了转手里的笔，没吭声。

他现在比较羡慕李陌远。

因为虽然龙血树也很猛，但并不能一秒钟就从锦城转移到泉水村。

小林老师莫名有点不开心，于是无情地命令："季星凌你不要睡了，还是再起来看会儿书吧。"

季星凌："……"

山里的春天很冷，这一晚，很酷的季星凌盖着不怎么酷的乡村大花棉被，伴随着耳机里的英语听力，睡了。

翌日清晨，四个人都起得挺准时，准备跟科研组成员一起进深山。院子里静悄悄的，杨小柏问："大家难道都还没醒？"

"不是说好八点集合吗？"黄旭看了眼手机时间，"这都八点十五了。"

邢洛站在宿舍门口听了一会儿，屋里没什么声音，敲也没人应。

黄旭说："不会已经走了吧？"

季星凌给小宋打了个电话，问他今天的安排。

"安排？昨天不都给你们了吗？"小宋手里拎着两只刚从老乡家买的活鸡，"早饭在厨房里，那儿有一台新的微波炉，你们会不会用？我马上就回来。"

季星凌从黄旭手里接过计划表："这上面写着八点集合，系统了解滑坡灾害。"

"对，资料好像放在会议室，有什么不懂的就圈出来，晚上等老郑他们回来再问。"

季星凌开的免提，院子里其他人也听得清楚，杨小柏用胳膊肘推了推邢洛："搞了半天，原来今天我们不用出门，登山鞋算是白换了，能量棒也用不着。"

会议室里堆着几摞打印纸，都是和滑坡灾害有关的论文。四个人各自抽出几页，自觉展开"系统了解"。季星凌靠在窗边的位置，越看越蒙。这到底是什么天书？我觉得我地理还可以啊，为什么一个字都看不懂？而且其他人是怎么回事，居然都看得一脸认真，黄旭也就算了，难不成连高一新生都比我稳？不行，我不能站起来换资料，你星哥丢不起这人！

与此同时，邢洛和杨小柏也正在内心疯狂吐槽：这是什么这是什么这是什么？两个学长为什么都不说话？难道高一和高二、高三的差距真的这么巨大？

最后还是杨小柏忍不住先开口："学长，GEO5 软件和毕肖普法是什么？"

黄旭一脸冷静地抬起头："我不知道啊。"

杨小柏又把目光投向另一位学长。

季星凌和他无声对视。

场面就比较尴尬。

资料所涉及的知识远远超出高中生的理解能力范围，上网搜都搜不明白，四个人花了一整天时间，也就看完了不到两本，各自整理出厚厚一沓笔记，想等着研究组的队员们晚上回来问，结果一等就几乎等到凌晨。

张教授依旧没露面，只有队长老郑带着十几个队员，闹哄哄地嚷着要吃饭，一个个看起来又累又饿，实在不大适合给高中生答疑解惑。

林竟在电话里说："不然你先睡吧，等明天再说，其他三个人呢？"

"也没出宿舍。"季星凌关上窗户，"我都有点后悔来这个项目了，根本没人搭理我们，小宋不算啊，他属于硬搭，还搭得很不是地方。"

林竟听他这一说，也觉得这是什么破项目，为什么听起来这么水。但口头上还是对他施以安慰和鼓励，俗话说得好，去都去了，十天时间很短的，坚持一下，很快就能过去。

第二天也是一样，季星凌问小宋，小宋也答不出个所以然，他就是过来负责照顾人的，对科研项目一窍不通。

第三天，四个人有了经验，六点不到就起床，赶在大部队出发之前主动提出要帮忙。老郑这回总算没有把他们丢在会议室看论文，带着一起进了山，但全程除了扛包打杂，就是站在旁边干看，队员们都很忙，水里来泥里去的，高中生们也就不好意思再提出"我们看不懂，希望能有人讲解"这种添乱的要求了。

黄旭身板单薄，肩上扛着一大捆器材，站在那摇摇欲坠。季星凌看不过眼，主动上前伸手："给我一半。"

"不用。"对方冷冷拒绝，自己去追大部队。

季星凌一头雾水，这人什么毛病，前两天不还好好好的吗，现在横眉冷对个什么鬼？

一天时间下来，邢洛和杨小柏也觉察出了黄旭对季星凌的冷淡，又不好问，只在自己心里想着，这都什么事啊，跟着科研组跑东跑西腰酸背疼的，学不到多少知识，气氛还这么诡异尴尬冷，简直活受罪。两人都不想惹事，只好自己越发安静。

泉水村的地貌复杂，又处于地震带，不比景区的山那么好爬。科研组的队员们已经习惯了，但高中生们不习惯，为了照顾他们的体力，老郑不得不多安排了几次休息，进度反而被拖慢了不少。

黄旭的脸色肉眼可见地更加阴郁，尤其是在面对季星凌的时候，神似吃错了药。大少爷被针对得莫名其妙，回忆了一下高二时候的小林老师，觉得简直可爱得不要不要的，又看一眼对面的新晋高二文科最高分，只觉得这到底是哪里来的神经病。

凌晨回到宿舍，季星凌趴在床上，有气无力地打午夜电话："我还没洗澡呢。"

林竞放下牙刷："所以你就扛了一天的包？"

"是啊，其余人聊什么第四纪残坡积粉质黏土，新近系、第四系的，我们完全听不懂，更没法加入，只好干体力活儿。"季星凌活动着筋骨，"这也就算了，主要是黄旭，他好像真的脑子有毛病。"

林竞靠在沙发上："今天我是在你家吃的晚饭。"

"嗯，我妈说了。"

"听叔叔阿姨在饭桌上聊，好像碧海科创最近在弄一个项目，希望季叔叔能帮忙。"

季星凌坐起来："什么项目？难不成真是看在我爸的面子上，面试组才弄我进来的？"

林竞原本不想说这事，但更不想瞒着："你不是说到那之后根本没事可干吗？"

季星凌反应过来："所以你的意思是，晨大的教授根本不需要招募学生志愿者，是碧海科创那边为了讨好我爸，才强行弄出这个实习项目？怪不得，其余队员压根儿当我们不存在，黄旭今天突然也一脸不对劲，他该不会觉得我才是始作俑者，大张旗鼓浪费他们三个人的时间，只为了给自己镀金吧？"

"你先别生气。"

"我没生气，算了，我明天先回来。"

"会被人说你吃不了苦的。"

"……"

一个十天的小实习，居然还能有这么多算计和水分，季星凌心情更加躁闷："那我跟完这个项目，不要他们的成果署名，也不参加晨大的三月自招。"

林竞试探："不然我过来陪着你？"

"别。"季星凌放缓语调，"我就是有点烦，你好好在锦城待着，我一结束就回来。"

"你有事随时打电话给我。"林竞说，"还有，叔叔阿姨也在担心，怕你知道后会生气。"

尤其是胡媚媚，无比后悔自己上次在酒会上随口提了一句儿子想考北京的大学，让碧海科创钻了空子，心里更埋怨对方的自作主张。这不有病吗？我们要是想走这条路，难道不会自己弄，还用得着你这个小实习？

"我不生气。"季星凌又叮嘱了一遍，"你也别来泉水村。"

这趟行程已经够糟心了，他现在满心只想速战速决，尽快闪人。

隔壁宿舍，黄旭也没睡，正在书桌前看书。

他比季星凌更后悔参加这个实习，如果说前两天还不确定，那么今天纯出卖苦力的一天行程，已经足够证明科研组根本不缺这么几个高中生，再结合司机小宋一路殷勤的态度，以及碧海科创在整个项目里的地位，很明显就能得出结论——这根本就不是正经实习，纯粹是为了给大少爷镀金而特设的项目。

虽然按理来说，其他三个实习生都能算成受益者，跟着瞎混呗，还能混篇论文出来，又不吃亏。但好学生都是心高气傲的，又带了那么一点点对不学无术有钱人的鄙夷，心情当然好不起来，也就很直接地反映在了脸色上。

第四天的清晨，季星凌早早起来看英语，听到院子里有声响，从窗缝里一瞄，好像是张教授和助理回来了，两人都风尘仆仆的，一边在厨房忙活，一边低声聊着什么。

大少爷原本想出去帮忙烧个水，后来一想，自己这富二代关系户的身份，连黄旭都看不顺眼，更何况是清高冷漠的大学教授，还是算了，才不要自讨没趣。

张教授名叫张啸，是晨大环境学院的老师，因为长年在野外，穿着打扮都走粗犷路线。如果用小林老师的话来形容，换个片场就能直接客串古装片猎户，都不带用造型师的。

张啸穿着厚底登山鞋，拎了一茶壶热水去墙角洗脸。

晨光熹微，厨房外的水泥地反射出偏光，淡到肉眼几乎看不清，像是蝴蝶翅膀上的蓝紫色鳞粉。

但这个季节是没有蝴蝶的，就算有，除非连续踩过几百上千只，否则不可能登山靴和裤腿上残留这么大量的细小鳞片。

所以那八成是妖怪，有鳞片的妖怪，飞不起来的，年龄很大的，或者即将死去的，才会脱落这么多鳞粉。

季星凌皱起眉头，丢下手里的笔，嫌弃关系户就嫌弃吧，我得去看看。

结果还没等他出去，隔壁宿舍的门倒是先开了，黄旭一路跑到厨房，自我介绍："您好，我是来这里实习的高中生，要帮忙吗？"

张啸的助理看了他一眼："不用，这里挺冷的，你快回屋继续睡。"

"没事。"黄旭接过他手里的火钳，"我烧水。"

季星凌："……"

你这积极主动的好学生，可不可以不要耽误我的正事？

张啸教授和助理都很沉默寡言，黄旭还没跟他们说上几句话，两人就各自回房休息了。季星凌从宿舍出来，看了眼被晾在厨房的愤世嫉俗脸，"咻"了一声："哎，你不会把这锅也甩在我头上吧？"

黄旭一语不发，守着灶台烧水。

"我发现你这人还挺有意思的。"季星凌适当套用了一下胡媚媚女士的逻辑，"我要是想进大学，难道不能用钱砸吗？犯得着为了一个自招，费时费力地跑这儿来受罪？"

黄旭瞄了他一眼："我怎么会知道你的想法？"

"你确实没必要知道我的想法，不过要是实在想回去，我家司机就在山下。"季星凌懒得和他多说，自己研究微波炉热早饭。

黄旭又问："那你为什么要来这个项目？"

"我这不是想靠自己努力一把吗？结果谁知道是个坑。"季星凌捏着牛奶吸管，一只手端着包子，懒洋洋地往外走，"所以你要么正常一点，要么立刻回学校，或者至少别让我看见扑克脸。"

在小林老师的苦心教育下，现在你星哥非常讲文明、懂礼貌，简直就是代表爱与和平的三好少年。

哎，怎么说呢？不做老大好多年。

黄旭没再吭声，自己端着热水回了宿舍。过了一会儿，邢洛和杨小柏也先后起床，跑来敲季星凌的门，问他中午要不要吃自热火锅，等会儿出发可以带着。

"张教授今早回来了。"季星凌说，"我不进山，待会想问问他关于这次科研的事，不然你们也留下？"

两个学弟肉眼可见地松了一口气，因为大家其实都不想出卖苦力。邢洛试探着问："那黄旭哥呢？"

"不知道。"季星凌丢给两人一人一盒牛奶，"我去看书了，你们随意。"

杨小柏和邢洛商量过后，还是告诉了黄旭一声，于是四个人这天都留在了宿舍。张啸和助理睡了整整一天，直到下午五点才起床。

季星凌两条腿搭在宿舍桌子上，正在打电话。

林竞一边打饭一边问："所以今天你们都没进山？"

"没，谁要闲得没事当挑山工？"季星凌把英语书丢到一旁，"是我让邢洛他们留下的，我发现这两个人问题巨多，求知欲极其旺盛，正好可以帮忙套套话，看张教授他们在山里遇见了什么。"

林竞指着点菜窗口："这个，糖醋排骨，还有焦熘丸子，谢谢阿姨。"

季星凌提意见："哎，你这人，怎么又光吃肉？弄个青菜！"

林竞不甘不愿："哦，再要一个西红柿炒鸡蛋。"

"绿的！"

"绿的不吉利，你自己说的！"

星哥就很没话撑，因为太绿了确实不行。

林竞端着餐盘坐下："但你好聪明。"

季星凌感觉自己再度受到了无情嘲讽："因为我让你多点了一个番茄炒蛋吗？这有什么好聪明的？"

"因为你知道让邢洛和杨小柏去帮忙套话，就很聪明。"

"……"

"但你刚刚居然说什么番茄炒蛋，就又显得不那么聪明了。"

"没有，闭嘴，我没说，我说我超聪明的！"

超聪明的季星凌往窗外看了一眼："那我现在去套话，你继续吃饭。"

林竞提要求："实时转播。"

张啸一直叫助理小欧，小欧大名欧亚非，横跨三大洲，听起来颇有气势。季星凌从宿舍出来时，几个人已经准备吃饭了，黄旭正在帮忙摆碗筷，也不知道他早上有没有听进去季星凌的话，但至少表情是正常了许多，看样子是不准备中途回学校了。

杨小柏热情招手："学长，快过来。"

欧亚非往这边打量一眼，可能也听过这大少爷的威名。季星凌打招呼："张老师，小欧哥。"

"坐。"张啸一边吃馒头一边问，"觉得山里怎么样？"

季星凌答："还行，就是不太能看懂老郑他们在干什么。"

"多跟着跑跑，经验是要靠慢慢积累的。"张啸说，"你们这个年纪，开阔眼界最重要，还不到静心搞钻研的时候。"

季星凌顺势问："张老师，你和小欧哥在山里也是研究滑坡吗？"

"是。"张啸点点头，"过阵子山区就要进入雨季，科研组得抓紧这最后的一个月，完善所有数据。你们要是跟不上老郑的进度，不如留在宿舍好好看资料，先把理论基础打好。"

这句话听起来没毛病，但在场众人都心知肚明，还剩不到一周的时间，能打个什么坚固扎实的理论基础？无非就是"你们安安生生待够日子，然后赶紧回学校，不要给我们添麻烦"的委婉说法罢了。

黄旭从小到大都深受各科老师的喜爱，可能还是第一次被当成累赘，不是很能受得了这种对待，于是主动提出："张老师，我明天能跟着你们进山吗？"

欧亚非闻言皱眉："跟着我们？"

邢洛和杨小柏也想跟着大学教授进一次山，觉得肯定比跟着老郑他们有意思，现在见学长开口了，也就跟着申请，说想一起去。

张啸摇头："不行，我们走的路太危险。"

"没关系。"季星凌接话，"我爸经常带着我参加各种极限运动，也很鼓励我多跟着老师实地勘察。"

大少爷既然都搬出了亲爹，张啸面对这大少爷，总不能直接拒绝，只好点头："那你们准备一下，我们明天十一点出发。"

十一点才出发，四舍五入基本也就是春游了，敷衍之情溢于言表。而第二天的所谓实地勘探，也和这出发时间一样敷衍，基本上就是张啸和助理带着四个高中生游山玩水，顺便讲解一下地形地貌和滑坡、泥石流的灾害，算是交差。

这回别说是黄旭，就连邢洛和杨小柏也琢磨过来了，不管是张教授还是老郑队长，都完全不需要高中实习生，这项目都快水成海了。于是他们回宿舍后就主动提出，以后几天不再出门，就留在房间里看书，打好理论基础。

欧亚非又看了眼季星凌。

大少爷态度良好："我也留下看书。"

"行，那你们好好学习。"欧亚非拍拍黄旭的肩膀，"有什么不明白的，写下来回学校问老师。"

连答疑解惑的环节都推了出去，可见有多么不想搭理这群高中生。

……

夜深人静，林竞从浴室里出来，一边擦头发一边打电话："怎么样，黄旭今天有没有再横眉冷对你？"

"谁顾得上他？"季星凌在平板电脑上翻资料，"我打算明天跟着张教授出去看看。"

"你干吗不告诉季叔叔，让他去查？"

"我不得先证明一下吗，万一不是妖怪呢？"

青春期的男生，对探险和刑侦都是有一点痴迷的，更何况你星哥还是很猛的麒麟，天不怕地不怕，"轰"一下就无敌。

翌日清晨，张啸五点就离开了驻地，欧亚非要整理资料，没有和他同行。

麒麟崽裹着雷电在天穹间威风前进。

西南山地连绵险峻，张啸背着登山包攀高爬低，熟练得如履平地。他走的路崎崛而又人迹罕至，到最后一段时，几乎已经是密不透风的野林。高茂的树冠遮住视线，季星凌不得不变回人形，悄无声息地躲到了一棵大树后。

惊心动魄的，很酷，可惜小林老师看不到。

泉水村里，剩下的高中生才刚刚起床，黄旭从厨房篮子里取出四个鸡蛋，邢洛一边泡面一边说："星哥今天去山下了，不和我们一起吃。"

黄旭问："回锦城了？"

"没，说要去找他家司机，拿个什么东西吧。"

黄旭把鸡蛋放回去一个，没再多问。今天难得天气好，吃完早饭后，邢洛和杨小柏结伴去附近山上逛，黄旭则是拿了本书，坐在季星凌窗前的台阶上看书——这里光线最好。

太阳透过窗帘缝隙，融融的，刚好打在一个玻璃瓶上，里面装满了龙血树的嫩叶，青翠而又生机勃勃。没错，季星凌就是这么一个细心大帅哥，走到哪里都要带着小林老师的叶子，临睡前还要放在枕头边——今天出门太急，忘了收起来。

刚刚发芽的龙血树幼苗，即便是脱落的嫩叶，也藏有一点点灵气，此时正被山间阳光蒸腾出白色的雾，再透过密封瓶的缝隙，缓缓飘散在空气里。

人类没有觉察到，妖怪却敏捷地抽动了一下鼻子。

木头门吱呀一声，欧亚非从里面走了出来。

"小欧哥，早。"黄旭抬头打招呼。

欧亚非盯着他看了一会儿，突然问："你的同学呢？"

"他们都出去了。"

"跟我进山。"欧亚非套上冲锋衣，"别带行李，手机给我吧，帮你拿着。"

黄旭一愣："现在进山？"

欧亚非催促："快点，正好其余人都不在。"

"……哦，好。"

黄旭不疑有他，跟着欧亚非一路进山。

好学生经常会有老师开小灶的福利，所以这次他也就理所当然地认为，肯定是张教授要给自己单独上课。

山里起了风，呼啸穿过树梢和各种复杂地貌，发出呜咽如泣的声音，落叶层层飞起又落下，刚好能遮掩季星凌跟随的脚步。

野林深处有一个地洞。

张啸在进去之前，先从登山包里取出一套防护服，把自己裹了个严严实实。他在地洞里待了将近三个小时，再钻出来时，白色的防护服上明显沾有不少蓝紫色鳞粉。

一直守在外面的季星凌微微皱起眉。

张啸把防护服装进一次性密封袋，又仔细检查一遍，确定自己身上没有任何异常后，才匆匆离开了野林。

四周重新安静下来，一团黑色的雷雾悄悄溜进地洞。

空气里有着浓厚的霉味，潮湿的，黏糊糊的，漆黑而又寂静。

麒麟崽沿着洞壁，很小心地前行，他担心这里还会有其他人存在，比如说张啸的同伙，或者别的妖怪盗猎者。

天光不断从四面八方的裂缝里透进来，地上的污水里混着鳞粉，泛出漆黑油光，很像被化工污染的海面。水不断滴答、滴答，再往里走，就是隐约的铁索被拖动的声音。

那是一条被捆住的化蛇，根据体形来看，已经有了不小的年岁。

她的嘴被铁索缠着，发不出任何声音，长长的头发混杂着淤泥和青苔，青黑色的身体疲软，四肢也被细绳缠缚在一起，浑浊的眼球偶尔会转动一下，是唯一残存的生命迹象。

麒麟崽贴着墙根，简直毛骨悚然，而更令他错愕的是，在化蛇的身下，居然还有一群很小的幼崽，懵懂无知的，尚不知成年世界的黑暗和险恶，还在母亲怀里无忧无虑地呼呼大睡。

化蛇用唯一能自由活动的下巴，轻轻蹭着孩子。

麒麟崽看得不忍心，想上去帮她解开禁锢，又觉得凭自己，应该扛不动这么大一条化蛇，更何况还有一堆崽，于是决定不要打草惊蛇，先出去通知妖管委。

而正在他往外走的时候，外面又响起了脚步声和交谈声。

黑色雷雾嗖的一下贴上墙根，隐匿在了不见天光的黑暗里。

来人是张啸和欧亚非，还有被堵住嘴的黄旭。

麒麟崽："？"

这又是什么情况？

欧亚非把手里的高中生丢到化蛇身前。

黄旭直挺挺趴在淤泥里，昏迷不醒。

化蛇也没有任何反应，依旧护着怀里的孩子。

张啸怀疑："有用吗？"

"他身上的灵气很干净，像是了不得的灵植。"欧亚非重新拎起黄旭，"就是晕了一路，也可能是吓的，现在好像又没了。"

张啸骂了一句："你连他是什么都没搞清楚，就把人弄来了，怎么跟他的学校交代？"

"要是再没有灵气浇灌，这蛇就真的死了。"欧亚非不以为意，"更何况不就一个高中生，掉下山摔死又不稀罕，要赔钱也是碧海那头赔，万一这小子真有用，赚钱的可是我们。"

张啸没再提出异议，从登山包里取出针筒和药水："先看看是什么植物。"

欧亚非拆开包装，准备给黄旭注射。季星凌其实也没搞懂这中间到底发生了什么，但反派和人质还是很容易区分的，眼看那黏稠的红色药水就要被打进黄旭的身体，他觉得不行，得出面搞一下营救，于是轰的一声冲出黑暗，如飓风般卷起了倒霉人质。

淡蓝色的雷电刺破空气，张啸和欧亚非都被这股巨大的力量掀翻在地，手脚麻痹许久，惊魂未定地对视着："什么……怎么回事？"

麒麟崽扛着黄旭，边往山下冲，边想：你今天运气可真是太好了，居然能趴在我的背上。

"运气很好"的黄旭被打得昏迷至今，奄奄一息。

山脚下的农家院里，司机老冯正在晒太阳，突然就见天空轰下来一团黑云。

"这是什么？！"他伸手接住迎面而来的巨大一坨……人，惊慌失措。

"先送他去医院。"季星凌跑得气喘吁吁，腾出手给妖管委打电话，又吩咐老冯，"再找几个人上山，速度越快越好，就说帮我搬行李，把剩下的两个同学也弄下山。"

老冯问："出了什么事？"

"那个科研队有问题，好像在走私妖怪制品。"季星凌站在窗边，"喂，獬豸叔叔。"

对面态度友好："崽啊，有事去找你爸。"

"我报案。"

"报什么案，你妈又不肯给你买棒棒糖？"

五岁时的黑历史被重提，冷酷麒麟崽略一噎："有人囚禁妖怪。"

地洞阴暗潮湿，欧亚非把登山包里的东西全部倒在地上，腾出空间来装那些幼崽。

被束缚住的化蛇母亲几乎要把身体蜷成一个紧绷的圆形，却还是护不住怀里的孩子，眼看着他们被一个个地掏走，化蛇喉咙里发出破碎浑浊的嘶吼，不断挣扎着，嘴也被铁索勒出新的血痕。

欧亚非狠狠拉上拉链，把登山包丢给张啸："我回营地看看，你先把他们藏好。"

睡得香甜的幼崽骤然失去了母亲的体温，又被粗鲁地填塞进一个漆黑冰冷的空间里，此时正拼命爬动着想要出来，叫声细小尖锐。张啸把书包用力甩上脊背，大步向外跑去。

他的步伐很快，上半身向前弯曲，甚至有点猩猩的形态。被洞外的风一吹，张啸沾满污泥的头发突然就开始变得花白，脖颈处也迸出一片红，像是血色油漆四处流淌，直到彻底覆盖全身，变成一只红毛怪物。

那是一只朱厌。

变回兽形后，张啸的奔跑速度越发如风，他刚刚并没有看清是什么带走了黄旭，只能模糊感觉出或许是麒麟——轰然炸开的电光也好，瑞兽与生俱来的震慑力也好，都很像锦城那只镇守神兽。

那么也就意味着，即将有大批的妖怪警察来这里搜查。

想到这一点，朱厌不由得加快脚步，四肢并用在野林中蹦跳穿梭。登山包里的幼崽已经被颠簸得头昏脑涨，叫声也越来越微弱了。

身后突然传来一声咒骂："老张，过来帮忙！"

原本应该往营地方向去的欧亚非，却出现在了这片林子里。他正拼命拽着那条大化蛇——在亲眼看见幼崽被掳走之后，早就命若悬丝的化蛇母亲受到刺激，忽然重新有了力气，硬是挣断了禁锢的铁索，挣不断的，就那么拖在伤痕累累的脚腕上，她展开破损双翼跌跌撞撞向外飞去。

欧亚非的原身是只山臊，人面猴身，跑起来虽然很快，体形却瘦弱得像是人类婴儿，根本不足以制服这条巨大的化蛇。他一边扯着化蛇拖在地上的铁索，一边大声呼喊朱厌过来帮忙。张啸从登山靴里取出麻醉弹，瞄准化蛇开了一枪。

疼痛令化蛇越发狂躁，尚未麻痹的左翼卷起狂风，裹着地上厚厚堆积的腐臭落叶，用力给了他一个耳光。

张啸恼羞成怒，把登山包丢到一旁，又装填了新的麻醉弹。幼崽经过这么一摔，又叽叽地爬动尖叫起来，化蛇本能地想要去护自己的孩子，欧亚非却抢先一步，抱起登山包一路连蹿带跳，向着山崖矮坡滚去。

麻醉药开始起效，化蛇飞得左摇右晃，在地上拖出淋漓血痕。

张啸狠狠唾了一口："疯婆娘。"

欧亚非也跑得踉跄，山臊的原身不比登山包高多少，一个不小心就会脱手。这一带偏偏又有很多坡，登山包先是在松软落叶上弹了一下，然后就如石块一般咕噜噜往山下滚，山臊赶忙爬下去追，一片黑色的浓雾却比他的速度更快。

雷霆伴随电光轰然炸开，山臊毫无防备地被当头暴击，变成了一只黑不溜秋的爆炸臊。麒麟崽冲破黑云从天而降，叼起登山包挂上树梢，再回身一跃，坚硬四蹄刚好踏上欧亚非的胸口。

嘎巴一声，肋骨粉碎。

欧亚非发出破锣一般的惨叫，头一歪，晕了。

恰好追过来的张啸看到这一幕，顾不上再去拿登山包，转身想跑，却被一道雷电轰得跌坐在地。他愤怒地看着裹在黑雾中的小麒麟，像是想不通自己居然会输给这么一个幼崽。

呸，瑞兽。

张啸右手撑在身后，用剧烈起伏的胸口遮掩着细小动作，手指先缓慢钩住枪托，再慢慢攥紧，直到确定完全拿稳之后，才猛然往身前一端，旋即扣下扳机。

子弹呼啸而出！

而在同一时间，一道更大的雷电凌空炸响，蓝紫光芒几乎要横贯整片野林，枯树应声噼啪断裂，挡在了麒麟崽面前。

大麒麟凶狠踩下一蹄，朱厌颌骨尽碎，吐出了一半的牙。

还没完全反应过来的麒麟崽："……"

爸，你好猛。

更多的妖怪正在从四面八方赶来，警队和医疗组都已经就位，朱厌和山臊被暂时押回警局，大兕医生则是替化蛇一家做了检查，摘下口罩后表示，幼崽没事，只是有些擦伤和营养不良，但母亲的状况不太好，不知道能不能坚持到进灵气舱。

护士随车带着灵气包——和人类的氧气包差不多，大多取自灵果。麒麟崽站在旁边看着他们忙碌，突然用蹄小心地戳了戳护士："姐姐，我想请问一下，龙血树的叶子对治疗有帮助吗？"

"当然有啊。"护士问，"你有？"

大麒麟也扭过头看着他。

麒麟崽："……"

虽然让我爸知道我随身带着小林老师的叶子可能会有麻烦，但还是救人要紧，算了，承认吧，我就是有龙血树的叶子。

结果还没等他清清嗓子开口，龙血树本树就突兀地出现在了半空中。

对，龙血树本树，突兀地出现在了半空中。

而且正在急速往下落。

看清局面的麒麟崽："？"

来不及多分析，他裹着黑云轰轰冲上去，本来想接住小林老师，结果另一坨、一只，还是一头吧，反正就是李陌远，突然也用角端的原身冲了下来，和他迎面撞个正着。

砰！

"啊！"

堂兄弟有生以来第一次异口同声、眼冒金星地趴在树林里，四蹄无力地摞在一起，鼻子要断。

大麒麟叼着龙血树幼苗："……"

龙血树幼苗："……"

只有敬业的大兕大夫喜出望外，完全不顾这株龙血树幼苗的出场方式过于隆重诡异，颠颠地用双手捧过小林老师，放在了化蛇身旁。

麒麟崽用最后一丝力气爬起来，喊了一句："他洁癖，不要种进泥里！"

大兕大夫一听，赶紧换了条干净的一次性灭菌床单，自己也戴上手套，再三向龙血树保证，绝对不会有灰尘和血沾到他身上，他只需要尽量散发灵气就好。

林竞初来乍到，一头雾水，但是看到季星凌并没有出事，而所有医生、护士似乎都在等着自己救妖怪，就没再多问。

麒麟崽用前蹄兜住角端崽："喂，怎么回事？"

"我怎么知道？"角端崽也很无辜、茫然，且悲愤，"中午我正准备去食堂，林竞突然就跑过来，说你可能有危险，强行让我带着他来这儿。"

李总的体育水平和认路水平，那是能开玩笑的吗？两人在天上瞎跑了好几圈，差点没冲出亚洲走向世界，幸好被一条好心的、会英语的八岐大蛇劝返，一路走一路问，这才摸对地方。

"那你干吗扔了他？"

"他胖啊，我叼不住！"

躺在救护车里正在帮忙救蛇的某位帅哥："？"

龙血树幼苗虽然只有两尺高，又细细的，但是很重，又硬又重，平时不怎么健身的角端崽实在搞不定，他真的已经尽力了！

有了龙血树的灵气，大化蛇的各项身体指数很快就稳定下来，被送往医院接受进一步治疗。

麒麟崽也叼着龙血树幼苗，回了山下小院。

杨小柏和邢洛已经被接到了县城招待所，准备返回学校，对外公开的理由是黄旭不小心摔伤，而山里又会迎来下一轮雨季，为了学生的安全，才会提前结束此次野外实习。而黄旭因为被欧亚非注射了羊不食草的汁液，大概还需要卧床休养一周，不过幸好，不会留下什么后遗症。

林竞问："那黄旭会不会记得山里发生的事情？"

"不清楚，妖管委应该会对他进行心理治疗。"季星凌拖着一张椅子过来，反跨坐在他对面，"你难道不准备给我解释一下，为什么会毫无征兆地出现在泉水村？"

"是这样的。"小林老师态度良好，"中午的时候，季叔叔来学校找唐校长。"

季明朗找唐耀勋是为了谈碧海科创的事，看能不能提前结束这次实习，再给其他三个孩子一些补偿。谈完之后，他又顺便去了高三（一）班，想着带隔壁小孩出去吃点好的。

"当时还没下课呢。"林竞说，"谁知道季叔叔在教室外站了没几分钟，接了个电话，突然就匆匆忙忙走了。"

"他匆忙也可能是因为公司的事，你为什么就断定是因为我？"

"要是公司出了事，季叔叔肯定会给我打个手势再走的，不会就那么离开。"林竞说，"而且我给你发信息，你也没回。"

小林老师向来属于行动派，于是一下课就强行征用李陌远。李总用生第一次收到这种无理要求，他艰难地咽了一下口水："我很想帮忙的，但我可能扛不动一米八的你，不然你变回龙血树，我再试试。"

林竞说："目前我还不是很会变，你努力一下呢？我虽然高，但是瘦。"

李陌远："……"

幸亏山海高中里还有大树爷爷，能适当地帮助一下业务能力生疏的新晋小妖怪。

"然后我就去妖怪村庄里站了一会儿昆仑坑。"林竞用指尖按住他额上的创可贴，那是被树枝剐蹭出来的小伤，"那你好好休息，我先回家。"

"别啊！"季星凌拉住他的手腕，"你今晚留下，我明天也回锦城。"

"我爸妈还不知道。"林竞抽回手，把声音放低，"而且说实话，要不是李陌远没叼住，我们本来是打算一确定你没事，就立刻悄悄闪人的。"不过能顺便救下化蛇，也是件好事。

季星凌没辙了，因为未成年没有霸总权。

季明朗叫来云端穿梭车，把林竞和李陌远送回锦城。

林守墨和商薇听说这件事后，又震惊又担心："你怎么也不跟爸妈商量一下，自己就跑去泉水村了？"

小林老师正义凛然地回答："这不是怕季星凌出事吗！电视上说的，两肋插刀，义不容辞。"

林守墨："……"

商薇："以后不要再看武侠片！"

这场实习风波算是有惊无险地度过，而生活也和以前一样。

张啸和欧亚非这些年假借地质勘查之名，一直在山里绑架盗猎珍稀妖怪，贩卖给研究机构或者私人制药公司换取高额利润。碧海科创对此倒是真不知情，就只是单纯地想讨好一下季明朗，没想到居然误打误撞牵出了一整个非法团伙。

化蛇的身体正在逐渐恢复，幼崽们也很健康，妖管委已经替这家人找好了新的栖息村落，秋天的时候就能搬进去。

季明朗也为邢洛和杨小柏安排了新的假期实习，本来黄旭也有名额，但他可能不想再重复"一跤摔得记忆全失，完全不记得出门后发生了什么事"的惨痛经历，拒绝了，专心致志搞学习。

季星凌趴在栏杆上，看着正在做课间操的高一、高二学生："哎，你说他会不会知道，是我救了他？"

林竞提醒："那他也会同时知道，是你坑了他。"

"和我有什么关系，院子里有那么多台阶，谁让他偏偏坐在我的窗户前？而且就算是我的错，你也是共犯，那是你的叶子。"

"我又没有让你随身带着我的叶子。"

"我不随身带的话，你难道不会生气？"

"我会啊。"

季星凌："？"

林竞笑着扯住他的校服领子："走了，回教室看书。"

大片阳光穿过梧桐，笼住了整座白泽楼。

夏天就要来了。

倒计时牌上的数字每天都在变，从三十到二十，再到最后十天、五天。

气氛其实已经不紧张了，或者说紧张了整整一年，大家都已习惯了。

更多的是即将离别的伤感。

最后一节语文课，王宏余和以往一样，不紧不慢地讲着试卷，直到放学铃声响起。

他放下书本，看着讲台下一张张熟悉的脸，还想再唠叨叮嘱两句，眼眶却先一热。

教室里没有一个人走，也没人催促，安安静静的。

许久之后，突然有人喊了一句："老师你放心，省最高分肯定在咱班！"

"就是，林哥第一！"

"李总第一！"

"一班第一！"

而同样"第一"的还有二班、三班、四班、五班……十八班，紧绷了整整一年的弓弦，就这么到了利箭呼啸而出的时候，激动、兴奋、不舍、伤感、遗憾或者圆满，各种情绪杂糅在一起，有人笑，有人哭，连白泽楼的顶都要被掀翻。

林竞眼眶也有些红，他扭头看向窗外，视线模糊，树木葱郁。

恍恍惚惚间，时光好像又回到了两年前，自己第一天来这里上课，某人肩上搭着书包，踩着阳光和铃声，吊儿郎当地出现在了教室门口。

那应该是最好的一个夏天。

季星凌靠在椅背上，微微垂着眼睛，也揽住了林竞的肩膀。

他想记住这一天，很好的年纪，和青涩酸甜的心情。

山海高中·学生证

· 第 12 章

恰好放学铃声响

高考当天，值班的应龙很体贴地驱散雨雾，只留下薄薄一层乌云遮住灼热骄阳，不至于暴雨塞车，也不会把莘莘学子晒得头昏脑涨。

山海高中门口，许多老师都在那儿。马列和 Miss Ning 一个穿着红 T 恤，一个穿着红百褶裙，站在一起就很像金童玉女，引来一群学生瞎闹。马列哭笑不得："这就叫情侣装了，不就颜色一样吗？怎么不说你们星哥和林哥穿情侣装？"

刚从车上下来的季星凌和林竞："？"

两人确实穿着一样的衣服，是白泽送来的，或者更确切地说，是胡媚媚女士强迫白泽送来的，反正不管有用没用，多沾点四海八荒顶级学生的灵气总没错。

季星凌还在琢磨呢，要不要解释一下，几个男生开始嚷嚷。

"星哥的不叫情侣装，叫沾染好学生的仙气。"

"就是，马老师你不要试图遮掩。"

"早知道我也和林哥一样穿黑 T 恤了。"

"林哥，你明天穿什么？我们也配个互助装吧！"

面对周围一圈殷殷目光，林竞淡定一指："马老师，为什么 Miss Ning 的脸这么红？"

宁芳菲没有一点点防备，反应过来之后，又气又笑地骂了一句。现场焦点被顺利转移，王宏余正好过来发准考证，他对林竞抱的希望当然最大，但又怕他太有压力，就只鼓励了一句："你们两个，一起加油。"

大少爷顿时心情舒畅，觉得老王可真是太会说话了。

这份舒畅的心情一直保持到了开考之后，今年全国卷的语文不太难，作文也不是让人云里雾里的那种，至于下午的数学，第二天的综合、英语，好像都还可以。虽然新闻里频频出现有人丢了准考证、某考生情绪崩溃要跳楼，以及跑错考场的、堵车的、迟到的，仿佛全世界的压力都盖在了高三学生头上，但林竞和季星凌是脱离于这些闹剧的，两人就和以往无数次的考试一样，平静地答题交卷，再出来对对答案，以至于当最后一门英语结束时，季星凌甚至有些疑惑——考完了？

林竞拎着透明文件袋，回头看着远处的白泽楼："嗯，我们考完了。"

天上落了细细的雨，在池塘里溅起圈圈涟漪。

无数把彩色的伞在校园里撑开，球鞋踩过小水洼。大家说说笑笑，结伴慢吞吞地往校外走去，那些电影里常见的场景，狂欢、撕书、拥抱、奔跑，全都没有上演，真的好像只是参加了一次月考。而直到看见校门口站着的老师和家长，大家心里才终于泛上一点酸涩，模糊地想着，高中生活真的结束了。

季星凌搭住林竞的肩膀："走，回家。"

群里各种组局邀约不断，跟开着轰炸机差不多，打游戏的、短途旅游的、电影、音乐节、明星演唱会……各种被屏蔽了一年的娱乐活动突然就冒了出来。林竞打开静音模式，在家里蒙头大睡一整天，醒来的时候，窗外还在下着雨，光线昏暗，辨不出时间。

商薇敲门："醒了吗？"

"嗯。"林竞推开被子坐起来，"怎么都晚上七点了？"

"看你睡得香，就没打扰。"商薇替他拉开窗帘，"起床吃饭。"

"我都睡蒙了。"林竞趴回枕头，"不吃，不饿，懒得起。"

"小星在客厅等你。"

"……"

小林老师：立刻坐起来会不会显得我很想见季星凌？虽然我真的很想见他，但当着我妈的面不可以太明显，我要以电影 0.5 倍速的姿态爬起来。

商薇继续说："好像是给你带了张妖怪补习班的报名表。"

"嗯？"既然有了正当理由，那 0.5 倍速也就不是很有必要了，林竞迅速套好衣服，"什么时候开始上课？"

商薇回答："听起来随时都可以，但你刚高考完，不打算休息一段时间？"

"不用。"林竞跑去客厅，要来报名表看了一眼："每天只上八节课？"

季星凌再度被这好学生的刺目光辉闪瞎了："只？"

林守墨今天加班，商薇正在厨房热晚饭，林竞往他身边挤了挤："你不是要毕业旅行吗？"

每天八节课，需要两个多月才能搞定全部内容，再加上七八场考试，估计连一周的空余时间都挤不出来。

"我可以每天上十一节课，真的，自学也行。"

季星凌：……虽然我也很期待和你一起旅行，但不可以，一天十一节课会学傻的。

林竞哀怨地提问："所以我们只能去郊区农家乐一日游了吗？"

"没，你想去哪儿都行。"季星凌摸摸他的头，"我周末带你去，七大洲五大洋随便选。"

"没有五大洋，现在是四大洋，完了，季星凌，我开始疯狂担心你的地理分数了。"

"哎，我知道是四大洋，口误！"

"哪四个大洋？"

"大西洋、太平洋……不是，为什么高考都结束了你还要考我？我拒绝回答。"

两人在客厅沙发上打打闹闹，林竞一边躲他，一边趴在沙发上继续看报名表，妖管委的补习课程和魔鬼高三差不多，六月中旬开始，八月中下旬结束，正儿八经旅游是没指望了，但幸好，季星凌是很酷的麒麟，可以砰的一下飞很远，不至于沦落到郊区双人游。

妖怪补习班位于城北郊县，全封闭军事化管理，胡媚媚觉得太辛苦，干脆说服老公，给林竞安排了家庭教师，省得来回跑。

第一天登门授课的是一只狻猊。

第二天是一条何罗鱼。

第三天比较酷，是一条虹龙。

林竞及时补充一句："当然了，只是一般酷，没有你酷。"

季星凌"哧"了一声，靠在沙发上翻体育杂志。

锦城的夏季多雷雨，这天中午，原本应该来上课的应声虫老师因为惧怕轰隆隆的雷声，所以请了一天假。窗外的天黑蒙蒙的，林竞趴在床上打了一会儿游戏，扭头告状："季星凌，有个人一直在骂我菜。"

季星凌要过他的手机，心不在焉地帮忙打了两盘，也没赢。

对面血虐完新手之后，得意扬扬地发来一句"菜鸡"。

林竞："……"

"不是，我没心情打游戏。"季星凌把他的手机丢到一边，"你怎么一点都不急的？"

李陌远早上已经接到了北大招生组的电话，虽然没套出分数，但套出了他是全省第五。还有其他几个尖子生，北大也好，清华也好，招生组都已经提前问了意向，只有小林老师的手机一直安静，座机也没动静。

林竞不得不重复一遍："我真的考得还行，季星凌你不要这么紧张好不好？"

"我没有紧张，我就是不理解，为什么北大招生组到现在还不给你打电话，他们难道不怕你被清华抢走吗？"

"……"

对方问得太义愤填膺，还气势汹汹的，很严肃，小林老师一时之间不知道该怎么回答，只好说："那你先帮我打游戏，打赢之后，说不定电话就来了。"

"你说的啊。"季星凌打开游戏界面，又给刚才那个人发了对战邀请。

林竞强调："要赢。"

"放心吧。"季星凌熟练地挑装备。

对方可能是没见过这种一而再，再而三求虐的，发来了一个嘲讽表情。

然后他就顺利收获大少爷全场 1V1 贴身服务，复活一次死一次，复活一次死一次，被打得亲妈不认，队友也纷纷怒喷，一致断言这肯定是个无良演员，否则哪有这种死法？

林竞舒服了："季星凌，你好厉害。"

"嗯。"大少爷把手机还给他，"他发育不起来了，你自己打吧。"

林竞答应一声，还没来得及继续操作，手机突然提示有电话接入。

季星凌拍拍他的脑袋："愣着干什么？快接。"

林竞这才后知后觉地紧张起来，差点没滑下接通键。

对方自称北大招生组。

林竞往季星凌耳朵里也塞了一只耳机。

高考分数还没正式公布，招生组的老师也不可能提前透露，但根据对方精心准备的说辞以及各种许诺来看，估计全省前三跑不了。没几分钟，另外几所高校的招生组也陆续打来电话。大少爷全程旁听，揉着软绵绵的小林老师，心情愉快，狂甩尾巴。

晚些时候，唐耀勋给季明朗透露，这次高考山海高中一共出了三个文科省前十。胡媚媚听得比商薇还激动，两个妈那叫一个喜极而泣，以至于季星凌不得不提醒："我的高考成绩还没出来，你们是不是得适当留一点激动的心情给我？"

"你的激动属于上一本线的激动，和省最高分的激动不是一个种类，不用留。"胡媚媚拉着林竞坐在沙发上："这样，晚上我让你季叔叔订一张桌子，大家好好庆祝一下。"

林守墨稍微迷惑一分钟：我儿子考上重点，这顿是不是该归我？

但对方已经很热情地在张罗了，他只好乐呵呵地加了一句："那行，等明天小星的成绩出来，我们再吃一顿，我请客！"

胡媚媚把吃饭地点定在了一家私人粤菜馆，店主是一对比翼鸟，闲得没事就喜欢秀恩爱。哪怕明知道是升学宴，包厢也布置得跟度蜜月套房有得一比，还送了四杯低度数的粉红香槟，各种浪漫。季星凌和林竞碰了一下杯，又小声问："晚上出去玩吗？"

小林老师秒速回答："不出去。"

"那什么，你有没有觉得你的拒绝得太过犀利无情？"

"等明天你的成绩出来再说。"

"就是。"胡媚媚在旁边教育，"小竞都知道担心你的成绩，就你自己吊儿郎当的，一点都不把考试放在心上。"

季星凌："？"

我怎么不放在心上了？我很放在心上的啊！

而且今晚明明就是你们等不及，完全不顾我的成绩还没出来就开始大肆搞庆祝，我才是那个被家人忽略的可怜未成年，需要加倍呵护关怀的好不好！

林竞给他夹了一筷子芦笋："吃饭。"

季星凌随口瞎贫："不吃，太绿了。"

胡媚媚无比纳闷："你的毛病怎么越来越多？小竞你不要管他，好好吃自己的。"

季星凌："……"

唉，这世界好冰冷。

幸好还有温暖的林叔叔和商阿姨，每次有新菜上来，都会招呼麒麟崽多吃一点，又各种花式夸，夸得连进来上菜的服务员都搞混了，险些以为季星凌才是主角。

小林老师说一不二，坚决不肯在高考成绩出来之前出去玩，大少爷也只好老老实实吃饭回家。查分系统二十三日下午一点开放，林竞早上七点就爬起来，满屋子乱晃，在厨房里乒乒乓乓的要自己做饭，姜阿姨此时已经功成身退，回乡休息了，商薇和林守墨被吵得睡不着，只好双双起床陪他一起瞎折腾。林医生迷惑地问太太："他不都十拿九稳省最高分了吗，北大已经来电话了，怎么还这么紧张？"

商薇很懂行情："可能在担心小星的分数吧。"

季星凌打了一整晚游戏，早上五点多才睡。胡媚媚轻轻替他捡起掉在地上的被子，看着这祖宗歪七扭八、没心没肺的睡相，对比一下隔壁的争气小乖苗，简直要悲从中来。好不容易等到十二点半，她一巴掌把儿子拍醒："起来查分！"

季星凌完全没睡醒，摸过床头闹钟看了一眼："妈，还有半个小时呢，你干吗这么早叫醒我？"

"都要吃午饭了还早！"胡媚媚站在床边，细数儿子种种不应当，"小竞八点多就送饼干过来了，十一点多又送了一次肉桂卷，就你一天到晚打游戏。"

"熬夜打游戏属于有谋有略。"季星凌摊开四肢，嗓音沙哑慵懒，"我就知道今早肯定特难挨，现在多好，要不是你打乱组织计划，我一睁眼就能直接看分数。"

"那现在也差不多了。"胡媚媚催促他，"快点，起床吃饭。"

季星凌没什么胃口，他从床上转移到沙发上，抱着笔记本电脑给林竞打电话：

"查分系统好卡，你那边怎么样？"

"现在都卡吧，得多试几次。"林竞也在一遍遍地刷新，"你吃我烤的肉桂卷了吗？"

"真是你烤的啊？我还以为肉桂卷只是你来窥探我有没有起床的借口。"

"……"

"我马上去吃！"

上帝替小林老师打开学习之门，并且轰然关上了厨艺之窗，还加了把密码锁。反正季星凌吃着这地狱肉桂卷，觉得自己肩上的担子陡然又沉重几分，因为将来不仅要承包水培基地，还要……至少得雇得起家政阿姨吧。

"好吃吗？"

"超好吃的！"

"季星凌，你好虚伪。"

"……"这植物怎么一点都不讲道理？！

两人吵吵闹闹的，时间过得倒也不慢，就是系统实在卡，季星凌死活进不去。林竞也是好不容易才用手机刷进去，熟练输入报名号、准考证号、身份证号，拿着笔紧张兮兮地在纸上写。

林守墨和商薇赶紧凑过去看。

——语文 111，数学 119，英语 135，综合 238。

林守墨简直惊呆了："今年的高考题目这么难吗？加起来刚 600 就能成省最高分？"

商薇迟疑："这好像是小星的分数。"

由于过分紧张，所以刚刚完全没觉察到父母就站在自己身后的小林老师强装冷静："这就是季星凌的分数。"

然后他又此地无银地找补一句："因为他特别着急，又进不了系统，所以我先帮他查一查。"

接着想查自己的分数，系统却再度崩溃，季星凌这时打来电话，又得意又嘚瑟："你考了 681 分，全省文科最高分。"

"那你呢？"

"我还没进去呢，这什么破网，一次就崩。"

"嗯，我查到你的分数了。"

"……"

季星凌从沙发上坐起来，比较紧张地问："我多少？"

林竞给他念了一遍，又说："总分加起来刚好 600 出头，603。"

季星凌："真的假的？我考了这么——"他本来想表达一下上 600 的喜悦，因为毕竟估分也就 580 左右，结果一抬头就看见胡媚媚和季明朗从书房里跑出来，于是很欠地摆出一脸震惊，"我为什么只考了这么一点分数？！"

林竞不明就里："季星凌，你不要这么膨胀，600 分已经很高了。"

季星凌继续唉声叹气："我怎么可以只考 300 分呢？"

林竞无语了，觉得这人简直无聊，于是挂了电话继续查自己的细科分数。留下大少爷一个人对着嘟嘟忙音演独角戏：我真的已经很努力了，为什么高考成绩只有 300 分？唉，不公平，天道不酬勤。

季明朗从牙缝里挤字："你觉得我什么时候去提醒崽，王老师已经发来了他的成绩表比较合适？"

胡媚媚："没事，不着急，你就让他慢慢演吧，傻乎乎的，还挺可爱。"

山海校园网第一时间公布了林竞的成绩，语文 132，数学 150，英语 146，综合 253，全省最高分。而林家人的手机早就振疯了，同学、老师、亲戚、同事以及各路记者蜂拥而至，连江岸书苑的物业也瞅准商机，搞了条巨大的横幅出来庆祝，红彤彤挂满小区八个入口，以此证明和那些靠着噱头卖楼的无良奸商不是一个层次。

隔壁，实在等不及帅哥小季演完戏的成年麒麟季先生，已经兴冲冲地叼着儿子"砰"上了天。600 分是什么概念？不用四舍五入，和省最高分也就差个 70 多分，你们品，你们细品。

在天上散步的各路妖怪：好的好的，厉害厉害，不愧是你的崽。

这一天过得混乱吵闹，两人各有各的忙，连面都没能见到。直到第二天下午，结束采访的林竞才有时间溜进 1301。

季星凌指着挂钟："整整三个小时。"

"王老师介绍的朋友，不好拒绝。"林竞端过他的水杯喝了大半天，"絮絮叨叨的，我头都晕了。"

"过来。"季星凌拍拍沙发，"我帮你按一下。"

胡媚媚和季明朗都不在，林竞熟门熟路坐下，自己玩手机。

大少爷想起来一件事："哎，你还没夸我呢。"

"你不用夸。"林竞笃定，"我知道你肯定考得特好，你超猛的。"

鉴于自己都考到 600 分了，那这句"超猛的"一定发自内心，不是路边摊廉价批发卡。季星凌美滋滋地换了个方向，下巴顺势抵在他肩头："在和谁聊天？"

"我之前的同学，他们今天出成绩。"

群里一片闹腾，也在抱怨系统太卡，连复读都顾不上了。

可达：[嗑瓜子].jpg

唯：！

BEAST：过分了啊，林哥。

布雷：请你退群。

可达：快查分，我等着看。

唯：省最高分命令我们了，省最高分好了不起。

布雷：考上北大你也不会美容美发、中西烹饪、汽车专修和 JAVA 软件开发。

BEAST：不就考了 680 吗？

季星凌也跟着一起看热闹，心情很好。

心情一好，话就变多："你这几个朋友看起来很酸啊，学习应该不怎么样，能上本科线吧？"

林竞："……嗯。"

唯：我刷进去了！

BEAST：我也，我 668，你多少？

唯：663。

唯：徐哥，徐哥，徐哥，你全省第几名？

布雷：最高分，672。

唯：我最低？！

唯：我自闭了！

季星凌：？

季星凌：我才要自闭了。

季星凌：这是什么毫无人性的群？

大少爷心情复杂地想着：原来在认识我之前，小林老师的交友圈都是这样的吗？！

林竞把手机丢在一旁："他们应该都会去北京，到时候我介绍你们认识。"

季星凌还没从打击里缓过劲，独怆然而涕下地表示："我学习太差，我申请拒绝。"

"谁说的，你都考到 600 分了。"林竞拍拍他的胸口，"报晨大没问题。"

过了一会儿，他又补充一句："而且他们分数虽然比你高，但都没你帅，季星凌你超帅的，你是什么惊天动地完美无缺的绝世大帅哥！"

季星凌："……你这个表情还能更虚假一点。"

高三（一）班这次成绩整体不错，估计得在北京喜相逢好几个。于一舟是出国党，葛浩虽然分数不太高，但也能在省内混个不错的学校。谢师宴上，王宏余喝得满面红光；马列也终于追到了山海一枝花 Miss Ning，真的带来了一篮子巧克力当喜糖；李建生乐呵呵地拉着季星凌聊了半天，而据说在以后的很多年里，老李在训斥捣蛋鬼时都会举一个相同的例子——某人刚进校时数学只有 37 分，经过三年的刻苦努力，高考时一举拿下 119，考上了重点大学，所以只要好好学习，一切都有可能。

填报完志愿后，七月风轻。

季星凌非常霸总而又不经意地提醒："我的十八岁生日就要到了。"

林竞噼里啪啦敲键盘："所以你有什么企图？"

"怎么能说是企图呢，你难道不想和我一起步入成年人的世界吗？"

"我九月才过生日。"

"……但我们也可以四舍五入一下。"

"不要。"林竞把书丢给他，"帮我做作业，瞿如老师明天要检查的，快点。"

季星凌长吁短叹，认命地抓过笔。

威猛麒麟，在线出卖劳动力。

七月中旬，两人如愿收到了录取通知书。林竞拉开冰箱，丢给季星凌一瓶水："你什么时候回青丘和蓬莱？"

"咦，你怎么知道，我妈告诉你了？"

"没，我猜的。"林竞继续研究新的榨汁机，如实回答，"毕竟他们当年连你数学考了 18 分都要庆祝。"以此类推，603 分估计得上天。

虽然的确已经上过了。

麒麟一族的长辈都生活在蓬莱，爷爷听到成绩后喜出望外，已经催促了七八次，让他们快回家，甚至威胁要是再见不到孙子，就自己颤颤巍巍地带着奶奶"砰"过来。而青丘的九尾狐姥姥也早早打来电话，问宝贝外孙什么时候才能回乡。大少爷接下来的行程安排看起来无比满，不过在那之前，他得先留在锦城过完十八岁生日。

林竞问："你有什么安排？"

"没安排。"季星凌走到他身后，帮忙把各种灵果切成小块，"我已经跟我妈说了，今年不用在餐厅订位子，要出去散散心。"

林竞回头看他。

季星凌尽量让自己显得非常像正直清新好少年："哎，你那几天应该刚考完'妖怪地理'吧，正好可以休息一阵子，想去哪儿？"

"我想去哪儿都可以？"

"当然。"

"李陌远和韦雪上周好像去桥头农家乐摘葡萄——"

"算了，你还是闭嘴吧，我过生日，我说了算。"

摘什么葡萄，太土了，受不了。

小林老师很配合："哦，那随便。"

他刚刚收到一笔数目不菲的奖学金，又抽空参加了几个学习App的在线答疑，攒下来的酬劳虽然不能给季星凌买他心心念念的布加迪威龙，但也可以准备一份很不错的生日礼物。

季明朗和胡媚媚已经搬回了浣溪别墅，季星凌则是两头跑，不过大多数时间依然留在江岸书苑——理由是要给林竞补习妖怪课程。没错，你星哥也有给别人补课的时候，风水就是这么疯狂轮流转。

1301的小卧室里，林竞端着一盘水果坐在桌上，看季星凌自己做作业："你字写好看一点。"

"我已经抄了整整十五页，胳膊真的很酸，求你要求不要这么高。"

教地理的龙马老师又暴躁又严格，普通话和标准没有一毛钱关系，语速又奇快无比，经常让小林老师产生自己在听外国人讲课的错觉。稍微一晃神，地图就已经从最南扯到了最北，而笔记本还是空白一片，比洁癖小林的脸还干净。

龙马老师走过来，用龙爪叩叩龙血树幼苗的桌面，非常不满："今晚把每一个知识点都抄五遍，让庆忌送来我的办公室。"

林竞从小到大，还是第一次被老师罚抄。下课之后，他翻了翻圈出来的妖怪地理知识点，发现那叫一个琐碎啊……跟散落一地的大米似的。华山、阴山、天山、昆仑山、黄河、汾河、滹沱河、清漳水，感觉抄和不抄并没有什么太大区别，该记不住还是记不住，纯属浪费时间，于是抱着本子跑到隔壁敲门。

季星凌正在组队打游戏："这么早就下课了？"

"嗯。"林竞反手关上门。

季星凌塞着耳机，一边攻垒一边抽空说："冰箱里有吃的，自己去拿，顺便帮我带瓶可乐。"

"好的！"林竞服务态度良好，在厨房里捣鼓半天，弄出一个豪华果盘，又找了个漂亮杯子倒可乐，加冰加柠檬，还上网速成，把吸管凹成了一个浪漫心形。

结果季星凌头也不抬："谢谢。"

林竞："？"

季星凌摊在沙发上，还在忙着团战，暂时顾不上小林老师。但没关系，你林哥在有求于人的时候，也很"人生就是能屈屈屈屈"。他叉了块蜜瓜递过去："你什么时候打完？"

"估计还要一会儿。"季星凌鼓着腮帮子，"你要不要来？老侯正好要去吃饭，我们少个奶妈。"

机不可失，时不再来，林竞赶紧强调："我不来，我没时间。"

"嗯，那你忙，我问问郑不凡。"

"……"

这是什么笔直的对话走向？

但堂堂高考省最高分是那种随随便便就会放弃目标的人吗？

开玩笑，肯定不是。

于是，他强行挤进单人沙发，把脑袋架在季星凌的肩膀上，平均三分钟就叹一次气，简直就是一个人形叹气机。

"乖，怎么了？"季星凌摸摸他的脑袋。

"今天老师批评我了，因为我记不清东山、西山、北山都有哪些山川河流。"

"你才学几天，记不清很正常。"季星凌环过他的肩膀，"坐过来一点，陪我打游戏。"

"但我从来没有被老师批评过。"

"谁说的？老李就批评过你，还罚站了。"

"……"

小林老师：算了，我不生气。

大少爷一挑五浪完全局，自我感觉帅到炸天，问旁边的人："怎么样，我打得还行吧？"

林竞带着浓厚的鼻音嗯了一声。

鉴于这个"嗯"气势汹汹得分外明显，跟吃了枪药似的，季星凌总算觉察出不对："不高兴？"

"龙马老师罚我抄书了。"

"他经常罚学生抄书，不是只针对你，不用这么郁闷的。"

"但我受到了很大的打击。"

"那你就多学几遍地理，争取一次考到满分，让他刮目相看。"

"……"

季星凌突然变得积极主动、奋发向上，小林老师略略一噎，只好主动提出需求：

"你帮我抄一下，好不好？"

"不好，我帮你抄了，你考试不及格怎么办？"

"求求你。"

"快点去抄，我陪着你。"

林竞一想起那零零碎碎的地理知识点，头皮都紧了，一万个不想抄，于是双手卡着他的脖子："要不你再仔细考虑一下？"

"我不需要仔细考虑。"季星凌站起来，往书桌的方向走，"你要是'妖怪地理'不及格，就得留下补考了，那我们的旅游怎么办？"

林竞整个人宛若一块大奶糖，即将融化的那种，又软又腻，还自带各种噪声攻击，包括但不限于各种哼哼唧唧、唉声叹气、嗷嗷啊啊，以及"季星凌，我不想抄""季星凌，你帮我抄一半好不好""我真的能在考试前全部背完""我怎么可能地理不及格"，嗡嗡且永动。

季星凌：要被吵死了。

林竞双手在他脖颈处圈成死结，神似于粥粥盘大柱。

"季星凌，季星凌，季星凌。"

大少爷无奈："那我就帮你抄一遍，剩下的你自己来。"

"四遍。"

"……"

护眼灯下，季星凌一边抄着妖怪地理，一边提醒："你回去再好好背一遍，知不知道？"

"嗯。"林竞躺在沙发上美滋滋地打游戏，"我今天听到我妈和胡阿姨打电话，好像在商量去北京时顺路泡温泉的事，那是不是一个很大的度假山庄？"

"有一部分是开放给人类的，还有一部分隐匿在山海域，和青丘很像。"提到青丘，季星凌又问，"你这次真的不和我一起回去吗？我姥姥很想见你。"

林竞坐起来一点："你跟狐狸姥姥提我了？"

"不是我，是我妈。"

胡媚媚女士已经基本把隔壁小乖苗当成了自家的苗，走到哪里都要炫耀一番。九尾狐姥姥听说之后，也对能考最高分的龙血树幼苗产生了兴趣，张罗着要在大泽挖一个神树坑，让孩子好好站一站。

林竞："……我真的不是很需要坑，为什么每个人都想给我送个坑？"

"我已经跟姥姥说了，青丘也有许多灵湖的，水质特干净，你可以去水里泡一泡。"季星凌停下笔，"那你想不想去？"

林竞稍微有点犹豫，他不是不想去青丘，但又觉得，这是季星凌的升学宴，本来 603 分是很值得庆祝的，但要是有一个 680 的自己戳在旁边，他岂不是会黯然无光？还是别去了，等下次。

"没事的。"季星凌乐，"我发现你想得还挺多，那就这么说定了，我过完生日后先去一趟蓬莱，然后回锦城接你，我们一起去青丘。"

林竞问："我是不是得先准备一点礼物？"

"你去这家买。"季星凌推给他一个网上商城。

林竞还以为是什么高端大气上档次的妖怪购物 App，结果打开一看，汪汪宠物用品店。

"……"

"买点有铃铛的皮球、磨牙饼干，还有逗猫棒，差不多就够了。"季星凌继续抄书，"你不是喜欢九尾狐的小崽子吗？他们就爱玩这些，不用太高端。"

九块九包邮就能近距离接触九尾狐，这简直物美价廉，小林老师立刻表示，现在就下单！

遥远的青丘，九尾狐姥姥正在教育一群小孙子："你们要向远房表哥学习，他今年高考考了 600 分，还有龙血树哥哥，等他来的时候，你们要表现得乖一点，好学一点，不要像憨憨一样叼着球漫山遍野乱跑。"

毛茸茸一窝刚出生的雪白幼崽，并不知道高考是什么："嗷嗷嗷！"

九尾狐姥姥用拐杖把到处乱跑的孙子扒拉回去，忧心忡忡，觉得这一筐看起来就不像学习很好的样子。

唉，也不知道能不能留龙血树苗多住几天，好好熏陶一下。

为了给季星凌过十八岁生日，林竞很早就去招摇铺定制了一双球鞋，限量签名版，最近被炒得价格飞飙。老徐一边帮他包装，一边提醒："我得先说清楚啊，真没赚你多少钱，也就一点跑路费。"

"我知道。"林竞扫码付账，"谢谢徐哥。"

"其实你何必非它不可，新出的黑红配色更好看，还要便宜两千块。"

"季星凌喜欢这双。"林竞笑，"没关系，我最近一直在做网络兼职，酬劳很高。"

旁边打零工的鸤鸠心思活络，屁颠颠凑近："小帅哥，什么兼职这么有油水，拉我进群。"

林竞回答："高考在线答疑。"

初中肄业的鸤鸠："打扰了。"

除了买球鞋，林竞还去槐江银行兑换了一点妖怪币，在外面忙忙碌碌一整天，深夜才回家。

商薇正在书房回复患者留言，林守墨端给她一杯茉莉茶，出来问儿子："明天不用上课，爸爸带你去练练车？"

"明天不行。"林竞把手里的一堆购物袋塞进卧室，"明天是季星凌的生日，我们要同学聚会。"他特意加重了后四个字的读音，以表明这是"团伙作案"。但偏偏林守墨今晚闲得无聊，很想和儿子说几句话，于是溜溜达达跟进卧室："都有哪些同学啊？"

"于一舟、葛浩、李陌远他们几个，就高三（一）班的。"

"于一舟不是去国外度假了吗？葛浩好像也不在锦城吧，你前几天不是刚说过他请你去乡下老家吃柴火鸡？"

小林：为什么我爸突然要问得这么清楚？他是不是在试探我？难道他知道我不想跟他去练车而是要给季星凌单独过生日，所以才这么拐弯抹角？！吃惊！警惕！

老林：和儿子聊天美滋滋。

林竞想了想，含糊敷衍地说："可能回来了，我最近在准备考试，没怎么看班级群。"

林守墨继续做慈父："那考试准备得怎么样了，小星还是每天都过来给你补习吗？我和你妈妈都忙着上班，也没空看着你们。"

林竞狐疑地想：为什么要看着我们？

我们并没有……不是，可能高考完了稍微有那么一点点放飞，但也不至于要到"看着"的份上吧？

林守墨又问："明天的生日宴订在哪个酒店？什么包厢？几点结束？爸爸开车来接你。"

"不……用。"

"怎么不用？今天社会新闻还在推送，春城的高考学生也是出去给同学过生日，喝酒啊，结果出车祸进了医院。你快成年了，爸爸允许你喝点啤酒，但一定要注意适度，饮酒过量除了容易引发心脑血管疾病，还会引发消化道的异常，比如胃炎、胃溃疡，甚至会造成肝功能受损。"林医生说得滔滔不绝，苦口婆心，林竞站在旁边生无可恋，商薇在书房里听到两人絮絮叨叨的，也出来看热闹："两个人聊什么呢？"

小林老师趁机煽风点火："哦，我爸说如果我明天去给季星凌过生日，就有可能引发心脑血管疾病、胃溃疡和肝功能受损。"

商薇："？"

林守墨："？"

林竞礼貌地询问："妈，我还能去吗？"

"当然去，听你爸在这儿胡说八道。"商薇替儿子掩上卧室门，"洗完澡出来吃西瓜。"

只有林守墨一脸冤枉："我没有，我被污蔑了。"

季星凌今晚住在浣溪别墅，他已经靠在沙发上，查了整整三个小时的旅游攻略。

手机嗡嗡振动，显示有新消息。

可达：我申请明晚回家。

星哥：不可以。

为了把"不可以"表达得更加明确一点，他还特意打了个电话过去："我酒店都订好了，你不准中途反悔。"

"但我爸刚才拐弯抹角很久，好像在试探我。"林竞蹲在浴室里，压低声音，"所以明天我不去酒店了，你退房吧。"

"……"

十八岁生日出师未捷，大少爷长吁短叹，这是什么未成年的酸苦。

林竞安慰他："我们都要一起去北京了。"

"去北京是另外一回事，你难道不想和我一起迎接十八岁的清晨？"

小林老师：我想。

十八岁的清晨，听起来既美好又重要，走过路过不能错过，于是他提议："不然你今晚回江岸书苑，可以在我爸妈睡着后溜进来。"

要玩这么刺激惊险的吗？大少爷立刻被哄顺毛，OK、好的、我可以！

林竞也跟着笑："嗯，那明天见。"

锦城最近又热又潮湿，出门跟进蒸笼没区别。第二天中午，林竞打开衣柜，小心翼翼往书包里塞外套。大衣的袖子还在外面，商薇刚好推开房门："先把这碗绿豆排骨汤……你在干吗？"

"我在装衣服。"林竞硬着头皮陈述。

"这两天什么气温，你出门怎么还带羊毛大衣？"商薇放下碗，担心地说，"坐下，妈妈给你量个体温。"

"我没发烧。"林竞后退一步，"那什么，我打算把这衣服……拿出去捐了。"

"捐了？"

"嗯，希望工程。"

商薇胸口微微一闷，尽量和颜悦色："你要献爱心，我和爸爸不反对，但这衣服是你过年时刚买的，山区的小朋友可能更注重保暖轻便，并不需要华而不实的大衣，不如——"她的视线在衣柜里扫视一圈，最后拖出来一件翠绿翠绿的大长棉袄，"姑姑送的这件棉袄你穿起来太大，捐出去最合适！"

小林老师看着这辣眼睛的荧光色，心情无比复杂："妈，不然算了吧，等我回来再说。"

五分钟后，季星凌打来电话："我到江岸书苑了，你下楼吧。"

"你先上来。"林竞有气无力地靠在电梯口，"有没有厚一点的大衣？借我。"

"行，那你等我。"

季星凌今天依旧穿着短袖 T 恤，其实他原本想搞得成熟稳重一点，但怎么看镜子怎么别扭，很像一只装腔作势的傻孔雀，所以最后还是决定放弃搔首弄姿。林竞一边看他开门，一边解释："我本来想自己带的，结果被我妈发现了。"

"阿姨怎么说？"

"没，我说要把衣服捐了，她由于过分心疼羊毛大衣，强迫我换成了这个。"林竞怀里还抱着书包，"棉袄，超绿。"

季星凌在衣帽间里翻。

两人今天的安排很简单，中午去吃饭，然后下午去槐江山，也就是传说中天神英招管理的园圃，顺便还能去昆仑顶一起赏雪。

"礼物。"林竞趁机把袋子递给他，"球鞋，你可以今天穿。"

"我就知道你前几天一直往老徐那里跑，一定图谋不轨。"季星凌拆包装。

"他好像和地狼姐姐和好了。"林竞帮他抽松鞋带，"还说下次我要是想换妖怪币，不用再去银行，可以直接找她。"

"你去银行了？阿姨上次不是刚给过你二十个妖怪币吗，这么快就花完了？"

"……没，不够，其实我还给你准备了另一样礼物。"

林竞手揣在裤兜里，攥着一个什么，鼓鼓的。

季星凌看着他闪烁又期待的目光，还有泛红的耳垂，实在好奇到底是什么绝世神秘礼物。

林竞问："你想不想看？"

"我当然想看。"

"那你看完不许生气。"

"你都花这么多妖怪币准备礼物给我了，我肯定不生气。"

"其实还挺难买的，连徐哥都说不好找。"林竞继续打预防针，手揣在裤兜里，都快出汗了，"先说好，我也不是非让你戴不可，就是觉得还挺好玩的，所以就买了。"

不是非让我戴不可？

满十八岁才能戴？

这是什么美妙好东西？

小林老师突然变得这么体贴，真是让人难以……不是，超级意外惊喜的。季星凌揉了揉鼻子，尽量让自己显得又帅又酷又云淡风轻："你要是想让我戴，我保证配合。"

"你说的啊。"林竞内心雀跃，"不能反悔。"

"给我。"季星凌等不及，主动伸手。

林竞掏出来一个小盒子，盒子已经被捏得稍微有点变形。

"你干吗这么紧张？手心都出汗了。"季星凌其实也很激动，但还要维持玩世不恭的酷哥人设，他心乱如麻地慢慢拆礼物……手都很颤抖！

不！我不能抖！

我已经是一个成熟的十八岁猛男了！

季星凌一边这么想着，一边从小盒子里倒出来一个……铃铛？！

林竞回头看他，继续充满期待地说："你变回去，我帮你戴？"

你星哥风中凌乱。

而你林哥还在"安利"："这个是空心的，不会响。"

和胖橘李招财脖子上戴的那个有本质区别，并且贵得要命，就算是兼职后的小林老师，也差不多掏空了全部家底。

简直感天动地。

那个铃铛据说由长留山出产的美玉制成，几千年还是几百年才能有一块珍品，具体值钱在哪儿林竞也没记住，总之他是这么对老徐提要求的——我要个铃铛，越贵越好。

没有人能拒绝超猛的季星凌，更没有人能拒绝戴着小铃铛的麒麟崽。实不相瞒，小林老师已经处心积虑谋划了很久，光是想一想就要激动地攥拳，甚至因此失眠大半夜。

没错，你林哥就是这么躁动亢奋，瞎蹦跶且不冷静。

而旁边的季星凌还沉浸在绵绵不绝的打击里，原本以为是超猛的礼物，结果却变成了七巧板儿童片，托马斯和他的小火车，小林老师和他的小铃铛，激动到一半就被强行泼冷水，谁受得了这种巨大转变？反正你星哥不能。

"我才不戴，拿去退了。"

"……为什么不戴？不然我去改成能丁零零响的。"

季星凌眼前发黑，觉得自己可能要在十八岁生日当天，被这小破植物气到英年早……呸呸！他钩住林竞的肩膀，威胁："快点收起你奇奇怪怪的念头，知不知道？"

小林老师不甘不愿："哦。"

不戴就不戴吧，但退是不能退的，上面刻了麒麟一族的图腾，属于专属定制款。

"这么喜欢铃铛，下次我给你买一个。"季星凌又拍拍他的头，"铃铛没收，行了，跟我去吃饭。"

林竞无比遗憾。

季星凌帮他找了件厚羽绒服，一起塞进大书包。吃饭的地点定在 The River，就是两人在刚刚认识时，误打误撞跑进去的那家高级餐厅，正好可以再回来重温一下。林竞帮他拧了两下胡椒，四下看看："都是情侣。"

"嗯。"季星凌问："车已经在楼下了，你想先去槐江山还是昆仑顶？"

"你过生日，难道不该由你来选？"林竞喂给他一块龙虾，"不然，槐江山？"

"好。"

由此可见，麒麟崽和龙血树幼苗的生物链基本是这样的——虽然在决定某件事之前，我们要假装很民主地讨论一下，但最后基本还是小林老师说了算。

槐江山的英招叔叔和成年麒麟季先生关系很好，所以一早就去花园里采摘了各种灵果，找了漂亮的美玉啊、宝石啊，来装饰苗圃和餐桌。当麒麟崽气势汹汹地"砰"来时，金凤姐姐正在云间盘旋，身姿袅娜，长长的尾羽拖曳着日光，又洒下一片漫漫的金。

还没学会怎么用树形说话的龙血树幼苗：虽然你飞起来非常好看，像神仙，但还是季星凌轰得比较猛。

麒麟崽威风凛凛冲下云端，把嘴里的苗小心翼翼地放到地上。

英招叔叔听到消息，已经驾云从远方飘了过来。龙血树幼苗第一次见到这种人面马身鸟翼的中年酷男，难免好奇，摇着叶子有礼貌地打招呼。

英招身为苗圃管理员，当然是喜欢这些奇花异草的，但还没等他心思活络地靠近，已经被霸道小麒麟一蹄制止：可以了叔叔，你去忙吧，我们不需要额外照顾。

英招："……"

麒麟崽叼起龙血树，一路轻快地跑向树林深处。他找了片安静的灵湖，把树苗放了进去。根须浸在凉凉的水和灵气中，比杵在泥里的感觉不知道要舒服多少倍，阳光照着幼苗柔嫩的叶片——根据妖管委的数据，小林最近好像又稍微长高了一点，从六十六厘米猛蹿到六十六点五厘米，总之，离参天又更进一步，可喜可贺。

麒麟崽趴在岸边的石头上，用蹄撩起晶莹水珠，很欠地弹他的小树冠。

午后清风徐徐地吹着，龙血树幼苗一半浸在水里，打着盹儿昏昏欲睡。旁边的麒麟崽悄无声息变成人形，从裤兜里掏出铃铛，轻轻系在了枝干上。

绿色的小苗，浅白玉的麒麟铃铛。

超可爱的。

季星凌用手指拨了拨铃铛，心旷神怡，觉得这份生日礼物也不是不能接受。

麒麟图腾，麒麟的龙血树。

两人在湖边待了一阵，又去花园里吃下午茶。昆仑就在不远处，甚至能看到隐隐约约的雪。那里天气极寒，林竞穿着厚厚的羽绒服，站在昆仑巅，满目都是茫茫白色。

季星凌揽住他的肩膀："好不好看？"

"好看。"林竞如实评价，"比宁城的雪大多了。"也野蛮多了。

来自西伯利亚的寒流，和来自上古洪荒的寒流有着本质区别。季星凌虽然已经冻成了冰雕，但还是坚强地没有说出来，因为他觉得小林老师是北方人，从小在雪堆里滚大，一定非常耐寒，自己不能输！

旁边一样冻到麻木的林竞也正在迷惑地思考，为什么季星凌还不走，难道真的这么喜欢雪吗？他不觉得冷吗？我真的好冷啊。

两人就这么深情款款地看着远方，吹着呼号的狂风，站了足足五分钟。

季星凌觉得不行，自己得活动一下，牙齿打战："你、你、你想堆雪人吗？"

林竞鼻尖通红："你，阿嚏，想堆吗？"

两人对视，都从对方眼里看出了"堆什么，冻死了，快点回家好不好"，于是双双如释重负，麒麟崽颤巍巍叼起龙血树幼苗，裹着雷电滚走了。

生日之旅虽然和想象中的不大一样，但勉强合格，至少午餐和天帝苗圃还是很不错的。回到锦城刚好晚上八点，林竞在1301换下了羽绒服，又洗了把脸："那我回去了。"

季星凌拉住他的手腕："我等会儿再过来找你？"

林竞视线晃了晃，保持淡定冷静："嗯。"

季星凌莫名有点亢奋，他冲个澡，又在床上看了阵无聊的电视节目，差不多过五分钟就瞄一眼时间。

隔壁1302，商薇今晚有急诊，不回家，直接在医院休息。林竞晃到厨房喝了好几次水，林医生都端坐在客厅看连续剧，并且疑惑地皱眉："小竞，你今晚怎么这么渴？明天跟着爸爸去查个血糖。"

林竞："……"

我不渴，我一点都不想喝，我觉得我快变成了水母，求你快点回去睡觉。

电视在播韩剧，你爱我我不爱你的，怎么看都不应该是老林喜欢的款。林守墨神神秘秘解释："你妈喜欢，这叫在爱情的路上知己知彼。"

想起隔壁孤独过生日的季星凌，小林老师一屁股坐在老林身边："你光看韩剧有什么用？看了我妈也不会知道。"

林守墨帮他削着苹果，不耻下问："所以呢？"

"所以你得学以致用。"林竞指着电视里的男主，"看到没，在寒夜里给女主煮一碗热乎乎的面，多感人，你为什么不能在今晚给我妈送点亲手做的夜宵？"

"你妈在减肥。"

"我妈要减肥，你就真的不给她饭吃了吗？你难道不想让我妈的同事看到她有一位多么浪漫体贴的好老公？"

面对这种灵魂拷问，林守墨立刻站起来："我这就去煮面！"

"不要煮面。"煮面时间太久，"做蔬菜三明治，你难道忘了她在减肥吗？"

"……"

半个小时后，林守墨揣着爱情餐盒，蹲在地上换鞋。

林竞倚着厨房门，目光殷殷："几点回来？"

"不回来了，明天正好带你妈去刘叔店里喝个早茶，她都惦记两个月了，你早点睡。"

"嗯，爸，你真是浪漫得没话说。"

小林竖起大拇指，一路深情目送亲爹出门，然后抄起手机就往 1301 跑。

"我今晚不用回家！"

季星凌接住他："叔叔阿姨呢？"

"他们去医院加班了。"林竞把他的脸挤变形，"生日快乐。"

卧室里的电视在重播篮球赛，晚上十点多，两人靠在床上，一起看詹姆斯投篮。

纯洁清新，充满活力。

刚刚在说完"生日快乐"之后，林竞觉得自己是不是还得说点别的，但一时半刻又想不起来，于是对着客厅茶几生硬地感慨："你家买的草莓好大。"

"……还挺甜的，你吃不吃？"

"吃。"

结果你一个我一个的，草莓就被活活吃没了。

季星凌看到林竞吃草莓的速度飞快，又去厨房给他洗了一大盒，体贴提出："你慢慢吃，冰箱里还有五六盒，我明天全部送去你家。"

显得你林哥好像是专门来蹭草莓的一样。

季星凌看着电视里的詹姆斯简短总结：正确流程是不是应该一起疯狂嗨，而不是吃草莓？吃什么草莓！

林竞也在反思：我是脑子有病吗？刚刚都去厨房喝了八杯水，为什么还要疯狂吃草莓？

过了一会儿，季星凌伸手揽住他，蹭那细细软软的头发："你累不累？"

林竞"嗯"了一声："有一点。"

"那我关电视了。"

"好。"

床头还留有一盏小夜灯，发出暖橙色的光。

电视关掉之后，两人安静地躺在床上，空气里稍微透出那么一丝丝诡异，以及一丝丝客厅飘进来的草莓甜香。

季星凌用余光瞄了瞄身旁的人，眼见他已经闭上眼睛准备睡觉，心里立刻想着这也太不可以了，现在什么都不做，难道以后回忆起十八岁就是和小林老师肩并肩吃草莓吗？不行的，十八岁生日不能这么莫名其妙就过去，于是清清嗓子，刚准备没话找话一下，林竞却自己坐了起来，脸色发白："我能去一下洗手间吗？"

季星凌沉默地坐起来。

林竞一路狂奔。

八杯凉水加一大盘草莓，怎么听都不像健康饮食，再加上下午去昆仑雪顶受了寒，金贵娇弱的龙血树幼苗成功又吐又拉，还发烧了。

季星凌踩着拖鞋翻箱倒柜，找药、烧水、敷冰袋，生生把生日过出了金牌保姆的风采。

林竞觉得非常对不起他："不然你扶我起来，我觉得我可以。"

季星凌哭笑不得："躺好。"

林竞缩回被窝："不然我回家，你早点睡。"

季星凌看了他一会儿："你好像不是很想回去的样子。"

林竞虚伪地表示："没有，我想回去的，但你难道想遗弃生病可怜的我吗？"

季星凌用指背蹭蹭他的鼻梁："睡觉，我陪着你。"

林竞往里挪了挪，给他腾出位置。

两人都不是老老实实睡觉的类型，一个人时能歪七扭八奔上天，躺在一起反而变老实。床头的小夜灯被拧熄，季星凌叮嘱："不舒服就叫我。"

"好。"

这么一折腾，两人都有点疲惫，又靠在一起有一句没一句地聊了会儿天。林竞记不清自己是几点睡着的，好像已经很晚了，但清晨生物钟依然准时运作，阳光透进窗帘，林竞摸过手机迷迷糊糊看了一眼："怎么才六点半？"

季星凌比他醒得更早一点，正站在书桌前倒水："叔叔阿姨几点回家？"

"他们要去吃早茶，估计得八九点。"林竞无精打采地挪到浴室，自己拆了把牙刷，"吃不吃小面？我叫外卖。"

"胃不舒服吃什么小面？冰箱里还有三明治和牛奶。"季星凌敲敲他的脑袋，"烧刚退，回床上躺着，我等会儿帮你热。"

林竞懒懒答应一句，趴在背上看着他刷牙。季星凌的发梢有些长，被水沾湿后，又帅气又性感，可见满了十八岁果然不一样。

十八岁的第一天，晨光灿烂，薄荷味混着茉莉香。

过完生日，季星凌跟父母一起去蓬莱探望爷爷奶奶，在那待了差不多十天。回来刚好赶上林竞考试结束，小林老师果然不负众望，成绩单上一串"A"，就连超琐碎的"妖怪地理"也顺利过线，光荣毕业。

季明朗亲手给他颁发了妖怪证，银白色的崭新植物卡，和季星凌的妖怪证放在一起，林竞如实评价："我喜欢你的这张。"

季星凌大大咧咧："那你帮我收着。"

刚考完试的小林老师秒速拒绝，并且指出这样是不对的，妖怪证必须随身携带，否则很容易被人冒名办理电话卡并恶意欠费、办理信用卡并恶意透支、虚假设立公司进行违法犯罪活动、开通多家银行账户进行洗钱等。

季星凌被念到头晕，伸手把他捏成真可达。行了，闭嘴吧，把我的卡还给我。

隔壁1302，商薇正在给儿子收拾行李，总觉得9块9包邮的逗猫棒看起来就很不靠谱，于是又准备了许多婴儿用品，小衣服、小裤子、小鞋子，送给刚出窝的九尾狐幼崽。

林竞被三个出国用的大箱子镇住了："妈，你是不是搞错了？我就去三天。"

"只有这个是你的。"商薇把一个小手提袋放上箱子，"剩下的都是礼物。"

"我不用带衣服的吗？"

"多也不行，少也不行，要么你自己来！"

小林："……"

无情亲妈。

八月，麒麟崽叼着龙血树幼苗，跟在大麒麟身后，一路威风凛凛地"砰"往姥姥家。

九尾狐族盛产超级美人，而美人都是又白净又仙气的，柔弱惹人怜，喝雨露那种。此时一群美人正在山间散步，突然就见湛蓝的天际炸开了大、小两朵黑云，顿时嫌弃无比地捂住嘴：哎呀，麒麟又来了。

成年麒麟季先生很少来青丘，不是不想来，主要是因为狐族大大小小男男女女只要一想起本族第一大美女居然被一头黑漆漆的麒麟给骗走了，就开始集体头晕眼花，倚门靠窗，蹙眉捧心，总之虚弱得不行。

狐狸姥姥其实也不是很满意这女婿，但看在外孙可可爱爱的分上，还是能勉强接受的。她这天一早就亲自下厨煮饭，又让儿子搬了把大躺椅，去山坡上晒着太阳等。

林竞现在已经能比较自如地切换原身和人形了，站在季星凌身边，一脸乖巧懂事："姥姥。"

"这就是小树吧。"狐狸姥姥乐呵呵地拉住他的手，上下看，"快回家休息。"

林竞用余光瞟了瞟四周，没看见漫山遍野的九尾狐幼崽，于是用胳膊捣捣季星凌：狐呢，你是不是骗我的？

季星凌清清嗓子："姥姥，弟弟妹妹们在哪儿？"

胡媚媚在旁边听得稀奇，每回让他帮忙带一下弟弟妹妹，都恨不得跑到天边去，今天怎么还主动问起来了？

狐狸姥姥看了眼旁边的林竞，继续笑着说："都在家里看书呢，快上学前班了，不能光顾着玩，我昨天刚把他们的玩具没收。"

带了满满一箱子九块九包邮礼物的小林老师：突然心虚！

狐狸姥姥住的院子翻新过，比以前大了不少，隔壁就是狐狸幼儿园，一群幼崽正在豁牙漏风地念着书。

"锄禾日当午，汗滴禾下土。"

"鹅鹅鹅！"

"春眠不觉晓！"

乱哄哄的，声嘶力竭，有的幼崽蹲在窗台上用后腿疯狂搔头，还有更调皮的直接把书塞进嘴里啃。狐狸姥姥站在教室门口，警告地清了清嗓子。

幼崽乖乖把书从嘴里拖出来，还沾着口水。

林竞看着这满房间的毛茸茸，面带微笑，内心一秒刷过弹幕一百条。

九尾狐！

幼崽！

好多只！

幼崽们都是被姥姥赶进教室的，因为不能在学习很好的龙血树哥哥面前丢人，不能显得九尾狐族都是满山跑的憨憨和花瓶，要上学、要刻苦、要讲文明懂礼貌！

狐狸姥姥充分利用资源："小树啊，你休息好之后，也给他们上上课。"

林竞满口答应："没问题，我还带书了。"

季星凌一愣："我为什么不知道这件事？"

林竞解释："我妈买的，说送给小狐狸们做礼物。"

怕儿子会弄混，商薇在每一个箱子上都贴了便利贴。季星凌找出上面写着"衣服、幼儿食品和书"的行李箱，交给了幼儿园的老师，请他帮忙分一分："书先发下去吧，等会小竞吃完饭就过来。"

狐狸姥姥叮嘱："不然老师你先给他们讲讲。"

老师是从外地聘请的，是一只博学的大龟。他答应一声，慢吞吞地把幼儿食品交给厨房，把小衣服交给保姆，最后拎出来一个手提袋，里面的确装着书，有《契诃夫小说全集》《微观经济学》《实践哲学理论下的社会研究》。

能言龟老师："……"

九尾狐幼崽尚不知微积分将至，还在嗷嗷打滚，非常快乐。

另一边，季星凌把林竞领到自己的卧室："等着啊，我去给你拿喝的。"

林竞抱着一大箱球和逗猫棒，无比遗憾："我是不是不能拿出来了？"

"没事，等会儿我就告诉姥姥，要寓教于乐。"季星凌拉开冰箱，"而且他们才多大，肯定坐不住，说不定现在已经去山里撒欢了。"

青丘狐族多美人，晚上吃饭时，林竞坐在小院子里，往左一看一群美女，往右一看一群帅哥，这个眼熟，那个也眼熟，好像百分之五十的娱乐明星都出现在了这充满乡村气息的坝坝宴里。但人长得好看就是占优势，哪怕正在抢着盘子到处夹肉，视觉效果也和端着香槟杯的优雅晚宴差不多。

林竞小声问："你的弟弟妹妹们呢？"

季星凌给他盛了一碗汤，不满："你为什么老惦记那群小崽子？"

林竞回答："因为你不肯戴铃铛。"

季星凌略略一闷，这怎么还惦记上了？

青丘幼儿园里，九尾狐幼崽们排排坐，正在听能言龟老师讲课，讲契诃夫和实践哲学理论，讲《库页岛旅行记》揭露了专制统治下俄国社会的残酷现状，讲市场经

287

济席卷全球时人们不再像过去那样关注宏大的人类社会历史过程及其规律性，还有满黑板的微积分，极限理论、导数和微分。

一教室的雪白幼崽昏昏欲睡，但又不敢睡，因为担心狐狸姥姥不给零食吃，只好拼命睁大求知的眼睛。

能言龟老师已经很久很久没有离开山海域了，他一边讲课，一边忧心忡忡地想着，原来人类社会的学前班已经在教授牛顿和莱布尼茨建立微积分的出发点是直观的无穷小量了吗？那这么多年，自己一直给小狐狸们教幼儿古诗词和看卡片识动物，岂不是很误狐子弟？

林竞吃完饭后，惦记着逗九尾狐……不是，给小九尾狐上课，也拉着季星凌跑来幼儿园。结果刚好赶上大龟老师在分析《普里希别叶夫中士》里主人公的特性，季星凌听得都愣了，各种怀疑麟生：我不在青丘的时候这里到底发生了什么？

站在旁边的小林老师看着黑板上的定积分也惊呆了：原来九尾狐族从小就学这些的吗？而我妈居然还给他们带了《宝宝撕不烂的 ABC 字母书》做礼物，这下要怎么办？希望老师还没有发下去，我得想个办法把行李箱抢回来。

能言龟老师余光瞥见教室门口站着的两个人，他如释重负地让出讲台，走了。

九尾狐幼崽们集体看向龙血树林老师，水汪汪的眼睛里充满对立刻放学的渴望。

季星凌用胳膊肘一捅林竞："去吧，他们都在等着上课。"

林竞从牙缝里往外挤字："你怎么不早点告诉我，青丘五岁就要开始学斯托克斯公式？"

季星凌诚心回答："实不相瞒，我直到现在也不知道斯托什么的公式是什么玩意儿，和俄罗斯文学有关系吗？"

林竞："……"

季星凌解释："我是在蓬莱上的幼儿园。"

林竞硬着头皮上讲台，接着讲了会儿契诃夫，为了不丢人，还强行加赠了托尔斯泰和普希金。

"呼呼。"睡着一只。

"呼呼呼。"又睡着一只。

在九十年代中期俄国强大的工人运动里，一群幼崽终于招架不住这激情澎湃的大革命浪潮，零食不吃就不吃吧，睡觉要紧，实在困得不行。

季星凌叫来生活老师，把弟弟妹妹们抱回去睡觉，并且及时安慰小林老师："不是你讲得不好，是他们不识货，我就听得很如痴如醉，哎，你再说说，刚刚那什么斯基的乡村劳动……还是乡村日记来着，讲什么的？"

备受打击的小林蔫头蔫脑："求你别说话。"

大少爷笑嘻嘻揽住他："别郁闷了，走，带你去看星星。"

人口几千万的锦城是看不到横贯银河的，林竞本来打算在高考后和季星凌一起去冰岛、去西藏，也因为妖怪证的考试而没去成，虽然麒麟可以裹着雷电"轰"过去，很酷，但来回折腾也很累，不怎么舍得，所以两人商量之后，决定留到以后再说。

此时夜已经深了，整座山庄都静谧安宁。

季星凌拽着林竞的手，把他拉上矮丘。

厚厚的银色草叶铺成毯。

夏日风轻花香，两人并排躺着，一起看头顶的壮阔星河。

气氛都这么好了，不干点什么实在说不过去。季星凌撑着半坐起来，还没等凑近，就被林竞一把捏住嘴，提醒："这里到处都是妖怪！"

"那我们回去。"大少爷伤疤一好就忘了疼，已经把十八岁生日时预约一起"浪"结果光荣沦为保姆的悲惨场面抛到了脑后，但你林哥没忘，不仅没忘，还有点 PTSD（创伤后应激障碍），总觉得回房后可能又会相对两无言，疯狂吃草莓，遂无情拒绝，躺在草地上死活不肯起来，看星星好，他就爱看星星。

季星凌欠兮兮地，又揪下一根草叶逗他："不如明天别上课了吧，我带你去灵湖里游泳。"

"不行，我都答应姥姥了。"林竞侧过头，"但我都不知道要讲什么，你去给我弄张课程表好不好？还能提前做准备。"

季星凌本来想说一个幼儿园的课程有什么好准备的，结果想起白天看到的莱布尼茨，主动闭嘴："嗯，我帮你问问。"

红砖老宅里，能言龟老师也正在和狐狸姥姥说上课的事。你们知道的，姥姥她年纪也大了，完全听不明白积不积分，只听懂了青丘的幼儿教育和人类社会存在差距，于是招来九尾狐族的年轻人们一起商量，最后大家得出结论——现在崽崽们的课程安排是没有问题的，有问题的是龙血树小老师，或者说小树也没错，主要是因为他太聪明了，所以没能弄明白，并不是每个小崽都能在五岁就研究 dx、dy 和 $\int$。

于是散步归来的小林老师就被无情通知，从明天开始不用再去青丘幼儿园上课了。

林竞志忑心虚，怀疑是不是自己的教学方式有问题："为什么？"

生活老师笑容满面地回答："因为明天放假，后天也放假。"

林竞头顶上唰地亮起小灯泡，幼儿园放假，漫山遍野的小毛球，这是什么快乐新生活？

生活老师走后，林竞把剩下的两个行李箱打开，除了逗猫棒和球，还有许多

《我长大了》《小熊宝宝绘本》之类的书，噼里啪啦，掉了满地。

季星凌端着两杯水走过来："咦，这不是阿姨准备的童书吗，怎么还在这儿？"

"不知道啊。"林竞坐在地上，给商薇打了个电话——青丘前阵子刚刚通网。

"书？只有一箱啊。"商薇先是纳闷，然后又恍然，"哦，黄箱子里的书啊，那是我给你准备的，万一你想在青丘多待几天呢，有本俄国小说集，还有上大学要学的微积分，你抽空也能预习预习，别一天到晚玩手机。"

林竞："……"

等会儿，我好像知道了为什么定积分会出现在幼儿园的黑板上。

季星凌也弄回了一张青丘幼儿园的课程表，一、三、五，写字、绘画、讲故事，二、四，音乐、舞蹈、做游戏。

林竞欲哭无泪："我要去解释一下吗？"

季星凌回答："不去解释也行，显得你特酷。"

林竞一头扎在床上，不想说话。

季星凌一边乐，一边打电话给大龟老师，把误会解释清楚后，又用童书换回了林竞的书："行了，明天正好他们不用上课，我给你端一筐回来。"

林竞兴致缺缺："端一筐什么，吃的吗？"

"端一筐九尾狐。"

"……"

"你这是什么表情？"

"激动的表情。"林竞握住他的手，"季星凌，你全世界最帅，真的。"

大少爷言出必行，第二天清晨，果然端了一大筐弟弟妹妹回来，雪白雪白的幼崽还睡得迷迷糊糊，就被倒到了床上，肉乎乎的爪子惊恐一踩——

林竞坐在被窝里，身体先于意识一掌托住，毛茸茸又暖乎乎。

龙血树对小妖怪天生就有吸引力，法力低微的狐崽就更难以招架，没多久就在他身边各自找了好位置，睡觉的睡觉，舔毛的舔毛，发呆的发呆。

林竞怀里抱着三四只九尾狐幼崽，心情激动澎湃，不敢动。

季星凌单手拎起装满玩具的行李箱："去刷牙洗脸，我带你们去后山。"

有麒麟在，交通就是这么方便快捷，还不收费。半个小时后，龙血树幼苗和一筐九尾狐幼崽就被转移到了后山，晨光温暖，九块九包邮的礼物终于充分发挥出用途，漫山遍野的小狐狸追着球跑，林竞跟着小狐狸跑。

季星凌坐在树下玩了会儿游戏，抬头，林竞怀里抱着小狐狸。

又玩了会儿游戏，再抬头，林竞怀里还抱着小狐狸。

小狐狸，又白，又胖，又有毛，还会用后腿狂踢自己的头，不管怎么看都比麒麟要符合小林老师的审美。季星凌微微眯起眼睛，考虑着是不是差不多了，得借着吃午饭的机会把这些狐狸归拢起来，赶紧送回给生活老师。结果还没等他行动，就看到林竞从裤兜里掏出一个熟悉的袋子，倒出一个熟悉的铃铛！

"喂！"季星凌火速站起来，大步跑过去，"你干吗？"

"你不是不戴吗？"林竞垂下视线，慢条斯理地解着丝带，"浪费多可惜，我给小狐狸戴。"

季星凌的第一反应：不行，这是我的十八岁生日礼物，虽然很蠢，但也是属于我的东西，我得要回来！

季星凌的第二反应：等等，好像有诈。

丝带的质量很好，应该是鲛人织的，柔软丝滑，根本不打结。

但林竞还在硬解，跟解九连环似的，翻来覆去。

季星凌不急了，抱着手臂，歪头看他。

两分钟后，林竞先忍不住："你为什么还不阻止我？！"

季星凌占据道德高地："你好卑鄙，居然试图用这种方法威胁我戴铃铛。"

"……我没有。"

"那你给他们戴。"

小林老师面无表情，把铃铛塞进裤兜："你赢。"

大少爷心情超好，揽着他的肩膀："就知道你舍不得。"

"那你愿不愿意——"

"不愿意，除非你也戴。"

"只有一个。"

"我给你买。"

"系在树上吗？"

"不是。"季星凌在他耳边痞痞地低语了一句，林竞其实没听太清楚，但他根据对方的表情判断，八成不是什么优美语句，于是表示："好了，我收回铃铛，你闭嘴。"

"偏不！"

两人在矮坡上追追闹闹，留下一群九尾狐幼崽独自撒欢，没人管。

由此可见，考上重点大学的大哥哥们，也挺不靠谱的。

……

青丘之旅结束得轻松愉快，虽然林竞也很想多住几天，但大学要报到、要军训，只好恋恋不舍地告辞，狐狸姥姥为两人收拾了不少特产，还送了林竞一汪灵泉，让他累了就回来泡泡。

八月中旬，两边家长都安排好了假期，准备一起北上。

江岸书苑里还挂着火红的横幅，看起来短期内是不打算拆。林竞和季星凌在出发前，特意去学校跟王宏余说了一声，又给他送了新的相机镜头，为中年业余摄影爱好者的事业腾飞添砖加瓦。

高二年级刚刚开始上课，两人悄悄溜去一班的教室外，学弟学妹们正在做英语情景对话练习，讲台上的老师明显没有 Miss Ning 那么温柔可亲，正在滔滔不绝地搞批评。林竞蹲在窗户外，推了推身边的人："听到没，一切不超过三个单词的英语对话都是投机取巧。"

季星凌看着他乐，背靠着墙，阳光暖融融地洒过发梢："我没有啊，当初那对话是你写的。"

梧桐楼据说会被改造成游泳馆，再往远处看，白泽楼隐隐露出一个角。小礼堂外的镇守神树依旧枝叶繁盛，因为大树爷爷最近在种牙，所以林竞没有带蛋黄酥，只抽出一张湿巾，把粗壮枝干上的灰尘和篮球印仔细擦干净。

趁着没人注意，镇守神树伸出一根枝条，给两个少年抖落了一片花瓣。

操场上有几个班在上体育课，林竞和季星凌刚路过看台下的舞蹈室，里面不幸选中男子花式韵律操的倒霉鬼们就开始嗷嗷哀号，要求体育老师帮忙赶人。

一切都和以前一样，但帅成山海传说的前任调皮学生和逢考必胜的转学帅哥，就要去远方上大学了。

两人坐在看台上，看着宋韬带着男生跑步，一圈又一圈。

时光仿佛又回到了那次运动会，印刷劣质的班服，山呼海啸的傻气标语，全校轰动的双人运球，毫无举牌经验的林哥扛着"高二（一）班"大步迈进，后面一群运动员狂追，连不苟言笑的教导主任牛卫东都蹲到了看台下，借口捡笔笑了十分钟。

林竞还留着那面粉红色的加油小旗帜，Q 版的季星凌又瘪又酷，而跑道上的季星凌像风又像雷电，一骑绝尘跑完后，额发微微被汗浸湿，笑起来牙齿又白又整齐。

"你喜欢什么样的？"

"好看的。"

林竞回忆了一下，自己在说这句话的时候，正好扭头看到他逆着光的脸，眼眸眯着，帅得又张扬又嚣张。

季星凌摸了摸他的后脑："怎么又在发呆，想什么呢？"

"想以前的事。"林竞问，"你那时候跟我说喜欢学习好的，是认真的吗？"

"我什么时候说过……对不起，我申请一个重新回答的机会。"

林竞笑着把饮料丢给他："就知道你没记住，走，回家。"

"等会儿。"季星凌追上他，"不然你给我一个提示。"

"开运动会的时候。"

"对，开运动会的时候，我就觉得你是全世界最可爱的。"

"开运动会的时候你才发现我可爱？"

面对这种灵魂拷问，大少爷心想：开运动会的时候你才刚转来多久，这个答案居然还不满意吗？

于是他回忆了一下两人第一次碰面，下着雨的巷道，掉在地上的妖怪证，以及那什么，毫无印象的小林老师。

林竞侧头看他。

季星凌面不改色："没，运动会太晚了，从我们在小巷子里初遇开始，我就觉得这个冲上来说有一群社会青年要绑架我的同学又莽撞又可爱，真的。"

林竞双手插着衣兜，继续往前走："那你还用篮球砸我，在食堂瞪我，英语对话懒得理我，回家后不愿意和我坐同一部电梯。"

季星凌目瞪口呆："……你这植物怎么这么记仇？"

林竞淡定回答："嗯，我就是这么记仇。"

"以后给你欺负回来还不行？"季星凌搭住他的肩膀，"来来，今天哥先背你出学校。"

"别闹。"林竞笑着躲开，"好好走你的路。"

季星凌不依不饶，追上去要扛他，球鞋踩过草坪浇灌器，溅起一片晶莹水花。

而在两人的身后，一片金色阳光。

恰好放学铃声响。

山海高中·学生证

·番外篇

香草奶油味的日常

番外：小妖怪的夏季一日游

　　林竞的高考分数很值钱，可以向大人兑换许多奖励，比如说林医生送的新手机啦，胡阿姨送的新鞋子啦，还有妖管委送的珍贵护苗剂，以及镇守神树爷爷送的团体一日游——他特意打开了一片灵气相当充裕的山海域，可以让小妖怪们放松一整天。

　　林竞第一次参加这种妖怪跟团游："要提前做什么特殊准备吗？"

　　"不需要。"季星凌回答，"你就当是郊区农家乐采摘活动，其实很无聊，要不是看在灵气的分上，我宁可去打保龄球。"

　　林竞仔细观察了一下季星凌兴致缺缺的脸，觉得他应该没有骗自己。

　　第二天抵达山海域一看，更确定了，季星凌真的没有骗自己。

　　低矮的平房，大片大片的农田，藤蔓上挂满了不知名的果子，比农家乐更像农家乐。

　　同行的有于一舟、葛浩、李陌远、韦雪和罗琳思，罗琳思还带来了那只曾经出现在于一舟生日会上的、西街不良少年混沌，混沌大名梁惊澜，头发短得快露出青色头皮。

　　罗琳思原身是一只漂亮的小青鸾，和本人气质极度相符。她一进到山海域，就和韦雪结伴去了花田自拍，留下一堆男生百无聊赖，站在原地对视。

　　灵气是很珍贵没错，难不成要在这里什么都不干，清心寡欲呼吸一整天？

　　"那个，梁哥。"葛浩很贴心，主动招呼新伙伴，"你要不要来打游戏啊？"

　　梁惊澜平时很少和山海这些娇生惯养的少爷打交道，因此话也不多，只点头："行。"

　　游戏五个人一队，林竞不会玩，也没兴趣学，于是主动去烧烤区帮忙。但那里已经有一群厨师正在忙碌，为这群小妖怪准备午餐。人家是专业级别的，不管是切肉还是刷调料都十指如飞，压根儿不需要四体不勤、五谷不分的外来帮手。

　　林竞无事可做，在旁边站了会儿，觉得不然还是做作业吧。妖怪补习学校的课程也很繁重，好学生就是这么自觉，随时随地都可以搞学习。等打游戏的几个人散场找过来时，林竞已经在平板电脑上做完了三套试卷，正在攻克第四套。

这种神一般的画面……葛浩代表其余人发出灵魂深处的感慨，目瞪口呆地说："林哥你也太牛了。"

"一般牛吧，这套题还挺难的。"林竞放大题目，"地理看得我头昏眼花。"

烧烤还没弄好，女生们正在阴凉处忙着修照片，看起来一时片刻不打算吃饭。几个男生索性围住林竞，帮他做妖怪地理题。梁惊澜虽然平时挺混的，也不怎么好好上学，但他曾经在暑假兼职过快递员，所以能准确找出山海域各种偏僻角落。在这位大神的帮助下，小林老师很快就搞定作业，通过邮箱发给了龙马老师。

韦雪过来："你们挤一起在干吗？"

李陌远回答："哦，我们在看梁哥帮林竞做作业。"

罗琳思吃惊："啊？！"

梁惊澜站直，给她解释："妖怪地理。"

罗琳思默默竖起拇指，你真行，那可是高考全省最高分。

烧烤食材都是纯天然无污染的蔬果和肉类，果汁也比超市货要好喝加倍。林竞一口气吃完三盘肉，坐在躺椅上，满足得不想动。

季星凌蹲在他身边："我带你上天玩？"

林竞抬头看了看，混沌和青鸾已经消失无踪了，甪端和腓腓也正陷在柔软的云朵里，树上缠着打瞌睡的红色多鳞龙，连忘忧草都找了个半高不高的山坡，去专心致志晒太阳了。

"行！"

麒麟崽叼着小苗，威风凛凛地冲上苍穹。

"砰"来"砰"去，一路都在炸雷的那种。

路过的无辜妖民群众纷纷飞奔躲开，因为谁都不想变成土鳖爆炸头。龙血树幼苗在一片刺啦刺啦的蓝色闪电里，非常盲目崇拜地想，季星凌真的好帅，他果然超猛的！甚至产生了一点类似于"所到之处，寸草不生"的热血感。

结果下一刻，热血过头的麒麟崽就因为刹车……刹蹄不及时，轰地滑下云坡，叼着小苗一起滚进了一间房子，一间修建在云端上的房子。

"啊！"林竞被摔回人形，半天没缓过劲。

"你没事吧？"季星凌赶紧扶起他，紧张兮兮地竖起一根手指，"这是几？"

"这是一，放心，我还没摔傻。"林竞攥住他的指头，"就是有点蒙。"

小季理亏："跑太快了，没刹住。"

"这是什么地方？"林竞四下看看，"怎么还有钢琴？"

季星凌还没回答，身后已经有人解释："是音乐学校，如果有妖怪想深夜练琴，就可以申请来这里，不会被别人打扰，也不会打扰到别人。"

说话的人是个大姐姐，看起来很精明利落。她自我介绍是这里的钢琴老师，又出于职业习惯，看了眼林竞的手："手指真长，会弹琴吗？"

小林老师答："完全不会。"

钢琴老师又问："那想学吗？"

林竞本来想拒绝的，心想这玩意不都得从三岁就开始练，自己就不凑热闹了。结果就听老师语速很快地补充："我们也有成人钢琴速成，不用哈农、拜厄、车尔尼，半小时就能学会一首曲子，非常适合在婚礼上弹奏……哦，不过你距离婚礼还有些远，但也可以学会之后弹给喜欢的人听。"

林竞："……"

那也不是不行。

为喜欢的人弹一首曲子，有点浪漫。

钢琴老师推销成功，心情很好地帮他填了资料表："比较受欢迎的曲目有《致爱丽丝》和《梦中的婚礼》，你有什么喜欢的音乐吗？"

林竞对音乐没研究，但也不想学太大众的曲子，和季星凌一起翻了半天乐谱，最后定下了《斯卡布罗集市》。因为老林喜欢莎拉·布莱曼，经常会在清晨放这首歌，连带着小林也对斯卡布罗有了童年滤镜，歌曲本身讲的是一个蛮浪漫的爱情故事，再加上战火离别，就很有深度。

钢琴老师耐心地教他从右手弹起。虽然林竞不熟悉五线谱，连中央 C 都要从头开始找，但架不住他聪明、好学、记性好，弹了没几遍，就把指法给死记硬背了下来。

季星凌坐在钢琴边，看着他"乒乒乓乓"地单手弹，那叫一个熟练，于是频频夸奖："好厉害，不愧是你，小林老师！"

林竞也弹得有点上瘾，可能是因为指法实在太流畅了，还产生了一点属于高手的自我陶醉，右手简直要挥出幻影。季星凌跟着胡媚媚听过几场音乐会，心想，钢琴大师弹李斯特的作品也就差不多这样吧，反正都是快，他还群发消息，邀请其余人来聆听这速成独奏会。

十几分钟后，于一舟他们果然都跑来看热闹。林竞用余光瞥见人群，立刻弹得更用心了，也更用力了，不像弹琴，像砸琴。

一曲之后，季星凌带头热烈鼓掌，于一舟和葛浩也跟着"噼里啪啦"，李陌远和韦雪则是保持沉默，可能还沉浸在那雄浑凶残的《斯卡布罗集市》里，没缓过神，只有梁惊澜疑惑地小声问："这是什么曲子？"

罗琳思回答："《斯卡布罗集市》。"

梁惊澜"哦"了一声："我以为是《斯卡布罗集会》，弹完之后反政府武装就要推翻联邦政府。"

罗琳思踩了混沌一脚。

梁惊澜低下头，笑得肩膀都在抖。

林竞没注意到两人的对话，他志得意满地填了新的报名表，打算拓展一下业余钢琴事业，最好将来真的能在婚礼上弹一首好听的曲子。

梁惊澜继续侧头问罗琳思："你觉得他多久会被邻居上门打？"

罗琳思哭笑不得："你烦不烦？不许说话了。"

金乌没入云端，小妖怪也各自回了家。

胡媚媚问："你们两个今天玩得怎么样？"

"挺好。"林竞积极地说，"我还去音乐学校报了业余钢琴班，准备以后有空就去练练。"

商薇听得纳闷："你怎么出门一趟，突然就对钢琴有兴趣了？"

小林不是很愿意供出自己将来想在婚礼上弹琴的事，于是义正词严地表示："因为我觉得多学一点东西总没有错，这样在回首往事的时候，才不会因为虚度年华而悔恨，也不会因为碌碌无为而羞耻。"

季星凌：你好假。

两位妈还共同欣赏了小季手机里录的，小林老师流畅砸琴版《斯卡布罗集市》。

季星凌问："怎么样，是不是特快？"

胡媚媚向来给面子："对对对，真快，小竞真厉害。"

商薇就难以夸出口了："……嗯。"她倒是没想到集会和反政府武装，但她想到了斯卡布罗庙会。为什么这么闹腾，跟过年似的，不是应该很安静吗？

她本来打算要是儿子真的想学，就送他一架钢琴的。

但现在看来，还是换成电钢吧，至少能插个耳机，不至于被邻居投诉。

番外：被迫装病的小林

观山温泉度假村距离北京不远，开车只要几个小时。老总是一只慢吞吞的三足鳖，和季明朗关系不错，很早就邀请他去体验，这次两家人正好趁着机会，一起休息放松几天。

季星凌和林竞单独坐一辆车，他让司机关了车内空调，又打开窗户透气："好点了没？"

"没事，就有些晕车。"林竞裹着运动外套，往他身上一歪，"你别告诉他们啊，难得出来玩一次，别因为我扫兴。"

"他们"当然就是前面那辆车上的四位家长，季星凌答应一声，又用手背试了试他额上的温度："好像已经退烧了，睡会儿吧。"

林竞很喜欢季星凌身上的味道，柠檬草、甜橙和柚子的香味，阳光又清爽，再加上他昨天在飞机上着了凉，昏昏沉沉的，很快就睡了过去。季星凌单手托住他的侧脸，一来遮住光，二来也避免这蔫不唧的病号一头栽到前座。

车子下了高速，高楼大厦被甩到远处，四周草木逐渐繁盛，空气也清新了许多。林竞睡得迷迷糊糊被叫醒，打了个哈欠："到了？"

"没到，还有五分钟。"季星凌看了眼手机地图，"你不是不想让叔叔阿姨看出来吗？提前清醒一下。"

林竞拧开水瓶灌了两口，把车窗全部降了下来。山林间鸟雀鸣叫，叽叽喳喳像纷杂的哨音，鉴于小林老师目前还头晕，思维能力迟钝，所以只能想起"心旷神怡"四个字，没有太高级的修辞手法。

"张嘴。"季星凌给他喂了颗蜂蜜梅，"下车。"

家长们的车到得更早一些，三足鳖老总亲自等在山庄门口，季明朗少不了要和他聊几句。胡媚媚和商薇则是手挽手去看房间，林守墨也兴致勃勃地到三楼欣赏古玩——三足鳖老板的私人收藏，和花鸟市场的假翡翠显然不是一个等级，很值得翻来覆去、流连忘返。季星凌和林竞乐得没人管，连行李都没让服务生帮忙送，自己拖着箱子回了房间。

度假山庄走返璞归真路线，仿古建筑掩映在深深草木间，到处都是水榭亭台。客房大得离谱，和帝王宫殿有一比，纱幔罩着两张单人床，房子当中还有一根大红柱子，季星凌随口说："这是干吗的，跳钢管舞吗？"

小林老师再一次折服于他的胡扯技能："你跳一个给我看看。"

大少爷有求必应，扶着承重柱深情一回眸，林竞被逗得没忍住笑，丢给他一瓶水："你之前不是说，度假村有一半是隐匿在山海域的吗，我们什么时候去？"

"等明天，今天你先好好休息。"季星凌从书包里摸出感冒冲剂。

林竞整个人趴在他背上，像个……季星凌本来想说背后灵的，但求生欲使他变机智，及时刹住了不及格的比喻，任劳任怨背着这一米八的负担，在房间里来来回回烧水冲药："饿不饿？我给你叫个面包。"

"不饿。"林竞声音懒洋洋的。

季星凌把烧水壶放到一旁，回身看向他，声音很低："不然，我们找个电影看看怎么样？"

"不用。"阳台门还大敞着，季星凌进来时只拉上了一层纱帘，外面有服务生和客人来回走动，交谈声分外清晰。林竞闷哼："你松开，我去洗手间。"

"不许去。"季星凌把人逼到墙角。林竞闭起眼睛，无奈妥协。

季星凌笑，觉得这样的小林老师简直宇宙无敌可爱，阳台门被他大力扣上，回身刚打算找电影，外面就有人敲门："小星、小竞，准备下楼吃饭。"

林竞本来就没什么精神，听到亲妈的声音，顺势往床上一趟。

胡媚媚和商薇进来都被吓了一跳："怎么了？"

林竞有气无力："晕车，感冒，我没事。"

季星凌指着垃圾桶里的感冒冲剂空包装袋："昨天在飞机上被冷气吹的，已经吃了三次药。"

"你说这孩子。"商薇打了个电话给老公，让他看看山庄里有没有常用药和体温计，"病了怎么也不跟妈妈说，还让小星去帮你买药？"

"难得出来玩，不想扫兴。"林竞把下巴缩进被子，"我感冒已经快好了。"

他脸红声音颤，别说商医生，就连胡媚媚都觉得这个"感冒快好"可信度极低。林守墨很快就带来了医药箱，一量，低烧。

"行，那我在这躺着，你们去吃饭吧。"林竞很主动，"给我打包份粥回来就好。"

"就是，妈，你快和叔叔阿姨一起吃饭吧。"季星凌站在床边，"我们不说，就是怕耽误行程，你们好好享受假期，我守在这儿就行。"

商薇赶紧说："这怎么行？小星你去吃饭，我留在这里陪着他。"

最后商薇还是没有拗过护苗达人你星哥，被胡媚媚拉去了餐厅吃饭。听到屋门落锁，林竞把身上厚厚的被子丢到一旁："热死我了。"

季星凌靠在他旁边，打电话点餐："我们要白粥、私房酥皮烤鸭、芝士焗海虾、黑胡椒牛柳、秘制猪肘，加个鸡汤，全部两人份就行了，谢谢，再随便炒个青菜，一个巧克力慕斯。"

林竞喉结滚动了一下，象征性客套："你怎么点这么多，吃得了吗？"

"不都说了两人份？"季星凌把手机丢到一旁，"哎，要是没有我，你今晚就真的得可怜兮兮喝白粥了，阿姨肯定会检查你的菜单，所以有没有什么感谢？"

"先欠着吧。"

林竞丢给他一个枕头："开电视。"

客房服务员很快就送来了餐点，小小份，很精致，不存在浪费问题。林竞帮着服务员摆杯盘，季星凌握着遥控器在旁边换台，最后停在少儿频道："你看不看？托马斯小火车，弥补你的童年遗憾。"

两个服务员也被逗得抿嘴，布置好餐桌后就离开。林竞肚子饿得咕咕叫，没空和他贫："不看，换台。"

季星凌很懂行情："行，给你换个浪漫狗血的脑……不是，特有品位的偶像剧。"

林竞尝了一口芝士焗海虾，决定连季星凌的也一起征用。阳台门开着缝，夜风轻轻吹进来，房间不用开冷气也很凉爽。

季星凌帮他把猪肘切好，顺便对着电视里的校草发表评论："没我帅。"

"没你帅才合理。"看在芝士焗虾的面子上，小林老师真诚夸夸，"因为你全世界最帅。"

季星凌喂过去一块肉，心情非常好，继续和他一起看电视。

女主角人美心善学习好，每次考试都是最高分，却不小心得罪了不良学生，于是开始了无穷无尽的矛盾纠葛。前任不良学生季星凌看得美滋滋，扭头看着自己同样年级最高分的小林老师："你看，这充分证明不良学生都是男主角的不二人选。"

"换台吧。"

"不换，你是不是害羞了？"

"这有什么好害羞的？"

"因为我虽然没看过，但按照套路，很快他们就要亲上了。"

"不可能。"

"为什么？"

"换台。"

"不换。"

季星凌把遥控器揣进裤兜，幼稚兮兮。

林竞索性站起来去关电源，季星凌扯住他的后领把人拽进怀里，又好笑又纳闷："不是，你慌什么啊？"

林竞一脸欲言又止。

然后下一刻，真正的男主角就出现了，两人当着不良学生的面亲上了。

"……"

"我说了换台，是你不听的。"

大少爷怒而换台："这是什么烂编剧，以后不许看了。"

林竞配合点头："嗯，我不看，你过来吃饭吧。"

季星凌把遥控器丢到一旁，和小林老师共赏农业频道的跑山猪科学养殖技术，并且发表评价："这个节目很好，比偶像剧强，以后我们可以常看。"

林竞："……"

算了，你高兴就好。

我不说话。

番外：南方妖怪的澡堂初体验

来温泉度假村的第一天，由于小林老师感冒，胡媚媚叮嘱了三四次让他好好躺着休息别乱跑，所以两人原定的泡温泉活动只好延期。季星凌一边刷牙一边安慰："没事，明天我们还能去山海域，那里也有许多温泉。"

"那我们现在要干吗？"林竞靠在浴室门口，"才九点多，睡不着。"

季星凌关掉嗡嗡的电动牙刷："那你有没有兴趣进行一点十八岁以后的活动？"

林竞仰面朝天，"大"字形往床上一躺："来吧，我已经准备好了，是什么十八岁以后的活动？"

"咯咯。"季星凌没有一点点防备，差点被漱口水呛到，"不是，你为什么突然变得这么狂野奔放？我不是很适应。"

"因为我真的很无聊。"林竞扯过枕头抱在怀里，"要不你带我上天玩？"

"天都黑了，现在只能去云里看城市夜景，你又不喜欢。"季星凌试了试花洒的水温，"不然我陪你看电影，之前那个高分悬疑推理片，网上好像已经出了正版。"

林竞想了想，也行，两个多小时，刚好用来消磨时光。

晚上十一点，两人挤在同一张单人床上，用平板电脑看电影。

度假村的洗漱用品是木调香的，琥珀加上薰衣草，习惯了草叶清香的林竞原本不算喜欢，但在季星凌身上倒是意外合适，就像包装上写的，温暖热情又引人入胜。

季星凌问他："怎么一直在揉鼻子，不舒服？"

"没。"林竞往后坐了坐，"你有没有觉得，这个电影好像并没有网上说的那么精彩？"虽然很想知道幕后凶手到底是谁，但看得有点犯困，当然了，犯困也有可能是因为旅途太累，以及此时此刻季星凌好闻得太嚣张，跟一丛巨大的人形薰衣草似的，催眠效果上佳。

季星凌提议："那别看了，睡觉。"

"不要，我还不知道谁是凶手。"

"知道谁是凶手之后你就能睡觉了吗？"

"嗯。"

"是穿绿高跟鞋的那个情妇，你看，我就说绿的不吉利。"

"……"

推理悬疑片惨遭剧透，乐趣全失，林竞表情僵硬，缓缓回头。

季星凌迅速举手投降："你刚刚自己说的啊，知道谁是凶手后就睡觉，我想想，面包店大叔是杀手，眼镜男是被陷害的路人，尸体好像藏在公园里面，哎，剧透是好久之前看的，我也记不清了，你还想知道什么情节我再去搜。"

"闭嘴吧！"林竞扑过去，拖过大枕头现场暴打。季星凌轻松握住他的手腕，吊儿郎当，叽叽歪歪："你不可以言而无信，快点过来躺好。"

一米五的床其实不算小，但也架不住被两个一米八多的男生当战场，林竞折腾半天，最后手脚并用把人压在床上，自己一屁股坐上去，算是取得了这场战役的阶段性胜利。

季星凌提醒："往里挪一下，别掉下床。"

"不要。"林竞拧开水瓶喝了两口，"你等我休息一会儿。"

"你这体力不太行。"季星凌扶住他，嘴里又开始习惯性瞎贫。

林竞气喘吁吁："我体力哪里不行了？分明就是你非人类。"

他一边说，一边单手撑着季星凌的胸口，想把矿泉水放回床头柜，结果大少爷偏偏这阵开始不老实，右手顺势一捏。林竞毫无准备，本能地后背一弓，伸手就想去挡——忘了手里还有一瓶水的那种挡。

哗啦一声。

有句广告词怎么说来着——透心凉。

季星凌满身是水，心情复杂。

"对不起。"林竞赶紧用手背帮他擦了擦，又去浴室扯来毛巾和纸巾，"我不是故意的，要不要再去冲个澡？"

"好啊。"季星凌随手拢了把湿发，"你提供一下补偿 SPA 服务？"

目前正处于理亏阶段的小林，经过短暂而又疯狂的心理斗争："……行。"

季星凌乐了，拍拍他的脑袋："逗你的，看这一脸苦大仇深，打电话给客房部换床单，我去吹干。"

林竞乖乖答应一声，顺便又给他派发一张"你好正直"卡。

等季星凌吹干头发出来时，林竞已经回到了自己的床上，为了缓解刚才的尴尬气氛，他硬找出一个话题："那部推理悬疑电影，你干脆给我讲完吧，还有什么反转情节？"

"下次等你不困了再一起看。"季星凌调暗灯光,"知道你心心念念很久了,我怎么会剧透,刚是随口瞎编的。"

"……嗯。"

没错,你星哥就是这么一个又帅又酷又细心的超完美大猛妖!

经常把小林老师感动得各种不要不要的。

清晨,天边雷声隆隆。

床上被褥凌乱,一只手从里面伸出来,胡乱摸着床头柜,结果手机没抓到,反而被人拍了一下。

林竞扒下被子,顶着鸟窝头,睡眼蒙眬地扭过头:"你为什么打我?"

季星凌对他这上升高度的功力表示钦佩:"刚刚八点,昨晚约好的,中午再出发,你还可以再睡会儿。"

这座温泉山庄直通边春山,没有奇花异草和满地金玉,但有一大片繁茂的桃李林,花开得正好。林竞去浴室漱了漱口,两人都懒得下楼吃早饭,索性叫了客房服务,继续窝在一起看手机。

复读机群的群头像已经换成了四张北大录取通知书,其余三个人一大清早就开始商量报到之后要去哪儿吃喝玩乐,季星凌瞄了两眼,觉得这几个好学生看起来简直不务正业。尤其是网名 BEAST(野兽),本名楚易的那位哥,才刚到北京没几天,就已经把学校附近的清吧、夜店、Live House(小型现场演出场所)摸了个一清二楚,非常"不良少年",于是伸手捂住小林老师的眼睛:"好了,我们现在来商量一下退群的事。"

林竞笑着靠在他身上:"下次介绍你们认识。"

"有照片吗?"季星凌提要求,"检查一下你的交友圈。"

"算了,不好看,不能让无敌帅气的你辣眼睛。"

"不信,你这么以貌取人。"

"没有没有。"

"……"

两人差不多在床上待到中午,才打着哈欠下楼。三足鳖老板已经打开了山海域的入口,林守墨来之前就做足功课,准备带着儿子畅游边春,结果刚一进山,麒麟崽就威风凛凛地叼着龙血树苗走了,还走得飞快,四蹄带电的,连一片叶子都没有留下。

林医生:"……"

他只好问身边的太太:"既然都来了,你想在我身上筑个窝吗?"

商薇："不，我不想，你走开，我要去泡温泉。"

边春山的温泉产业很发达，几乎每一片水域都有泡汤馆，生意还很不错。麒麟崽用妖怪币付完账后，就继续叼起自己的苗去私人包房。

林竞变回人形，随手拆了套一次性浴衣。妖怪的汤泉其实和人类的差不多，只是更大更高一些，为了照顾这洁癖苗，季星凌提前两天就打电话给老板，让他换了新的灵泉。

林竞拿起旁边的价目表："临洮巨人按摩，妖生一定要来一次的绝妙享受，包你爽得欲仙欲死。"

"什么东西？"季星凌也凑过来看，"特约北方金牌按摩师，看起来好像还不错，你不是喜欢按摩吗，要不要试试？"

价格并不贵，小林在这方面和老林一个想法：既然都来了。

"行，那我请你也按一下。"

他打通服务内线，没过几分钟，一位身材高大，差不多三米的巨人就来敲门，虽然大哥满身肌肉、长相狰狞，看起来很像电视里的超级反派，服务态度却很彬彬有礼，躬身询问："请问哪位先按？"

季星凌还在旁边研究沐浴用具，林竞自告奋勇："我！"

临洮巨人铺好床单，请客人躺上去。小林老师身为习惯冬雪飘飘的宁城人，对温泉和按摩都不陌生，很熟悉这套流程，舒舒服服地闭起眼睛就准备接受服务。临洮巨人在他背上砰砰敲了两下，然后用膝盖抵住后腰，双手握着肩膀往后一扳！

季星凌从小在锦城长大，没见识过这北方大场面，惊奇地提问："这是什么环节？"
林竞趴在床上，懒洋洋地回答："按摩必备环节。"

临洮巨人继续下手如飞，飞出了残影，噼里啪啦又是一通猛敲。季星凌看得眉毛都皱了："你不疼？"

林竞如实回答："一般般，不太疼。"

按到后来，他甚至舒服得快睡着了，这下大少爷就更好奇了，迫不及待想体验一下这看起来非常野蛮但实际上非常舒服的五颗星按摩。临洮巨人在开始之前照例询问："最近有没有哪儿特别不舒服？"

"左肩往上，前几天落枕了。"季星凌趴在按摩床上，顺便给于一舟回复语音。
临洮巨人压住他的左肩："这儿？"

"嗯，对，就是……啊！"
温泉里的林竞被吓了一跳，转身看着他："你怎么了？"
"我……有点疼。"

临洮巨人解释：“疼才需要正经络，多按两下就会习惯。”

季星凌将信将疑，但又觉得既然小林老师那么爽，没道理自己疼成傻瓜啊，可能真是因为落枕，于是重新趴回去。

临洮巨人又是一按！

大少爷脸色发白，颤颤巍巍地转身：“那什么，大哥，落枕就不用按了，你帮我按一下别的地方就行。”

林竞不放心地挪过来：“你是不是怕疼？那我们别按了，过来泡汤。”

“不，没事。”季星凌坚定不移地趴着，“我还想再按会儿。”

就不信这个邪，别的地方一定没事！

临洮巨人有求必应，再度上演残影手式敲背法！

季星凌双手抓着枕头，面无表情，内心麻木，觉得自己可能下一秒就会吐出胆汁，或者脊椎断裂，或者肩膀脱臼，总之肯定得光荣负一点伤，不然都对不起这位按摩大哥的夺魂催命手。

小林老师为什么会有这么变态的喜好？

难道他其实是一个受虐狂？

啊！

疼得喘不过气！

最后一个环节，临洮巨人握住他的小腿，右手握拳在足心用力一推！

季星凌眼前发黑，差点昏迷，一声惨叫噎在喉咙，眼泪都要落下来。

“怎么样？”

“还……行。”

林竞满意地在调查表上打了五颗星，又用妖怪币付了小费，把临洮巨人送出包房，回来见季星凌还趴在床上，于是揉揉他的后脑：“你不来泡温泉吗？”

“你先去，我还要再缓一下。”季星凌有气无力。

“是不是很舒服？”林竞坐在他身边，兴致勃勃，“下次去宁城的时候，我再带你体验正宗按摩。”

面对这种残酷契约，季星凌声音发颤：“以后再说。”

微信里，于一舟可能刚睡醒，疑惑地回过来一条消息。

于。：你刚话说到一半，突然鬼叫什么？
星哥：哦，我在按摩。
星哥：金牌技师，各种爽飞。

于。：非法按摩？

星哥：正经老师傅！

于。：正经老师傅你叫得那么销魂？

星哥：滚滚滚！

星哥：总之你按了就知道，肯定值回票价。

然后他把手机递到林竞跟前："来，跟于哥说一下按摩有多舒服，他居然觉得我们骗他。"

"很舒服的。"林竞喝着果汁，义正词严，"我用我的人格保证。"

于一舟这下放心了："行，那我放假回来就去按。"

被按得至今动不了的大少爷心里总算平衡了一点："到时候我亲自开车接你。"

不知情的小林还发出真诚的赞美："你们关系真好。"

"必须好。"季星凌慢动作爬起来，浑身散架，宛若提前抵达八十岁。

大家都是南方妖怪，没道理那条扁担龙能躲过这一劫。

真的好疼。

番外：生日快乐

大学开学，紧接着就是军训。

小林老师的生日也很"老师"，刚好教师节，而今年北大的军训时间，日程表上写得清清楚楚，要到九月中旬才结束。为了防止季星凌在九月十日突然"砰"到军事基地来，林竞不得不再三叮嘱："我真的不介意生日延后一两周，甚至一两个月都没问题，你千万别到处乱跑。"

"确定不要我来看你？"季星凌打电话"诱拐"未成年苗，"这么重要的生日，你真的要孤单寂寞冷地在十二人大宿舍里睡着上下铺，盖着绿棉被，端着小破盆，用着公共洗手间和水龙头，可怜兮兮地含泪度过吗？"

林竞把宿舍书架整理好："如果和你一起过完生日，我的军训住宿条件能立刻变成五星级豪华酒店那种，盖蚕丝鹅绒被，用鎏金洗漱盆，一个人独享两百平方米的洗手间，那我不拒绝，来吧。"

"……"

季星凌随手摸过晨大的军训通知，一脸正经照着往下念："你听我说，军训是接受国防教育、履行兵役义务的一种基本形式，是高等教育中的一个重要环节，有助于你德、智、体、美全面发展，不能这么骄奢淫逸。"

林竞笑着往门外看了一眼："我舍友叫我去吃饭，那我先走了，你也乖乖的。"

"行，那军训完再说。"季星凌妥协，"你有事随时打给我。"

北大和晨大的军训基地一个在城东，一个在城西，环境一样艰苦。每天起早摸黑，齐步行进、正步行进、靶场真枪射击，在九月十日当天，还刚好赶上二十公里徒步拉练，晚上回到驻地时，林竞累得浑身散架，塞着耳机躺在床上，气若游丝："我今天还帮人扛了个包。"

季星凌试探："我过来看看你？"

"我们宿舍有十几个人呢。"林竞声音很低，"别，我和你说说话就行。"

"我们后天也要拉练。"季星凌靠在宿舍外，"晨大这个基地管得松，好像没你们那么累。"

走廊上大灯已经熄灭了，几个洗漱完的男生正在往回走，随口打招呼："星哥，马上就要查寝了，你还不睡啊？"

他们嗓门不低，林竞在另一头也听得清楚："你那儿要熄灯了？"

"没，还要一会儿。"季星凌走到走廊尽头，"你睡，我陪着你。"

"违规被抓到要扣分的。"

"你星哥是那么没有集体荣誉感的人吗？"

手机里传来的声音既自恋又笃定，林竞又想起了高二那年，季星凌为了班级分，跑来体育馆和自己一起拍运动会宣传照的事，也笑："那我睡了，你也早点休息。"

"嗯。"季星凌低下头，"生日快乐。"

林竞把手机塞回枕头下，因这句"生日快乐"高兴得不行。疲倦的身体和清醒的大脑并不冲突，熄灯之后，林竞又在被窝里摁亮手机，和季星凌发了一会儿短信。

两所学校的军训时长都是半个月，不过季星凌由于帅得过分嚣张，还很高，军训刚一开始就被教练选进特战连，又去外地参加了两场大学生军事会演，林竞这头也有一堆事要忙，等两人终于安顿下来有时间见面时，满大街已经开始挂"喜迎国庆"的横幅。

周五下午，林竞匆匆忙忙从学校跑出来，一边到处看，一边问："你在哪儿？"

"右边一直往前走，我已经看到你了。"季星凌说，"白色的车，我打双闪。"

"你自己开车来的？"

"嗯。"

林竞没问他是什么时候买的车，因为自从上次胡媚媚在闲聊时，无意中抱怨一句"想上哪所大学不能弄"的时候，小林老师就已经很佛系了，他目前比较在意的是，如果季星凌太过分，弄一辆镶满钻石的布加迪威龙停在校门口，自己究竟是要目不斜视地假装不认识，还是顶着三百六十度环绕目光硬着头皮蹿上车。

季星凌纳闷："你左顾右盼什么？"

"没看到你的车啊。"林竞停下脚步。

季星凌不得不按了一下小车的喇叭。

林竞就站在车旁边，被吓了一跳。

"……"

季星凌替他扣好安全带："我不是告诉你了吗？白色，打双闪。"

林竞如实回答："步行距离十分钟有什么必要开车？我以为你主要是为了炫耀。"谁会想到是这么一辆淳朴低调的小车？

季星凌笑："这是我借一哥们儿的，等会儿不还要去超市买东西吗？打车不方便。你喜欢什么车？不然明天跟我去车行看看，擎天柱除外啊。"

"车行就算了。"林竞扭头看他，"如果你明天有空，不如我们约徐哥他们三个吃顿饭？"

"也行。"季星凌递给他一瓶水，"你先定位子吧。对了，购物清单是不是在你手机里？"

"在。"林竞摸出一张纸，"我还打印出来了，锅碗瓢盆柴米油盐，说出来你可能不相信，连铲子都分三种，也不知道我们能不能买对。"

公寓就在附近，精装修的房子，家具和家电早就已经购置齐全，只差一些生活用品，胡媚媚原本打算替儿子一次性买齐，但季星凌在这方面比较执着，非得和小林老师一起体验一下居家乐趣，就只要了张清单过来。

超市里人不少，季星凌推着大购物车，眼睁睁地看着林竞往里搬了一台豆浆机，忍不住合理地质疑："你喝这玩意吗？"

"我不喝，但阿姨让你少喝可乐，所以必须买。"林竞在纸上又划掉一行，"还有啊，果汁机也要。"

一个小时后，季星凌开始怀疑人生，我妈列这个单子到底出于什么目的，到底是想给我买东西还是想搬空超市？不过幸好小林老师够机智，在购物前先办了张会员卡，可以享受满五百元三公里内免费送货，大少爷才没有悲惨沦为扛包苦力。

电梯叮的一声停在公寓八楼。

这算是新生活的正式开篇，不管怎么想都应该隆重庆祝一下，但鉴于两人手里此时正拎着簸箕、笤帚、袖套、围裙、杀虫剂，居家气氛过于浓厚，只好双双放弃不应该有的想法，沉默地掏出钥匙开门。

季星凌一边换拖鞋一边说："实不相瞒，这和我想的不太一样。"

林竞累得趴在沙发上，甩着被勒红的手："你想的是什么样？"

"我们一起买买东西，回家放好之后，就去吃晚餐，替你补过生日。"

林竞侧过头："但现在你肯定懒得动。"

季星凌如实回答："我的确懒得动，不过我也可以为了你的生日强行动。"

小林老师：不，你还是不要强行动了，我们这么摊着就挺好！

半个小时后，超市工作人员送来几大箱东西，原本就不大的客厅这下更是被挤得连转身都困难。以至于大少爷乔迁新居不到一天就开始反思，自己当初为什么要拒绝老季三百平方米的公寓，现在后悔还来不来得及？

林竞其实也不想干活儿，但洁癖本能绝不允许他住在这仓库一样的房子里，于是摸过手机点了外卖，吃完后强行分配给季星凌一把笤帚："客厅和书房归你，卧室和厨房归我，你打电话问一下物业，拆下来的纸壳要丢在哪儿，我们争取十点之前搞定。"

季星凌："……"

你为什么突然就像打满了鸡血？

两人都没有干家务的经验，幸好这房子阿姨刚打扫过，只需要把超市买的东西归置好，再扫扫地、擦擦桌子就行。晚上十一点，季星凌把最后一批包装盒丢进垃圾站，浑身酸痛，回家后轰然倒向沙发："让我缓会儿，累死了。"

林竞问："我请你下楼按摩？"

季星凌闻言麟躯一震，回想起临洮巨人和那夺命无影手，立刻虚伪地拒绝："不了不了，按摩多浪费时间，这一来一回的，给你补生日要紧，我立刻去洗澡。"

浴室也很小，两人轮流冲完澡，季星凌又从冰箱里取出提前准备好的蛋糕，大灯被关掉后，橙黄色烛光在空气里轻曳，四周静谧，总算有了一点温馨的调调。

林竞闭着眼睛许愿，季星凌坐在旁边，单手撑着脑袋看他，又往桌上放了一个小盒子："礼物。"

暗红色的包装，打开之后，里面是一枚素色护身符，在灯下折射出很淡的光。

季星凌给他戴在中指上，尺寸刚刚好，嘴里还振振有词："这是麒麟一族手制的护身符，戴上这个，就代表你是我们麒麟一族罩着的，免得还有不长眼的坏妖怪觊觎你。是不是还挺好看的？我挑了好久。"

林竞看了看："是挺好看，你也要戴吗？"

"当然，我自备了一个。"季星凌从裤兜里摸出另一个相同的盒子，得意扬扬。

林竞看着他笑。

蛋糕是香草奶油味。

生日也是。

番外：初雪

身为没怎么经历过零下气温的南方妖怪，季星凌在填报志愿时就想好了，将来一定要带着小林老师一起在北京看雪，比如每年都要上热搜的、纷纷扬扬的、故宫的雪。

北方的冷和南方的是不一样的，锦城虽然湿冷，又没有大规模供暖，但三九天穿 T 恤加羽绒服上街完全没问题。至于北京，天气预报刚报完降温，第二天季星凌出门上学时就差点被来自西伯利亚或者是来自别的什么地方的野蛮狂风，吹得发型凌乱，一脸生无可恋。

《中学生作文精选》并不是骗人的，真的有像刀子一样的风。

林竞早上只有两节课，原本想到晨大找季星凌一起吃午饭，结果却遭到大少爷的拒绝："今天太冷，你还是回宿舍吧，别被刮跑了。"

"我穿挺多的。"林竞裹紧大衣，"已经快到你们学校了。"

"……你是不是又来检查我有没有穿秋裤的？"

"没有，你怎么可以怀疑我！"

季星凌心想：我倒是不想怀疑来着，但我妈早上刚打来电话叮嘱要保暖，你下午就出现了，不管从哪个角度看都很像奉命检查。所以他一下课就往外溜，打算"砰"回公寓套条秋裤，结果一出教室门就看到林竞正靠在墙上，低头玩着手机。

教学楼里暖气很足，他脱了大衣，只穿着一件宽松羊绒衫，是狐狸姥姥亲手织的，季星凌也有一件。样子当然算不上时髦，但架不住你林哥有脸，比如说现在，走廊里就有不少女生看他，猜测这是哪个院的天降帅哥。

季星凌把他的手机抽走，学牛卫东的语调："干吗呢？没收。"

林竞回答："和你妈聊天。"

"……"

季星凌："你听我解释，我今天早上不小心起晚了，下楼之后才发现降温了，本来想回宿舍穿上你送我的红秋裤，但这样上课就会迟到，所以我不穿秋裤是有理由的，我是为了学习而不穿！"

林竞："我知道了，你有什么必要这么语调铿锵？"

"我这不是怕你又对我展开无情嘲讽吗，所以先发制人。"季星凌钩过他的肩膀，在周围一片"果然帅哥的朋友也是帅哥"的目光里，走了。

外面还在刮妖风，季星凌用手机查了一下："新开了家日料店，好像还不错，带你去？"

"你不怕感冒吗？"林竞拉紧他的衣领，"去红焖羊肉馆，吃完快点回宿舍。"

红焖羊肉馆是晨大宿舍区的一家小炒馆，味道不错，两人经常来这儿吃饭。老板是晨大学长，平时喜欢打篮球，和季星凌混得很熟。他一见到两人就从柜台后出来，笑着问："还是老样子，椒盐烤肉、酸菜鱼和干锅花菜？"

"再加个浓汤栗子白菜吧。"季星凌拉开椅子。小林同学不是很爱吃蔬菜，只有这种带奶汤的会主动夹两筷子。老板一边下单，一边让服务员上了两瓶冰可乐："来，哥哥请客，你比赛加油。"

林竞好奇："什么比赛？"

"篮球赛。"季星凌说，"总决赛还要一阵子，到时候我给你票。"

羊肉馆里也贴着比赛海报，花里胡哨，非常吸睛。林竞瞄了一眼赛程安排："现在还在小组赛，你怎么知道自己一定能进总决赛？"

"因为我超厉害的。"季星凌单手撑着脑袋，得意扬扬，"可以一挑一百。"

林竞："……你最近真是越来越膨胀了。"

季星凌笑："还真不是我膨胀，历年晨大的篮球赛最后都是工商对数学，今年也一样，这叫传统。"

"行，那我提前祝你成功。"林竞和他碰了碰可乐瓶，有理有据地搞分析，"你看，你接下来要打这么多比赛，是不是更要注意身体健康，不要感冒？你知道不感冒的秘诀是什么吗？"

"……"

好的好的，我回去立刻就穿秋裤，你不要再说话了。

而在秋裤的加持下，大少爷真的没有感冒，健康且生龙活虎，带着工商院篮球队一路厮杀，顺利闯进总决赛。

周五，林竞靠在公寓暖和的小沙发上，专心致志研究了一下菜谱，并且在五分钟内自学完成"家常菜从入门到放弃"，决定还是下馆子吧。

季星凌打来电话："你回家了？"

"嗯，你在哪儿？"

"学校，可能还要一阵子，篮球队得开个会。"季星凌走到没人的地方，"下周要去滨城集训一周，学院请了国家队的指导。"

"那你忙，我叫外卖。"林竞坐到电脑旁，查了查滨城的气温，和北京差不多。于是吃完饭后，他就打开衣柜帮忙收拾行李。

晚上八点，季星凌开门回家，对着乱七八糟的客厅产生些许疑惑："因为我没有回家吃晚饭，所以你打算离家出走吗？"

林竞："？"

季星凌补充："哦，都是我的衣服，你是准备把我扫地出门。"

林竞哭笑不得，丢过来一件外套："自己叠好。"

三十三寸的超大行李箱，让季星凌恍惚产生了自己不是要去滨城，而是要去艾泽拉斯集训的错觉，但他很懂行情地没有提出异议，只委婉提出："我们的宿舍就在篮球馆楼上，也没时间闲逛，你看这个秋裤是不是可以少带两条？"

"不行。"林竞扣上密码锁，"万一暖气坏了呢？"

季星凌："……"

为什么暖气会坏？

暖气有什么理由坏？

OK，我带。

周六下午，季星凌就和篮球队一起，乘上了前往滨城的动车。林竞一个人在家无聊，索性把所有柜子都整理了一遍，又请保洁阿姨做了彻底清洁，忙活到半夜才休息。

第二天早上起来，他头晕眼花，鼻塞不通气。

"……"

小林老师痛定思痛，自我反思，昨天不该在大扫除的时候贪凉，只穿着一件短袖 T 恤到处乱晃，更不应该不穿秋裤，跑去楼下买水。

手机嗡嗡振动。

星哥：起床了没？

可达：嗯，在等车去学校。

可达：你好好训练，路上太冷，我不拿手机了。

星哥：嗯。

林竞丢下手机，嗓子火辣辣地疼。

所谓世事难料，谁能想到呢？天天监督催促小季穿秋裤免得感冒的正义小林，自己却因为没穿秋裤而被冻感冒了，还发烧，只能可怜兮兮蹲在家，多喝热水。

他不打算把这件事告诉季星凌，一来不想打扰他集训，二来林哥的面子绝不允许他坦白这么自打脸的事实，像什么"季星凌，我虽然天天提醒你要穿秋裤，自己却因为没穿秋裤感冒了"之类的，绝不可能说，宁可多喝热水！

于是他喝了一壶又一壶，把自己喝成了三十八度的水母，才晃晃悠悠地爬上床躺平。

下午五点，季星凌结束训练，照例想给林竞打电话，手机却弹出一条新闻。

北京下雪了。

今年的第一场雪，和当年宁城的雪一样，纯白缥缈，衬着故宫金红色的墙。

大少爷就纳了闷了，这雪是怎么回事，早一周或者晚一周不可以吗？为什么偏偏挑我不在北京的时候？那些龙是不是故意的？是不是？是不是？幸好我是麒麟，否则岂不是要错过"和小林老师一起欣赏雪景"这种超美好体验？怎么可以？

"星哥，吃饭了。"队友在旁边叫。

"我约了人。"季星凌站起来，"帮我跟老孙打声招呼啊，晚上查寝前回来。"

雪下得纷纷扬扬。

林竞一直裹着被子在睡，天昏地暗的那种睡，被手机吵醒的时候心脏还在狂跳，觉得上课是不是要迟到了。

"喂？"

另一头的季星凌听得一愣："你在睡觉？"

林竞："……"

他头晕眼花地看了眼挂钟，顺便分辨了一下现在是早上还是下午，犹豫着答："嗯，我困了。"

"还没吃饭吧？"季星凌说，"晚上怎么打算的？"

"我在宿舍，叫个外卖就行，懒得动。"林竞嗓音沙哑，"晚上还要赶作业。"

"不想出门？"季星凌听他又倦又困的，像是没精神，犹豫了一下，还是没提自己就在他楼下，"行，那你自己叫点吃的，我看新闻，北京好像下雪了，多穿点，别感冒。"

林竞目前听到"感冒"两个字就心虚："好，你也是。"

挂了电话后，他踩着拖鞋晃到厨房，打算吃点面包好喝药，结果忘了调微波炉的时间，成功"叮"出来两片橡皮一样的吐司，扯都扯不断的那种。

一团黑雾从窗户里"砰"了进来。

林竞被吓得不轻，咬住面包震惊地看着面前的人。

季星凌也很蒙："你不是在宿舍赶作业吗？"

"我那什么，嗯。"

"嗯？"

龙血树没有瞬移技能，也不能"砰"来"砰"去，借口是不能找了，但你林哥就是你林哥，发烧也要抢先占据道德高地："季星凌你为什么骗我，你不是在集训吗？"

季星凌伸手试了一下他的额头温度，皱眉。

林竟面不改色："怎么样？也不是很烧，多喝热水再睡一觉就好了。"

季星凌被他贫得又气又哭笑不得："感冒又不丢人，怎么还学会撒谎了？过来。"

林竟老老实实，踩着大拖鞋，跟着他回到卧室。

外卖小哥很快就送来了粥和药，暖乎乎一碗吃完，林竟揉了揉鼻子："你还没说为什么要回来。"

季星凌收拾好碗筷："想陪你看雪。"

林竟惊讶："北京下雪了？"

季星凌拉开卧室窗帘。

外面的天已经完全黑了，地上积了厚厚一层，雪片在橙黄路灯下打着旋儿。

林竟跑到落地窗前，有些惊喜："怪不得今天这么冷。"

故宫初雪没能看成，变成了看小区停车场的雪。

但没关系，一样可以超开心。

林竟手里捧着水杯，盘腿坐在柔软的地毯上，被季星凌教育，天冷要穿秋裤，感冒了要及时汇报组织。

小林老师无比配合。

就"嗯嗯嗯，好好好，你说得都对"这样子。

茶水冒着袅袅热气，温暖又温柔。

窗外一片雪和静谧。

番外：一些日常

1. 关于煮饭

一切都源于季星凌在超市购物的时候被收银系统选为幸运顾客，获得了一个免费炒锅。

德国进口，市场价不便宜，大几千。

面对这天降铁锅，林竞突发奇想："不如我们也自己做做饭？"

季星凌靠在沙发上打游戏："好啊。"

林竞揽住他的肩膀："你这么不假思索，是不是代表对我的厨艺很有信心？"

季星凌纠正："没有，我是对自己的财力有信心，就算你炸了厨房，大不了我们换套公寓。"

"……"

两人研究了半天菜谱，最后决定弄个可乐鸡翅。

季星凌洗鸡翅："要是这入门级的菜都做失败了，会不会显得我们智商很有问题？不然换个复杂一点的。"

"比如佛跳墙吗？"

"……算了，还是可乐鸡翅吧。"

菜谱上写得简单，倒油把鸡翅煎至焦黄，再加入可乐收汁就行，看起来没有一毛钱的难度。林竞系着围裙，有模有样地指挥季星凌用厨房纸巾吸干鸡翅表面的水分，然后一股脑儿倒进了锅里。

刺啦！

季星凌很赏脸，站在旁边热烈鼓掌："专业！"

林竞用铲子戳了两下，心情复杂："专什么业，你过来看看，好像粘锅了。"

季星凌纳闷："不可能啊，不是号称不粘锅吗？"

"你信广告词还是信现实？"

"……"

鸡皮正横七竖八地紧紧粘在锅上，铲是铲不下来了，跟502胶水似的。季星凌对超市展开抨击，断言一定是他们送了一个假冒锅！林竞暂时没空关心锅的真和假，他饿了，并且觉得这一锅鸡翅倒了太可惜，说不定还能再抢救一下，索性把整瓶可乐加进去，解释："可能煮一煮就软了，米饭粘锅不也得拿水泡一下？"

季星凌面对这一锅形状和颜色都十分可疑的物体，被蒙蔽了双眼，说："嗯。"

菜谱上说收汁至黏稠红亮，两人在厨房站了半天，揭开锅盖一看，还有半锅水，于是就放心大胆地去客厅看了会儿球赛。

"差不多了。"季星凌拍拍身边的人，"走，去欣赏一下鸡翅盛况。"

两人其实都没对晚餐抱什么希望，心理预期早在鸡皮粘锅时就已经降到谷底，觉得能吃就算成功，但万万没想到，现实要更骨感一点。林竞揭开锅盖之后，呛鼻的浓烟争先恐后地往外涌，瞬间填满整间厨房，焦糖味、肉味、煳味，天花板上的烟雾报警器响得尖锐又惊悚，季星凌研究了半天也没弄明白怎么关，最后只好把电源线扯了。

林竞举着锅盖，还惊魂未定。

季星凌赶紧推卸责任："这锅盖密封性也太好了，不然我们肯定一煳就能发现。"

亲自下厨的后果，就是两人用钢丝球洗了整整一个小时的锅，直到晚上睡觉，还是觉得自己一身锅巴味。

"季星凌，我们大学毕业后再考虑做饭的事情吧。"

"嗯，好的。"

2. 迷你小季和迷你小林
没有几个小朋友喜欢吃胡萝卜。
至少小时候的季星凌和林竞都不喜欢吃。

胡媚媚："不吃胡萝卜，明天的早餐奶就换成不甜的！"
迷你小季五雷轰顶，挣扎半天，最后还是双眼含泪，艰难地吃完了。
胡媚媚："乖。"

商薇："宝宝是不是不喜欢吃胡萝卜呀？挑食是不对的。"
迷你小林尽量显得深沉："我不挑食，我可以吃胡萝卜的，但我吃得并不快乐。"
商薇："……老林，你儿子今年才五岁，他是不是戏有些多了？"

3. 小妖怪的疫苗之旅

鹊山医院。

瑞兽区。

麒麟崽趴在诊疗床上，一声不吭地让蛇衔草护士打了一针，很 Man，很硬汉。

隔壁植物区。

龙血树幼苗看着满池子的营养液，面无表情，内心开启疯狂弹幕模式：为什么所有的树都要在里面泡一下根，难道不应该一树一坑吗？这跟北方大澡堂子似的，要是交叉感染了怎么办？虽然我肯定没有传染疾病，但万一别的树有呢？比如说排在最前面那个正在疯狂落叶的黄毛，啊，不行，我绝不能接受这样的疫苗，再见！

麒麟崽捂着酸痛的前臂，刚一瘸一拐走过来，就看到面前刮过一阵疾风。

"……"

当晚，龙血树幼苗噼里啪啦敲键盘，向妖管委提交了一份长达八页的 Word 文档，详细阐述了在现有制度下鹊山医院让所有幼苗同泡一坑的种种弊端，生动翔实，有理有据，还很煽情。

麒麟崽在旁边看得钦佩："哎，不如这样，你帮我也写一份，让那护士把针头搞细一点。"

4. 两家人

山海域，静谧的湖边。

一大一小两棵龙血树正在舒服地晒着太阳。

大的那棵是老林，他虽然发芽晚，但是体内积蓄的灵力很充沛，所以现在已经很高很壮了。

而旁边那棵小小矮矮的、泡在水培液里的，就是小林，叶片圆润柔嫩，超可爱。

伤魂鸟在天上盘旋，一圈又一圈。她充满爱意地看着老公和儿子，主要是看老公，好苗壮，好茂盛，好适合筑一个遮风避雨的窝！

不行，忍不住了！

伤魂鸟叼起一根枯枝，冲向了老公！

大龙血树美滋滋地问："老婆，你想不想再孵个蛋？"

水培液里的小林："？"

另一头的蓬莱岛。

漂亮的九尾狐慵懒地躺在草坪上，一身皮毛像锦缎一样，在太阳下闪闪发着光。

砰！

砰！

天上炸过一大一小两团雷电。

这里是麒麟一族的专属领域，并没有别的妖怪。

于是大麒麟用前蹄兜住自己的崽，感慨："看见湖边的大美人了吗？是我老婆，怎么样，是不是超漂亮？你羡慕不羡慕？"

小麒麟："……爸？"

图书在版编目（ＣＩＰ）数据

山海高中：大结局 / 语笑阑珊著 . — 广州：广东旅游出版社 , 2022.6
ISBN 978-7-5570-2700-1

Ⅰ . ①山… Ⅱ . ①语… Ⅲ . ①长篇小说—中国—当代 Ⅳ . ① I247.5

中国版本图书馆 CIP 数据核字 (2022) 第 048217 号

山海高中：大结局
SHANHAI GAOZHONG: DA JIE JU

出　版　人：刘志松
责任编辑：梅哲坤　　李　　丽
责任技编：冼志良
责任校对：李瑞苑

广东旅游出版社出版发行
地址：广州市荔湾区沙面北街 71 号首、二层
邮编：510130
电话：020–87347732
印刷：北京世纪恒宇印刷有限公司
（地址：北京市大兴区亦庄镇亦庄东工业区经海三路 15 号）
开本：700 毫米 ×980 毫米　1/16
字数：394 千
印张：20.75
版次：2022 年 6 月第 1 版
印次：2022 年 6 月第 1 次印刷
定价：49.80 元